北大中文文库

游国恩文选

游国恩 著/傅刚 常森 编选

北京大学出版社
PEKING UNIVERSITY PRESS

图书在版编目(CIP)数据

游国恩文选/游国恩著;傅刚,常森编选. —北京:北京大学出版社,2010.10

(北大中文文库)

ISBN 978-7-301-17884-3

Ⅰ. ①游… Ⅱ. ①游… ②傅… ③常… Ⅲ. ①古典文学-文学研究-中国-文集 Ⅳ. ①I206.2-53

中国版本图书馆 CIP 数据核字(2010)第 192176 号

书　　　名:游国恩文选
著作责任者:游国恩　著　傅刚　常森　编选
责 任 编 辑:徐丹丽
封 面 设 计:奇文云海
标 准 书 号:ISBN 978-7-301-17884-3/I · 2269
出 版 发 行:北京大学出版社
地　　　址:北京市海淀区成府路 205 号　100871
网　　　址:http://www.pup.cn　　电子邮箱:pkuwsz@yahoo.com.cn
电　　　话:邮购部 62752015　发行部 62750672　出版部 62754962
编辑部 62752022
印　刷　者:三河市北燕印装有限公司
经　销　者:新华书店
650mm × 980mm　16 开本　17.75 印张　256 千字
2010 年 10 月第 1 版　2010 年 10 月第 1 次印刷
定　　　价:35.00 元

目　录

那些日渐清晰的足迹(代序)

随着时光流逝,前辈们渐行渐远,其足迹本该日渐模糊才是;可实际上并非如此。因为有心人的不断追忆与阐释,加上学术史眼光的烛照,那些上下求索、坚定前行的身影与足迹,不但没有泯灭,反而变得日渐清晰。

为什么?道理很简单,距离太近,难辨清浊与高低;大风扬尘,剩下来的,方才是“真金子”。今日活跃在舞台中心的,二十年后、五十年后、一百年后,是否还能常被学界记忆,很难说。作为读者,或许眼前浮云太厚,遮蔽了你我的视线;或许观察角度不对,限制了你我的眼光。借用鲁迅的话,“伟大也要有人懂”。就像今天学界纷纷传诵王国维、陈寅恪,二十年前可不是这样。在这个意义上,时间是最好的裁判,不管多厚的油彩,总会有剥落的时候,那时,什么是“生命之真”,何者为学术史上的“关键时刻”,方才一目了然。

当然,这里有个前提,那就是,对于那些曾经作出若干贡献的先行者,后人须保有足够的敬意与同情。十五年前,我写《与学者结缘》,提及“并非每个文人都经得起‘阅读’,学者自然也不例外。在觅到一本绝妙好书的同时,遭遇值得再三品味的学者,实在是一种幸运”。所谓“结缘”,除了讨论学理是非,更希望兼及人格魅力。在我看来,与第一流学者——尤其是有思想家气质的学者“结缘”,是一种提高自己趣味与境界的“捷径”。举例来说,从事现代文学或现代思想研究的,多愿意与鲁迅“结缘”,就因其有助于心灵的净化与精神的提升。

对于学生来说,与第一流学者的“结缘”是在课堂。他们直接面对、且日后追怀不已的,并非那些枯燥无味的“课程表”,而是曾生气勃勃地活跃在讲台上的教授们——20世纪中国的“大历史”、此时此地的“小环境”,讲授者个人的学识与才情,与作为听众的学生们共同酿造了诸多充满灵气、变化莫测、让后世读者追怀不已的“文学课堂”。

如此说来，后人论及某某教授，只谈“学问”大小，而不关心其“教学”好坏，这其实是偏颇的。没有录音录像设备，所谓北大课堂上黄侃如何狂放，黄节怎么深沉，还有鲁迅的借题发挥等，所有这些，都只能借助当事人或旁观者的“言说”。即便穷尽所有存世史料，也无法完整地“重建现场”；但搜集、稽考并解读这些零星史料，还是有助于我们“进入历史”。

时人谈论大学，喜欢引梅贻琦半个多世纪前的名言：“所谓大学者，非谓有大楼之谓也，有大师之谓也。”何为大师，除了学问渊深，还有人格魅力。记得鲁迅《关于太炎先生二三事》中有这么一句话：“先生的音容笑貌，还在目前，而所讲的《说文解字》，却一句也不记得了。”其实，对于很多老学生来说，走出校门，让你获益无穷、一辈子无法忘怀的，不是具体的专业知识，而是教授们的言谈举止，即所谓“先生的音容笑貌”是也。在我看来，那些课堂内外的朗朗笑声，那些师生间真诚的精神对话，才是最最要紧的。

除了井然有序、正襟危坐的“学术史”，那些隽永的学人“侧影”与学界“闲话”，同样值得珍惜。前者见其学养，后者显出精神，长短厚薄间，互相呼应，方能显示百年老系的“英雄本色”。老北大的中国文学门（系），有灿若繁星的名教授，若姚永朴、黄节、鲁迅、刘师培、吴梅、周作人、黄侃、钱玄同、沈兼士、刘文典、杨振声、胡适、刘半农、废名、孙楷第、罗常培、俞平伯、罗庸、唐兰、沈从文等（按生年排列，下同），这回就不说了，因其业绩广为人知；需要表彰的，是1952年院系调整后，长期执教于北大中文系的诸多先生。因为，正是他们的努力，奠定了今日北大中文系的根基。

有鉴于此，我们将推出“北大中文文库”，选择二十位已去世的北大中文系名教授（游国恩、杨晦、王力、魏建功、袁家骅、岑麒祥、浦江清、吴组缃、林庚、高名凯、季镇淮、王瑶、周祖谟、阴法鲁、朱德熙、林焘、陈贻焮、徐通锵、金开诚、褚斌杰），为其编纂适合于大学生/研究生阅读的“文选”，让其与年轻一辈展开持久且深入的“对话”。此外，还将刊行《我们的师长》、《我们的学友》、《我们的五院》、《我们的青春》、《我们的园地》、《我们的诗文》等散文随笔集，献给北大中文系百年庆典。也就是说,除了著述,还有课堂;除了教授,还有学生;除了学问,还有心情;除了大师之登高一呼,还有同事之配合默契;除了风和日丽时之引吭高歌,还有风雨如晦时的相濡以沫——这才是值得我们永远追怀的“大学生活”。

没错,学问乃天下之公器,可有了“师承”,有了“同窗之谊”,阅读传世佳作,以及这些书籍背后透露出来的或灿烂或惨淡的人生,则另有一番滋味在心头。正因此,长久凝视着百年间那些歪歪斜斜、时深时浅,但永远向前的前辈们的足迹,有一种说不出的感动。

作为弟子、作为后学、作为读者,有机会与曾在北大中文系传道授业解惑的诸多先贤们“结缘”,实在幸福。

陈平原

2010 年 3 月 5 日于京西圆明园花园

前 言

游国恩先生(1899—1978),字泽承,江西省临川县(现改市)带湖村人。1926年毕业于北京大学中国文学系。自1929年起,先后在武汉大学、山东大学、华中大学等校任讲师、教授。抗战期间任西南联大教授。1942年后,在北京大学任教授、中文系副主任,兼文学史教研室主任。1955年被评为一级教授。曾任政协全国委员会委员、九三学社中央委员,及中国科学院文学研究所学术委员会委员。1978年6月23日在北京病逝。①

游先生是著名的中国文学史家和楚辞研究专家,他主编的《中国文学史》作为高校教材,长期以来都是高等院校的主要教材,养育了一代又一代学子,他在学术界和教育界的影响至今不衰。他的楚辞学成果主要有《楚辞概论》(北新书局1926年版)、《读骚论微初集》(商务印书馆1937年版)、《楚辞论文集》(古典文学出版社1957年版)、《离骚纂义》(中华书局1980年版)、《天问纂义》(中华书局1982年版)。由游宝谅先生编辑的四卷《游国恩楚辞论著集》,129万字,2008年由中华书局出版。其他的著作还有《游国恩学术论文集》(中华书局1989年版)、《中国文学史讲义》(天津古籍出版社2005年版)、《游国恩大理文史论集》(云南民族出版社2003年版)。

作为楚辞研究家,综合评价游先生的研究成就,可以说他是古典楚辞学的集大成者,也是现代楚辞学的奠基人。

这一方面首先值得一提的,自然是其《楚辞讲疏长编》(出版时改称《楚辞注疏长编》)。1924年以来,游先生十余年潜心研读楚辞典籍,

① 游宝谅先生有《游国恩先生年谱》一文,刊载于《淮阴师范学院学报》(哲学社会科学版)2002年第1期,可资参考。

于1933年撰成《楚辞讲疏长编序》[1]，讲述自己研读《楚辞》心得及大规模整理和研究《楚辞》的计划：

> 余自甲子（按即1924年）以来，究心《楚辞》十余年，于前贤笺注与夫有关斯学之书，粗有涉猎。尝谓居今日而言《楚辞》，其要有五：一曰校其文，二曰明其例，三曰通其训，四曰考其事，五曰定其音。……余独怪昔人好说《楚辞》，其书殆不下数十百种，大率习旧安常，浅薄固陋；往复其言，互为奴主，而多不肯深致其功。间有专心壹志，勤求骚人之旨者，则寥寥稀见。窃不自揆，妄欲网罗众说，考核群言，钩稽参校，时出鄙见，为《楚辞笺证》十七卷，《考证》、《正均》、《考异》、《论文》各若干卷，《楚辞学考》、《楚辞笺注书目提要》各一卷（附历代亡佚及知见传本楚辞书目），凡三十九卷。人事拘牵，时作时辍，未知成书当在何日。忆昔乙丑（按为1925年）之夏，成《楚辞概论》六篇，于古今聚讼之端多所论列。虽其考据发明，时有新义，及今观之，谬误固已多矣。迩者教读之暇，复剌取昔所未见，及其有关是书者，悉为抄录，得数百条。其偶有弋获，辄笔之简端。三四年来，凡《楚辞》、《文选》之书，及古今杂考杂说评文之类，搜集丛残，得百数十种。其间得失杂陈，精粗互见，要以博文多识，避固陋，观会通而已。由是爽然自失，觉前此所涉之未广，宜其多悔而获尤。且以深慨夫《楚辞》之文窈而深，其旨曲而婉，断非率意浅尝所能窥其万一也。于是区其条理，荟为成编；复采王逸以下众家之说，先就屈子诸赋逐条而系之，末加按语，颇出鄙意，题曰《楚辞注疏长编》，既以为学子佔毕之助，且备他日抉择之资；盖兹编之成，特椎轮积水之类耳。[2]

中经八年抗战等诸多事项之干扰，至1978年6月，《长编》第一编《离

---

① 该序收录于《读骚论微初集》，1980年《离骚纂义》作为《长编》第一编出版时，作为总序，被置于卷首。

② 游国恩《总叙》，《游国恩楚辞论著集》第1卷，中华书局2008年版。按："《楚辞注疏长编》"原作"《楚辞讲疏长编》"，中华书局《论著集》殆据其出版时之名改为"《楚辞注疏长编》"。

骚纂义》及第二编《天问纂义》即将完成，而游先生不幸遽尔逝世[①]。

罗庸评价游先生楚辞研究，谓《长编》度越前贤，有八善可陈，其言曰：

《楚辞纂义·离骚》、《天问》各一卷，吾友临川游泽承教授之所著也。泽承与愚同学于国立北京大学，而年次不相及。自其早岁，即殚心于屈、宋之学。尝为《楚辞概论》一书，于屈赋考辨多所创获。既卒业，教授于河泲江汉间各大学者垂二十年，庚治旧学，锲而不舍，复刊为《读骚论微初集》，见者固已惊其河汉矣。东夷乱作，播迁苍山洱海间。既移讲席于国立西南联合大学，遂得重聚于昆明。相悲问年，俱成老大。荒村藜糁，拥褐论文。复出其旧著所题《楚辞训纂》者若干卷，摘其《离骚》《天问》两卷，增补校理，更题曰《楚辞纂义》，将付剞劂，就愚商略，且索一言。

愚维《楚辞》之学，二千年来盖经三变：自淮南作《传》，迄于叔师《章句》，汉人旧学遂成定论。下逮隋唐，无或致疑。迨考亭《集注》出，乃始批翦榛芜，独标旨趣。此一变也。宋明学者，竞探微言，末流空疏，浸成臆解。迨东原《屈赋注》出，乃始综核故训，屏绝虚浮。此再变也。清儒致精朴学，其于名物训故考辨极详，而大义疏通转多不逮。迨近三十年，乃有致疑于屈、宋之行实，篇章之真伪者，使相承旧说皆得平列几筵，重新审订。此三变也。大抵尊王者失之墨守，宗朱者转为空疏，衍戴者流为烦碎，而近人之论，破多立少，求其弥纶群议，详慎折中，则概乎其未有闻也。《楚辞》旧注采摭详备者，在昔惟蒋氏《山带阁注》。然于平章旧义，抉择精微，若犹有憾。泽承此编，承近世学风之变，兼前人累世之长。其于左右采获，巨细靡遗，则远逾蒋氏；别白异论，独抒卓识，则度越考亭；至于校正文字，疏通训故，考订史实，则又东原所未殆焉。

循讽终篇，目穷精义，约而论之，盖有八善足陈：

一曰择善而从。旧学汗漫，彼此抵牾，览者迷茫，莫知所适。

① 编撰此《长编》的具体过程，可参阅费振刚先生《游国恩先生学术成就评述》，刊载于《江西社会科学》2005年第1期。

今备列众解，而以己见折衷，使是非昭然，瑕瑜不掩。此一善也。

二曰諟正脱误。旧解详于考注，而校勘多疏，如《离骚》之“黄昏为期”，《天问》之“河海”、“应龙”，及“薄暮雷电”以下，率皆颟顸为说，不察文例。今则识其错简，还厥本真，使文例昭然，通读无碍。此二善也。

三曰校订文字。《离骚》之“替余蕙纕”，《天问》之“到击纣躬”，旧皆不得其解，今校“替”为“朁”，校“到”为“列”，则文意晓然。此三善也。

四曰发明文例。《离骚》“夏康娱以自纵”，旧解皆以为“夏太康”，今通观文例，决知“康娱”连文，旧说自破。《天问》文例旧无解人。今知四句为节，节自为韵，则知“河海”“应龙”与“焉有虬龙”简编之脱错。绳尺既定，物则有归。此四善也。

五曰核正训诂。《天问》一篇，古号难读。今于采摭旧说之余，间申己意，如“负子”之训，“柏林”之解，皆厘然有当，远过前人。此五善也。

六曰综理旧说。“王恒”、“王亥”，始见甲文，观堂著书，群矜创获。今知自柳子厚朱考亭以迄徐位山刘云翼，于注《天问》皆有发明，王氏不过用甲文之新证，足前人之成说。于以明学问积累，非一手一足之烈。此六善也。

七曰创通大义。美人香草，说者不同，《离骚》求女，更多异解。今知屈子以妾道喻臣道，则求女为求通君侧之人，于是通篇大义，豁然理解。此七善也。

八曰不知盖阙。《天问》“干协时舞”，旧说纷然，无一可通。今仍径从盖阙，矜慎之度，足祛狂瞽。此八善也。

综此八善，重以二长：一曰删取严净，二曰文辞安雅。虽旧说之渊海，实新义之甾会。此书一出，行见群爝息光，一星独曜。[①]

---

① 罗庸《楚辞纂义叙》，原载《国文月刊》第31、32期合刊，收入《游国恩楚辞论著集》。按：中华《论著集》“替馀蕙纕”，误“余”为“馀”，“‘河海’‘应龙’与‘焉有虬龙’简编之脱错”句，文字和标点亦多有误。

罗氏发掘《长编》之价值甚善,足资参考,然仅此尚不以见其成就。

前人注楚辞,于屈、宋诸子之外,往往有对话的对象。洪兴祖之补注主要以王逸《楚辞章句》为对话对象,朱熹《楚辞集注》主要以王氏章句、洪氏补注为对话对象……朱冀在《离骚辩》中则主要以朱熹、林云铭为对话对象。游先生《长编》采摭王逸以下百数十家之说,断以己意,几乎是以汉代以下一切治楚辞之学者为对话对象,前所未有,后以罕见,故称古典楚辞学之集大成。

然《长编》非"习旧安常"之作,在校文、明例、通训、考事诸方面务求其实,而"勤求骚人之旨",于过往千百年之旧说,其是者明之,其非者黜之,衡定其价值,常出以己意。故于《离骚》题下,列《史记·屈原列传》以下约二十家之说,论其得失之要,而断"离骚"之义为楚歌"劳商";于《离骚》"忽反顾以流涕兮,哀高丘之无女"之下,列王逸章句以下二十余家之说,论其得失之要,摒弃以求女为求君或求臣之旧说,而断求女乃隐喻"可通君侧之人"。凡此之类,比比皆是。其说固有可商榷者,且由体例所限,难以容纳和安排那些跟屈辞各语并不直接相关的精彩论说(按:古人治楚辞之学,于解释文字、疏通章句之外,常别有精彩考论,如朱熹集注外又有《辩证》,陆时雍《楚辞疏》有《读楚辞语》,蒋骥《山带阁注楚辞》有余论,其间不少内容长编难于采摭),然其扬弃千百年楚辞旧学而开现代楚辞学之格局,则断然无疑。惜乎《长编》原计划有《离骚》、《天问》、《九歌》、《九章》、《招魂》五编,又有校勘、音韵和评论各一编,而其事未竟,迄今只有《离骚纂义》和《天问纂义》出版。

游先生《楚辞概论》、《读骚论微初集》等楚辞学著作在学术史上的价值和地位亦于此相通,就不必费辞了。

游先生又是杰出的文学史家。据游先生女儿游宝谅先生说,游先生在大学任教凡五十年,其间开设的课程不下二十多门,而中国文学史则是他自始至终开设的课程。长年的教学和研究,使得他对中国文学史有了深入的理解。他早年有《先秦文学》出版(商务印书馆 1933 年版),但更多的讲稿却没有能够留下来。其中一种以《中国文学史讲义》名,经游宝谅先生整理,2005 年由天津古籍出版社推出。游先生对中国文学史写作及教学有长期的思考。1961 年,中宣部、高教部联合召开高等院校文科教材编选计划会议，成立了教材编选办公室，实施一个大规模的编著文科教材的规划；《中国文学史》被确定为其中一种，游先生和王起、萧涤非、季镇淮、费振刚先生为主编，而任第一主编和编写组召集人。这套文学史的基本框架就是按照游先生的思路展开的。该书自1963年人民文学出版社以四卷本方式出版后，至2005年四十年间，累计发行200万部以上，至今还在重印，是20世纪初高等院校设立中国文学史课程以来发行量最多、影响最大的一部教材和文学史专著[①]。研治古代文学史者几乎无人不读此著，一般中国语言文学专业的学子对此著也毫不陌生，所以这里无必要再作详细评介，而只需指出，虽然该著对中国文学史的很多看法值得商榷，但它奠定——至少是促成了并表征着迄今为止古代文学史书写的基本理念、认识和格局，它可以被修正，被延展，被重施排列与组合，却难以被超越。

在古代文学史方面，游先生作为一代学人之代表，不仅规范了古代文学史书写的整体格局，而且也规范了古代文学史教学的整体格局。——具体的教学方式各式各样，课程设置和教材也五花八门，但其格局无甚变化。游先生对奠定中国古代文学教学格局的重大作用，不仅体现在《中国文学史》的编撰和出版上，而且体现在他组织编撰和推出了与之配合使用的作品选注。游先生在北大讲授文学史时，向学生发放配套的作品选注，当时称为"文学史参考资料"；具体编撰，由游先生提出作品选目及注释要求，具体工作则由吴小如先生负责，再经游先生审订。这套参考资料分别于1957年、1959年以《先秦文学史参考资料》、《两汉文学史参考资料》之名，由高等教育出版社出版，受到普遍欢迎，1962年由中华书局出版了新1版，后来中华书局还出过重排版。

这套参考资料选择经典诗文加以注释，附以相关学者或作家之事迹、思想，学术史相关知识，以及后人对作家作品的评论等。迄今为止，文学史参考资料也已经出版了很多，但无有超出这种规模者，往往只是各据所需进行"改制"（当然由于学制限定，收缩势在必然）。故在很多

① 参阅费振刚先生《游国恩先生学术成就评述》，刊载于《江西社会科学》2005年第1期；关于《中国文学史》编撰的具体经过及其提供的重要历史经验，亦可参阅此文。

方面,这套参考资料还是难以企及的。

首先是选文宏富。比如,先秦部分之选文分神话、甲骨卜辞、铜器铭文、《尚书》、《诗经》、《左传》、《国语》、《战国策》、《论语》、《墨子》、《庄子》、《孟子》、《荀子》、《韩非子》、《楚辞》十五部分,有不少方面为后来的同类著作所不及,若甲骨卜辞、铜器铭文等等。而即便都有涉及者,其视野和范围也远较他书宏阔。其神话部分,选录了《山海经·北山经》之精卫填海,《海外北经》、《大荒北经》之夸父追日,《海外南经》之羽民国,《大荒南经》之张弘国,《海外南经》、《大荒南经》之讙头国,《博物志》之奇肱国,此外又有鲧禹治水神话六则、共工神话四则、黄帝蚩尤神话六则等等;其女娲神话部分,选录了《淮南子·览冥》篇、《太平御览》卷七十八所引《风俗通义》、李冗《独异志》、董勋《问礼俗》当中的相关篇章,后羿神话部分,选录了《山海经·海内经》、《淮南子·本经》篇、《楚辞·天问》中的相关篇章。在选文方面立如此之高标,固有时代因由,却也有对学科建设的全局性的考量。

这套参考资料每一方面的内容,均显示了游先生对古代文学教学整体格局的建构(举凡知识结构、基本能力等)。由阅读选文自可积累古代文学基本典籍的知识,提高古文阅读能力,而由阅读附录,首先可以建立相关的知识系统。比如,该书《尚书》部分附录了"关于《尚书》的源流、真伪"、"关于《尚书》的篇目、体例、名称"等经典材料,分别采摭于《汉书·艺文志》、《伪孔传序》、《隋书·经籍志》、《四库全书总目提要》"阎若璩《古文尚书疏证》"条、《书序》(据孙星衍《尚书今古文注疏》)、《史通·六家》篇等,涵盖了文学史、学术史的诸多重要方面。阅读附录中的历代经典的批评材料,自然有助于提高赏鉴、分析古代诗文的能力。比如《史记》附录之第四部分为"关于《史记》在文学方面的评价",两汉辞赋附录之第二部分为"关于赋的评论",都凸显了编撰者对古代文学教、学格局的设计。

总之,两部文学史参考资料具有难以超越的典范意义。惜乎,这套意在配合整个古代文学史的参考资料至今尚未出全,期待有关学者更进努力,使之成为完璧。

游先生主要以楚辞学家、文学史家泽被学林,享誉世界,但其实这并不能完整地反映游先生的学术研究和成就。游先生的学生曹道衡先生说:“游国恩先生以楚辞研究名世,实则他的治学方面极广,举凡先秦诸子以迄近代诗文,除过去所谓‘俗文学’这一部分外,很少有未曾涉足过的领域,而且多有精到的见解。”比如《诗经》研究,游先生对此发表的成果不多,但他对《诗经》的研究却非常精深。曹道衡先生曾回忆说,中国科学院文学研究所成立时,制定了以《诗经》研究为特色的计划,为此文学所图书馆也将购藏《诗经》研究方面的书籍,所里派余冠英先生和曹道衡先生专程来北大向游先生请教。游先生用一个下午向他们介绍了四十多部《诗经》研究著作。对各书的内容、特点、版本等等方面,如数家珍,可见游先生对《诗经》了解的深入。又如抗战期间他随华中大学避难云南,就结合当地文史实际情况,创建了“西南边疆文化研究室”,撰写了《火把节考》、《说洱海》、《南诏用汉文字考》、《文献中所见西南民族语言资料》等非常有学术质量的文章。本书亦收入几篇,藉以反映游先生研究的一个侧面。

以游先生为例,我们常常感到前辈学者学养的深厚。前辈学者的学问就像冰山一样,发表出来的成果仅是露在水面上的一角,大部分都深埋在水底下。我们向游先生这样的前代学者学习,不仅了解他们已经发表了的成果,更要学习他们如何经之营之的治学态度和对自身学养的积累、提高。游先生的学术视野宏阔,学风平正通达,他植根于乾嘉,又受五四新学风洗礼,故其学术既有旧学根基,又有新学的方法和眼光。游先生一生研究涉及领域广泛,本书所选仅能反映游先生学术成就的一隅,然即此一点,足以窥见游先生高深的学术造诣,亦足以供后学者学习和思考。

傅刚　常森

2010 年 9 月

屈赋考源

一　赋的小引

什么是"赋"？《毛诗·烝民》"明命使赋"，《传》云："赋，布也。"又《小旻》"敷于下土"，《传》云："敷，布也。""赋""敷"同声，故《管子·山权数》"赋借藏龟"注亦云："赋，敷也。"又"敷"与"赋"古并读作重唇音；故诗"敷政优优"，《左传》引作"布政优优"；"敷时绎思"，《左传》又引作"铺时绎思"。其实都是一个意义。（详见钱大昕《十驾斋养新录》五）后来刘勰便根据这个意义下了一个"赋"的界说道："赋，铺也；铺采摛文，体物写志也。"（《文心雕龙·诠赋》）同时钟嵘《诗品》也说："直书其事，寓言写物，赋也。"朱子在《诗集传》也说："赋者，敷陈其事，而直言之也。"综观众说，"赋"的意义很简单：用现在新名词来说，不过是修辞学上的"直说法"而已。

《周礼·春官》："大师教六诗，一曰'风'，二曰'赋'。"《毛诗·关雎传》亦云："诗有六义，一曰'风'，二曰'赋'。"可见"赋"本是六诗的一种。所以班固《两都赋序》云："赋者，古诗之流也。"《颜氏家训·文章篇》亦云："歌、咏、赋、颂，生于诗者也。"后来这"六诗"的学渐渐的失传了，于是只有"赋"单独盛行起来，这便是刘彦和说的"六义附庸，蔚为大国"。班固《汉书·艺文志》的"诗赋略"中有一段话讲他的来历最明白：

> 古者诸侯卿大夫交接邻国，以微言相感。当揖让之时，必称《诗》以谕其志。盖以别贤不肖而观盛衰焉。故孔子曰"不学《诗》，无以言"也。春秋之后，周道浸坏，聘问歌咏，不行于列国；学诗之士，逸在布衣，而贤人失志之赋作矣。大儒荀卿，及楚贤臣屈原，离谗忧国，皆作赋以风（师古曰："风"读曰"讽"），咸有恻隐

古诗之义。

由此可知赋的性质虽主铺张，而他的作用却仍为讽谏，与诗歌初无分别。屈宋以后，如枚、马诸人的赋，虽然变本加厉，“竞为侈丽闳衍之词”，不免“劝百讽一”之讥，然而这不过是文体上的变迁，其实论其初旨端在于讽谏。我们只须看一看《汉书·司马相如传》赞就明白了。

讲到屈原的作品，本是名为“楚辞”，并未自命为“赋”的。用“赋”字题篇的是始于荀卿的《赋篇》。然而这是一个总题目，虽是分咏“礼”、“知”、“云”、“蚕”、“箴”五事，却不曾题作《礼赋》、《云赋》等名称。所以真正以“赋”为题的头一位，现在大概要算贾谊。（贾谊稍前的陆贾，《汉志》虽载他的赋三篇，今不可见。）但汉人对于屈、宋诸人的文章虽一面称他为《楚辞》（如《汉书·朱买臣传》云：“召见说《春秋》，言《楚辞》。”《王褒传》云：“征能为《楚辞》九江被公，召见诵读。”），而一面则仍称为“赋”。试看《汉志》“诗赋略”，打头便是“屈原赋二十五篇”，与枚、马诸人同例；而下文叙论中也说屈原作赋以风（引已见前）。不特班固如此，《史记·屈原传》亦云：“屈原既死之后，楚有宋玉、唐勒、景差之徒者，皆好辞而以‘赋’见称。”又云：“乃作《怀沙》之赋。”《怀沙》是《楚辞·九章》的一篇，本无“赋”名，而太史公却明明称他为“赋”了。此外《汉书·贾谊传》及《地理志》，应劭《风俗通·六国篇》都说屈原作《离骚赋》；王充《论衡·案书篇》也说“赋象屈原、贾生”。可见汉人对于屈、宋的作品——《楚辞》是一律当作“赋”看待的。

汉人所以称《楚辞》为“赋”者，因为“辞”与“赋”的实质本无区别。试看《卜居》、《渔父》二篇本非骚体，也被列在《楚辞》集中；而司马相如的《长门赋》、《大人赋》，班固的《幽通赋》，张衡的《思玄赋》等篇，都是骚体的形式，却从来没有人目他们为“辞”的。即此一端，便知汉人称屈子的文为赋，不是没有根据的。

二 屈赋四大观念

现在要讲到本题了。屈原的辞赋是从何处来的呢？说来话长。照前人的说法，赋生于诗，但是屈原的文章自有他的来路，决不是如此简单。如果我们要彻底明了他的来源,还得从古代学术思想的流别中探究。(我从前在《楚辞概论》里论《楚辞》的起源,曾举出三点:一、关于北方文学的;二、关于南方文学的;三、关于楚国的——风俗的,音乐的,地理的。这都与本文注重内容的思想者无关。)章学诚说:“夫《楚辞》,屈原一家之书也。”(《文史通义·文集》)又说:“相如辞赋,但记篇目。(自注云:“《艺文志》,司马相如赋二十九篇,次于屈赋二十五篇之后;而叙录总云‘诗赋二百六家,一千三百八十一篇’,盖各为一家之言,与《离骚》等。”)皆成一家之言,与诸子未甚相远。”这不能不说是目录学家泥古的偏见。古代学有专门;九流十家固然都是专门学问,辞章后来也成专门学问;所以《汉志》著录,便把他紧接着十家之后,论其用意或在于此。你看朱买臣被召言《楚辞》,被公应征诵读,这都说明《楚辞》有专门的授受,西汉时便少有人能“言”,少有人能“读”,所以要征召朱买臣及被公。(《周礼·春官》大司乐以“乐语”教国子兴、道、讽、诵、言、语。郑注,以声节之曰“诵”,可知古人所谓“诵读”,并非一件容易事。)这等专门之学,直至隋代还有人能懂。试看《隋书·经籍志》云:“有僧道骞者,善读之,能为楚声,音韵清切;至今传《楚辞》者,皆祖骞公之音。”这都是《楚辞》后来变成专门学问的例证。但不能因此便说《楚辞》原来便是什么专门的学问。

古者九流之学各有所自出,辞章之学也有所自出;如果说九流出于王官,也不等于说《楚辞》必然出于王官。因为辞章之学是文学,和其他学术究竟不同,因此《汉志》(或向歆父子)也未尝明言,这是耐人寻思的。现在我们应该这样说:《楚辞》家者流,主要出自民间,但多少受些史官及羲和之官的影响;但如说:辞赋家者流,盖出于道家及阴阳家,是不正确的。如果我们认识到这一层,那么便不难探索屈赋的来源。

我们研究《楚辞》若稍肯留心一下,很明显地可以看出屈赋中的四种观念,即:

一、宇宙观念。宇宙的观念就是自然的观念。这种观念以《天问》中为最多,《离骚》及《远游》次之,他篇则甚少。(曩辨《远游》非屈原所作,未审。)

二、神仙观念。神仙的观念就是出世的观念。这种观念以《远游》

一篇为代表,《离骚》中亦多有之。

三、神怪观念。神怪的观念全是幻想的观念。这种观念以《招魂》中为最多,《天问》次之,他篇绝少。(《招魂》非宋玉作,已详辨拙著《楚辞概论》中。)

四、历史观念。历史的观念也可说是善恶因果的观念,或教训劝戒的观念。这种观念以《离骚》、《天问》为最多,他篇次之。

以上四种观念彼此互有关系。现在且看他们是从那里来的。

屈原何以会想到关于宇宙的许多问题呢?王逸《楚辞章句·天问序》云:"屈原放逐,忧心愁悴;仿徨山泽,经历陵陆;嗟号昊旻,仰天叹息。见楚有先王之庙,及公卿祠堂,图画天地、山川、神灵,琦玮僪佹,及古圣贤怪物行事,周流罢倦,休息其下。仰见图画,因书其壁,呵而问之,以渫愤懑,舒泻愁思。"王逸这话虽不全面,但《天问》与屈原放逐的时代可能有关系。所谓楚国先王公卿祠庙里的图画,虽然是王逸自己的想像,他的意见却是值得我们重视的。如论屈原所以关心天地、山川、日月、星辰的问题,这是和屈原的家世——我们知道他出身于公族,以及后来的经历分不开的。

《汉书·艺文志》:"阴阳家者流,盖出于羲、和之官。敬顺昊天,历象日月星辰,敬授民时,此其所长也。"班固这话是从《尚书·尧典》上钞来的:

> 乃命羲、和,钦若昊天,历象日月星辰,敬授人时。

我先把这几句译成现在的普通话:

> 帝尧于是派羲氏、和氏二人,教他们敬奉上帝的命令,推算那天上的日月星辰的法象(如道里,躔度等),以定岁月、干支、大小、朔望、四时、昼夜的标准,造成一种历法,颁布天下,以便下民遵用。

我们千万不要忽视:创造历法是一件如何重要而困难的事呵!若非精通天文历数之学,是断然办不到的。这种学问古代多半掌在史官手里(详后),这便是战国时候的阴阳家,不久以前掌管天文的钦天监,现在叫做观象台。

羲氏、和氏是什么人呢?《尚书》伪《孔传》云:"重、黎之后,羲氏、和氏，世掌天地四时之官。"重、黎又是什么人呢？按《周书·吕刑》云："乃命重、黎，绝地天通，罔有降格。"伪《孔传》云："重即羲，黎即和。"所以扬雄《法言·重黎篇》云："或问：'南正重司天，北正黎司地，今何僚也？'曰：'近羲近和。'"又按《国语·楚语》云："昭王问于观射父曰：'《周书》所谓重黎实使天地不通者，何也？若无然，民将能登天乎？'对曰：'非此之谓也。古者神民不杂。……及少皞氏之衰也，九黎乱德，民神杂糅，不可方物。夫人作享，家为巫史……颛顼受之，乃命南正重司天以属神，命火正黎司地以属民。使复旧常，无相侵渎，是谓"绝地天通"。其后三苗服九黎之德，尧复育重黎之后不忘旧者，使复典之，以至于夏、商。故重黎氏世叙天地，而别其分主者也。'"（《史记·历书》及《自序》亦引此文）然司地者宜曰北正，作火正者非是。《尚书·吕刑》孔疏略引此文而加以解释云："彼言主说此事。而《尧典》云：'乃命羲和，钦若昊天。'即所谓育重黎之后使典之也。以此知重即羲也，黎即和也。言羲是重之子孙，和是黎之子孙，能不忘宗之旧业，故以重黎言之。"由此可知阴阳家所从出的羲、和是重、黎的后代，他们所以能受尧的任命，主办观象授时的事务，正因为他们都是天文学世家。

又按《史记·楚世家》云："楚之先，出自帝颛顼高阳。——高阳者，黄帝之孙，昌意之子也。——高阳生称，称生卷章，卷章生重黎。重黎为帝喾高辛居火正，甚有功，能光融天下，帝喾命曰祝融（又略见《国语·郑语》）。共工氏作乱，帝喾使重黎诛之而不尽，帝乃以庚寅日诛重黎；而以其弟吴回为重黎后，复居火正，为祝融。吴回生陆终，陆终生子六人……六曰季连，芈姓，楚其后也（《大戴记·帝系篇》与此略异）。考《周书》及《楚语》都说重、黎为二人，故《春秋》昭公二十九年《左传》记蔡墨对魏献子称少皞氏有子曰重，为句芒木正；颛顼氏有子曰黎，为祝融火正。《尧典》孔疏即据此以驳史公此文的误。但《楚世家》《索隐》引刘氏说："少昊氏之后曰重，颛顼氏之后曰重黎。对彼重，则单称黎，若自言当家，则称重黎。故楚及司马氏皆重黎之后，非关少昊之重。"下文《索隐》又云："此重黎为火正，彼少昊氏之后自为木正，知此重黎即彼之黎也。"重黎的名字虽然有点异说，但不管他是否名黎或重黎，然而证之以上各书，那司天司地的二人中，总有一个是颛顼的后代，这是可以断言的。黎或重黎既是颛顼之后，由此可知楚国也是天文学家的后代。

《史记·屈原传》："屈原者，楚之同姓也。"所以他在《离骚》里开口便自述他的世系道："帝高阳之苗裔。"屈原既是重黎的后，又是个博闻强记的人；所以虽然时代远隔，我想他对于家学渊源，多少总懂得一点，而何况又是他的职务上所应该知道的事呢？

话虽如此说，然而终乎是一个略近附会的理想。但是，我们不能不想到：

《史记·历书》云："其后三苗服九蘂（按即九黎）之德，故二官（按即指南正重及火正黎）咸废所职；而闰余乖次，孟陬殄灭，摄提无纪，历数失序。"今按屈子《离骚》纪他自己的生庚云：

> 摄提贞于孟陬兮，惟庚寅吾以降。

《尔雅·释天》："太岁在寅曰'摄提格'。"又云："正月为'陬'。"王逸说："言己以太岁在寅，正月始春，庚寅之日，下母之体而生。"（《楚辞章句》）朱子说："摄提，星名，随斗柄以指十二辰者也。正月为陬。盖是月孟春昏时，斗柄指寅，在东北隅，故以为名也。"（《楚辞集注》）顾炎武、龚景瀚等并从王说，张云璈等则从朱说，两说争论不休。但我以为无论摄提或为岁，或为星，他总是与天文学有关系的。你看屈子用这些天文学上的名词来记他的生庚，不是很可注意的事吗？所以《哀郢》又云：

> 皇天之不纯命兮，何百姓之震愆？民离散而相失兮，方仲春而东迁。

又云：

> 去故乡而就远兮，遵江夏以流亡。出国门而轸怀兮，甲之鼂吾以行。

看他这赋既记仲春，又记甲日，他对于时令干支的观念是何等的注意，何等的清晰！《尧典》记羲和"殷仲春，正仲夏"，这原来是天文学家的所有事。这种记载时日的文字，在后人是数见不鲜，在屈赋中则极可注意。他若不是天文历数之学有相当的了解,会这样屡次详记时日吗?所以他每逢比较重大的事情,总要把他记出的。例如《怀沙》云:

滔滔孟夏兮,草木莽莽。伤怀永哀兮,汩徂南上。

“孟夏”二字也是特书他再放南迁的时令。初出国门,是比较重大一点,所以连日干也记出来,这里却但记“孟夏”了。又如《思美人》云:

开春发岁兮,白日出之悠悠。吾将荡志而愉乐兮,遵江夏以娱忧。

又如《招魂》“乱”辞云:

献岁发春兮,汩吾南征。

又如《抽思》云:

望孟夏之短夜兮,何晦明之若岁?……曾不知路之曲直兮,南指月与列星。

看他在赋中两次说春,两次说孟夏,一次说仲春,一次说甲日;记时的文字竟有如此的多;有时辨路不清,还可以仰观天象拿月亮和星子来做辨方向的标准:这都是屈子略有天文学常识的明证。然而还不止此。例如《离骚》云:

吾令羲和弭节兮,望崦嵫而勿迫。……饮余马于咸池兮,总余辔乎扶桑。折若木以拂日兮,聊逍遥以相羊。

又云:

朝发于天津兮,夕余至乎西极。

这里的“羲和”,古人借用作日御的名字,崦嵫是日所入的地方,咸池是日所浴的地方,扶桑是日所拂的树木,若木也是日入的处所,天津即天河,在箕、斗二星之间。这都是我国古人解释自然的传说(天津一条除外):无论他怎样浅薄和幼稚,然而都是天文方面的意识所在。又如《远游》云:

朝濯发于汤谷兮,夕晞余身兮九阳。

汤谷即《尧典》的“阳谷”，相传为日所从出。九阳或谓即太阳，这也与上面所引《离骚》的话相同。又云：

> 召丰隆使先导兮，问太微之所居。集重阳入帝宫兮，造旬始而观清都……时暧曃其曭莽兮：召玄武而奔属；后文昌使掌行兮，选署众神以并毂。

洪兴祖《楚辞补注》引《大象赋注》云：“太微宫垣十星，在翼轸北。”旬始也是星名。《春秋考异邮》云：“太白名旬始。”玄武为二十八宿北方的星名。文昌星亦见《史记·天官书》。洪氏引《大象赋注》云：“文昌六星，如匡形。”奇怪的很，屈原何以屡次在赋中讲到天上的星宿呢？他又何以烂熟那些星宿的名字呢？这又不是他懂得天文的明证吗？此外他一写到远游的事，不是召云师，便是驱风伯，不是过句芒，便是历太皓，没有一句与天象无关，所以我相信他的确不是一个寻常的文学家。

然而屈原若仅仅认得几个星宿，或者略略知道几个天文学上的名词，还不能说他具有怎样的宇宙观念。这种极可注意的宇宙观念全在他的《天问》里面那些关于天体、天象、天算和地理上许多极有价值的问题。例如他问道：

> 明明暗暗，惟时何为？阴阳三合，何本何化？

这是要考究宇宙之内，日月相推，或明或暗，昼夜相代，而运行不息，究竟是为什么呢？接着又问：“天地从何而生？宇宙从何而成？自来的解释都说是阴阳二气相摩荡而成的；请问这阴阳二气之中，究竟哪一种为本体，哪一种为化功呢？”（按《春秋》庄公三年《穀梁传》：“独阴不生，独阳不生，独天不生，三合然后生。”即屈子所欲明者。）周敦颐《太极图说》云：“无极而太极。太极动而生阳，动极而静；静而生阴，静极复动。一动一静，互为其根。分阴分阳，两仪立焉。阳变阴合，而生水、火、木、金、土。五气顺布，四时行焉。”（参看《易·系辞上》）这个宇宙起源论不啻为屈子此问下一答案。老子《道德经》云：“道生一，一生二，二生三，三生万物。万物负阴而抱阳，冲气以为和。”也是解释这个道理。所以曹耀湘谓阴阳与冲气即屈子所调三合，阴阳为本，三合为化

(见《天问疏证》)。总而言之,这的确是一个从古到今所不能解答的问题了。看他又问道:

天何所沓?十二焉分?日月安属?列星安陈?

天的极尽头处在哪里呢?(王逸曰:"沓,合也。言天与地合会何所。"按"沓"借为"踏"。《说文》:"踏,践也。"盖谓天际所到的地方何在。)岁星的行次及月建、辰会、分野等的分为十二等分是用什么做标准呢?(旧注谓十二辰指十二分野)日,月,和星子又系联在哪个地方呢?《列子·天瑞篇》有这样一段故事:

杞国有人,忧天地崩坠,身亡所寄,废寝食者。又有忧彼之所忧者,因往晓之曰:"天积气耳,亡处亡气。"……其人曰:"天果积气,日,月,星宿不当坠耶?"晓之者曰:"日,月,星宿,亦积气中之有光耀者;只使坠,亦不能有所中伤。"……其人舍然大喜,晓之者亦舍然大喜。

我们不问这话对不对,或者有一部分的对,但很可以当作屈子此问的答案。这也是一个关于宇宙的重大问题。他接着又问道:

出自汤谷,次于蒙汜。自明及晦,所行几里?

谁能算出太阳自东徂西所走的道里呢?关于这个问题,我国古代天文学家也曾有许多人推算过的。如《论衡·谈天篇》言周天七十三万里,《洛书甄曜度》及《春秋考异邮》都说周天一百七万一千里。《帝王世纪》则谓周天三百六十五度四分度之一,一度二千九百三十二里。周天积百七万九百一十三里,径三十五万六千九百七十一里。他又问道:

夜光何德,死则又育?厥利维何,而顾菟在腹?

月亮为什么有朔望明晦的时候呢?相传其中一点黑影是一只兔子的话,恐怕靠不住罢?(按《论衡·谈天篇》有辨论)月亮生魄死魄的道理,古人也很多讨论的,近来科学发达,当然已经不成问题了。看他又问道:

何阖而晦？何开而明？角宿未旦，曜灵安藏？

昼夜晦明之所以分，是不是什么地方在开着门，什么地方在关上门呢？东方的角星还未明亮的时候，太阳又在哪里？他又问道：

东西南北，其修孰多？南北顺椭，其衍几何？

地体的四边有多长？相传他东西径长，而南北稍短，是一个椭圆形；那么，这东西的长度比南北多有若干呢？关于这问题，《淮南子·墬形训》有个不科学的解答。他说，阖四海之内，东西二万八千里，南北二万六千里。禹命太章步自东极至于西极，竖亥步自北极至于南极，各二亿三万三千五百里七十五步。《河图括地象》则谓地广东西八万八千里，南北二万六千里。八极之广，东西二亿三万三千里，南北二亿三万一千五百里(《诗含神雾》说同)。张衡《灵宪》又谓八极之维，径二亿三万二千三百里，南北则短减千里，东西别广增千里。这都是古人说地体东西长于南北的明证。

此外他还问：你晓得大地之上有多少山崖海角吗？你晓得百川东流，海水不溢的道理吗？你晓得哪里是太阳所不到的地方吗？诸如此类，我也不再举了。请问：以上这些问题，是些什么问题？是不是天文、历数、地理等自然科学中极其重要的问题呢？你看许多自然现象的道理和解释，一到了屈原的心目中，都要仔细推敲一下，这恐怕是他的远祖司天司地的重黎所从来不曾梦想得到的呵！

现在再就战国时的阴阳家来说。《汉志》阴阳家有《邹子》四十九篇，又有《邹子终始》五十六篇，都是齐人邹衍的遗著；可是现在都没有了。但我们可以从《史记·孟荀传》中窥见邹子学说的一斑：

齐有三驺子……驺衍睹有国者益淫侈，不能尚德。……乃深观阴阳消息，而作怪迂之变，《终始》、《大圣》之篇十余万言。其语闳大不经，必先验小物，推而大之，至于无垠。先序今以上至黄帝，学者所共术，大并世盛衰。因载其讥祥度制，推而远之，至天地未生，窈冥不可考而原也。先列中国名山大川，通谷禽兽，水土所殖，物类所珍。因而推之及海外，人之所不能睹。称引天地剖判以来，五德转移，治各有宜，而符应若兹。以为儒者所谓中国者，于天下乃八十一分居其一分耳。中国名曰赤县神州,赤县神州之内,自有九州,禹之序九州是也。不得为州数。中国外如赤县神州者九,乃所谓九州也。于是有裨海环之,人民禽兽莫能相通者。如一区中者,乃为一州;如此者九,乃有大瀛海环其外,天地之际焉。——其术皆此类也。

邹衍的全书虽不可见,但据史公,“其术皆此类”一语看来,则他的学说也就可想而知了。他的五德,终始及迂怪讥祥的部分,等在后面再说。至于瀛海九州的推测,在当时的确是一种新地理学说(俞正燮谓衍说即古盖地说,见《癸巳类稿·盖地海论》),而且的确是古代天文学家理想上的一大进步。所以刘向《别录》谓邹衍所言天地广大,书言天事,故齐人号为“谈天”(《史记集解》引)。天文和地理在古代本是一而二,二而一的学问,不过《邹衍》这种学说特别侧重于地理方面罢了。屈原对于天文学本有相当的了解,所以他的《天问》又有下列几个关于地理的问题:

地方九则,何以坟之?

“九则”就是《禹贡》所谓九州土田上中下九等。这是问大禹何以能分别他的高下呢?所以柳宗元《天对》云:“从民主宜,乃九于野。坟厥贡艺,而有上中下。”

九州安错?川谷何洿?

此文旧注都解错了。《说文》:“洿,浊水不流也。”其字或借作“汙”。屈子的意思是问夏禹别九州,平水土的办法;洿塞的川谷,就是疏凿以前的情形。(王逸训“洿”为“深”,似失其义。)《禹贡》说的“禹敷土,随山刊木,奠高山大川”,很可以做此文的注脚。孔疏云:“九州之次,以治为先后。以水性下流,当从下而泄,故治水皆从下为始。冀州帝都,于九州近北,故首从冀起,而东南次兖,而东南次青,而南次徐,而南次扬;从扬而西次荆,从荆而北次豫,从豫而西次梁,从梁而北次雍。——雍地最高,故在后也。自兖以下,皆准地之形势,从下向高,从东向西:……雍州高于豫州,豫州高于青徐,雍豫之水从青徐而入海也。梁高于荆，荆高于扬，荆梁之水从扬而入海也。兖州在冀州东南，冀、兖二州之水各自东北入海也。”这便是夏禹依据九州地势来治水的实施计画。他费尽多少苦心来经营布置，这便是屈子所问的“安错”。下文问东流不溢的道理，就是承接上文治水的话来讲的。所以徐文靖说：“此盖问禹别九州，何所经营布置，非谓九州之大，安所错置也。盖九州之水，皆入于海，复有大瀛海环之，此所以东流而不溢也。”（《管城硕记》十五）这样看来，屈子此文竟与邹衍的话相表里了。

“昆仑、县圃，其尻安在？增城九重，其高几里？”“何所冬暖？何所夏寒？”“黑水、玄趾，三危安在？”这些都是关于地理上的问题，也就是邹衍所要先列名山大川，因而推至于“人之所不能睹”的意思。此外还有几个问题：“焉有石林？何兽能言？”“雄虺九首，儵忽焉在？”“靡蓱九衢，枲华安居？一蛇吞象，厥大何如？”“鲮鱼何所？鬿堆焉处？”这些问题虽然比较的神怪一点（详后），然而也是邹衍列叙川谷、禽兽、水土物类的意思。不但《天问》如此，即如《离骚》中的善鸟香草，《招魂》中的饮食珍玩，多至于不可胜数，也莫不与地理上相关。（后世赋家如司马相如等极好铺叙山川的形势，水陆物产的珍异，亦辞赋家与阴阳家有关的一证。）又不但这里如此，即如《远游》所说的仙境，必在四方上下；《招魂》所及的地域，也必定要说到四方上下；《离骚》中所述的神游，也说到往观四荒，览观四极，周流上下，九州博大：这岂非很明显的空间观念吗？他如济沅、湘，发苍梧，至县圃，望崦嵫，济白水，登阆风，归次穷石，濯发洧盘，行流沙，遵赤水，路不周，指西海等话，无论其地或有或无，总是屈子理想中的世界。这世界也就是被人目为迂怪的邹衍曾经推想过的。又如他的放逐以后的作品如《哀郢》、《涉江》、《抽思》等篇，对于实际的地理记载也非常明了。所以我说屈原的思想是有了古代天文学家的渊源，而与出于羲和的阴阳家邹衍同出一源的。我想战国时，齐国阴阳家言极盛。屈子屡使于齐，势必直接受其影响；所以他的辞赋中，天文而外，还有许多关于地理的文字。（《汉志》阴阳家有《南公》三十一篇，徐广以为楚人，亦楚有阴阳家之证。）

以上是论屈赋的宇宙观念。

其次我且讨论他的神仙观念。

神仙的思想就是出世之思想。屈赋中表示这种思想最明白的便是《远游》。王逸说:"屈原履方直之行,不容于世。上为谗佞所谮毁,下为俗人所困极,章皇山泽,无所告诉。乃深惟玄一,修执恬漠,思欲济世,则意中愤然,文采铺发。遂叙妙思,托配仙人,与俱游戏,周历天地,无所不到。"(《楚辞章句·远游序》)王逸说《远游》有充分的神仙思想是确实可信的。例如云:

> 漠虚静以恬愉兮,淡无为而自得。

又云:

> 道可受兮,不可传。其小无内兮,其大无垠。无淈而魂兮,彼将自然。壹气孔神兮,于中夜存。虚以待之兮,无为之先。庶类以成兮,此德之门。

看他说"虚静",说"恬愉",说"淡无为",说"自然",说"无为之先",说"此德之门",不消说全是道家的话。我们只须把他和《道德经》、《庄子》略略对看一下,便知他们的谈玄的确是一个鼻孔出气的,并非词句上偶然的相同。又如云:

> 餐六气而饮沆瀣兮,漱正阳而含朝霞。保神明之清澂兮,精气入而粗秽除。

这真是绝好的修炼的内功了。《庄子·刻意篇》也有一段相类的文字云:"吹呴呼吸,吐故纳新;熊经鸟申,为寿而已矣。此道引之士,养形之人,彭祖寿考者之所好也。"(《汉书·王吉传》,吉上疏昌邑王论养生之道,亦略袭此文。)因为讲究道引的人,首先要学辟谷,想辟谷,必先学餐风吸露;能够餐风吸露,便可以轻举,可以长生不死;长生不死,便是快乐逍遥的活神仙。看他更明白的说道:

> 闻赤松之清尘兮,愿承风乎遗则。

又说:

> 贵至人之休德兮,美往世之登仙。与化去而不见兮,名声著而

日延。

又说：

奇传说之托辰星兮，羡韩众之得一。形穆穆以浸远兮，离人群而遁逸。

韩众是古仙人，即韩终，见《列仙传》，并不是秦始皇时的那位方士。此外他还说“从王乔而娱戏”，“见王子而宿之”，“留不死之旧乡”。(《天问》亦言“延年不死，寿何所止?”又言彭祖“受寿永多，夫何久长?”)看他列举许多仙人的姓名，可见屈子的确是羡慕他们出世的快乐了。可是很奇怪，热肠的屈子，眼见宗国将亡，杀身以殉，做了汨罗江上的溺鬼，为什么忽然这样的发疯，竟想到腾云驾雾，白日飞升的快乐呢？这真值得我们研究一下。

本来出世的思想就是道家的思想。《汉志》云：“道家者流，盖出于史官。”古代的史官本是兼掌天文历数的，所以道家与阴阳家互有密切的关系。屈子的思想既与邹衍同，而道家的鼻祖老子又是他的同乡；所以我说屈子的出世观念一方面与道家有关，一方面又与阴阳家有关。与道家的关系，是庄周的恬漠虚静，道引养生的工夫；与阴阳家的关系，便是邹衍的“深观阴阳消息”。现在分别引证说明于后：

神仙思想的出发点，只是俗语说的一句“长生不老”。长生和不死的话，老子《道德经》里面早就说过了的。至于庄子书中说及长寿的地方更不知多少；他虽然说“不道引而寿”，然而一讲到这里都不免带点神仙的意味。例如《逍遥游》云：

楚之南有冥灵者，以五百岁为春，五百岁为秋。上古有大椿者，以八千岁为春，八千岁为秋。而彭祖乃今以久特闻。众人匹之，不亦悲乎?

这虽是寓言，但很可以看出庄子关于长生久视的观念了。所以他接着又说：

藐姑射之山，有神人居焉。肌肤若冰雪，淖约若处子；不食五谷，吸风饮露；乘云气，御飞龙，而游乎四海之外。

这更可以看出庄子对于神仙的认识了。又如《在宥》云：

> 广成子南首而卧。黄帝顺下风膝行而进，再拜稽首而问曰："闻吾子达于至道，敢问治身奈何而可以长久？"广成子蹶然而起曰："善哉，问乎！来！吾语女至道：至道之精，窈窈冥冥；至道之极，昏昏默默。无视无听，抱神以静，形将自正。必静必清，无劳女形，无摇女精，乃可以长生。目无所见，耳无所闻，心无所知，女神将守形，形乃长生。……我守其一，以处其和。故我修身千二百岁矣，吾形未尝衰。"

这真是一个修炼的秘方，长生不死的妙诀。他的清静守一的理论，与屈子《远游》所说的无不吻合。不过庄子是个外形骸、齐万物的人，所谓"独与天地精神往来，上与造物者游，而下与外死生，无终始者为友"，正是他的根本精神之所在。所以他觉得"天下莫大于秋毫之末，而太山为小；莫寿于殇子，而彭祖为夭"（《齐物论》）。所以庄子虽然尽管讲"虚静恬漠"，尽管讲"道引""养生"之术，而终乎不会变成一个神仙家。但屈子的《远游》则单取这一部分来发挥那炼形的神仙思想，并且在后半篇进一步的实写周游四方八极的快乐（与《离骚》同）。

现在再说神仙思想与阴阳家的关系。

由寥廓的宇宙观念而变为缥缈的神仙观念，不但是极可能，而且是极自然的趋势。因为阴阳家觉得宇宙广大无垠，很想推个究竟，而神仙家也是想升天入地，以至于旷远绵漠之区的。最好的例证莫过于屈赋《离骚》中半人半神的浪游，若有若无的境界。你说他真是想游仙吗？但他所说的苍梧、昆仑等等，却是确有这些地方；你说他是实地的写人间的漫游吗？却又说驷虬乘鹥，驱望舒，役飞廉，乃至于许多虚无缥缈的世界。由此可知其中凡是写实的空间，仍是天文家的宇宙观念，或者阴阳家的地理观念，凡是幻想的便有神仙思想的倾向了。由天文学家的宇宙观念的边际上，一涉足便极容易走到神仙一条路上去；所以我说这是极可能的趋势。然而这还是理论上的解释，请看我下面列举的一些例证：

一、讲到阴阳家与神仙家的关系，还须上溯齐国学术思想的源头。今按《管子》里有一篇很可注意的便是《内业篇》。《内业篇》里有许多关于养生的话，与道家所讲“道引”的术很接近。这便是古代的神仙修炼的学问早已胚胎于齐国的明证。（《晏子春秋·内篇》载齐景公求柏常骞益寿事，《左传》亦载景公语晏子“古而无死，其乐若何”，皆齐人慕长生之证。）而《汉书·刘向传》称宣帝复兴神仙方术之事，而淮南王有《枕中鸿宝苑秘书》，言神仙、使鬼物、为金之术，及邹衍“重道延命方”，世人莫见；而更生父德，武帝时，治淮南狱，得其书。更生幼而诵读，以为奇。献之，言黄金可成。邹衍的“重道延命方”今虽不传，大概就是修炼家摄生的法子，讲究“道引”者的秘方。而这个秘方《管子》已经讲到的，所以我很疑心阴阳家的神仙思想怕原来就是齐国出产的国货。（邹衍“五德终始”的学说，推论五行生克，而《管子》之《四时》、《五行》等篇亦论及五行五官等事，亦其证。）

二、《管子·封禅篇》云：“桓公既霸，会诸侯于葵丘，而欲封禅。管仲曰：‘古者封泰山、禅梁父者，七十二家，而夷吾所记者十有二焉。……古之封禅，鄗上之黍，北里之禾，所以为盛。江、淮之间，一茅三脊，所以为藉也。东海致比目之鱼，西海致比翼之鸟，然后物不召而自至者，十有五焉。今凤凰麒麟不来，嘉谷不生，蓬蒿藜茂莠，鸱枭数至，而欲封禅，毋乃不可乎？’于是桓公乃止。”由此可知，自来言封禅者，必验诸符瑞。而《史记·孟荀传》却明明说邹衍“先序今以上至黄帝……载其讥祥度制”，又明明说他“称引天地剖判以来，五德转移，治各有宜，而符应若兹”，这又岂非阴阳家言本与齐国固有的学说相关的明证吗？又按《史记·封禅书》云：“自齐威、宣之时，驺子之徒，论著‘五德终始’之运。及秦帝，而齐人奏之，故始皇采用之。而宋毋忌、正伯侨、充尚、羡门子高（《集解》引韦昭曰：“皆慕古人名效神仙者。”）最后皆燕人，为方仙道，形解销化，依于鬼神之事。驺衍以阴阳主运显于诸侯，而燕、齐海上之方士传其术，不能通。”是则邹子的学说全为秦始皇所采用了，而且有一班方士为他传述了。可是那班方士们只能得其糟粕，拿神仙尸解的术来骗骗秦始皇，博取禄位而已。至于精深奥妙的“阴阳主运”就不能通了。这又是神仙之学与阴阳家有关的一证。

三、秦始皇既采用邹衍的学说，所以《史记·始皇本纪》称始皇推“五德终始”之传，定秦为水德。所以又屡次派遣许多方士入海求神仙和不死之药。但始皇求仙的动机是从哪里发生的呢？我以为是从巡幸而来的。《封禅书》载始皇游海上，至琅邪，过恒山；又说他东游海上，祠名山大川及八神，求仙人羡门之属。而巡幸四之动机也是从邹衍而来的。何以见得呢？原来邹衍生长海滨，天天看见那汪洋无际的大海，于是推想那稗海之外必有大瀛海，九州之外尚有大九州。乃至于天下名山大川、通谷禽兽、及海外所不能见的，都一一推想到了。始皇看见这种学说，不禁顿生好奇之心；所以他总要到海上去走一走，派人去探一探，看看究竟有没有蓬莱、方丈，瀛洲等神山，有没有神仙和奇药。（齐景公也是想长寿的人，而《晏子春秋·内篇》及《孟子》都说他欲观于转附朝儛，遵海而南，至于琅邪。与始皇同为好奇的心理。）又要周游中国的名山大川，举行封禅祠祀的典礼，顺便也可以实际考察邹衍所说关于地理的情形。由此看来，始皇因瀛海九州之说而有巡幸，因巡幸而有祷祀；祷祀山川，便是“依于鬼神之事”。于是乎方士们才可以投其所好，引他来到神仙之路。（《盐铁论·论邹篇》引邹子说，而言“故秦欲达九州而方瀛海，牧胡而朝万国”，是始皇开疆拓土，征伐外域，亦从衍说而生。按刘申叔先生已有此说，见《左盦集》三。）后来汉武帝的行为几乎与他全同。

屈子的宇宙观念与邹衍的关系既如上述。所以我说他的神仙观念也与阴阳家有关。

其次我再讨论他的神怪观念。

屈子的神怪观念与上述的宇宙观念和神仙观念是互为因果的。他与道家和阴阳家也有密切的关系。这一类观念最主要的在《招魂》中，其次便是《天问》的一部分。

《招魂》一篇，是否为招生魂或死魂，是否为招怀王或自己，现在姑置勿论。但他“外陈四方之恶”，叫魂魄不要乱跑，赶紧归来，说得四方上下如何的可怕，确实也是屈赋中一篇奇怪的文章。试看他写东方的危险道：

长人千仞，惟魂是索些。十日代出，流金铄石些；彼皆习之，魂往必释些。

又看他写南方的危险道：

雕题黑齿，得人肉以祀，以其骨为醢些。蝮蛇蓁蓁，封狐千里些。雄虺九首，往来倏忽，吞人以益其心些。

又看他写西方的危险道：

西方之害，流沙千里些。旋入雷渊，靡散而不可止些。幸而得脱，其外旷宇些。赤蚁若象，玄蠭若壶些。五谷不生，藂菅是食些。其土烂人，求水无所得些。彷徉无所倚，广大无所极些。

又如写天上的危险道：

虎豹九关，啄害下人些。一夫九首，拔木九千些。豺狼从目，往来侁侁些；悬人以娭，投之深渊些；致命于帝，然后得瞑些。

又如写地下的危险道：

土伯九约，其角觺觺些；敦脄血拇，逐人駓駓些；参目虎首，其身若牛些。

这些话真是神怪极了。千仞高的长人，千里长的封狐，（王逸说："大狐健走，千里求食，不可逢遇也。"王夫之说："千里，言能为妖怪，倏忽千里也。"今按此篇所述，本以神怪为主。上言长人千仞，则千里亦当指狐长。故今从《文选》五臣说。）九头的蛇，象般大的蚂蚁，瓠般大的黑蜂，还不为奇；又有九头的人，其力能拔九千棵树木；纵目的豺狼，拿人做玩意儿，抛在深渊之中；九节而戴角的土伯，粗厚的背，染红了血的大拇指，三只眼睛，虎头牛身，不断的逐人吃。这真比十王殿里的恶鬼还可怕，吴道子的笔墨所不能形容的了。所以顾炎武在《日知录》里说："或云，地狱之说，本于《招魂》。长人土伯，则夜叉罗刹之伦也。烂土雷渊，则刀山剑树之地也。虽文人寓言，而意已近之矣。魏晋以下，遂演其说而附之释氏之书。"固然不错，这不过是文人的寓言，是辞赋家的一种幻想；但这些奇怪的理想究竟是从哪里来的呢？今考古籍中寓言最多的莫过于《庄子》。我且举几个例子来看：

一、《逍遥游》云："北冥有鱼，其名为鲲；鲲之大，不知其几千里也。化而为鸟，其名为鹏；鹏之背，不知其几千里也。怒而飞，其翼若垂天之云。是鸟也，海运则将徙于南冥。——南冥者，天池也。——《齐谐》者，志怪者也。《谐》之言曰：'鹏之徙于南冥也，水击三千里，抟扶摇而上者九万里；去以六月息者也。'"

二、《外物》云："任公子为大钩，巨缁，五十犗以为饵；蹲乎会稽，投竿东海，旦旦而钓。期年不得鱼。已而大鱼食之，牵巨钩，錎没而下；骛扬而奋鬐，白波若山，海水震荡，声侔鬼神，惮赫千里。任公子得若鱼，离而腊之。自制河以东，苍梧以北，莫不厌若鱼者。"

三、《则阳》云："有国于蜗之左角者，曰触氏；有国于蜗之右角者，曰蛮氏。时相与争地而战，伏尸数万，逐北旬有五日而后反。"

这就是他自己说的"谬悠之说，荒唐之言，无端崖之辞"。他们虽属寓言，而其怪诞的性质实与《招魂》所说的初无分别。这岂非屈原的神怪思想与道家同出一源的明证吗？所以屈赋中有许多话与《庄子》不谋而合。例如：

一、《招魂》云："十日代出，流金铄石些。"而《齐物论》亦云："昔者十日并出，万物皆照。（焦）"

二、《哀郢》云："彼尧舜之抗行兮，瞭杳杳而薄天；众谗人之嫉妒兮，被以不慈之伪名。"（按宋玉《九辩》亦袭此文）而《盗跖篇》亦云："尧不慈，舜不孝。"

三、《悲回风》云："求介子之所存兮，见伯夷之放迹。望大河之洲渚兮，悲申徒之抗迹。"而《盗跖篇》亦云："伯夷、叔齐，辞孤竹之君，而饿死于首阳之山，骨肉不葬。……申徒狄谏而不听，负石自投于河，为鱼鳖所食。介子推，至忠也，自割其股，以食文公。文公后背之，子推怒而去，抱木而燔死。"

四、《天问》云："雄虺九首，鯈忽焉在？"而《应帝王》亦云："南海之帝为鯈，北海之帝为忽。"故柳宗元《天对》即据此以为对问的证云："鯈忽之居，帝南北海。"（按《天问》的"鯈忽"虽与《庄子》异义，而文词则同。故屈赋《招魂》及《悲回风》皆用之。而《九歌·少司命》亦云："鯈而来兮忽而逝。”）

五、《离骚》云：“溘吾游此春宫兮，折琼枝以继佩。”又云：“何琼佩之偃蹇兮，众薆然而蔽之！”又云：“折琼枝以为羞兮，精琼靡以为粻。”（按《九歌·东皇太一》又有“琼芳”一语）而《庄子》逸文亦云：“老子见孔子从弟子五人……叹曰：‘吾闻南方有鸟，名为凤凰。之所居也，积石千里，河水出下，凤鸟居上。天为生食，其树名琼，枝高百仞，以璆琳琅玕为实。’”（见《御览》九百十五引。《艺文》九十及《文选》江淹《杂体诗》注引均与此小异。）屈赋的“琼枝”、“琼佩”就是《庄子》所说的琼树。（按《天问》云：“焉有石林？”徐文靖以为石林即《庄子》此文所谓积石琼树。引杜甫《凤凰台诗》云：“西伯今寂寞，凤声亦悠悠。山峻路绝踪，石林气高浮。”是杜甫亦以此为石林。说见《管城硕记》十五。）

六、《天问》云：“东流不溢，孰知其故？”而《秋水》亦云：“天下之水，莫大于海；万川归之，不知何时止而不盈；尾闾泄之，不知何时已而不虚。”二文亦颇相关。

此外如《知北游》云：“冉求问于仲尼曰：‘未有天地，可知邪？’”《则阳》云：“四方之内，六合之里，万物之所生恶起？”这岂非与屈子《天问》前段的意思相同吗？《则阳》又云：“斯而析之，精至于无伦，大至于不可围。”这又岂非与《远游》所谓“其小无内，其大无垠”的意思略同吗？《齐物论》又云：“至人神矣……乘云气，骑日月，而游乎四海之外。”（按此与《逍遥游》藐姑射的神人一节同）又岂非《离骚》、《远游》两篇神游的语意吗？不但屈赋与《庄子》书的关系如此，即后世辞赋家也很多袭取他的文词的。

我顺便也举几个例：

一、《外物篇》称宋元君杀神龟。仲尼曰：“神龟能见梦于元君，而不能避余且之网；知能七十二钻而无遗筴，不能避刳肠之患。如是，则知有所困，神有所不及也。”而《楚辞·卜居》亦云：“知有所不明，神有所不通，龟策诚不能知此事。”大概即袭其文。又《至乐篇》记庄子之楚，见髑髅，撽以马捶而问之曰：“夫子贪生失理而为此乎？将子有亡国之事，斧钺之诛而为此乎？将子有不善之行，愧遗父母妻子之丑而为此乎？将子有冻馁之患而为此乎？将子春秋故及此乎？”似亦《卜居》

“吾宁悃悃款款，朴以忠乎？将送往劳来，斯无穷乎”一段之所本。（按今以《卜居》、《渔父》为后人作。）

二、宋玉《对楚王问》一篇，虽未必即玉所作（本见《新序·杂事一》，《文选》题为宋玉作），然《新序》所记，必与他有关。他说：“故鸟有凤而鱼有鲲：凤皇上击九千里，绝云霓，负苍天，翱翔乎杳冥之上：夫蕃篱之鷃，岂足与之料天地之高哉？鲲鱼朝发昆仑之墟，暴鬐于碣石，暮宿于孟诸；夫尺泽之鱼，岂能与之量江海之大哉？”读过《庄了》的人，谁都知道这段文章的蓝本在《逍遥游》的前几行。而《天地篇》云：“大声不入于里耳，‘折杨’、‘皇荂’，则嗑然而笑。是故高言不止于众人之心；至言不出，俗言胜也。”似亦此篇“下里巴人”一段之所本。

三、宋玉的《大言赋》及《小言赋》，虽疑出于依托，然必为后世辞赋家所拟作。今按其文所述至大至小的事物，大概亦出于《庄子》中任公子钓鱼和蛮、触二国交战的寓言。至《齐物论》云：“大言炎炎，小言詹詹。”辞赋家即窃其字面以为题。

四、宋玉《风赋》（真伪另一问题）云：“楚襄王游于兰台之宫……有风飒然而至。王乃披襟而当之，曰：‘快哉此风！寡人所与庶人共者邪？’宋玉对曰：‘此独大王之风耳，庶人安得而共之？’”以下便纵论大王的雄风怎样，老百姓的雌风又怎样；看他形容那华贵和寒伧的不同，煞是有趣。今按《庄子·说剑篇》记庄子对赵文王说天子诸侯及庶人三种不同的剑，纵横恣肆，其用意亦与《风赋》同。（按《汉书·司马相如传》云：“此乃诸侯之事，未足观，请为天子游猎之赋。”其用意亦与此略同。）

五、贾谊辞赋多窃取道家绪论，而《鹏赋》云：“且夫天地为炉兮，造化为工；阴阳为炭兮，万物为铜。”这也是用《大宗师》里面的话：“今以天地为大炉，以造化为大冶，恶乎往而不可哉？”

我们试看上面的例子，便知辞赋家与庄子书的关系了。这因为屈子的思想如神仙的和神怪的，原来与道家有极密切的关系，而后世的辞赋家又都从屈子而出；所以他们的辞赋往往摭袭庄子的文章；这的确不是一件偶然的事哩。

现在再讲神怪思想与阴阳家的关系。

从《史记·孟荀传》所称邹衍的学说看来，最可注意的便是那“闳大不经”的议论。所以太史公说他“怪迂”，又说他“迂大”，桓宽说他“非圣人，作怪误”(《盐铁论·论邹篇》)；王充说他“诡异”(《论衡·谈天篇》)，又说他“渡洋无涯，多惊耳之言”(《案书篇》)；扬雄说他“迂而不信”(《法言·五百篇》)：总观众说，所谓“不经”、“怪迂”、“怪误”、“惊耳”和“不信”，便是邹子书中富有神怪观念的明证。但阴阳家(或地理家)何以会有神怪的思想呢？这是不得不加以说明的。

按古书中所载神怪事物最多的莫过于《山海经》。《山海经》是什么书呢？刘歆说：“禹定高山大川，益与伯翳主驱禽兽，命山川，类草木，别水土。……内别五方之山，外分八方之海，纪其珍宝奇物，异方之所生，水土、草木、禽兽、昆虫、麟凤之所止，休祥之所隐，及四海之外，绝域之国，殊类之人。……禹别九州，任土作贡，而益等类物善恶，著《山海经》。”(《上山海经表》)今按此书内容，刘歆说的很详尽，但他以为伯益所记，则不可信(王应麟等已辨其误)。不过有一点应该注意的：刘歆所以必以此书附之禹益者，就是他认定这部神异记应该与古代实地考察的地理家有关系的。所以王充《论衡·谈天篇》也说：“禹之治洪水，以益为佐。禹主治水，益主记异物。极天之广，穷地之长，辨四海之外，竟四山之穷，三十五国之地，鸟兽草木、金石、水土，莫不毕载。”《列子·汤问篇》也说：“大禹行而见之，伯益知而名之。”可见古说相传，并非刘歆一人的创论，妄为此言以欺人的。又考《山海经》一书与《禹本纪》同。《史记·大宛传》赞曰：“《禹本纪》言河出昆仑；昆仑，其高二千五百余里，日月所相避隐为光明也，其上有醴泉，瑶池。”是古代涉及神怪的记载，托于禹益者，不止《山海经》一书(铸鼎象物的传说当亦由此而生)。故太史公接着又说：“故言九州山川，《尚书》近之矣。至《禹本纪》、《山海经》所有怪物，余不敢言之也。”可见二书的性质的确相同。又按《庄子·天下篇》记墨子说：“昔禹之湮洪水，决江河而通四夷也，名川三百，支川三千，小者无数。禹亲自操橐耜而九杂天下之川，腓无胈，胫无毛；沐甚雨，栉疾风；置万国。”然则大禹治洪水，别九州，实在是一个最古的地理家，而且是实地考察的地理家。(据《史记·夏本纪》、《大戴记·五帝德》、《帝系篇》及《汉书·律历志》，并称鲧禹为颛顼后，盖与楚同为司天司地的苗裔。故尧命鲧治洪水，不成，又命禹继之，使别九州，或即以其为司地世官；而《天问》中遂亦屡及其事。）凡讲地理者，必验诸生物，如《逸周书·王会篇》备记四夷九域之国，必附记其物产；《淮南子·墬形训》主记四方水土，亦必及其生物和珍异，这都是很明白的例证。所以刘歆把《山海经》归之禹益，不为无因。试看邹衍侈言天地，而必先列中国名山大川，通谷禽兽，水土所殖，物类所珍，因而推之及海外，人之所不能睹，岂非这种原因吗？岂非地理学家好奇的明征吗？又考《周礼·春官》"钟师"疏引《五经异义》，有"古《山海经》、《邹子书》"云云，尤足以证明衍说与《山海经》有关；换句话说，即阴阳家或地理家与神怪的思想有关。安知《山海经》一类神怪的书，非秦汉间人杂采衍说，或就阴阳家言推演附会而成的呢？（刘申叔先生疑《禹本纪》亦衍书，极为有见。亦见《左盦集》三。）屈子与阴阳家的关系既如上述，则《招魂》、《天问》中的神怪观念，岂不是一个极明白的系统吗？吞象的大蛇，九岐的靡萍，拿人肉做牺牲、人骨为肉酱的南蛮，九头的雄虺，纵目的豺狼，象般的蚂蚁，虎头牛身的土伯……拿来和《山海经》对看，是很有意思的。（朱子及陈振孙并谓《山海经》本解《天问》而作，实误。）况且他所写的地方，都是"人迹所希至，舟舆所罕到"的绝域，明明是地理学家理想的世界，明明是阴阳家所推想的"人之所不能睹"。（郭璞《山海经》注引《河图玉版》云："从昆仑以北九万里，得龙伯国，其人长三十丈。昆仑以东，得大秦国，人长十丈。从此以东十万里，得佻人国，长三十五丈。从此以东十万里，得中秦国，人长一丈。"而《列子·汤问篇》亦有相类的文字，皆其类。）也就是太史公所说的"闳大不经"，两汉儒者们所说的"迂怪"。可惜邹衍的学说只是一种理想，不但不能使人相信，反而受人家的攻击。假使他能够像哥仑布那样实地考察一下，发现一个新大陆，那真要使一班夜郎自大的人们五体投地的佩服哩。即如《山海经》和《天问》、《招魂》中的神怪生物，虽然都是想像，然而宇宙之大，何奇不有？到而今海陆交通，科学家、探险家所发现不曾见过的东西，奇奇怪怪，正多的很，恐怕还有《山海经》和屈赋等书所梦想不到的哩。所以戴凯之《竹谱》论邹衍瀛海九州的说云:“天地无边,苍生无量;人所闻见,因轨躅所及,然后知耳。盖何足云。若耳目所不知,便断以不然,岂非囿近之徒者耶?”这是痛骂少见多怪的人实在可笑。

最后我且讨论他的历史观念。

《汉志》谓道家者流,出于史官。“史”是什么呢?《说文》:“史,记事者也。从又,持中。中,正也。”古者左史记言,右史记动。《礼记·玉藻》则谓动则左史书之,言则右史书之。故《汉志》又云:“古之王者,世有史官。君举必书,所以慎言行,昭法式也。”考古时史职所包甚广,凡关于天道、鬼神、灾祥、卜筮、占梦的事,都在他所掌的范围以内。凡遇着这些事情,都得书在简策,使鉴于前世的善恶祸福以为劝戒。(参看汪中《述学·左氏春秋释疑》)所以班固又说:“历记成败、存亡、祸福、古今之道。”这样看来,古代史官的学问,真是上自天文,下至地理,无所不通的。没有极博的学问,决不配作史宫。试看道家的一位鼻祖李耳,他就是周朝一个守藏史。屈原是个博闻强记,明于治乱的人,所谓“明于治乱”者,就是能够“历记成败、存亡、祸福、古今之道”。现在且看他对于这观念是如何的明了。

屈赋中的历史观念,随处都可以看出的。例如《离骚》云:

> 鮌婞直以亡身兮,终然殀乎羽之野。……启《九辩》与《九歌》兮,夏康娱以自纵。不顾难以图后兮,五子用失乎家巷。羿淫游以佚畋兮,又好射夫封狐。固乱流其鲜终兮,浞又贪夫厥家。浇身被服强圉兮,纵欲而不忍;日康娱而自忘兮,厥首用夫颠陨。夏桀之常违兮,乃遂焉而逢殃,后辛之菹醢兮,殷宗用而不长。

看他历数三代以来许多成败存亡的事实,何等清楚!若说他没有明白的历史观念,谁也不相信。《离骚》又云:

> 汤禹俨而求合兮,挚咎繇而能调。……说操筑于傅岩兮,武丁用而不疑;吕望之鼓刀兮,遭周文而得举;宁戚之讴歌兮,齐桓闻以该辅。

这是要把历史上一切好的模范摆在前面,教人去效法他。自然不消说是针对楚国而发的。此外他还说“三后纯粹”、“前王踵武”、“依前圣以折中”、“瞻前而顾后”等话，前后重复，说个不休，都是同样的意思。所以《史记》本传说他“上称帝喾，下道齐桓，中述汤武，以刺世事。明道德之广崇，治乱之条贯，靡不毕见”。而他最要紧的几句话，便是大声疾呼的说道：“皇天无私阿兮，览民德焉错辅。”“孰非义而可用兮，孰非善而可服？”这岂非道家历记成败祸福的主旨吗？至于《天问》一篇，除了前面几段关于宇宙的事情以外，多半是历史上善恶因果的问题。自“禹之力献功”以下，一直问到令尹子文，不可谓不多了。其中最可注意的是下面几个疑问：

> 舜服厥弟，终然为害；何肆犬豕，而厥身不危败？

相传虞舜事父母最孝，所以一心顺从他的小兄弟象。但象至不仁，总想谋害他，天天以杀舜为事。照理这种恶人是没有好结果的。为什么这样犬豕般的人，竟得封于有庳而善终呢？（旧注似误）

> 眩弟并淫，危害厥兄；何变化以作诈，而后嗣逢长？

鲁庄公的母弟公子庆父公子牙，既已眩惑其嫂哀姜，并为淫乱，又谋弑庄公，杀其兄的二子。可是这样变诈多端的凶人，竟能逢遇季友，而为立后于鲁，子孙延长。这真是历史上少见的事哩。（事见庄二十七年及三十二年《公羊传》，又见《左传》。旧注亦以为舜事，似误。今从蒋骥说。）

> 天命反侧，何罚何佑？齐桓九合，卒然身杀。比干何逆，而抑沈之？雷开何顺，而赐封之？

奇怪的很，恶的因偏得着善的果，坏的人反得着好的报。照善恶的因果律来讲，不应如此，然而历史上却明明有这样的怪事，而且数见不鲜，所以他忍不住要发问了。在屈子的意思是要教人去学历史上的好模样，不要学那个坏模样；那些出乎因果律的常轨的事，是不可解的例外，千万不要羡慕他。

此外屈赋《九章》各篇，都有涉及历史的叙述或议论，例如《惜诵》的“申生”四句，《涉江》的“接舆”以下一节，《哀郢》的“尧舜”二句，《抽思》的“望三五”二句,《怀沙》的“重华”及“汤禹”四句,《思美人》的“高辛”二句,《惜往日》的“闻百里”一段,《橘颂》的“伯夷”二句,《悲回风》的“求介子”、“从子胥”及“悲申徒”数句。统观诸篇,没有不引证往事的文章,这岂是偶然的事?我们若明白屈子的思想与道家有关,对于这点就可以释然了。

末了我再讲阴阳家的历史观念。

太史公述邹衍的学说,“必先验小物,推而大之,至于无垠”;又说他“先序今以上至黄帝,学者所共术,大并世盛衰”;又说他“推而远之,至天地未生”;又说他“因而推之及海外,人之所不能睹”;又说他“称引天地剖判以来,五德转移,治各有宜”。这几个“推”字便是历史家寻因究果的方法。他一面从中国以推至海外,这是地理方面的推论(空间的)。一面从现在上推,至于黄帝,再上推至于天地剖判的时候,乃至天地未生,窈冥而不可考的时候,这是历史的推论(时间的)。现在且看他对于历史是个怎样的推法。

《史记·封禅书》谓邹子著论五德终始之运,《集解》引如淳说:“今其书有‘五德终始’,各以所胜为行。秦谓周为火德,灭火者水,故自谓之水德。”按“五德终始”的说今不可见。《文选》左思《魏都赋》注引《七略》云:“邹子‘终始五德’从所不胜。木德继之,金德次之,火德次之,水德次之。”“从所不胜”者,就是相克的意思,首言“木德继之”者,是以木德继土德的意思(木克土)。所以知道五行的次序以“土为首”,论其相胜,则以“木”为首。《文选》沈约《齐安陆昭王碑》注亦引《邹子》云:“五德从所不胜:虞土,夏木,殷金,周火。”这是邹衍“五德终始”论的一个显例。今按这话在《吕氏春秋·应同篇》里有一段比较详细的说明:

> 凡帝王之将兴也,天必先见祥乎下民:黄帝之时,天先见大螾、大蝼。黄帝曰:“土气胜。”土气胜,故其色尚黄,其事则土。及禹之时,天先见草木,秋冬不杀。禹曰:“木气胜。”木气胜,故其色尚青,其事则木。及汤之时,天先见金,刃生于水。汤曰:“金气胜。”金气胜,故其色尚白,其事则金。及文王之时,天先见火,赤乌衔丹

书集于周社。文王曰:“火气胜。”火气胜,故其色尚赤,其事则火。代“火”者必将“水”。天且先见水气胜。水气胜,故其色尚黑,其事则水。水气至,而不知数备,将徙于“土”。

这段话大概就是邹子“五德终始”的遗说。《史记·封禅书》亦云:“黄帝得土德,黄龙地螾见。夏得木德,青龙止于郊,草木畅茂。殷得金德,银自山溢。周得火德,有赤鸟之符。今秦变周,水德之始。”下文又记汉文帝十三年,公孙臣上书说。“秦得水德,今汉受之,推终始传,则汉当土德。”从汉代推上去,直到黄帝时,应该是十一代,五行已经循环两次了。兹列其图表如下:

历代帝王五德相胜传授表

黄帝(土德)——少昊(木德)——颛顼(金德)——帝喾(火德)——唐尧(水德)——虞舜(土德)——夏禹(木德)——商汤(金德)——周文(火德)——秦(水德)——汉(土德)

(按《吕览》及《封禅书》都只说黄帝、夏、商、周、秦五代,而黄帝以后,夏以前都不载及。大概为省文。今此表悉为补入。)

五德终始图

邹衍的推法是与刘歆的“三统历”不同的。邹衍以五行相克为序,“三统”则以相生为序。所以《汉书·律历志》便根据他,而以太昊木德为始;木生火,炎帝氏火德,故次之;以下便是照五行相生的次序类推。

邹衍所以能自今时以上推至黄帝,及天地剖判以来的事,只是用这种金、木、水、火、土——五行相胜的法子,并没有别的秘诀。然而要知道他不仅仅是推一推某代的帝王以某德王就算了事;我们要注意太史公所说的"五德转移"以下,还有"治各有宜"一句。譬如《封禅书》说秦人既自以为水德,所以用冬十月为年首,色尚黑,度以"六"为名。(张晏曰:"水终数六,故以方六寸为符,六尺为步。")音尚大吕,事统尚法。(服虔曰:"政尚法令也。"瓒曰:"水阴,主刑杀,故上法。")公孙臣言汉当土德,黄龙见,宜改正朔,易服色,色尚黄。这样看来,邹衍"五德终始"的学说便应用到政治上来了。一代政治的设施,都要以此为标准,我们还能漠视他吗?这种学说,充其量可以说是一种五行的政治哲学。照他那样推演和序次,也可以称他为五行的政治学史。所以古代阴阳家的学问真是无所不通,不但天文地理是他的本行,神仙和神怪的思想由他而出,即如古往今来的政治得失,也能了如指掌。这岂非与历记古今成败的道家完全相同的吗?岂非一位淹贯古今的历史家吗?阴阳家与道家的关系如此,屈子与二家的关系又如此,则他的辞赋处处征引历史,自然是应有的事了。

(1931年武汉大学《文哲季刊》第1卷第3、4期,后收入《读骚论微初集》,商务印书馆1937年版)

论屈原之放死及楚辞地理

一　屈原放逐时地考略

屈原之放，前后凡两次：一在楚怀王朝，一在顷襄王朝。怀王时放于汉北，顷襄王时放于江南。汉北之放盖尝召回；江南之迁一往不返。考之史籍，参之《楚辞》，前后经历固不爽也。按《史记·屈原传》于原之被谗见疏以后，既曰“屈平既绌”，又曰“虽放流，睠顾楚国，系心怀王，不忘欲反”，此即怀王朝初放之事也。传又称顷襄王继立，以其弟子兰为令尹。屈平嫉其劝怀王入秦而不反也，子兰闻之，使上官大夫短屈平于顷襄王，顷襄王怒而迁之。其下即接叙屈原至于江滨云云（按此段全采《楚辞·渔父》文），此即再放之事也。传文叙次未明，颇致后人疑误。惟《新序·节士篇》述此最明晰可据。其略云：“屈原有博通之知，清洁之行，怀王用之。秦欲吞灭诸侯，并兼天下；屈原为楚东使于齐，以结强党。秦国患之，使张仪货楚贵臣上官大夫靳尚之属，上及令尹子兰，司马子椒，内赂夫人郑袖，共谮屈原，屈原遂放于外。张仪因使楚绝齐，许谢地六百里。楚既绝齐，而秦欺以六里。怀王大怒，举兵伐秦，大战者数，秦大败楚师。是时怀王悔不用屈原之策，以至于此。于是复用屈原。屈原使齐。后秦嫁女于楚，与怀王为蓝田之会。屈原以为秦不可信，愿勿会。群臣皆以为可会，怀王遂会；果见囚拘，客死于秦。怀王子顷襄王反听群谗之口，复放屈原。遂自投湘水汨罗之中而死。”此其言虽与《史记》稍有出入，然其载屈原之两次放逐，固已彰彰明甚。今更以《楚辞》各篇证之，益知汉人之言大抵可信。特前后事实有不尽符者。爰为考其时地如左：

按屈子初放之时，当在怀王二十四年，此可以从约之离合推而知也。考之《史记·楚世家》载，怀王十一年，六国兵共击秦，怀王为从长。（按《六国表》止言五国，无齐，盖偶脱失。）而屈子为怀王左徒，本传不载在何年。今以诸书合勘之，当即在怀王十一年至十六年中事也。盖《楚辞·九章·惜往日》云："惜往日之曾信兮，受命诏以昭时；奉先功以照下兮，明法度之嫌疑。国富强而法立兮，属贞臣而日娭。"即传所谓"入则与王图议国事，以出号令，王甚任之"也。（参下《余论》戊）其曰国富强者，盖是时六国方合从以抗秦，虽西向函谷，无功而还，而数年之间，秦迄不敢加兵于楚者，正以楚势方强，怀王为从长故也。准是以推，《新序》言屈原为楚东使于齐，以结强党，亦必为左徒时事，即传所谓"出则接遇宾客，应对诸侯"也。然则楚之与诸侯从，必为屈子力赞之成谋，而其为左徒也，当不越于斯时矣。（参下《余论》丙）至怀王十六年，张仪自秦来相楚，疏间楚君臣（亦见《楚世家》、《六国表》及《张仪传》。屈子本传不详其年），以理度之，是时屈子必不在左徒之位。盖张仪欲解散楚与诸侯之从，非先去屈子不得入；而屈子以同姓之卿，受知有素，去之亦匪易易，故内外交通，以为浸润之地，是则上官夺稿之谗，或亦仪之货赂所致。蛛丝马迹，有可寻者。果也怀王之惑，故上官一谮而入；谮入而屈子疏，屈子疏，而仪之计售矣。于是商於之诈可以行，强国之交可以绝，而楚之大患自此始矣。《新序》言张仪来而屈子去，本传言屈子既绌而张仪始来。似上官之谮另系一事，两说不同。然窃意夺稿行谮之事，必与张仪有关。史文叙为两橛，不若《新序》统括言之为得其实也。不然，则是秦人必先谍知屈子已自中谗见疏，故即令张仪至楚，以行其诈，所谓物必先腐而后虫生也。考其情事，固已思过半矣。

然屈子斯时犹未至于放逐也。盖彼以宗臣而曾见信任，上官一谗，其罪固不过见疏，即以力谏绝齐受地之事，其势亦不过愈疏，而不至于遽获严谴。本传于夺稿之谮，但谓"王怒而疏屈平"，又于怀王见欺伐秦之后，但谓"是时屈平即疏，不复在位"，是其证也。说者多谓屈子之放即在此时，盖误据《新序》之过，不知《新序》所云，亦止大略言之；考之《楚辞》，其初次见放尚在七八年后也。（按《新序》以放逐事叙于张仪欺楚以前，断误，说详后。）观《九章·惜诵篇》云："所非忠而言之兮，指苍天以为正。"此即指谏绝齐亲秦之事也。又云："竭忠诚而事君兮，反离群而赘肬。”又云:“忠何罪以遇罚兮,亦非余之所志也!”此即谓力谏怀王,而举朝皆与己异议,是以块然孤立,若赘疣也。又云:“纷逢尤以离谤兮,謇不可释也!”此言党人因此以己为集矢之的,故尤谤之来,不可解也。又云:“矰弋机而在上兮,罻罗张而在下。设张辟以娱君兮,愿侧身而无所。”此言党人之助张仪以惑王心,内外构煽,如设机阱,既陷己而复陷君也。观其但曰遇罚,但曰逢尤离谤,则是屈子斯时不过以排挤而见疏,因见疏而落职而已。又按《楚世家》,怀王既见欺,发兵击秦。十七年,与秦战于丹阳,秦大败之,虏其将屈匄等七十余人遂取汉中地,寻又败之于蓝田。韩、魏闻之,袭楚,至邓。而齐竟怒不来救。十八年,秦复约与楚亲,欲以汉中之半易楚黔中。怀王愿以黔中易张仪。及仪至,将杀之。仪因厚赂靳尚,而设诡辩于郑袖。怀王既惑之,又重出黔中地,竟释张仪。仪复说怀王叛从约而合于秦,约为婚姻。(以上参用《张仪传》。)方楚之困于秦也,屈子既疏,不复在位。怀王悔不用其言以至此,乃复起用屈原,使使于齐以求平,齐、楚于是复交。(按复交之事,史无明文。然下文二十四年又叙倍齐合秦之事,知屈子此行之不辱君命也。)及屈子反,谏曰:“何不杀张仪?”怀王追之,不及。(按《张仪传》,原谏王时,仪尚在楚,与此异。)楚既合齐,屈子必复立于朝,或仍为左徒,或改任他职,不得而知。斯时怀王既重惩秦之变诈而生悔心,或复稍任屈原,故齐、楚之交历六七年之久而不断。此事史虽失载,以理推之,大概如此。迨怀王二十四年,复背齐而合秦。时秦昭王初立,厚赂于楚,楚往迎妇。斯必又因党人得志,连横之势复张之故。而屈子君臣之间早有瑕衅;上官之徒,久怀怨愤,则其因绝齐而又谏,因屡谏而愈撄众怒,进而逐之朝外,以永杜其阻挠,其必在斯时矣。

屈子初放之地,史籍不载。考之《楚辞》,则汉北也。按《九章·抽思》一篇,乃自叙放逐之作,其倡曰:“有鸟自南兮,来集汉北;好姱佳丽兮,牉独处此异域。”即述此事。盖汉北今郧襄之地,在郢都之北。屈子以鸟自喻,而言来集汉北;又以美人自喻,而言独处异域,则其为迁谪之辞无疑也。其下文云:“道逴远而日忘兮,愿自申而不得。望南山而流涕兮,临流水而太息。”又云:“惟郢路之辽远兮,魂一夕而九逝;曾不知路之曲直兮,南指月与列星。”又乱辞云:“狂顾南行,聊以娱心兮。”

观其欲自申而南望，魂逝郢而南指，聊娱心而南行，则所谓自南而来汉北者，明指自郢而北迁于此，又无疑也。（注家释此多误，前人已有辨之者，参阅拙著《楚辞概论》。）顷襄之时，再放原于江南，始至于陵阳，终至于沅、湘（说详第二章及《余论》己），其地或在郢东，或在郢南，既与汉北远不相涉，而南北之路亦绝相背，故知此篇决不作于顷襄再迁之时矣。又考《抽思》之辞云："数惟荪之多怒兮，伤余心之忧忧。"王逸曰："荪，香草也；以喻君。"王薑斋《楚辞通释》谓荪之多怒，乃指怀王轻于喜怒，是也。此盖言怀王听谗，始而疏，既而罚，终以黜放于外，故云多怒；与顷襄王无涉也。其辞又云："昔君与我成言兮，曰黄昏以为期；羌中道而回畔兮，反既有此他志。"此追述初为左徒时，怀王与己同心谋国，甚见信任。既为奸佞所惑，遂背己而从异说；以见王之反覆无常。与《离骚》"初既与余成言兮，后悔遁而有他"二语并指其事，亦与顷襄王无涉也。又云："兹历情以陈辞兮，荪详聋而不闻。固切人之不媚兮，众果以我为患。"又云："初吾所陈之耿著兮，岂至今其庸亡？何独乐斯之謇謇兮，愿荪美之可光。"此又追述见放之由，及己所以屡谏之意也。盖自怀王十八年，起用屈子使齐，反命之后，立朝数年，至二十四年，复绝齐交。屈子必痛陈党人亲秦之非计，所谓历情以陈辞，众以我为患也。而怀王之昏庸，贪小利而忘大耻；重以群小之咻，是以欣然事仇，既忘其昔日所陈之耿著，今日之言又详聋而不闻也。以原之切直，已逆王听，而举朝皆敌，指为大患，安得不遭斥逐？然其所以謇謇而不已者，无非为君国而已。细玩其言，并有实事，而其关系深切，拳拳自媚之情，溢于辞表，亦与顷襄无涉也。然则屈子以怀王二十四年放于汉北之地，不已信而有征乎？（《抽思》一篇，旧解多误，皆缘不知有初放汉北之事，而据王逸谓《九章》皆顷襄时放于江南之说以解之。林云铭、蒋骥辨之甚详。）

汉北之放，为时历四五年。其召回也，盖在怀王之二十九年，此亦考诸史实而可知者。按《楚世家》，自怀王二十四年合秦之后，其明年，怀王入秦，与秦昭王盟于黄棘，秦复与楚上庸。二十六年，齐、韩、魏为楚负其从亲而合于秦，三国共伐楚。楚质太子于秦而请救；秦遣兵救之，三国引兵去。（按《世家》有二十年，齐湣王欲为从长，遗书劝楚王绝秦合齐,怀王许之一事,梁玉绳以为当在二十六年,然《齐世家》及《六国表》并不载,盖偶疏略。)是时秦、楚方睦,屈子既不亲秦,自无复召之机。迨二十七年,秦大夫有与楚太子斗,楚太子杀之而亡归,两国衅端复开。故二十八年,秦遂与齐、韩、魏共攻楚,杀楚将唐昧,取重丘而去。及二十九年,秦复攻楚,大破之,楚军死者二万,杀其将景缺。怀王恐,乃使太子为质于齐以求平。窃意屈子之被召必在是年。何者?齐,秦之劲敌也。屈子之结齐援,楚之善策也。十八年使齐之行,或以其素所睦洽之故。今又重创于秦,齐且合秦以击楚,则怀王悔恨之余,召归屈原,使挟质入齐,谢前过以复旧好,自意中事。不然,明年怀王将入秦会盟,汉北逐臣,缘何有谏无行之事乎?是则汉北之放而复召,断在是时可知也。

屈子既召,必复任职。然其事不可考。其再放江南,约在顷襄王之十三四年。按《楚世家》,怀王以其子子兰之劝,卒与昭王会。秦因留之,以求割巫黔中之郡。而楚人立怀王太子横,是为顷襄王。顷襄王三年,怀王卒于秦,秦人归其丧。楚人皆怜之。而屈子本传谓楚人既咎子兰以劝怀王入秦而不反也,屈平亦嫉之。令尹子兰大怒,使上官大夫短屈原于顷襄王,顷襄王怒而迁之。传不详其年月,观其文辞,似是顷襄初年之事,考之《楚辞》而知其不然。(曩于《楚辞概论》亦定再放在斯时,未允。)按《九章·哀郢》一篇自叙再放之迹甚详,而其作此篇时,已闻白起破郢,故有"不知夏之为丘,孰两东门之可芜"之言。(参阅《余论》己。)考白起之入郢,在顷襄王二十一年。今其文曰:"忽若去不信兮,至今九年而不复。"从二十一年逆推之,则屈子再放当在顷襄王十三年。《史记》所记,但概括言之耳。至此次迁逐之由,虽曰因嫉子兰所致,实亦合从连横之争。盖怀王之不返,楚人衔秦刺骨,故自顷襄之立六七年,迄不与秦复交。及顷襄王六年,白起大破韩,斩首二十四万,秦遗书楚王要战以恐之,顷襄王大惧,乃谋复与秦平。七年,楚迎妇于秦,秦、楚复平。十四年,又与昭王好会于宛,结和亲。自是常与秦合。(亦见《楚世家》。)屈子虽屡获罪戾,而误国之谋,岂容默默而已?是时群小得势,如燕巢堂;楚之君臣,至死不悟;再行放逐宗臣,亦复奚恤?故余考之当日情势,证之《楚辞》,而定其为是年前后之事也。

屈子再放之地，其自述亦甚详，备见于《哀郢》、《涉江》两篇中。按《哀郢》发端即云："民离散而相失兮，方仲春而东迁。去故乡而就远兮，遵江、夏以流亡。出国门而轸怀兮，甲之朝吾以行。"是屈子以是年二月之甲日，自郢都启行，顺流东下也。又云："过夏首而西浮兮，顾龙门而不见。"此言离郢稍远，过夏水之首（按谓夏水发源于江之处），曲折之处，望郢城之东门而不可见也。（蒋骥云："西浮，舟行之曲处，路有向西者。"）又云："将运舟而下浮兮，上洞庭而下江。去终古之所居兮，今逍遥而来东。"此言浮江而下，经洞庭湖入江之处也。其行程乃自西而东，故曰逍遥来东也。又云："背夏浦而西思兮，哀故都之日远。"夏浦者，夏水东径沔阳入汉，兼流至武昌而会于江，谓之夏口，即今之汉口也。此言舟行至此，有怀郢都。故背夏浦而西思之，犹云西向长安而笑也，但悲喜之情异耳。又云："当陵阳之焉至兮，淼南渡之焉如？"陵阳旧以为即《汉书·地理志》丹阳郡属之陵阳县，在今安徽青阳县南六十里。其地居大江之南，庐江之北。此述其东迁所至，越江南渡而达陵阳也。（以上参阅第二章及《余论》已）此下不复纪载地理，是屈子此行，迄于陵阳而止也[①]。（注家或以此篇为纪顷襄迁陈之事，殊非。说亦详《余论》已。）《招魂》乱辞云："献岁发春兮，汨吾南征。"又云："路贯庐江兮左长薄。"而终之曰："魂兮归来哀江南。"参合而观之，则屈子或以顷襄王二十二年之春始发陵阳而至江南也欤？

屈子之居陵阳也，九年而不见召。故《哀郢》既念九年而不复，又叹壹反之何时。于是浪迹江湖，纵意所之，转溯湖、湘，以入辰、溆。此《涉江》所谓"哀南夷之莫吾知兮，旦余济乎江、湘"也。（参阅第二章及《余论》已。蒋骥曰："湘水为洞庭正流，故水经以洞庭为湘水。济洞庭即济湘也。"）又云："乘鄂渚而反顾兮，欸秋冬之绪风。"鄂渚即今武昌。盖屈子自陵阳泝江而上，复经其地也。绪风犹云余寒，言秋冬之绪风，证之《招魂》所纪时地，则其以是年之早春去陵阳而济江湘，愈可知也。又云："乘舲船余上沅兮，齐吴榜而击汰。"又云："朝发枉陼兮，夕宿辰

① 按陵阳是否即《汉志》丹阳郡属之陵阳县，尚难断定。当疑屈原行踪未必至此，说见一九五三年三联版拙著《屈原》五十页。

阳。”辰阳，即《汉书·地理志》武陵郡之辰阳，今湖南辰谿县。溆浦，溆水之浦，今湖南有溆浦县。《水经注》云：“沅水东径辰阳县东南，合辰水。旧治在辰水之阳，故取名焉。”又云：“沅水又东，历小湾，谓之枉渚。”又云：“溆水出大溆山，西流入沅。”是屈子即济江湘，复上沅水以入辰溆，又可见矣。辰溆之地为五溪深处。人迹罕到，下文所谓深林杳冥，猨狖之居，山高蔽日，雨雪幽晦而无垠者是也。屈子之居是乡，为时甚短。盖顷襄之二十二年，秦复拔楚黔中（亦见《楚世家》及《六国表》），适当其栖息之地，故又下沅水而入于湖湘。《怀沙》一篇，即纪此行以向长沙之路。故有“浩浩沅、湘，分流汨兮”之言。是时楚日以削，屈子不忍亲见亡国之祸，又冀以一死悟其君，故遂赴汨罗之渊而自沉焉。（以上参阅第二章。）

附屈原年表

公元	楚王	屈原	记事	备考
前三四三	宣王二十七年戊寅	一岁		按《离骚》云：“摄提贞于孟陬兮，惟庚寅吾以降。”则屈子盖以是年正月庚寅日生。余别有详考。
前三一八	怀王十一年癸卯	二十六岁	苏秦约从山东六国攻秦，怀王为从长。屈原初为左徒，王甚任之。	
前三一七	怀王十二年甲辰	二十七岁	齐湣王伐败赵魏军，秦亦伐败韩，与齐争长。屈原为楚东使于齐，以结强党。秦惠王患之。	

续 表

公 元	楚 王	屈 原	记 事	备 考
前三一六	怀王十三年 乙巳	二十八岁	怀王使屈原造为宪令。方属稿未定,上官大夫见而欲夺之,屈原不与。因谗之王,遂见疏。	按此事见本传,《新序》不载。意即张仪至楚,厚赂上官所为。今姑载于此。
前三一三	怀王十六年 戊申	三十一岁	秦欲伐齐,齐与楚从亲,惠王患之。乃宣言张仪免相以事楚,许以商於之地六百里。怀王遂绝齐。	按张仪欺怀王,陈轸独吊,以为不可。王不听。见《楚世家》。然是时原必力谏。史并失载。
前三一二	怀王十七年 己酉	三十二岁	怀王既见欺,乃发兵伐秦。陈轸又谏,不听。是年春,战于丹阳,大败,秦虏其将屈匄。怀王复悉发国中兵击秦,战于蓝田,又大败。韩魏闻之,袭楚,至邓;而齐怒竟不救楚,楚大困。方楚之伐秦也,起用屈原,使使于齐以求援。已而复交。	按本传无起用之文,惟《新序》言是时怀王悔不用屈原之策以至于此,于是复用屈原。又本传及世家并于次年载屈原使齐反,谏释张仪事,则原于是役复见起用可知。盖传文偶略之耳。黄式三云:“先是楚王听张仪之欺,自恨不用屈原而至此,乃复用屈原。屈原因受命使齐,思合齐以报张仪之耻。”其说是也。又按《楚世家》不言复交事,以下文二十四年倍齐之文推之,齐楚必复旧好矣。

续表

公元	楚王	屈原	记事	备考
前三一一	怀王十八年 庚戌	三十三岁	秦复约与楚亲，分汉中之半以和楚。怀王曰："不愿得地，愿得张仪而甘心焉。"及仪至，又释之。是时屈子使齐反，谏曰："何不杀张仪？"怀王悔，追之不及。是岁，秦惠王卒。明年，张仪死于魏。	按《张仪传》谓秦要楚，欲得黔中地，以武关外易之。楚王曰："愿得张仪而献黔中地。"及仪至，因郑袖之言而免。遂说楚王事秦。屈原谏。王曰："许仪而得黔中，美利也！"卒许之，与秦亲。与本传世家小异。然是时楚弱秦强，非欲易地，曷为无故分汉中以求和？怀王之不杀张仪，固惑于郑袖之言，亦缘重去黔中地耳。参合史文观之，仪传似较为翔实。
前三〇五	怀王二十四年 丙辰	三十九岁	楚复倍齐而合秦。时秦昭王初立，乃厚赂于楚，楚往迎妇。屈原切谏，不听。放于汉北。	按自怀王十七年，秦楚构兵；十八年，使屈原使齐以求平。本传虽言齐怒不救楚，然观世家二十四年倍齐之文，则齐之不救楚，乃屈子使齐以前事；屈子使齐以后，齐楚即复交，直至今岁始解约也。又按此次背齐而合秦，屈子必切谏，卒以谏而见放耳。史并失载。

续 表

公 元	楚 王	屈 原	记 事	备 考
前三〇四	怀王二十五年丁巳	四十岁	怀王入秦，与秦昭王盟于黄棘。秦复与楚上庸。	按《悲回风》有"施黄棘之枉策"一语，注家好以此事传会之，不相涉也。余别有说。
前三〇三	怀王二十六年戊午	四十一岁	齐韩魏为楚负其从亲而合于秦，三国共伐楚。楚使太子入质于秦以请救。秦遣客卿通将兵救楚，三国引兵去。	
前三〇二	怀王二十七年己未	四十二岁	秦大夫有私与楚太子斗。楚太子杀之而亡归。	
前三〇一	怀王二十八年庚申	四十三岁	秦与齐韩魏共攻楚，杀楚将唐眛，取重丘。	
前三〇〇	怀王二十九年辛酉	四十四岁	秦复攻楚，大破之，杀其将景缺，怀王恐，乃质太子于齐以求平，召回屈原于汉北，使使于齐。	按屈子被召，史亦不载。然本传有次年谏王入秦之事，则是年必复召矣。
前二九九	怀王三十年壬戌	四十五岁	秦昭王遗怀王书，约会盟于武关，屈原昭睢俱谏毋行，而怀王子子兰独劝王无绝秦欢。遂入秦。秦留之以求割巫黔中地。是岁太子横归自齐，立为王，是为顷襄王。秦复攻楚，大败之。取十六城。	按本传，怀王欲行，屈平曰："秦，虎狼之国，不可信，不如无行。"而《楚世家》止载昭睢有此言，与本传异。《索隐》云："盖二人同谏，故彼此各随录之也。"其说是。

续 表

公元	楚王	屈原	记事	备考
前二九七	顷襄王二年甲子	四十七岁	怀王逃归，亡走赵，赵弗内。追及之，复归秦。	
前二九六	顷襄王三年乙丑	四十八岁	怀王卒于秦，秦人归其丧，楚人皆怜之，如悲亲戚。诸侯由是不直秦。秦楚绝。	按《史记·项羽本纪》，范增说项梁曰："秦灭六国，楚最无罪。自怀王入秦不反，楚人怜之至今。故楚南公曰：'楚虽三户，亡秦必楚也！'"乃求得楚怀王孙心，立以为楚怀王，从民所望也。
前二九三	顷襄王六年戊辰	五十一岁	秦白起伐韩，大胜，斩首二十四万。乃遗书楚王以要战，顷襄王患之，乃谋复与秦平。	
前二九二	顷襄王七年己巳	五十二岁	楚迎妇于秦，秦楚复平。	
前二八六	顷襄王十三年乙亥	五十八岁	屈原再放于陵阳。	按本传，顷襄王立，以其弟子兰为令尹。楚人既咎子兰劝王入秦不反，屈平亦嫉之，子兰大怒，使上官大夫短屈原于顷襄王。顷襄王怒而迁之。今以《哀郢》九年不复一语逆推之，屈子再放当在是年。盖以《哀郢》之作，在顷襄工二十一年白起破郢之后也。

续　表

公　元	楚　王	屈　原	记　事	备　考
前二八五	顷襄王十四年丙子	五十九岁	顷襄王与秦昭王好会于宛，结和亲。	
前二八四	顷襄王十五年丁丑	六十岁	楚与秦三晋燕共伐齐，取淮北。是岁，齐湣王被杀。	
前二八三	顷襄王十六年戊寅	六十一岁	顷襄王与秦昭王好会于鄢。其秋，复与秦王会穰。	
前二八〇	顷襄王十九年辛巳	六十四岁	秦伐楚，楚军败。割上庸汉北地予秦。	
前二七九	顷襄王二十年壬午	六十五岁	秦白起拔楚鄢西陵。	
前二七八	顷襄王二一年癸未	六十六岁	白起拔郢，烧楚先王墓夷陵。襄王兵败，不复战。东北保于陈城。是时屈子再放已九年，作《哀郢》以见意。	按郢破之时，屈子在放已久，而犹不见召；乃以次年初春自陵阳西南行，泝江入湖，上沅水而达辰溆。
前二七七	顷襄王二二年甲申	六十七岁	秦复拔楚巫黔中郡。是岁，屈子自沉卒。	按黔中即屈子此行所至之地，栖息甫定，而秦兵大至，乃以是年孟夏下沅入湘，至于长沙。又逾月，赴汨罗而正命焉。

曩撰《楚辞概论》一书，于屈子事迹颇为考证。及今观之，时多疏略，与此表颇有异同。览者详之。

附《楚辞》地理略图

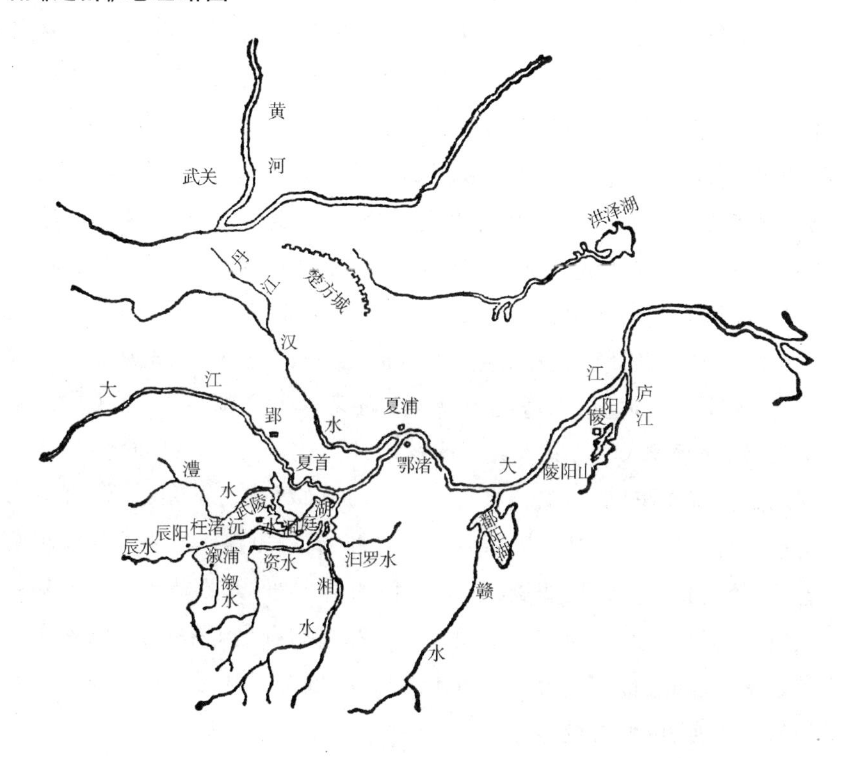

二　楚辞中沅湘洞庭诸水断在江南证

《楚辞》中所述地理，以《九章》之《涉江》《哀郢》为最详，他篇亦间及之。兹就本题所欲论者列之，则《离骚》之济沅、湘，一也；《湘君》之沅、湘无波，二也；邅道洞庭，三也；遗佩澧浦，四也；《湘夫人》之洞庭波，木叶下，五也；沅有芷，澧有兰，六也；《涉江》之济江、湘，上沅水，七也；《哀郢》之上洞庭而下江，八也；《怀沙》之沅、湘分流，九也；《惜往日》之临沅、湘之玄渊，十也；《渔父》之赴湘流（按《史记》作“常流”），十一也。凡《楚辞》所称江南诸水，略尽于此。近有钱穆所著《楚辞地名考》一文（见《清华学报》第九卷第三期），力辨沅、湘、洞庭诸水皆在江北今湖北之境，意谓屈子之放，未尝至江南也。说甚奇创，鄙意窃不谓然。钱穆所论，无乃以标新立异惑世耳，不容不拨正之。

《史记·贾谊传》称，文帝以贾生为长沙王太傅。贾生闻长沙卑湿，自以寿不得长，又以适去，意不自得。及度湘水，为赋以吊屈原。其辞曰："恭承嘉惠兮，待罪长沙。仄闻屈原兮，自沉汨罗。造托湘流兮，敬吊先生。遭世罔极兮，乃陨厥身。"而其论赞亦自谓"适长沙，观屈原所自沉渊，未尝不想见其为人。"夫史公之书，论者多谓其难信。然贾谊为汉初时人，在史迁之前，上距屈子之死，不过数十年[①]。世之相近如此，已谓三闾自沉之地，在长沙之汨罗，若非确有明征，岂可轻议其诬？况其时诸老师宿儒若伏生、叔孙通、张苍、申公等，皆先秦之人。伏生、叔孙通为秦博士，张苍为秦御史，而又贾生之师也。（见《左传正义》，及《经典释文》。）其人并见闻赅洽，博通书史，迄于汉而犹存。（张苍以景帝五年卒，后贾谊之死十六年。）是则贾谊之见闻，自较流俗为可信。且六国之亡，楚最无罪。三户之谣，其痛至深。卒之群起以踣秦者，皆楚人也。其宗臣放逐，矢死捐生，此何等事，乃不数十年竟不知其死所，至误以江北归魂之地，在长沙汨罗之滨，有是理乎？虽然，诙奇卓荦之事，民间之传言易讹也。贾生之仄闻，安敢必其无误？愿更广征屈子之所自言，以伸吾说。

《楚辞》之文有可证知沅、湘、洞庭诸水确在江南者数端：

一、《离骚》云："济沅、湘以南征兮，就重华而陈词。"重华，谓帝舜也。曷为而云就重华陈词也？盖自昔皆谓舜崩于苍梧，葬于九疑，在沅、湘之南。屈子再放，实近帝舜陟方之地，故连想及之，欲以抒其无可告愬之情耳。观《骚经》于陈词既毕，下文即接言发轫苍梧；及乎巫咸将降，又言九疑并迎（按江晋三方展卿并谓迎当作迓），非屈子放于江南之明征乎？尝考之《史记·五帝本纪》，舜南巡狩，崩于苍梧之野，葬于江南九疑，是为零陵。《汉书·地理志》，零陵郡营道县，九疑山在其南。《后汉书·郡国志》，零陵郡营道南有九疑山。注云："舜之所葬。"

---

① 贾谊生于高帝七年（前二〇〇），至文帝元年（前一七八），年二十三，为长沙王太傅。今假定屈子自沉在顷襄王二十一年（前二七八）以后，则谊之生，距屈子死时仅七十余年。从屈子之死，至谊渡湘作赋，亦不过百年。

引《湘州荣阳郡记》曰:“山下有舜祠。故老相传,舜登九疑。”而《史记集解》引《皇览》云:“舜冢在营浦县。”《郡国志》注于“营浦”下又引《荣阳郡记》曰:“县南三里余,有舜南巡止宿处,今立庙。”《水经·湘水注》亦云:“九疑山南有舜庙。山之东北泠道县界又有舜庙。”斯盖后人因古有是说而为之。又按《地理志》:“零陵阳海山,湘水所出。”(阳海山《后汉书·郡国志》作阳朔山。)《水经·湘水篇》:“湘水出零陵始安县阳海山。东北过零陵县东。”注云:“山在始安县北,县故零陵之南部也。”又云:“湘水左会清水口,资水也。世谓之益阳江。左径鹿角山东,右径谨亭戍西,又北,合查浦,又北,得万石浦咸湘浦。湘水左则沅水注之……右属微水。湘水又北径金浦戍。……湘水左则澧水注之,世谓之北武陵江。凡此四水同注洞庭。北会大江。”然则屈子欲就重华陈词而必济沅、湘者,盖可知矣。又考舜崩苍梧葬九疑之说,见于载籍者非一,初不始于《史记》。《书》言陟方乃死,伪《孔传》云:“方,道也。舜即位五十年,升道南方巡守,死于苍梧之野而葬焉。”陟方之说,辨者甚众。然《国语·鲁语》已云:“舜勤民事而野死。”《礼记·祭法》亦同)韦昭注:“野死,谓征有苗,死于苍梧之野。”《礼记·檀弓》亦云:“舜葬于苍梧之野,盖三妃未之从也。”《淮南子·齐俗训》云:“昔舜葬苍梧,市不变其肆。”而《山海经·海内南经》云:“苍梧之山,帝舜葬于阳,帝丹朱葬于阴。”又《大荒南经》云:“赤水之东,有苍梧之野,舜与叔均之所葬也。”(《路史·发挥》辨帝舜冢引作“舜子叔均之所葬也”。)又《海内经》云:“南方苍梧之丘,苍梧之渊,其中有九嶷山,舜之所葬;在长沙零陵界中。”而《海内南经》亦谓兕在舜葬东,湘水南。《海内东经》又谓湘水出舜葬东南陬,西环之,入洞庭下。参互而观之,则屈子所欲济之沅、湘,断在今之湖南明矣。

至于江、湘间多有舜之传说者,此盖与征苗之事有关:《秦策》、《荀子·议兵篇》及《淮南·兵略训》并称舜伐有苗。《吕览·召类篇》亦言舜却有苗,更易其俗。而《淮南·修务训》且谓舜南征三苗,道死苍梧。《礼记·檀弓》郑注亦谓舜征有苗而死,因留葬苍梧。《鲁语》韦昭注同。并即今《书·益稷》所谓“苗顽弗即工”,东晋古文《大禹谟》所谓“惟时有苗弗率”者也。舜禹所伐之苗,在唐江、鄂、岳三州之地,非窜于三危者，吴起所谓三苗之居，左彭蠡而右洞庭，文山在其南，衡山在其北，为禹所放者是也。(见《魏策》，详后。)《涉江》所谓"哀南夷之莫吾知者"亦是也。是则舜南征有苗之事，有可考者。

或者曰，《墨子·节葬篇》言舜西教乎西戎，道死，葬南己之市。(《尸子》同。《御览》五五五引《墨子》作南纪。)《吕氏春秋·安死篇》亦言舜葬于己，市不变其肆。与《淮南》不同。而《孟子·离娄篇》又言舜卒于鸣条。鸣条在安邑，即汤放桀处。乃今山西解县境。而纪者，《路史》以为纪即冀，故纪后即冀后。今河东皮氏东北有冀亭，冀子国也。鸣条在安邑西北，其地相近。(见《后纪》十一有虞氏纪注)又谓诸冯、负夏、鸣条皆在河南北，故葬于纪。舜墓在安邑；而安邑有鸣条陌，其去纪才两舍。(见《发挥》辨帝舜冢)此欲合纪市鸣条为一者也。高诱谓舜葬苍梧九疑之山，此云葬于纪市，九疑山下亦有纪邑。(见《吕览》注)薛季宣又谓苍梧山在海州界，近莒之纪城。(见《困学纪闻》五引)而毕沅又以为南己当作南巴，字之误也。九疑乃古巴地。(见《墨子校注》)此又并欲合纪市与苍梧为一者也。郑康成以鸣条为南夷之地(见《书·汤誓》，孔氏《正义》引)，而皇甫谧《帝王世纪》遂谓舜南征，崩于鸣条，葬于苍梧九疑山之阳；是为零陵，谓之纪市，在今营道县。(见《书钞》九十二及《御览》八十一引)此更欲牵合鸣条、苍梧、纪市三地而一之者也。异说纷纭，不可究诘。是以王仲任(《论衡·书虚篇》)、刘子玄(《史通·疑古篇》)、韩退之(《黄陵庙碑》)、罗长源(《路史·有虞氏纪》、又《余论》辨黄陵湘、妃及女英冢，又《发挥》辨帝舜塚)、梁曜北(《史记志疑》一)等先后力辨南巡道死之事。然则舜崩苍梧葬九疑之说其可信乎？曰，今固不谓其可信；而所可知者，先秦之时已有此说而已。今考之于经，证之于史，参之以诸子传记，则传说相承，由来已久。战国之世，其说既盛，故屈子之作《离骚》，于渫愤抒愁之际，遂亦不妨据传闻以为辞也。然则舜之南巡野死姑无论其信否；而但就《骚经》南征陈词数语观之，沅、湘之在江南，断断乎无疑义矣。

战国时既有舜崩苍梧而葬九疑之说，故江、湘之间关于舜之传闻特盛。而《楚辞》所歌《湘君》、《湘夫人》之必为二妃事，亦有可信者。

《水经·湘水注》云:“大舜之陟方也,二妃从征,溺于湘江。神游洞庭之渊,出入潇湘之浦。”即谓其事。顾其说则甚早。按《山海经·中山经》云:“洞庭之山,帝之二女居之,是常游于江渊澧、沅之风,交潇、湘之渊。出入必以飘风暴雨。”此云帝之二女,虽未明言为尧女,而以所称诸水观之,则经意所指,殆即舜之二妃也。何以明之?《史记·秦始皇本纪》载始皇二十八年,浮江,至湘山祠。逢大风,几不得渡。上问博士曰:“湘君何神?”博士对曰:“闻之,尧女,舜之妻,(死)而葬此。”于是始皇大怒,使刑徒三千人皆伐湘山树,赭其山。则相传二妃为湘水之神,秦博士已闻之矣。故《列女传》云:“舜既嗣位,升为天子,娥皇为后,女英为妃。舜陟方死于苍梧,号曰重华。二妃死于江、湘之间(因葬焉),俗谓之湘君(湘夫人也)。”《礼记·檀弓》郑氏注亦云:“《离骚》所歌湘夫人,舜妃也。”王逸《楚辞章句》亦云:“尧用二女妻舜。有苗不服,舜往征之。二女从而不反,道死于沅、湘之中,因以为湘夫人也。”《秦始皇本纪》《索隐》又云:“《楚辞》有《湘君》、《湘夫人》。夫人是尧女,则湘君当是舜。今此文以湘君为尧女,是总而言之。”韩愈《黄陵庙碑》则云:“湘旁黄陵庙,前古以祠尧之二女,舜之二妃者。尧之长女娥皇为舜正妃,故曰君;其二女女英自宜降曰夫人也。故《九歌》辞谓娥皇为君,谓女英帝子,各以其盛者推言之也。《礼》有小君母。明其正自得称君也。”诸说虽异,而以二妃为湘水之神则无不同①。惟郭璞注《山海经》力辨其非。且断为天帝之二女,处江为神,而以《列仙传》江妃二女当之,以为即《九歌》所谓湘夫人称帝子者是也。其说略云:“说者皆以舜陟方而死,二妃从之,俱溺死于湘江,遂号为湘夫人。按《九歌》湘君、湘夫人自是二神。江、湘之有夫人,犹河、洛之有虙妃也。此之为灵,与天地并矣。安得谓之尧女?且既谓之尧女,安得复总云湘君哉?《记》曰:‘舜葬苍梧,二妃不从。’明二妃生不从征,死不从葬,义可知矣。《传》云:‘生为上公,死为贵神。’《礼》,五岳比三公,四渎比诸

① 罗氏《路史·有虞纪》谓舜之次妃登比氏生二女,曰宵明,曰烛光,处河大泽,灵照百里,是为湘之神。其《辨帝舜冢》亦谓黄陵为登北之墓。登北氏既徙巴陵,则其二女理应在此。故得为湘水之神,非尧之二女也。其说独新异。果尔,则亦与舜有关可知也。

侯。今湘川不及四渎，无秩于命祀；而二女，帝者之后，配灵神祇，无缘下降小水而为夫人也。”景纯惟不知楚人实以虞舜夫妇分附之于湘君、湘夫人，故其辨虽若言之成理，实则失之过迂。何者？荆楚之俗，信巫鬼而重淫祀。虞帝崩葬湘南之说既传之甚久，则二妃死于江、湘之间，若秦博士之所传者，自亦连类而及，相因而生之传说也。故张衡《思玄赋》亦云：“哀二妃之未从，翩缤处彼湘滨。”明二妃虽不从葬，而仍得有湘君之说也。《博物志》且记“尧之二女，舜之二妃，曰湘夫人。舜崩，二妃啼，以涕挥竹，竹尽斑”。影附之谈，何所不有，初不必问其事之有无。而民间景响传会之词，牵涉讹变之说，初不因此而辍其演进。正犹舜死于苍梧，葬于九疑之事，本属渺茫，而后人之传者自若也。作《楚辞》者，栖迟南土，习闻其说；当其载笔啸咏，比于诗人歌土风之义，又何足怪？且江妃二女者，郑交甫之所遇，其传本在汉皋，与《山海经》所谓常游于澧、沅、潇、湘之渊者迥别。此证之《湘君》、《湘夫人》所纪诸地理，而有以知其必为舜之二妃，断非《列仙传》之江妃二女也。（以上参阅本书《论九歌山川之神》）今《湘君》之辞曰：“令沅湘兮无波，使江水兮安流。”又曰：“驾飞龙兮北征，邅吾道兮洞庭。”又曰：“望涔阳兮极浦，横大江兮扬灵。”又曰：“捐余玦兮江中，遗余佩兮澧浦。”《湘夫人》之辞曰：“嫋嫋兮秋风，洞庭波兮木叶下。”又曰：“沅有茝兮澧有兰，思公子兮未敢言。”又曰：“九疑缤兮并迎，灵之来兮如云。”又曰：“捐余袂兮江中，遗余褋兮澧浦。”夫曰沅，曰湘，曰江，曰澧，曰洞庭，曰九疑，亦既明著其地矣。湘水之涯，九疑之麓，此正重华之灵之所常妥也。沅、澧、洞庭，又其地望之相接者也。湘水北流，入于洞庭，而注于江，故言北征而邅道于洞庭也，又言望涔阳而横大江也。（参阅下论洞庭节）沅也，澧也，洞庭也，九疑也，其地密迩于湘，而与汉皋远隔数千里，此岂江妃之所宜常游者乎？虽曰神之灵何所不止，其如不近情理何？是故郭氏谓洞庭山之二女为天帝之女者，非也，谓天帝之二女即《九歌》所谓湘夫人称帝子者，尤非也。观《博物志》云：“洞庭君山，帝之二女居之，曰湘夫人。”又引《荆州图经》曰：“湘君所游，故曰君山。”而《水经·湘水注》于此亦引《山海经》之文云：“洞庭之山，帝之二女居焉。”又云：

“湖中有君山，湘君之所游处。”非其明征欤[1]？

二、九疑湘妃之事既明，请进而论洞庭之水。屈子之辞言洞庭者三，而《九歌》见其二。钱穆之说曰：“曰‘嫋嫋兮秋风，洞庭波兮木叶下’，此不似江南洞庭湖水广员五百里，日月若出没其中之所有也。曰‘令沅湘兮无波，使江水兮安流。驾飞龙兮北征，邅吾道兮洞庭’，自大江北征而邅道于洞庭，洞庭固非在江南也。曰‘将运舟而下浮兮，上洞庭而下江’，洞庭在北称上，大江在南称下。又自分明言之矣。”（见《楚辞地名考》第五章《楚辞洞庭在江北说》）此或由于误解文义，或由于胸有成见，似未免强古人以就己，非作者之本意也。条辨之如左方：

谓嫋嫋秋风，湖波木落之景色不类今之洞庭者，张云璈《选学胶言》实主之。其说云：“洞庭之名，经传无考。《尔雅·释地》十薮，但言楚有云梦。言洞庭者，始见于灵均此文。然详玩辞意，似属微波浅濑，可以眺玩，故有秋风嫋嫋木落下之语。当是洞庭山下小水，因山得名，非如今日浩渺之状；故但言洞庭，而未有湖称。当日言水道者皆不之及。迨云梦涸，而水悉归于洞庭湖，遂成巨浸矣。”此或为钱氏之所本。然其说殊空洞不足论；盖习见后人之诗若“吴楚东南坼，乾坤日夜浮”之炎炎大言，而疑所不当疑者耳。五百里之洞庭，宁不许其有嫋嫋之秋风耶？《哀郢》之上洞庭而下江，抑又何说？江湖之际，水流若奔马，运舟下浮，其势则然，此岂洞庭山下小水可与江流齐举者哉？又不待辨而知其不然也。

若《湘君》之言驾飞龙北征，而邅道洞庭，尤足以证洞庭之在江南，即巴陵之洞庭湖也。按湘水出今广西灵川、兴安二县境。（《水经》，出零陵始安县阳海山。始安即今兴安县境，汉属零陵郡。参阅前节。）东北流，经永州（即零陵县）；又东北，至衡州；又北，逾长沙，至湘阴入洞庭。经行二千五百三十里。洞庭在湘水北，故云北征。邅者转也（本王逸注）；言由湘而北，转其道于洞庭也。而钱穆泥于成见，必谓洞庭在江北，故误以为自大江北征；而邅道于洞庭。夫《楚辞》原文具在，但

---

[1] 象封于有庳，今湖南道县有庳墟，零陵有鼻亭，柳子所斥。鼻庳同声字，并见《水经注》颜师古《汉书注》及《一统志》。盖亦与舜之传说有关。

言驾飞龙北征，邅道于洞庭耳，何尝言自大江北征而邅于洞庭乎？若以上文叙及江水，即指北征为从大江而北，微论北征之上尚有望夫君未来二语，断非承接上文。且既谓湘水非今湖南之湘江，而指为在江北淮河流域，地近上蔡之境矣。（见原文释湖，今不备引。）试问湘君所欲从而北征之大江，果何在乎？地之相去也，千有余里，而乃远从此起，以转于不知何处之洞庭，言之若庭除履堂奥之易，有是理乎？此又其说之不可通者。总之，不考文义，不稽事实，但执一端，而牵附之，是以迷离惝恍，捉襟见肘，终觉其参差而不合也[①]。

至《哀郢》上洞庭而下江一语，钱穆亦似误解。考此篇为屈子再放之作。其行程系自郢顺江东下，直至陵阳。注家多误为与《涉江》同为南行，故其说皆扞格而不合。盖屈子之去郢也，浮江而东，至于湖水入江之处（在今岳阳临湘一带），洞庭在其右，大江在其左。右上而左下，故曰“上洞庭而下江”也。蒋骥注云：“洞庭入江之口，在今岳州巴陵县。上下谓左右。礼，东向西向之席，俱以南方为上。今自荆达岳，东向而行，洞庭在其南，故以洞庭为上而江为下也。”（见《山带阁注楚辞》）又曰：“自是而东，洞庭自南而北合于江，《礼》所谓以南为上也，故曰‘上洞庭’；南上则北下矣，故曰‘下江’；其路直东行也，故曰‘逍遥而来东’。”（见蒋书《余论》下）其说甚确，殆无疑义。按《曲礼》云：“席，南乡北乡，以西方为上；东乡西乡，以南方为上。”盖西者右也，东者左也。南北乡之席右在西方，故以西为上也；东西乡之席右在南方，故以南为上也。其实皆尊右之谓也。郑注云：“坐在阳，则上左（按此所谓左，仍系指西方，玩下《正义》自明）；坐在阴，则上右。”《正义》云：“南坐是阳，其左在西；北坐是阴，其右亦在西也。俱以西方为上。坐在东方，西乡，是在阳，以南方为上；坐若在西方，东乡，是在阴，亦以南方为上。”又按《诗·魏风·葛屦篇》云：“好人提提，宛然左辟。”古人尚右，避道者必于左，故云尔也。《史记·廉颇蔺相如传》称，相如为上卿，位

---

① 湘水北流入湖，故曰北征而至洞庭。沅湘又并由湖注江，故上文又曰使江水安流。寻之不见，欲绝江而远寻之，故下文又曰：“望涔阳兮极浦，横大江兮扬灵。”文义如此明白，有条不紊。一经翻案，则毫发之动，牵及全身，其关系有如此者。

在廉颇之右。颇曰:“相如徒以口舌为劳,而位居我上!”又《淮阴侯传》载,韩信得广武君,解其缚,东乡坐,西乡对而师事之,盖古礼也。鸿门之会,项羽东向坐者,盖以主道自居也。《战国策·魏策》,吴起对魏武侯曰:“昔者三苗之居,左彭蠡之波,右洞庭之水。”左者东也,右者西也。此又据南北向言之也。沈括《梦溪笔谈》亦云:“古人尚右。主人居左,客在右者,尊宾也。今人或以主人之位让客,此甚无义。惟大子适诸侯,升自阼阶者,主道也,非以左为尊也。《记》曰:‘主人就东阶,客就西阶。客若降等,则就主人之阶,主人固辞,乃就西阶。’盖尝以西阶为尊,就主人阶,所以为敬也。今惟朝廷有此礼。凡臣僚登阶奏事,皆由东阶,立于御座之东。不由西者,天子无宾礼也。唯释门主人升堂,众宾皆立于西,惟职属及门弟子立于东,盖旧俗时有存者。”(按:秦汉以前尚右,六朝以后尚左。详见赵云松《陔余丛考》。)今屈子浮江东下,适当东乡之位,其南为洞庭而居其右,故云“上洞庭而下江”。吴起以南北向定方位,故云左彭蠡而右洞庭也。若如钱穆说,洞庭在北称上,大江在南称下,适得其反矣。(按:以水势言,湖水下注于江,亦当以洞庭为上,大江为下。)矧其说未确证洞庭在江北何地,但曰与汉水非遥而已。是则与郢都下游之江相去何止数百里,杳不相涉;而乃连类而言曰,“上洞庭而下江”,屈子倘非梦呓,决不至此。

兹列为左图以明之:

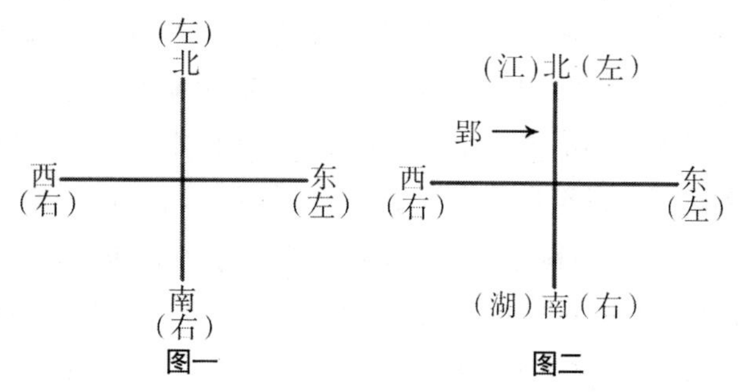

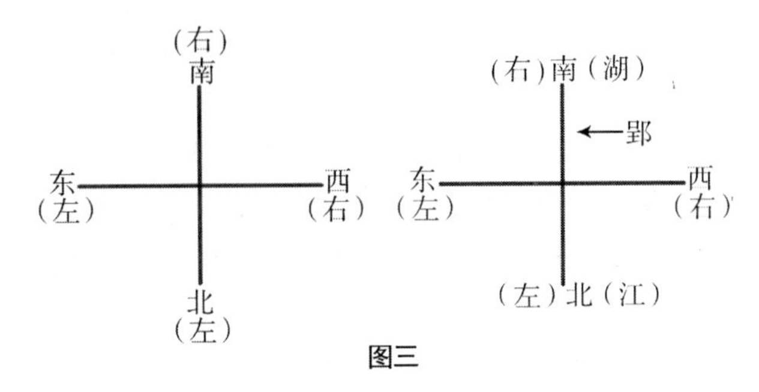

图三

钱穆又据《战国策·燕策》及《史记·苏秦传》载,苏代称"汉中之甲,乘船出于巴,乘夏水而下汉,四日而至五渚"之文,谓五渚在汉水下流。(按:此本吴师道说,见《战国策校注》。)复据《秦策》张仪称"秦破荆,袭郢,取洞庭五渚江南,荆王亡走陈"之文,因证洞庭与汉水非遥。此亦未为的据。何者?考《水经·湘水注》明云,资水、沅水、微水、澧水同注洞庭,北会大江,名之五渚;即《战国策》秦与荆人战,大破之,取洞庭五渚也。然则《秦策》所谓五渚者,本在江南明矣。且《燕策》之五渚,今既不能确指为何地;而考《秦策》之文,五渚本作五都,《韩非子·初见秦篇》又作五湖,其歧异如此。安得遽断为即《燕策》之五渚?故钱君为之解曰:"五都,即五渚也。从水而言,则曰五湖,据陆言之,则曰五渚。"姑即以此说为断,然又安知非汉水与洞庭之旁各有五渚,本不相涉者耶?即不然,又安见所谓洞庭者亦必临汉水者耶?必强指《秦策》之洞庭在江北汉水流域,然则岂不可谓此五渚或五都本非江北之五渚,而实为江南洞庭之五渚乎?(裴骃《史记集解》即主此说)又岂不可谓此洞庭者,本自别一地名,偶与江南之洞庭同名者乎?(古今地名同者,不可悉数。)且如其说,秦人破郢,分兵略地甚广,北既至汉水之五渚,南岂不可以至江南之洞庭?故《秦策》之洞庭,不能移至江北,与《燕策》之五渚,不能牵合于江南,其理一也。抑余考之,《秦策》及《韩非子》所载张仪之言,已根本可疑。史称仪不容于秦,出而相魏,一岁而卒。在魏哀王之九年(见《史记·六国表》),当周赧王之五年,秦武王之元年,楚怀王之十九年(前三一〇)。白起破郢,在秦昭王二十九年,楚顷襄王二十一年(前二七八),仪之死已三十余年矣。今其文乃曰荆王亡走,东伏于陈,其不可信明甚。而竟据以为说,无乃穿凿附会之甚者乎？

钱穆又云："江南其地在今洞庭之西，正值楚都之南。而洞庭五渚，则在楚都北；故曰袭郢，取洞庭五渚江南。先袭郢，为用兵主力所趋。自郢而北，则取洞庭五渚；自郢而南，则取江南也。若洞庭即今地，则秦人用兵，自西而东，应曰江南洞庭，不得曰洞庭江南。且不得偏趋于郢南，而不及于郢北矣。"斯亦未见其必然。据《史记·秦本纪》，昭王二十九年，白起攻楚，取郢为南郡。三十年，蜀守若又伐取巫郡及江南为黔中郡。《正义》引《括地志》云："巫郡在夔州东百里。黔中故城在辰州沅陵县西二十里。"是巫郡在郢西，江南在郢之西南。观其攻取之势，盖先捣其都会，而随即收拾郢都西南附近之地，使与巴蜀打成一片，以绝后顾之患。然后徐图北进，以并三楚，此正秦人用兵之步骤如是。惟其时秦方经营江南，以为进取根据，郢北之事稍缓；故顷襄王得以从容亡走东北，退保于陈也。且观于三十一年，襄王收东地兵，复西取秦所拔江旁十五邑（即江南）以为郡，距秦，则两国之重视郢南，与其主力之战所必争者可知矣。孰谓其不得偏趋于郢南哉？至于述故事者，恒但统括说之，洞庭江南与江南洞庭先后之序，随意为言，正不必详审其方位而后可也。总之，汉水附近果别有一洞庭者，夫何关于《楚辞》，更何关于屈子流放之地，而必谓其足迹不到江南乎？若夫《山海经》一书所记地理方位与其道里，甚多疏略，时有抵牾，不可尽信。钱君所举《中山经》洞庭东南诸山以为反证，又不足辨也。（沅、湘、洞庭，既皆在江南，则澧、溆、汨罗诸水自不待论，兹概从略。）

三、《楚辞·九章》，其五曰《怀沙》。"沙"者长沙；"怀沙"者，寄怀长沙之谓也。自昔人误解"怀沙"之义，以为怀抱沙石，将以自沉，而三闾之真意晦矣。观东方朔《七谏·沉江篇》云："怀沙砾而自沉兮，不忍见君之蔽壅。"（按：《史记·屈原传》《索隐》引作《九怀》，实误。）而《史记》屈子传于载《怀沙》之后即紧接之曰："于是怀石，遂自投汨罗以死。"是并以此篇为屈子绝命之词，其实非也。考《怀沙》之文，虽云死志已决，而实未至于即死；故但曰"知死不可让，愿勿爱"而已；但曰"明告君子，吾将以为类"而已。而《惜往日》之词则明著之曰："临沅、湘之玄渊兮，遂自忍而沉流。"篇末又重著之曰："不毕辞而赴渊兮，惜壅君之不识。”然则屈子之绝笔乃《惜往日》，非《怀沙》也，明矣。又考屈子之再放也，自郢浮江而东，斋夏浦，至陵阳，念九年之不复，痛壹反之无时。于是泝江而上，复至鄂渚，折而西南行，涉洞庭，上沅水，过辰阳，入溆浦，而止于深山幽晦之地，雨雪愁苦之乡。经行之路，历历可考。（参阅第一章及《余论》戊己）凡所行皆由北而南，绝无自南而北之路。今篇中乃有“路进北次”之文（王逸云：“次，舍也。”），是其由辰溆复转而东北行，以向长沙之路，约略可见。大概此行沿沅水而下，复入洞庭，稍折而南，至汨水入湘之处而止焉。故其乱辞又曰：“浩浩沅湘，分流汨兮。”明其由沅入湘——由西南而东北，顺流而下，至洞庭五渚之会也。长沙亦江南之地，故篇首总纪之曰“汩徂南土”，非谓自辰溆而更南行也。其作此篇，盖在由辰溆启行之途次，故有路进北次及沅、湘分流之语，纪其实也。由此言之，“怀沙”非怀石自沉之义，而为寄怀长沙之地也，又明矣。是以钱饮光《楚辞屈诂》释之曰：“怀沙，是怀长沙也。”可谓卓识矣。（但钱氏又谓“分流汨兮”之“汨”，即近长沙之汨水，所谓汨罗江者，恐未确。）然其说实出于李陈玉之《楚辞笺注》；而蒋骥《山带阁注楚辞》复力为申之云：“《怀沙》之名，与《哀郢》、《涉江》同义。沙本地名。《遁甲经》，沙土之只，云阳氏之墟。《路史》纪，云阳氏、神农氏皆宇于沙。即今长沙之地，汨罗所在也。曰《怀沙》者，盖寓怀其地，欲往而就死焉耳。原尝自陵阳涉江湘，入辰溆，有终焉之志。然卒反而自沉，将悲愤所激，抑亦势不获已，若《拾遗记》及《外传》所云迫逐赴水者欤？然则奚不死于辰溆？曰：原将下著其志，而上悟其君；死而无闻，非其所也。长沙为楚东南之会，去郢未远，固与荒徼绝异。且熊绎始封，实在于此。（自注云：“《史记》，周封熊绎居丹阳。而《方舆胜览》云：‘长沙郡治内有熊湘阁，以楚子熊绎始封之地而名。’唐张正言《长沙风土碑》曰：‘昔熊绎始在此地。’盖是时楚地跨江南北，或有前后迁徙，或两都并建，俱未可知。”说见《楚辞余论》下。）原既放逐，不敢北越大江，而归死先王故居，则亦首邱之意，所以有怀也。篇中首记南徂之事，而要归誓之以死。盖原自是不复他往，而怀石自沉之意，于斯而决。故史于原之死特载之。若以‘怀沙’为怀石，失其旨矣。”复于《楚辞余论》辩之云：“《史记》原传载《怀沙》之后，即继以怀石自沉。

后世释《怀沙》者，皆以怀抱沙石为解。然以沙为石，殊未安。或疑长沙之名，自秦以始建；且专沙名，未可为训。不知《山海经》云：‘舜葬长沙零陵界。’《战国・楚策》，长沙之难。《史记》，齐威王说越王曰：‘长沙，楚之粟也。’《湘川记》，秦分黔中以南长沙乡为郡。则长沙之由来久矣。《路史・黄帝纪》，南入江内沙。则以沙为长沙，亦非无本也。苏嘉嗣《长沙志》云：‘长沙名始洪荒之世，一名星沙。轸宿中有长沙，星以沙得名，非沙以星而得名也。’其说可参。”今按蒋氏之论核矣，诚足以破千载之惑矣。然其推屈子所以必归死长沙之故，尚有余义焉。请更伸其说：

考顷襄王二十年（秦昭王二十九年），白起破郢，是时屈子放于陵阳，寻复由陵阳上泝鄂渚，逾洞庭，由沅水以入辰、溆。其明年，秦人复伐取楚巫郡及江南，为黔中郡。黔中，即屈子所居辰、溆之地。屈子以二十一年泝江至此，则栖息甫定，而秦兵大至，斯时屈子正与之相值，断可知矣。是则其不能正命于辰、溆之间，而必下沅入湖，以至长沙而死者，殆亦迫于事势，不得不然耳。夫孤臣窜逐，九死不悔；且死志已决，复何所惧而避秦寇哉？将无以为与其横死于寇仇之手，曷若全真于父母之乡；与其为虎狼所毙，曷若自投于清渊以洁吾身之为愈乎？此史公所谓志洁行芳，蝉蜕于浊秽，皭然泥而不滓者也。观《渔父》之文，“宁赴湘流，葬于江鱼之腹中”，不忍以皓皓之白，蒙世俗之温蠖；孰谓其肯以洁白之躯，膏于豺虎之吻，而蒙死后无穷之辱乎？本冀以一死悟君而救国，乃肯为敌国之囚虏，自甘默默无名之死乎？呜呼！死有重于泰山，屈子之必择地而死者，亦曾子所谓得正而毙者欤？《怀沙》之作，其以此哉？

若夫《楚辞》中凡云“南”者，除《抽思》一篇外，其余大抵皆指郢都而言，此尤足以证其所纪地理多有在江南者。盖凡纪述地理之方位，必先定一标准；屈子文中所记东西南北，则以其国都为标准，此又无可疑者。故《抽思》为屈子初放汉北时所作，而曰“有鸟自南兮，来集汉北”。自南来者，自郢都而来也。又曰：“望南山而流涕。”又曰：“南指月与列星。”又曰：“狂顾南行。”皆以郢在汉之南也。《离骚》云：“济沅、湘以南征。”《招魂》亦云：“献岁发春兮，汩吾南征。”而终之曰：“魂兮归来哀江南。”此可证其在江南者一矣。《涉江》云：“哀南夷之莫吾知兮，旦余济乎江湘。”南夷，即楚南之土族，吴起所谓左彭蠡右洞庭之苗民是也。此可证其在江南者二矣。（旧解南夷多误，不可从。）《思美人》云：“吾且儃佪以娱忧兮，观南人之变态。”又云：“独茕茕而南行兮，思彭咸之故也。”变态之南人，即《涉江》所谓南夷。此可证其在江南者三矣。《哀郢》云：“当陵阳之焉至兮，淼南渡之焉如？”陵阳在今安徽宁国池州之界，《汉志》丹阳郡陵阳县是也，以陵阳山而名。南渡者，陵阳在大江之南也。此可证其在江南者四矣。《怀沙》云：“伤怀永哀兮，汩徂南土。”而乱辞终之曰沅、湘分流。此可证其在江南者五矣。《橘颂》云：“受命不迁，生南国兮。”周都岐雍，似汝、颍、江、汉之间为南国，故其诗有《周南》、《召南》。二南诗中若“南有樛木”，“南有乔木”，乃表其地望。湖、湘之地，又在楚都之南，故亦称为南国。此可证其在江南者六矣。《远游》云：“嘉南州之炎德兮，丽桂树之冬荣。”又云：“指炎帝而直驰兮，吾将往乎南疑。”南州之义，与南国同。南疑者，谓九疑也。以在楚南，故谓之南疑。此可证其在江南者七矣。《远游》之词虽属幻设，然南疑以下一段言二女，言九韶，言湘灵，皆实写其事。自当分别观之。至蒋骥氏谓《招魂》之“哀江南”，哀江乃长沙湘阴水名，余不敢信之也。蒋说云：“‘哀江南’，旧解以为哀此江南之地，尝考其说，多不可通。今览图经，湘阴有大小哀洲，二妃哭舜而名。又《长沙湘阴志》云：‘哀江在县南三十五里。’正与汨罗相通。固知其所指，乃言哀江之南。以见入修门之为虚，而沉湘之为实。此一篇结穴也。”见《楚辞余论》下。说甚奇创，今备著于此。

三　余　论

甲　屈原不死于怀王入秦以前辩

屈子之自沉，在顷襄王之世，此事《史记》本传载之，《新序·节士篇》述之，叙次详明，确然可据，二千年来无异辞。而清儒王懋竑氏独以为不然，其说略曰：“《哀郢》言九年不复，壹反之无时，则初无召用再放之事。原之放，在(怀王)十六年，以九年计之，其自沉当在二十四五年间。而谏怀王入秦者，据《楚世家》，乃昭睢，非屈原也。夫原谏王不听，而卒被留以死，此忠臣之至痛，而诸篇无一语及之。至《悲回风》、《惜往日》临绝之言，愤懑伉激，略无所讳，亦只反复于隐蔽障壅之害，孤臣放子之冤。是诱会被留，乃原所不及见；而顷襄之立，则原之自沉久矣。至于仲春南迁，时日道里之细，无不详载；而于怀王入秦诸大事乃不一及，原必不若是之颠倒也。”(详见《白田草堂存稿》三《书楚辞后》)此其论虽甚新，而细考之，亦实有未当。

考屈子以楚宣王二十七年戊寅(前三四三)生，此已无复疑义。《离骚》所谓“摄提贞于孟陬，惟庚寅吾以降”是也。准是以推，至怀王二十四五年，不过四十岁耳，而《离骚》之言曰：“老冉冉其将至兮，恐修名之不立。”《涉江》之言曰：“余幼好此奇服兮，年既老而不衰。”《曲礼》七十曰老。《公羊》宣十二年传注同。鲁哀公之五年，孔子自蔡至于叶。《论语》记叶公问孔子于子路，子路不对。子曰：“女奚不曰‘其为人也，发愤忘食，乐以忘忧，不知老之将至云耳’?”是岁孔子年六十有二，故曰老将至也。怀王在位三十年，尽怀王之朝，屈子才四十五岁，安得曰老将至？更安得曰既老乎？且姑以后世之说为断：六十已上谓之老(见《论语·季氏篇》皇疏)，五十以上亦可谓之老(见《管子·海王篇》注)，以屈子之年准之，亦非怀王之朝所宜称也。是故老以七十为断，非至顷襄王二十年前后，固绝不得称，老以五六十为断，亦必至顷襄之世而始得称也。盖屈子自沉之时，年已七十左右，以《哀郢》之文考之，尚及见白起破郢，时年六十有六。(参阅第一章及《余论》己)距其自沉，当不在远。故《悲回风》为顷襄时再放之词，亦曰“岁曶曶其若颓，时亦冉冉而将至”也(参阅《余论》戊)。证之《离骚》、《涉江》诸篇之言，非所谓若合符节者乎?

又考屈子之放也，一在怀王时，一在顷襄王时。时既不同，地亦各异；征之《楚辞》，灼然可见(说已详前)。果如王氏说，止怀王朝之一放，放而即至于死，则考诸史实而殊不合。盖怀王十六年以前，屈子甚见信任，固无放逐之理。上官夺稿之谗，止于见疏，本传所谓“王怒而疏屈平”，可覆按也。(王氏以为原之放在十六年，断误；然此亦本洪庆善说。)而怀王之十八年,既愤秦之见欺,不愿得地,愿得张仪。方令屈子使齐,以图报复。故屈子反命之后,有谏释张仪之言。斯时屈子方且重用,自亦断无废逐之隙。又考之《楚世家》,自怀王二十年至二十三年,皆为联齐之时,齐湣王为从长。此正屈子之所深愿者(屈子素主合从以抗秦,说详第一章及《余论》丙),自亦无缘与怀王忤而得罪也。直至二十四年(秦昭王二年),齐、楚之约始解。楚既背齐而合于秦,且利其赂而往迎妇焉;是怀王朝屈子之放,此其时矣。怀王在位尽三十年,果屈子放死于怀王入秦以前,计其间前后仅六年[1],何以《哀郢》乃谓"至今九年而不复"乎?此又乖刺之甚者也。

且屈子尝为怀王左徒矣,入则议国事,出号令,出则接宾客,礼诸侯,其被宠见信如此。使果以一谗见放,其情岂遂狷忿若是,悻悻然若匹夫之谅,必出于沉江之举哉?今其言曰:"宁溘死以流亡。"又曰:"伏清白以死直。"又曰:"虽体解吾犹未变。"又曰:"又何怀乎故都?"又曰:"吾将从彭咸之所居。"(以上并见《离骚》。参阅《余论》乙。)又曰:"知死不可让,愿勿爱兮。"(见《怀沙》)又曰:"临沅湘之玄渊兮,遂自忍而沉流。"又曰:"卒没身而绝名兮,恬死亡而不聊。"(以上见《惜往日》)又曰:"夫何彭咸之造思兮,暨志介而不忘?宁溘死以流亡兮,不忍为此之常愁。"(见《悲回风》)贵戚之卿,与凡有异,偶然贬斥。亦属寻常;借非屡遭窜逐,创巨痛深,岂遂不冀君之一悟,俗之一改,而愤怼褊急,至不可矶如此?矧观于诸篇如《骚经》所云九死未悔,《思美人》所称历年离愍,冯心未化者,盖数见之,此岂仅仅一朝谪放之词哉(参阅第一章)?是真出乎情理之外者矣。

至谓怀王入秦而不反,如此大事,而无一语及之,其所反复致意者,乃在壅蔽之害;以此疑屈子未见诱会入关事之事,此又未之察也。夫《离骚》一篇,亘数千言,缠绵往复,涵义至深,怀王之死,乌得谓意未及之?且也伤灵修之数化,叹哲王之不寤。灵修哲王,语气截然有异,岂不以怀王已死,目为灵修。(按:《山鬼》云:"留灵修兮憺忘归。"是楚人本以灵修为鬼神之称,屈子盖借用之,此其明证。)襄王在位,故谓之哲

---

[1] 自二十四年至二十九年,凡六年。其明年,怀王入秦不反。

王邪？注《楚辞》者多谓《离骚》作于顷襄王时，诚卓见也（参阅拙著《楚辞概论》第三章、第四章）。《惜往日》言“宁溘死以流亡，恐祸殃之有再。”说者曰：“祸殃有再，谓国亡身虏也。”（蒋骥说）亦曰：“再者，怀王辱死于秦，顷襄将为之继也。”（王夫之说）亦曰：“注谓罪及父母与亲属者非也。盖怀王以不听屈原而召秦祸，今顷襄复听上官大夫之谮，而迁之江南。一身不足惜，其如社稷何？《史记》云：‘楚日以削，数十年，竟为秦所灭。’即原之所谓祸殃之有再也。”（顾炎武说，见《日知录》二十七。）其说是矣。然则谓屈子未尝言怀王入秦，因疑为未见其事者，亦非也。（按：顾成天谓屈子自沉乃身殉怀王，其说虽不可信，然较之谓屈子未见怀王入秦者，其识优矣。）且辞赋之为体，但主抒情而已，宁必如史传之记事者耶？彼放逐之孤臣，念宗国之危败，道思作颂，聊以娱忧。又宁必如执简之史氏所为哉？若夫屈子之文多反复于谗谄之蔽障而略不他及者，盖屈子以楚国之存亡，全系乎合从连衡之消长（参阅《余论》丙），而从横之势之消长，则又以己之得君与否为断。屈子主亲齐（即合从），与之同调者，陈轸昭睢等是也；子兰主亲秦（此本不足言政策，特为张仪连横之计所惑而已），附和之者，上官大夫靳尚及怀王夫人郑袖等是也。屈子之策，为国谋利；党人之为，止图利已；二者相倾，小人得势，致使秦人得乘间抵隙以为操纵之地。故谗邪之党胜，而楚国之亡决矣。此屈子所深信不疑者。其所以反复于群小壅蔽之害者以此；孰谓其缠绵瞀乱，仅为一身之故而已哉？

乙　离骚从彭咸确为水死辩

《离骚》云：“虽不周于今之人兮，愿依彭咸之遗则。”其终云：“既莫足与为美政兮，吾将从彭咸之所居。”王逸注曰：“彭咸，殷贤大夫。谏其君不听，自投水而死。”又曰：“言时世之君无道，不足与共行美德，施善政，故我将自沉汨渊，从彭咸而居处也。”是说也，千余年来多韪之。然彭咸之事，他无可考，叔师所云，未知何据。故刘梦鹏《屈子章句》、曹耀湘《读骚论世》、俞荫甫《读楚辞》等并谓依彭咸之遗则者，不过踵法前修之意，非必效其死法也。而曹俞二家且谓彭咸不见他书，《章句》水死云云，特因屈子之事以傅会之。此其说不为无见，然亦有所本,盖衍宋人之余绪者也。按钱杲之《离骚集传》尝疑屈子之作《离骚》在怀王时,至顷襄王迁之江南,始投汨罗,不应预言其事。故别创新义,谓从彭咸所居,犹言相从古人于地下。而林应辰《龙冈楚辞说》更推论屈子死于汨罗,比诸圣人浮海居夷之意。其说略云:"《离骚》一篇,辞虽哀痛,而意则宏放,与夫直情径行,勇于蹈河者不可同日语;且其寄兴高远,登昆仑,历阆风,指西海,陟升皇,皆寓言也,世儒不以为实,独信其从彭咸,葬鱼腹以为实者,何哉?"陈振孙载之《书录解题》,虽不信其说,顾喜其甚新而有理。其后明人汪瑗氏撰《楚辞集解》,遂谓原为圣人之徒,必不肯自沉于水,而痛斥司马迁以下诸家言死于汨罗之诬。近日本人斋藤正谦亦著《屈原投汨罗辨》,以为原自谓"宁赴湘流,葬于江鱼腹中",一时愤激之言,而非实语。子长弗察,以为实录。果然,鲁连之蹈东海,亦岂真投水而死耶?原语殆类此,决非实事。又谓后阅《随园随笔》引黄石牧太史云:"屈子未必沉水死也。其文曰:'吾将从彭咸之所居。'又曰:'愿依彭咸之遗则。'又曰:'宁赴湘流,葬江鱼之腹中。'皆愤怒之寓言。太史公因贾生一吊,遂信为真。"与其说暗合云云(见日人泷川龟太郎《史记会注考证》引)。此尤与龙冈之说桴鼓相应。要之皆空论不足信。夫屈子之法彭咸而水死也,岂王逸之创说哉?西汉儒者若刘向之博极群书,其《九叹》一篇已有"思彭咸之水游"一语(按:《九叹》本愍屈而作,兼以自悼),则以彭咸投水而死,及屈子之效之者,非叔师之臆说傅会,可知也。又按贾谊远在太史公前,屈子沉渊之事,已仄闻之,则《史记》所称,亦非无据。况贾生汉初之人,距屈子之死不过数十年,其时湘滨之长老或且亲见之。安得概以寻常之传闻而斥为诬妄?史公尝亲至长沙,观自其沉之遗迹,然后载之本传,正以其为实录而郑重之也。《渔父》、《卜居》之辞,或为后人所托,姑置勿论。即以屈子他文考之,《怀沙》云:"知死不可让,愿勿爱兮。"岂仅孔子浮海居夷之志哉?《悲回风》云:"浮江淮而入海兮,从子胥而自适;望大河之洲渚兮,悲申徒之抗迹。"夫二贤者,并以忠谏而水死,则屈子斯时不但死志已决,且死法亦早筹之熟矣。岂愤激之寓言可比哉?《惜往日》云:"临沅湘之玄渊兮,遂自忍而沉流。"又云:"不毕辞以赴渊兮,惜廱君之不识。"又岂鲁连蹈海之虚辞可比哉?然则贾生之所闻,不亦信而有征乎？且《离骚》一篇，既曰九死未悔，又曰体解不悔，又曰危死未悔，而终之以从彭咸，此岂欲退隐而终老之言？使其果有是志，借求死以比于浮海居夷者，其词断不若是之强哉矫也。夫圣人尝言杀身以成仁矣，又尝许死谏之比干为仁矣。圣人之徒亦尝亟称舍生取义矣。屈子以哲王不寤，再窜湘南，不忍见宗国之亡，毅然杀身以殉之，死谏以悟之，此真成仁取义之大节，不愧圣人之徒；岂必以隐居求志为名，偷生苟活，始得为圣人之徒欤？噫！何其谬也。

尝考屈子之称彭咸者六：惟《离骚》之“依彭咸之遗则”，《抽思》之“指彭咸以为仪”，及《悲回风》之“昭彭咸之所闻”等语尚可谓仅有尚友古人之意，他若《思美人》之词曰：“独茕茕而南行兮，思彭咸之故也。”又《悲回风》之词曰：“凌大波而流风兮，托彭咸之所居。”则投水之意甚明[1]。以此文与《悲回风》首段之言“彭咸之造思，志介而不忘”者反复推证，盖亦谓每一兴念彭咸之忠谏，则不能忘其一死之决心耳。故一篇之中，三致其意，或言依其道，或言从其迹，不可泥也。（按：张惠言已有此意，见《七十家赋钞》。）屈子自再放江南时，而死志始决。其后之沉渊而死者，盖亦先有彭咸之志而又适符其迹者也。（按：张云璈已发此恉，见《选学胶言》。）乌得以其一二不关水死之言遂疑其本未有投渊之实哉？且以《离骚》篇末之乱辞推之，其所称“已矣哉，国无人莫我知”云云者，非明明自知绝望，故决计以效彭咸之孤忠乎？《骚经》一篇，与《思美人》、《悲回风》皆作于再迁江南之后，其时去国孤臣，窜逐水乡，久而不复，是以因其平日之所取法者，而萌自沉之志，故一则南行而思之，一则终之以从彭咸之所居也。钱氏《集传》误沿旧说，以《离骚》为怀王时作，故有此疑，而别创新解。不知屈子果但言欲相从古人于地下，而独举彭咸，其义何居乎？宋儒好议论，喜为异说，明人踵之，日本人又唾拾之，要其于《楚辞》之文未尝有考也，适足以见其陋而已。

---

① 俞氏疑凌波以下，忽又有上高岩之言，乃谓登山涉水皆是彭咸之所居。不知此一段本设为神游之词，承上文“寤从容以周流”言也。且既曰凌波流风以托彭咸，则彭咸之死于水尤为确证。

丙　离骚美政说

《离骚》之乱曰:“既莫足与为美政兮,吾将从彭咸之所居。”注家多不释美政之义。盖美政者,即合从以摈秦之政也。《新序·节士篇》谓秦欲吞灭诸侯,并兼天下。屈原为楚东使于齐,以结强党。而《史记》本传载屈子使齐反,谏怀王曰:“何不杀张仪?”秦昭王与楚婚,欲与怀王会。怀王欲行,又谏曰:“秦,虎狼之国,不可信,不如无行。”据此,则屈子之素主亲齐而不亲秦可知也。夫亲齐,合从之策也。秦之强,非合从不足以制之,此有识之所共见也。自周显王三十五年(楚威王六年,前三三四),苏秦倡其说;其明年,燕、赵、韩、魏、齐、楚合从,而苏秦为从约长。至慎靓王三年(楚怀王十一年,前三一八),六国共攻秦,怀王为从长。十五年中,秦兵不敢出函谷关,以窥山东,从之为利亦可见矣。其后张仪破从为衡,厚币委质事楚。货楚贵臣上官靳尚之属,上及令尹子兰司马子椒,内赂夫人郑袖,共谮疏屈原。因绐以商於之地六百里,使绝齐交。怀王不明,信左右之奸谋,听张仪之邪说,竟绝强齐之大辅(此参用《史记》及《新序》说)。《离骚》云:“初既与余成言兮,后悔遁而有他。余既不难夫离别兮,伤灵修之数化。”《抽思》亦云:“昔君与我诚言兮,曰黄昏以为期,羌中道而回畔兮,反既有此他志。”此即屈子痛心怀王不能坚用其合从之谋,而终惑于党人亲秦之说以至疏放也。曰初之成言者,指王之见信以联齐之事也;曰遁悔曰回畔者,指为张仪所惑,而信党人亲秦以误国也。考其事以证其文,其意趣之所归,固甚显然矣。仪既阴交楚之群小以疏间屈原,而破其从,故党人事事与之不合。《离骚》云:“何离心之可同?”《惜诵》云:“众骇遽以离心。”《抽思》亦云:“人之心不与吾心同。”而《涉江》亦云:“吾不能变心而从俗。”其言当日亲齐亲秦两派之异趋,又甚显然矣。

又考《离骚》“伤灵修之数化”一语,亦实指而非空言。《史记·楚世家》,怀王十六年,秦惠王欲伐齐,而患齐与楚从亲。乃令张仪诈怀王,怀王遂绝齐而交欢于秦。此连衡得势于楚之始。及既见欺,乃又绝和于秦。十八年,秦复约与楚亲,愿分汉中之半以和。又使张仪说怀王畔从约而与秦合,约为婚姻。二十年,齐湣王欲为从长,遗书劝楚绝秦,怀王许之;而合从之势得以复伸。二十四年,又倍齐而合于秦,且往迎妇。二十五年,怀王与秦昭王盟于黄棘。由是连衡再得势。二十七年,齐、韩、魏为楚负从亲而合秦,共伐楚。二十八年,秦以楚太子杀其大夫而亡归,乃与齐、韩、魏共攻楚。二十九年,秦复攻楚,大破之。怀王恐,乃使太子为质于齐以求平(是时使齐者即屈原)。三十年,秦又伐楚。自是楚无岁不有秦师。而怀王终以是年被诱入秦而不反矣。所谓灵修之数化者,即指怀工亲齐亲秦之反复无常耳。注家皆未指出,又或泛以君德变化于小人为解,不切事情,盖远失之。夫秦之欺楚屡矣。虎狼之国,屈子早知之矣。六国之存亡,全系乎从约之合否。屈子洞识当日之大势,力赞怀王与诸侯合从以抗秦,《新序》所谓结强党也。无如怀王昏庸而贪利,十年之间,时而合齐,时而亲秦。虽张仪勾结党人,内外交煽之所致,然实由于怀王之不明,胸无定见,徘徊两端,是以终堕秦人连衡之术中,至死而不寤,此屈子所以伤之也。故篇末特著之曰:"既莫足与为美政兮,吾将从彭咸之所居。"所谓美政者,非合从抗秦之策乎?此固屈子九死未悔,体解不变者也。从而不合,则六国势不足以图存。彼不忍亲见宗国之亡,又欲附于古人尸谏之义,故决计自沉以死耳。悲夫!

丁　云中君非祀水神说

《九歌》所祀云中君,自昔咸以为云神丰隆,是也。而徐文靖独云:"《左传》定四年:'楚子涉睢济江,入于云中?'杜注:'入云梦泽中。'是云中一楚之巨薮也。云中君犹湘君耳。《尚书》:'云土梦作乂。'《尔雅》:'楚有云梦。'相如《子虚赋》:'云梦者,方九百里。'湘君有祠,巨薮如云中可无祠乎?'灵皇皇兮既降,猋远举兮云中',亦犹《湘君》'横大江兮扬灵'耳。岂必谓云际乎?"(《管城硕记》十四)近世王闿运《楚辞释》亦袭其说云:"云中,楚泽,所谓云杜、云梦者;君,泽神也。"按徐氏以"云中君"为梦泽中之水神,说虽新而实有未合。盖《九歌》所祀诸神,其以君为名者,尚有《东君》一篇。若以类相推,云中君犹湘君;然则东君为日神,岂不可谓云中君为云神?同属天神,亦各从其类也。篇中"灵皇皇兮既降,猋远举兮云中"二语,正谓云神来飨,乍降旋归,高举云中,反其故处耳。“灵皇皇兮既降”者,犹《大司命》所谓“君迴翔兮以下”也。远举即高飞,犹《大司命》所谓“高飞兮安翔”也。云中即云际,犹《少司命》所谓“君谁须兮云之际”也。王逸注云:“云中,云神所居。言云神往来急疾,饮食既饱,猋然远举,复还其处也。”其说是矣。观下文又云:“览冀州兮有余,横四海兮焉穷?”乃形容云德之广大变化,非一区一域之水神所得而拟。盖冀州者,代表中国之称;既言冀州,又言四海,犹之普天薄海之义也。顾炎武曰:“古之天子,常居冀州。后人因之,遂以为中国之号。《楚辞·九歌》:‘览冀州兮有余。’(按《集释》引杨氏曰:“《楚辞》本意,盖谓由南望北,明其高远耳。”殊谬。)《淮南子》:‘女娲氏杀黑龙以济冀州。’《路史》云:‘中国总谓之冀州。’《穀梁传》曰:‘郑,同姓之国也;在乎冀州。’”(原注:“《正义》曰,‘冀州者,天下之中州,唐虞夏殷皆都焉。以郑近王畿,故举冀州以为说。’”见《日知录》二。)张云璈曰:“此犹今时呼京师为长安之意。叔师必指定两河间,泥矣。屈子所谓远举云中,岂仅览冀州而已哉?犹云览中国而有余耳。或云,冀州乃九州之首,有余,则九州皆在一览之中矣。良是。”(《选学胶言》十四)今按冀州犹言九州,与四海为对文。钱澄之云:“冀州,帝都所在。《禹贡》列九州,以冀州为首。称冀州者,览从此始,其势乃极于九州四海也。”其必言九州四海者,岂不以云行雨施,品物流形,其功之被于下土者,可以复育生民,膏泽万类,故其神遂有如此气象耶?区区一薮泽之神何足以当之?王逸谓云神出入奄忽,须臾之间,横行四海,无有穷极。盖得之矣。(按:横当训为充,谓云之充塞四海也。于义为长。)

且《九歌》之辞,其所想像与形容者,皆必取其切合。是故《湘君》有中洲、石濑、舟楫、棹枻之文;《湘夫人》有筑室水中、紫坛荷屋之语;《河伯》则水车荷盖,鳞屋龙堂,贝阙珠宫,波迎鱼媵之事皆备;《山鬼》则披薜荔,带女萝,乘赤豹,从文狸,饮石泉,荫松柏,与夫石磊葛蔓,猿狖之鸣,风雷之声无不有。斯则各以所近者言之。云之为状,极难形容;而第曰:“览冀州兮有余,横四海兮焉穷?”盖不为毛举之辞,而但作统括之语,亦犹夫诸篇形况之意,而推言云之所有事也。《大司命》言人命有当,《少司命》言宜为民正,亦此类也。不宁惟是,观篇中又言

“与日月兮齐光”，云与日月为类，故连类及之，此岂泛咏水神之辞哉？《尚书大传》载《卿云歌》云：“卿云烂兮，乱缦缦兮。日月光华，旦复旦兮！”言云而并及于日月，古多有之。所谓以类相从也（屈复、陈本礼并有此说）。王逸注云：“云兴而日月昏，云藏而日月明，故言齐光。”斯又云中君为云神而非水神之明证矣[①]。

又考《史记·封禅书》及《汉书·郊祀志》历载高帝四年，诸巫所祠，亦以类从；而言晋巫祠五帝东君、云中君、司命之属，此皆天神，不应忽杂以云土、梦泽之祀。汉初去楚未远，而云中君乃与东君为类。即此一端，其非水神又明矣。

近钱穆以《楚辞》所纪地理皆在江北，遂于《九歌·云中君》一篇亦从位山之说，欲以自张其军，而遂其一贯之论。然细考之，觉其说之不可恃，故为辨之如此。

戊　九章辩疑

近人多有疑《九章》不尽屈子之辞者，此盖倡始于晚清曾国藩之谬疑《惜往日》。考曾《求阙斋读书录》卷六有云：“自阎百诗后，辨伪古文者无虑数十百家。姚姬传氏独以神气辨之，曰不类。柳子厚辨《鹖冠子》之伪，亦曰不类。余读屈子《九章·惜往日》，亦疑其赝作。何以辨之，曰不类。”而吴挚甫汝纶评点《古文辞类纂》述之曰：“曾文正公谓此篇不类屈子之辞，而识别其浅句。今更推衍文正之指。盖他篇皆奇奥，此则平衍而寡蕴，其隶字亦不能深醇。文正之识卓矣。”寻吴氏所以置疑者，一则以起用《史记》本传；二则以“君含怒以待臣”数语多平浅；三则《怀沙》乃投汨罗时绝笔。若此篇已自明言沉渊，则《怀沙》可不作矣。彼文云“舒忧娱哀，限之以大故”，不似此为径直之辞也。若下文“不毕辞而赴渊”，则似更作于《怀沙》后者，史公何为弃此录彼邪？四则“恐祸殃有再”，岂屈子之心？又评云：“《九章》自《怀沙》以下，不似

---

① 篇中龙驾帝服一语，自叔师以来，注家多以云从龙之义为说，虽曰近理，然《湘君》、《大司命》、《东君》、《河伯》诸篇有驾龙乘龙之文，实不足据。又陈本礼《屈辞精义》谓帝服乃形容云之彩色，如帝服之绚烂，引《荀子》云五彩成文为说，亦恐未确。

屈子之辞。子云《畔牢愁》所仿，自《惜诵》至《怀沙》而止。盖《怀沙》乃绝笔，以后不复有作。”又评《悲回风》云：“此篇文字奇纵，而少沉郁谲变之致。疑亦非屈子作。所谓‘佳人’，乃屈子也。‘眇志所惑’，则作者自言。盖‘谏君不听，任石何益’，即眇志所惑也。然则此殆吊屈子者之所为欤？”又云：“所引子胥入江，申徒赴河二事为比，明是屈子沉汨罗后引彼二证。若屈子自言，期于必死可也，安能自必其死于水哉？”考其说全无实据，而多可笑，惑者不察，犹将信之，是亦不可以不辩。

曾国藩之妄言，此古文家惝恍无凭之论，不足语于考证，可置而勿道。至于文字之平奇浅奥，亦岂有一定之准？即以屈赋全体而论，《天问》最奇奥，《招魂》次之，《远游》又次之；《离骚》最深醇，《九歌》次之，《九章》又次之。一人之作，而参差不同如此。又如《离骚》一篇，前半大抵平直易晓，而后半求女问卜两段则较为深曲。《招魂》一篇，前后词意极晦，而中间又稍稍平易。其余诸篇，无不然者；是则一篇之内，而前后不同又如此。人之将死，其言也哀。《怀沙》虽死志已决，而实未尝即死，故其言舒；《惜往日》确为垂死之言，故其言直；顾责其辞之含蓄蕴藉，此亦不达于理矣。且《九章》中若《涉江》、《哀郢》、《思美人》等篇，类多平浅之辞，不可概指为奇奥。何独于《惜往日》一篇而疑之？而吴氏以为可疑之《悲回风》，又反以奇纵称，是则奇奥者不必真，而平浅者亦不必伪，盖已不能自圆其说矣。由是言之，但凭文字为断之不可恃也明矣。至谓《惜往日》起用《史记》本传，此又倒果为因之论，最为害理。安知《史记》所称王甚任之，与夫使平造为宪令云云非即据此而言耶？《离骚》、《抽思》并有“初既与我成言”之语，则所谓“惜往日之曾信，奉命诏以昭时”者，岂不信乎？而必用《史记》之文耶？《怀沙》之非灵均绝笔，前已辨之。《史记》之录此篇，而以怀石自沉系于其后，此自汉人误解“怀沙”为怀石之过，后人习焉而不悟，乃反疑其舍此录彼。试问《怀沙》但云“知死不可让，愿勿爱兮”，此则明言“不毕辞而赴渊”，孰先孰后，不难分别。史公果有意载录屈子临绝之辞者，而竟遗此一篇，吾人但据此以议其疏可也，若反据史传以疑此篇之伪，不可也。篇末“恐祸殃之有再”一语，自王逸误解为罪及父母与亲属，而屈子之心迹全晦。夫屈子岂贪生畏死者？岂徒为一身一家之计者？朱子云：“不死，则恐邦之沦丧，而辱为臣仆。箕子之忧，盖如此也。”斯真千载而下洞见孤臣之隐痛矣。（按怀王入秦，白起破郢，皆所谓祸殃也。参阅《余论》甲。）扬子云规仿《九章》自《惜诵》至《怀沙》一卷为“畔牢愁”，此仅可证西汉时《九章》之次第《怀沙》在最后。（《惜诵》在第一，与今本同。）而未足以证今本《怀沙》以后诸篇之为伪也。（今本《怀沙》在第五，其后为《思美人》，《惜往日》，《橘颂》，《悲回风》。）夫安知《惜往日》、《悲回风》等篇之次第，汉时不在《怀沙》之前邪？（按《释文》本《楚辞》篇第即与今本大异，是其证。）刘向《九叹·忧苦》云：“叹《离骚》以扬意兮，犹未殚于《九章》。”则《九章》之名，中垒已尝言之[①]。“九章”者，篇章之实数也。（王逸释章为著明，殊凿，当从朱子说。）若子云所仿果仅为《惜诵》至《怀沙》，而无其下四篇者，是止有五章而已，安得号为“九章”乎？若夫《悲回风》所谓“介眇志之所惑，窃赋诗之所明”者，盖谓区区之志，恐不为人所知，故作此篇以自明耳。《惜诵》言“恐情质之不信同伸，故重著以自明”，即此意也。上文云：“夫何彭咸之造思兮，暨志介而不忘。”又云：“眇远志之所及兮，怜浮云之相羊。”盖屈子久怀彭咸之志，终期以死悟其君。耿耿此心，何时或忘。惟恐不见谅于世，为人所疑，遂不得不有以明之。眇志所惑，明承上文志介不忘及眇志所及言，安见其必为吊屈者之词耶？又考《悲回风》之作也，在顷襄再放之时。（参阅第一章）[②]虽曰久志乎彭咸，实则未至于即死；是篇末虽引子胥申徒之事以明己志，而终不忍，故有谏君不听，任石何益之言也。欲死而不忍遽死，犹冀哲王之一悟；又恐其终不悟而要之以死，踌躇徘徊，郁纡愈甚；故又终之曰：“心絓结而不解兮，思蹇产而不释。”辞旨之明如此，而谓其非屈子之词者，何哉？必谓此篇为临绝时作，与《怀沙》、《惜往日》略相先后，则“骤谏君而不听，任重石之何益”，谓为屈子痛愤之语，亦无不可。

---

① 曩于《楚辞概论》疑西汉时尚无“九章”之名，盖未深考。亟宜订正。

② 曩定此篇为怀王朝初放汉北之作，与《抽思》同时。则屈子年未四十，与篇中“时亦冉冉而将至”之言不合。合亟订正。

或曰:子之辩吴说是矣。然《惜往日》一则曰“属贞臣而日娭”,再则曰“何贞臣之无辜”,三则曰“使贞臣为无由”,其矜张若是,岂屈子自道之词哉？明为后人所称无疑矣。《离骚》之辞曰:“芳与泽其杂糅兮,唯昭质其犹未亏。”《思美人》之辞曰:“芳与泽其杂糅兮,羌芳华自中出。”是芳泽之为义一也。而《惜往日》乃云:“芳与泽其杂糅兮,孰申旦而别之?”是则芳为美而泽为恶,芳泽之义判而为二矣。《史记》叙上官之夺稿也,不过见疏。此则于受诏明法,秘密不泄之后(按:即指不与稿上官之事),即言君中谗而含怒,弗考实而远迁。其为抵牾亦明矣。不知《离骚》已自明言“纷吾既有此内美,又重之修能”,亦不嫌其为夸。岂可据此而疑《骚经》之伪?屈赋凡数万言,其辞之重复而异义者,何可胜数?区区一义之偶歧,又乌足以为的据?至于上官之谗,止于见疏,此为事实;《惜往日》所称远迁,则并后事言之,所谓终言其事也。又何疑之有?(按:屈子初次被谗,并未见放,《史记》谓“王怒而疏屈平”,盖得其实。然愚昔尝论此“疏”字当作“逐”,盖以《离骚》为放逐之作,若止见疏,则不得于此后即接叙作《离骚》之事,不然,则史公亦并后事言之也。参阅《楚辞概论》第三篇第一、四两章。)

且世之谓《九章》多后人依托之辞者,亦诚过于卤莽哉!《九章》之目,西汉儒者多能道之:太史公读《哀郢》,悲其志,一也。录《怀沙》一篇于《屈原传》,二也。扬子云傍《惜诵》以下为“畔牢愁”,三也。刘向言“犹未殚于《九章》”,四也。至于西汉人之吊屈子或拟作骚赋者,多用《楚辞》文义。约略举之,如《惜诵》云:“欲高飞而远集兮,君罔谓女何之?”而《七谏·怨世》云:“欲高飞而远集兮,恐离罔而败灭。”此袭其词义一也。又云:“故众口其铄金兮,初若是而逢殆。”而《七谏·自悲》则云:“悲虚言之无实兮,苦众口之铄金。”此袭其词义二也。又云:“情沉抑而不达兮,又蔽而莫之白。”而《七谏·谬谏》云:“身寝疾而日愁兮,情沉抑而不扬。”此袭其词义三也。又云:“矰弋机而在上兮,罻罗张而在下。设张辟以娱君兮,愿侧身而无所。”而庄忌《哀时命》则云:“外迫胁于机臂兮,上牵联于矰谁(同弋)。肩倾侧而不容兮,固陿腹而不得息。”(按:矰弋二句,《淮南子·俶真训》已引之。“弋”作“徼”,“罻罗”作“罔罟”。)此袭其词义四也。又云:“《惜诵》以致愍兮,发愤以抒情。”而《哀时命》亦云：“独便悁悁而烦毒兮，焉发愤而抒情。”此袭其词义五也。《涉江》云：“与前世而皆然兮，吾又何怨乎今之人？”而《七谏》乱辞亦云：“自古而固然兮，吾又何怨乎今之人？”此袭其词义六也。又云：“哀吾生之无乐兮，幽独处乎山中。”而《七谏·自悲》则云：“哀独苦之无乐兮，惜予年之未央。”此袭其词义七也。又云：“世溷浊而莫余知兮，吾方高驰而不顾。”而《七谏·哀命》云：“恶耿介之直行兮，世溷浊而不知。”此袭其词义八也。又乱辞云：“鸾鸟凰皇，日以远兮，燕雀乌鹊，巢堂坛兮。”而《七谏》乱辞亦云：“鸾凰孔凤，日以远兮；畜凫驾鹅，鸡鹜满堂坛兮。”此袭其词义九也。又云：“带长铗之陆离兮，冠切云之崔嵬。”而《哀时命》云：“冠崔嵬而切云兮，剑淋漓而纵横。”此袭其词义十也。又云：“吾不能变心而从俗兮，固将愁苦而终穷。”而《哀时命》亦云：“举世以为恒俗兮，固将愁苦而终穷。”此袭其词义者十一也。又云：“山峻高以蔽日兮，下幽晦以多雨；霰雪纷其无垠兮，云霏霏而承宇。”而《哀时命》则云：“凿山楹而为室兮，下被衣于水渚。雾濛濛其晨降兮，云依斐而承宇。”此袭其词义者十二也。《哀郢》云：“皇天之不纯命兮，何百姓之震愆！”而《七谏·怨世》云：“皇天既不纯命兮，余生终无所依。”此袭其词义者十三也。又乱辞云：“鸟飞反故乡兮，狐死必首丘。”而《七谏·自悲》云：“鸟兽惊而失群兮，犹高飞而哀鸣；狐死必首丘兮，夫人孰能不反其真情？”此袭其词义者十四也。又云：“众踥蹀而日进兮，美超远而逾迈。”而《自悲》亦云：“故人疏而日忘兮，新人近而愈好。”此袭其词义者十五也。又云：“登大坟以远望兮，聊以舒吾忧心。”而《自悲》则云：“凌恒山其若陋兮，聊愉娱以忘忧。”此袭其词义者十六也。（又《悲回风》云：“登石峦以远望兮，路眇眇之默默。”《自悲》亦云：“登峦山而远望兮，好桂树之冬荣。”）又云：“发郢都而去闾兮，荒忽其焉极？”又云：“当陵阳之焉至兮，淼南渡之焉如？”而《自悲》云：“忽容容其安之兮，超荒忽其焉如？”此袭其词义者十七也。又云：“民离散而相失兮，方仲春而东迁。”而《七谏·哀命》云：“何君臣之相失兮，上沅湘而分离。”此袭其词义者十八也。《抽思》云：“心郁郁之忧思兮，独永叹乎增伤。”而《七谏·自悲》则云：“居愁懃其谁告兮？独永思而忧悲。”《哀时命》亦云：“怅惝罔以永思兮，心纡轸而增伤。”此同袭其词义者十九也。又云:“孰无施而有报兮,孰不实而有获?”而《自悲》则云:“莫能行于杳冥兮,孰能施于无报?”此袭其词义者二十也。又云:“愿承间而自察兮,心震悼而不敢。”而《谬谏》则云:“愿承间而效志兮,恐犯忌而干讳。”此袭其词义者二十一也。又云:“理弱而媒不通兮,尚不知余之从容?”《怀沙》亦云:“重华不可遻兮,孰知余之从容?”而《哀时命》云:“俗嫉妒而蔽贤兮,孰知余之从容?”此袭其词义者二十二也。《怀沙》又云:“同糅玉石兮,一概而相量。”《谬谏》则云:“玉与石其同匮兮,贯鱼眼与珠玑。”《哀时命》亦云:“世并举而好朋兮(按:此句亦《离骚》文),壹斗斛而相量。”此袭其词义者二十三也。《思美人》云:“惜吾不及古人兮,吾谁与玩此芳草?”《远游》亦云:“谁可与玩斯遗芳。”)而《哀时命》亦云:“廓落寂而无友兮,谁可与玩此遗芳?”此袭其词义者二十四也。《惜往日》云:“奉先功以照下兮,明法度之嫌疑。”而《七谏·沉江》云:“明法令而修理兮,兰芷幽而有芳。”此袭其词义者二十五也。又云:“吴信谗而弗味兮,子胥死而后忧。”又云:“或忠信而死节兮,或訑谩而不疑。”而《沉江》云:“成功隳而不卒兮,子胥死而不葬。终不变而死节兮,惜年齿之未央。”此袭其词义者二十六也。《橘颂》云:“闭心自慎,终不过失兮。”而《七谏·初放》云:“伏念思过兮,无可改者。”此袭其词义者二十七也。《悲回风》云:“悲回风之摇蕙兮,心冤结而内伤。”而《沉江》亦云:“不顾地以贪名兮,心怫郁而内伤。”此袭其词义者二十八也。又云:“岁曶曶其若颓兮,时亦冉冉而将至。”而《自悲》亦云:“隐三年而无决兮,岁忽忽其若颓。”此袭其词义者二十九也。又云:“观炎气之相仍兮,窥烟液之所积;悲霜雪之俱下兮,听潮水之相击。”而《自悲》则云:“观天火之炎炀兮,听大壑之波声。”此袭其词义者三十也。其余剿袭之词,摹拟之迹,若此者难更仆数;盖字规句仿,一步一趋,几于无一字无来历。(其袭《离骚》、《远游》诸篇之辞,今概从略。)夫东方朔庄夫子之伦,并景武间人,而其所为骚赋,于《九章》各篇,无不剿袭之者,(《九怀》、《九叹》等篇皆如此,其例亦从略。)则《九章》悉为屈子之辞,非后人所得而依托也,又何疑焉。

钱君云:“《哀郢》未必屈原之作,九年不复一语,不足以推其年历。”又云:“必谓《九章》皆屈原作,殊无据。则本此而推原之卒年者,自不可恃。”作《九章辩疑》。

己　哀郢辩惑

《哀郢》者，屈子再放九年，于道路之间，闻秦人入郢之所作也。而王薑斋《楚辞通释》之说曰：“哀故都之弃捐。宗社之邱墟，人民之离散，顷襄之不能效死以拒秦，而亡可待也。原之被谗，盖以不欲迁都，而见憎益甚。然且不自哀，而为楚之社稷人民哀，忠臣之极致也。曰东迁，曰楫齐扬，曰下浮，曰来东，曰江介，曰陵阳，曰夏为邱，曰两东门可芜，曰九年不复，其非迁原于沅、溆而为楚之迁陈也明甚。王逸不恤纪事之实，谓迁为原之被放，于‘哀郢’之义奚取焉？其错杂卤莽，大率如此。”逸注之谬，诚有不可讳者；而此则明明船山之卤莽，不考事实，不察文义之过也。夫《哀郢》之辞曰：“去故乡而就远兮，遵江、夏以流亡。出国门而轸怀兮，甲之朝吾以行。发郢都而去闾兮，荒忽其焉极？楫齐扬以容与兮，哀见君而不再得！”其为自叙放逐之情事明矣。而乱辞终之曰：“曼余目以流观兮，冀壹反之何时！鸟飞反故乡兮，狐死必首丘。信非吾罪而弃逐兮，何日夜而忘之？”其为放逐既久，思归故土之情，又自明言之矣。而船山泥于迁都之事，必强为释之曰：“流亡者，迫于强邻，弃其故都，倾国而行，如逋逃然也。楫齐扬者，君臣民庶万艇皆发也。民不能尽迁，其留于郢者，永与楚王诀别，不得再见。一时宗庙人民瓦解之哀，于斯极矣。”又释之曰：“壹，决也；决计反都于郢也。虽非吾罪而见放，然愿君西归之心不能旦夕忘也。”夫《楚辞》之言流亡屡矣。《离骚》云：“宁溘死以流亡兮，余不忍为此态也！”《惜往日》云：“宁溘死而流亡兮，恐祸殃之有再。”《悲回风》云：“宁溘死而流亡兮，不忍为此之常愁。”流亡之义，皆谓放逐。与此正同。岂避难逃窜之谓哉？至“楫齐扬以容与”者，乃纪其放之时，顺流而下，鼓枻而行之事；言齐扬者，江广船大，舟人非一之谓；犹《涉江》所云“乘舲船余上沅，齐吴榜以击汰”也。而以为君民万艇俱发，曲亦甚矣。且此文一则曰流亡，再则曰出国门，三则曰“甲之朝吾以行”，四则曰“发郢都而去闾”，而承之曰“哀见君而不再得”，其为放逐，复何待论？乃以人民之留于郢者与楚王诀别，不得再见为解，此又不待辨而知其误也。彼亦自知其说之曲而不可通，故于篇末二语，不得不强为回护之曰："虽谏而见放，然愿君西归之心不能旦夕忘也。"果如此说，则是斯时顷襄一面迁都避秦，一面放逐屈子矣。夫强敌压境，国都破而宗社夷，当此时也，楚之君臣上下方将逃死之不暇；而乃倒行逆施，复行罚及于屡谏绝齐亲秦之宗臣，有是理乎？虽党人之酷毒，顷襄之昏暴，决不至此。何者？势不可也。且此文果纪迁陈之事者，则虽仓卒奔逃之际，当必早有既定之鹄的，群趋而共赴之，决非漫无归宿之放子逐臣所可比，而何以一则曰"发郢都而去闾，荒忽其焉极"；再则曰"心婵媛而伤怀，眇不知其所蹠；顺风波以从流，焉洋洋而为客"；三则曰"当陵阳之焉至，淼南渡之焉如"乎？其非迁都之词又可知也。又考《哀郢》所记，始发于郢都，终至于陵阳。陵阳者，其地在今安徽东南部青阳石埭之间，居大江之南约百里。以陵阳山得名。洪兴祖谓前汉丹阳郡有陵阳，仙人陵阳子明所居，是也。陈城在今河南淮阳县境，与陵阳相去千有余里，若风马牛焉。斯时襄王迁都避秦，虽初或沿江东下，取便于速奔。然其势应至江夏鄂渚附近，即折而遵陆北行，出穆陵关，经河南光、蔡之地，以达于陈，较为直捷，断不应迂道陵阳。今乃逾夏浦而直东，越江南渡，以至陵阳，真所谓北辙南辕，与逃陈之路绝不相干。是以决知此篇之为记放而非徙都之事也。船山既泥东迁为迁都，遂谓此行泛江而下，经江夏陵阳，繇江入淮，以达于陈（亦见《楚辞通释》），大不然矣。矧观篇中"容与"（《涉江》"船容与而不进"，义与此同）、"洋洋"、"翱翔"、"逍遥"等语，气度从容，舒而不迫，岂举国上下仓皇逃窜之情耶？至谓壹反为决计反都于郢，亦殊曲解，《惜诵》云："壹心而不豫。"《橘颂》云："更壹志兮。"《远游》云："至南巢而壹息。"又云："壹气孔神。"凡《楚辞》"一"多作"壹"，本无深义。盖屈子初放之时，曾有召回之事；今则九年而不复，故有壹反何时之叹，安用曲说为哉？

寻船山所以致误之由，盖因但知屈子放于江南，而不知再放之初，实系东迁于陵阳，非径逐于沅、湘也。故其言曰："顷襄畏秦，弃故都而迁于陈，百姓或迁或否，婚姻离散相失。"又曰："旧说谓东迁为原迁逐者谬。原迁沅、湘，乃西迁，何云东迁？且原以秋冬迫逐南行，《涉江》明言之，非仲春。"（并见《通释》。按：《涉江》言"欸秋冬之绪风"，《哀郢》言"方仲春而东迁",故其说云然。)东迁者,即《惜往日》"迁臣"之谓,亦即《史记》本传"顷襄王怒而迁之"之谓,非东迁于陈之谓也。且以郢都言,陈虽可云在东,实则偏于郢北。故《楚世家》谓襄王兵散,不复战,东北保于陈城(按:此本《秦策》四)。其立言最切当而无语病。惟《秦策》一及《韩非子》俱言东伏于陈,但言东而不言东北,易与此文东迁之义混,而船山遂有此失矣。至屈子之入江南也,乃既放陵阳,九年不反之后,始自此折而西南,上泝江湖以入辰、溆耳。《涉江》所记是也。盖《哀郢》与《涉江》虽皆叙迁逐所经之地,而《哀郢》则记再放之初,始郢都而终陵阳。《涉江》则述久放之后,始鄂渚而终辰、溆。所谓"哀南夷之莫吾知,旦余济乎江、湘",明承《哀郢》而来也。(南夷散处今安徽南部,江西北部,湖北东南部,及湖南一带之地。吴起所谓其居左彭蠡右洞庭者也。注家以为屈子斥楚人者固非。即船山但谓指武陵西南蛮夷者亦有间。何者?彼固不知《涉江》所云"济江、湘"者,乃叙自陵阳启行以溯江、湘之事,非已至辰、沅之辞也。)观《哀郢》曰:"遵江夏以流亡。"又曰:"上洞庭而下江。"又曰:"背夏浦而西思。"又曰:"当陵阳之焉至。"其逾岳州,经江夏,直至陵阳,而未尝入湖可知矣。《涉江》曰:"乘鄂渚而反顾。"又曰:"乘舲船余上沅。"又曰:"朝发枉渚兮,夕宿辰阳。"又曰:"入溆浦余儃佪兮,迷不知吾所如。"其由放所泝江入湘之路,又可见矣。盖夏浦即今汉口,鄂渚即今武昌。《哀郢》自西徂东,故背夏浦而西思;西思者,西思郢都也。《涉江》从陵阳至湖、湘,复经鄂渚,故乘鄂渚而反顾,反顾者,回顾放地也。此虽前后相承,而分明截然两事;故一在仲春,一在秋冬之间,自不可同日而语。使屈子再放之初,果径逐于辰沅者,但自郢渡江而至武陵可矣,何必迂道东行,逾夏浦而远至陵阳乎?则兹篇所纪乃迁逐于陵阳,而非迁都于陈也,复何疑焉?今考其文辞,稽其地理,无不一一吻合。注家于此,多愦愦不省,既不知《哀郢》之所至,又不知《涉江》之所从,以异时异地之事混为一谈;是以轇轕不清,徒见其乖遻错杂而不合已。(按:船山此说,误信之者颇多。黄文焕、林云铭等虽颇为考证,而不得其说。惟蒋骥辨此最晰。)

然则何以云"不知夏之为丘,孰两东门之可芜"也?曰:细玩此文,必屈子于放时闻秦兵入郢之耗而为此辞也。郢亡之时,在放已久,故曰不知,怪叹之情可见。呜呼!故都城阙,草莱荒芜,屈子既闻其事矣;此其所以于追叙再放之余,痛数党人蔽贤误国之罪,而命之曰“哀郢”也欤?

庚 释故都

钱穆谓《哀郢》为顷襄王迁陈而作,即以“哀故都之日远”一语证之已信。若非迁都,则郢不称“故都”。今按屈子之没,约在顷襄王二十三四年,固尝及见白起之破郢。《哀郢》之义,当系指国破而言。然必谓《哀郢》一篇全系指顷襄迁陈之事,不关屈子之放,此则王薑斋之误说,辨已见前。而钱君误信之。至举故都一语以为证,此又不达《楚辞》文义之过也。

故都云者,犹故乡故土之义焉尔。《离骚》之设辞也,道昆仑而至西极,遵赤水而路不周。而乱辞终之曰:“已矣哉!国无人莫我知兮,又何怀乎故都。”亦岂迁都以后之辞哉?盖屈子以楚国为本,而以国都代表其国。今对外而言其本国,故曰故都。故都者,故国故乡之谓也。非必谓亡国或已废之都也。其上文云:“尔何怀乎故宇?”故宇,亦故国故乡之义也。又云:“忽临睨夫旧乡。”(按:此语又见《远游》。)旧乡亦故乡故土之义也。至其放逐在外,亦以国都为本。发郢去闾,至于夏浦,离国都已渐远矣;故曰:“哀故都之日远。”犹云哀故乡之日远耳。其上文云:“去故乡而就远兮,遵江夏以流亡。”下文云:“鸟飞反故乡兮,狐死必首丘。”是其义也。既云故乡,又云故都者,互文耳,岂必迁陈以后始得为此词哉?《远游》亦云:“终不反乎故都。”又云:“留不死之旧乡。”又云:“奚久留此故居?”《招魂》亦云:“魂兮归来,反故居些!”(按:此语篇中凡两见)或曰故都,或曰故宇,或曰故乡,或曰故居,或曰旧乡,其辞异,其义同。统观互证,其非对迁陈之新都而言,亦甚明矣。

至于两汉赋家效屈子此等文辞者甚众:《惜誓》之辞曰:“念我长生而久仙兮,不如反余之故乡。”《七谏·自悲》云:“悲不反余之所居兮,恨离予之故乡。”又云:“过故乡而一顾。”庄忌《哀时命》亦云:“超永思乎故乡。”又《九叹·远逝》云:“悲故乡而发愤兮,去余邦之弥久。”而《九怀·昭世》云:“览旧邦兮滃郁,余安能兮久居?”《九叹·逢纷》云:

"心愁愁而思旧邦。"又《离世》云:"余思旧邦,心依违兮。"又《怨思》云:"归骸旧邦,莫谁语兮。"又《远游》云:"望旧邦之黯黮兮"。《九思·逢尤》亦云:"望旧邦兮路逶随。"《九怀·遵嘉》又云:"顾念兮旧都。"《九叹·逢纷》又云:"违故都之漫漫。"《忧苦》又云:"哀故邦之逢殃。"凡此或言故乡,或言故都,或言故邦,或言旧都,或多言旧邦,其词虽异,而义亦同也。

夫古之文辞,自有真诠。毫厘之差,其谬千里。苟能观其会通,详审慎断,斯无胶滞之患,而固执之见可破矣。

乙亥初夏,为诸生讲授《楚辞》,因泛论屈子生平经历,偶及钱穆之作。惟以讲述时,问题复杂,千头万绪,难以笔录,遂应诸生之请,草为此篇。久压箧笥,未尝出以示人。兹略加删汰,公诸同好。且冀高明有以教之,非敢好为攻驳也。丙子五月三十日,自记。

(选自《读骚论微初集》,商务印书馆 1937 年版)

论九歌山川之神

《诗》称“维岳降神”,《书》称“望于山川”,而《王制》言:“天子祭天下名山大川,五岳视三公,四渎视诸侯。”山川之有神也旧矣。民间淫祀,推而广之;于是五岳四渎之命祀而外,寻常山川之神亦多在祠祀之列。楚人信鬼,其风尤甚。故《楚辞·九歌》之中,除《河伯》一篇,又有“湘君”“湘夫人”“山鬼”之神焉。至其所祀之神,往往好以民间俗说傅会之,殊为不经。解者不察,或致迷误。今以次论之,作为此篇。

一　论湘君湘夫人

《楚辞·九歌》有《湘君》、《湘夫人》,为楚人祠祀湘神之歌。考湘之有神,与河洛等,其有君有夫人也,亦犹河之有河伯,洛之有洛妃尔矣。然其神之起,亦不过初民之崇拜自然,但泛有一水神之意像而已。初未尝实之以人事也。迨相传既久,附会之说渐起:《史记·秦始皇本纪》称,始皇渡淮水,之衡山、南郡,浮江,至湘山祠。逢大风,几不得渡。上问博士曰:“湘君何神?”博士对曰:“闻之,尧女舜之妻,而葬此。”(按:“而”上当夺“死”字。)于是始皇大怒,使刑徒三千人皆伐湘山树,赭其山。是则自秦以来,即已目湘水之神为舜妃矣。(按:以《湘君》、《湘夫人》之文词考之,则六国时即已附之舜事矣,不始于秦也。说详后。)此亦犹河神洛神之说既起,其后遂实之以河伯、虙妃之事也。

今按《楚辞》之湘君、湘夫人,乃配偶之神也。湘神之有配偶,亦犹河伯之有妇,小孤之有夫也;湘君之有夫人,亦犹古人以凭夷为河伯妻之类耳(见《龙鱼河图》)。从来说《楚辞》者,皆不知湘君、湘夫人为配偶之神,故纷纭乖戾而不可通。何以明之?今按《湘君》、《湘夫人》两篇文词,针锋相对,且明为男女慕恋之情。如《湘君》云:"君不行兮夷犹,蹇谁留兮中洲?美要眇兮宜修!"而《湘夫人》则云:"帝子降兮北渚,目眇眇兮愁予!登白苹兮骋望,与佳期兮夕张。"《湘君》又云:"望夫君兮未来,吹参差兮谁思?"而《湘夫人》则云:"沅有芷兮澧有兰,思公子兮未敢言。"《湘君》又云:"横流涕兮潺湲,隐思君兮陫侧!"而《湘夫人》则云:"闻佳人兮召余,将腾驾兮偕逝。"此等男女相悦之词,若非湘君、湘夫人本属配偶之神,岂所宜道?且《湘君》一篇,既以采薜荔,搴芙蓉,喻所怀之不遂;复以"鸟次屋上,水周堂下"拟两情邂逅之无缘;而《湘夫人》一篇亦以"鸟何萃苹中,罾何为木上"二语喻所愿之不得,复以"麋何食庭中,蛟何为水裔"二语重申彼此遇合之难谐。及其相爱既深,而终不获相遇也,一则捐玦遗佩,采芳洲之杜若以遗下女,冀以通其最后之情;一则捐袂遗褋,搴汀洲之芳草以赠远人,聊以慰其无穷之思。凡此所云,岂不以湘君之与夫人,本为配偶之神,作者以人道拟之,遂故作此等艳语耶?故乌程闵氏论之曰:"《湘君》一篇,则湘君之召夫人者也;《湘夫人》一篇,则夫人之答湘君者也。前以男召女,故称'女',称'下女';后以女答男,故称'帝子',称'公子',称'远者'。其中或称'君',或称'佳人',或称'夫君',则彼此相谓之辞也。以男遗女,故有玦有佩,此男子所有事也,以女遗男,故有袂有褋,此女子之所有事也。"(见《文选瀹注》)虽所言有未尽合。(如《湘君》首句之"君"为夫人之语气,与《湘夫人》首句之"帝子"为湘君语气是,余别有说。)要其觑破《湘君》、《湘夫人》之作男女之辞,则诚千古不磨之卓识也。

虽然,湘水之灵曷为而独有配偶也?曰,此则民俗相传,附之以虞舜之事也。观秦博士之对始皇固已知之矣:观刘向《列女传》[①],《礼

---

① 《列女传·有虞二妃传》:舜既嗣位,升为天子,娥皇为后,女英为妃。舜陟方死于苍梧,号曰重华,二妃死于江、湘之间(因葬焉),俗谓之湘君(湘夫人也)。按:今本《列女传》有脱误。括号中之文据王照圆校补。

记·檀弓》郑玄注[①],及张华《博物志》[②],郦道元《水经注》[③]等书所记,又已知之矣。不特此也,即《山海经·中山经》所称洞庭之山,帝之二女居之。常游于潇、湘、澧、沅之间者,亦即指舜之二妃,《楚辞》所歌之湘夫人也。(郭璞尝力辩其为天帝之二女,非帝尧之二女。余则以为不然,辩见本集《楚辞中沅湘洞庭诸水断在江南证》。)且观《楚辞》之文,一则曰洞庭,再则曰九疑,岂不以古有舜崩苍梧而葬九疑,及二妃从死江湘之传闻(古籍记此事者甚多,今不备引。本集《楚辞中沅湘洞庭诸水断在江南证》一文尝博考之),故遂明著其地乎?《湘君》有"吹参差"之文,《章句》云:"参差,洞箫也。"洪兴祖《补注》引《风俗通》云:"舜作箫,其形参差,象凤翼参差不齐之貌。此言吹箫而思舜也。"按箫韶本舜乐,《尚书》所谓"箫韶九成,凤皇来仪"是也。湘君、湘夫人既已附之舜事矣,故作者遂以"吹参差"为言也,非其明征也乎?(按:《拾遗记》云:"洞庭山浮于水上,其下玉女居之。时闻金石丝竹之声,彻于山顶。"殆本于此。)又考湘君之称曰"君",湘夫人之称曰"帝子",谓之君者,以舜有天下也;谓之帝子者,以二妃为帝尧之女也。然则为楚辞者,固明明以虞舜夫妇之事分附于湘之二神矣。至两篇之文所以必为解垢不合之词者,则以传说谓重华既死,二妃从之,不及而溺之故也。是以王逸《章句》释《湘君》之首二句云:"君,谓湘君也。言湘君蹇然难行,谁留待于水中之洲乎?以为尧用二女妻舜。有苗不服,舜往征之。二女从而不反,道死于沅、湘之中,因为湘夫人也。所留,盖尧之二女也。"按叔师承先秦之旧说,据南楚之传闻,故径以舜事释之,原无不合;特未明言湘君当为舜耳。其意固自以二女为湘君之配也。洪兴祖《补注》云:"逸以湘君为湘水神,而留湘君于中洲者二女也。"夫二女得留湘君于中洲,非以湘君配夫人而何?非以湘君为舜,夫人为二女而

---

① 《礼记·檀弓》:舜葬于苍梧之野,盖三妃未之从也。(按:"三"当作"二"。)郑注云,《离骚》所歌湘夫人,舜妃也。

② 《博物志》:洞庭君山,帝之二女居之,曰湘夫人。《荆州图经》曰:"湘君所游故曰君山。"《志》又云:"尧之二女,舜之二妃,曰湘夫人。舜崩,二妃啼,以涕挥竹,竹尽斑。"

③ 《水经·湘水注》:大舜之陟方也,二妃从征,溺于湘江。神游洞庭之渊,出入潇、湘之浦。

何？夫古以湘水有配偶之神而祀之，楚人实以舜事而歌之（舜为湘君，二妃为夫人），此其傅会亦诚巧合矣。故先秦两汉之需者著书立说相沿而不废。后之人既不知湘君、湘夫人为配偶之神，又不知先秦以来之附之舜事也，实并以其夫妇分属之，不得单指舜妻。于是纷纷臆测，异义滋多，至专以二妃分属之湘君与湘夫人，如韩退之正妃次妃之说者，此则不达民俗根于传闻之过也。惟小司马《史记索隐》云："《列女传》亦以湘君为尧女（按：今本《列女传》有虞二妃传'俗谓之湘君'句下当脱'湘夫人也'四字，参阅王照圆《列女传补注》），按《楚辞·九歌》有湘君湘夫人，夫人是尧女，则湘君当是舜。今此文（按：即指博士说）以湘君为尧女，是总而言之。"斯言也，真足以破千古之惑哉！（王闿运《楚辞释》云："湘以出九疑为舜灵，号湘君；以二妃尝至君山，为湘夫人焉"甚为有见，然亦有所本。）

顾炎武曰："《楚辞》湘君、湘夫人谓湘水之神有后有夫人也。初不言舜之二妃。《记》曰：'舜葬于苍梧之野，盖三妃未之从也。'（按：'三'当作'二'。）《山海经》：'洞庭之山，帝之二女居之。'郭璞注曰：'天帝之二女，而处江为神，即《列仙传》江妃二女也。《九歌》所谓湘夫人称子者是也。而《河图玉版》曰：'湘夫人者帝尧女也。'说者皆以舜陟方而死，二妃从之，俱溺死于湘江，遂号为湘夫人。按《九歌》湘君、湘夫人自是二神。此之为灵，与天地并，安得谓之尧女？且既谓之尧女，安得复总云湘君哉？原其致谬之繇，繇乎俱以帝女为名；名实相乱，莫矫其失；习非胜是，终古不悟，可悲矣！'（愚按：以舜妃事附之湘夫人，其失不自注《楚辞》者始。盖作《楚辞》者之心目中即已有此事也。辩已见前。郭氏所谓名相实乱者，乃始于先秦之世之传闻，非后人之过也。）又按《远游》之文，上曰'二女御，《九招》歌'，下曰'湘灵鼓瑟'，是则二女与湘灵固判然为二。即屈子之作，可证其非舜妃矣。后之文人，附会其说，以资谐讽。其渎神而慢圣也，不亦甚乎？"（见《日知录》卷二十五）今按顾氏之论湘神有配偶，与后人之附会舜妃是也，其举《远游》之文以证《九歌》湘夫人之不为尧女则非。（按张云璈《选学胶言》独取顾说）盖楚国南郢之邑，沅、湘之间，其俗信鬼而好祠。俗人祭祀之礼，歌舞之乐，其词鄙陋。作者但据传说而为之辞，故颇以舜事点缀之，如

“参差”“九疑”之文是，此亦诗人歌其土风之义，初不问其事之信否。若《远游》之文，乃屈子所自造，与《九歌》稍异，自不得不分别言之也[①]。总之，古人以为湘水之神有配偶，此为一事，其后以为湘之配偶二神即为有虞氏之夫妇，此又一事，民间俗说，傅会讹传，若此之类，何地蔑，有本不足深辩也。至张萱撰《洞庭湘妃墓辩》（见《疑耀》），引经据典，凡二千余言。谓舜断非崩于苍梧，二妃断不葬于江湘之间，《楚辞》所称湘君、湘夫人断非舜妃，亦非尧女。（按：舜女说见《路史》[②]）弊弊焉瘁精劳神于无稽之俗谈，不亦傎乎？

〔附录〕 后世小说家言之述及湘神事者甚众，今录其与神之婚姻有关者二则于此，俾考览焉。

《云溪友议》：李校书男群玉，既解天禄之任而归涔阳，经湘中，乘舟题二妃庙二首诗曰：“小孤州北浦云边，二女明妆共俨然。野庙白江春寂寂，古碑无字草芊芊。东风近墓吹芳芷，落日深山哭杜鹃。犹似含频望巡狩，九疑如黛隔湘川。”又：“黄陵庙前莎草春，黄陵儿女茜裙新。轻舟小楫唱歌去，水远山长愁杀人。”后又题曰：“黄陵庙前春空巳，子规滴血啼松风。不知精爽落何处？疑是行云秋色中。”李君自以第三篇“春空”便到“秋色”，踟蹰欲改之。乃有二女郎见曰：“儿是娥皇女英也。二年后，当与郎君为云雨之游。”李君乃悉其所陈，俄而影灭。遂掣其神塑而去。重涉湖岭，至于浔阳。太守段成式郎中素与李为诗酒之交，具述此事。段公因戏之曰：“不知足下是虞舜之辟阳侯也！”群玉题诗后二年，乃游于洪井。

---

① 赵翼《陔余丛考》卷十九谓湘君、湘夫人为湘山神夫妻二人，其说近之；然力辨其决非尧女，则亦未详究《楚辞》本文之过。且湘夫人者，二女皆在其中；湘君则明为舜灵，不得以湘君湘夫人分属二女也。王逸亦但谓湘君为湘水之神，其夫人则二女也，何尝谓湘君湘夫人为娥皇女英哉？瓯北正坐不知《楚辞》以湘君为舜，夫人为二妃，故其辨互有得失也。

② 《路史·有虞氏纪》：“舜之次妃登比氏生二女，曰宵明，曰烛光，处河大泽，灵照百里，是为湘之神。”又《发挥·辨帝舜冢》云：“黄陵为登北之墓（按：登北即登比）。登北既徙巴陵，则其二女理应在此；故得为湘水之神，非尧之二女也。”又见《余论·辨黄陵湘妃及女英冢》。按罗氏未详考《楚辞》，故有此误。

《湘中怨解》:垂拱年中,驾幸上阳宫。太学进士郑生,晨发铜驼里,乘晓月度洛桥。闻桥下有哭声甚哀,生下马,循声索之,见其艳女,翳然蒙袖,曰:"我孤,养于兄,嫂恶,常苦我。今欲赴水,故留哀须臾。"生曰:"能遂我归之乎?"应曰:"婢御无悔!"遂与居,号曰汜人,能诵楚人《九歌》、《招魂》、《九辩》之书,亦常拟其调,赋为怨句,其词丽绝,世莫有属者。因撰《风光词》曰:"隆桂秀兮昭盛时,播薰绿兮淑华归。顾室荑与处萼兮,潜重房以饰姿。见稚态之韶羞兮,蒙长霭以为帏。醉融光兮渺涟,迷千里兮涵洇湄,晨陶陶兮暮熙熙。舞婑娜之穠条兮,骋盈盈以披迟。酡游颜兮倡蔓卉,彀流电兮发髓旄。"生居贫,汜人尝解箧出轻绘一端与卖,胡人酬之千金。居数岁,生游长安,是夕,谓生曰:"我,湘中蛟宫之娣也,谪而从君。今岁满,无以久留君所,欲为诀耳。"即相持啼泣。生留之,不能,竟去。后十余年,生之兄为岳州刺史。会上巳日。与家徒登岳阳楼。望鄂渚,张宴。乐酣,生愁吟曰:"情无垠兮荡洋洋。怀佳期兮属三湘。"声未终,有画舻浮漾而来,中为彩楼,高百余尺。其上施帏帐,栏笼画饰。帷褰,有弹弦鼓吹者,皆神仙蛾眉,被服烟霓,裙袖皆广长。其中一人起舞,含嚬悽怨,形类汜人。舞而歌曰:"泝青山兮江之隅,拖湘波兮袅绿裾。荷拳拳兮未舒,匪同归兮将焉如?"舞毕敛袖,翔然凝望。楼中纵观方怡,须臾,风涛崩怒,遂迷所往。元和十三年,余闻之于朋中,题之曰《湘中怨》。盖欲南昭嗣烟中之志为偶倡也。(见《沈下贤文集》。《太平广记》卷二百九十八与此小异。)

谨按范氏所记,其事荒唐,诚顾宁人所谓渎神而慢圣矣。然以今例昔,益知古者俗传湘神有配偶之说,信非诬矣。载籍记此等事者甚众,兹之所云,盖亦巫山神女青溪小姑之类耳。(按:青溪小姑见《续齐谐记》及《乐府诗集》卷四十七。)若沈下贤所记,虽曰郑生所婚为湘中蛟宫之娣,实亦水神配偶之变。盖六朝以后,凡水神多变为龙王,若柳毅之婚洞庭龙女是矣。

二 论河伯

河为四渎之一。三代以来,列于命祀,秩比诸侯,盖地只之尊者也。考之左史,僖公二十八年,晋侯及楚人战于城濮,楚师败绩。初,楚子玉自为琼弁玉缨,未之服也。先战,梦河神谓己曰:“畀余,余赐女孟诸之麋。”弗致也。大心与子西使荣黄谏,弗听。荣季曰:“死而利国,犹或为之,况琼玉乎?是粪土也,而可以济师,将何爱焉?”弗听。出告二子曰:“非神败令尹,令尹其不勤民,实自败也!”既败,及连穀而死。按古籍记载河神之能为人祸福,此为最早。又哀公六年《左传》载楚昭王有疾,卜曰:“河为祟。”王弗祭。孔子称其知大道。昭王虽不祭河,然于此可知春秋之时固已深信河之能为厉也,与他神等(如《史记·赵世家》记霍太山为祟之类)。自秦始皇令祠官祠河于临晋,而汉武、汉宣并先后循其故事。列代帝王,迭加封典,立庙致祭,岁时不缺。祀典之隆,在诸渎上。考其原因,盖由于河之为患,最烈而广,以为非此莫能缓其祸而纾其灾。是故河之决也,湛璧马以祷祀之;祷祀之不足,又为之娶妇以媚之。凡河伯之种种神话,与夫民间种种悦神之习俗,皆由此而起焉。初民不能克服自然,而但为宗教之崇拜与祈祷者,往往如此。

战国以前,虽有河神之祀,尚无河伯之说。《竹书纪年·夏纪》,帝芬十六年,洛伯用与河伯冯夷斗。帝泄十六年,殷侯微以河伯之师伐有易,杀其君緜臣。而《山海经·大荒东经》,王亥托于有易河伯仆牛,有易杀王亥,取仆牛。河伯念有易,有易潜出。为国于兽方。《穆天子传》,天子西征,骛行,至于阳纡之山,河伯无夷之所居,是惟河宗氏。郭璞注:“无夷,即冯夷也。”凡此所云河伯,并古之诸侯。顾宁人以为国君河上,而命之为伯,如文王之为西伯;冯夷其名者是也。(见《日知录》卷二十五)然《山海经·海内北经》又称从极之渊,深三百仞,维冰夷恒都焉。冰夷人面,乘两龙,按“冰”“冯”声近相通,故郭注谓冰夷亦即冯夷。引《淮南子·齐俗训》云:“冯夷得道,以潜大川,即河伯也。”又《楚辞·天问》云:“帝降夷羿,革孽夏民。胡躲夫河伯,而妻彼雒嫔?”此在当时或有实事。后羿盖射死河伯之诸侯,又灭洛伯之国(按:

洛伯已见《竹书》),而有其室,如浞之于羿也。而王逸注云:“雒嫔,水神,谓宓妃也。”引传曰:“河伯化为白龙,游于水旁。羿见,躲之,眇其左目。河伯上诉天帝曰:‘为我杀羿!’天帝曰:‘尔何故得见躲?’河伯曰:‘我时化为白龙出游。’天帝曰:‘使汝深守神灵,羿何从得犯汝?今为虫兽,当为人所躲,固其宜也。羿何罪欤?’”其说尤诞,不知所本。然以古之诸侯而忽居于深渊大川,且能变化神游,斯则河伯已在人神之间。故《庄子·大宗师》篇亦言冯夷得之,以游大川也。观其以冯夷与肩吾、黄帝、禺强、西王母等并举,似战国以来之河神河伯已由生人为之。自是之后,更实之以人事,言其姓名里贯,又纷然而异:如《清泠传》云:“冯夷,华阴潼乡堤首人。服八石,得水仙,是为河伯。一云,以八月庚子浴于河而溺死。”《抱朴子·释鬼篇》亦云:“冯夷以八月上庚日渡河溺死,天帝署为河伯。”而《史记·封禅书》《正义》引《金匮》又云:“河伯,冯修也。”(“修”一作“循”)《龙鱼河图》又云:“河伯姓吕,名公子,夫人姓冯,名夷,水死,化为河伯。”以冯夷为河伯妻,尤属异闻。《神异经》又称,西海水上,有人乘白马,朱鬣,白衣,玄冠。从十二童子,驰马西海水上,如飞如风,名曰河伯使者。或时上岸,马迹所及,水至共处。所之之国,雨水滂沱。暮则还河云云。或以为神,或以为水仙,或以为人死而为神,大抵展转讹变,增饰会傅,其怪妄自不足论也。

楚境北至于河。故河亦尝所望祀,观于昭王之疾,大夫请祭,可知矣。虽昭王一时弗从,而其俗或已甚盛,故民间亦相与僭祀,而《九歌》遂有《河伯》之篇也。今按《河伯》之文,从来释《楚辞》者,皆为模糊影响之谈,绝无明了墒切之解。窃尝反复玩索,以意逆志,而后知其确为咏河伯娶妇之事也。观篇末之词云:“子交手兮东行,送美人兮南浦。波滔滔兮来迎,鱼鳞鳞兮媵予。”夫曰送美人,曰迎,曰媵,非明指嫁娶之事乎?所谓美人者,非绛帷之中,床席之上,粉饰姣好之新妇乎?曰南浦,曰波滔滔,曰鱼鳞鳞,非“浮之河中,行数十里乃没”之情景乎?按此风不知始于何时,而战国时则已大盛。褚先生补《史记·滑稽传》尝记其事云:

> 魏文侯时,西门豹为邺令。豹往到邺,会长老问之民所疾苦。长老曰:“苦为河伯娶妇,以故贫。”豹问其故。对曰:邺三老廷掾,

> 常岁赋敛百姓,收取其钱,得数百万;用其二三十万为河伯娶妇,与祝巫共分其余钱持归。当其时,巫行视小家女好者,云“是当为河伯妇”。即聘取,洗沐之,为治新缯绮縠衣。间居斋戒,为治齐供河上,张缇绛帷,女居其中,为具牛酒饭食。行十余日,共粉饰之,如嫁女。床席,令女居其上,浮之河中。始浮行数十里,乃没。其人家有好女者,恐大巫祝为河伯娶之,以故多持女远逃亡。以故城中益空无人,又困贫,所从来久遗矣! 民人俗语曰“即不为河伯娶妇,水来,漂没溺其人民”云。

考《史记·六国表》,记秦灵公八年,城堑河濒,初以君主妻河。《索隐》谓初以此年取他女为君主,嫁之河伯。则秦魏并有此俗。又秦灵公之妻河,亦当魏文侯之八年,其事与西门豹之投巫略相先后。而邺民谓其“所从来久矣”。然则河伯娶妇之风盖自古而有之欤? 又考《庄子·人间世》云:“人有痔病者不可以适河。巫祝以知之矣。”“适河”司马彪谓沉人于河以祭。成玄英曰:“痔漏秽病之人既不清洁,故不可往于灵河而设祭奠。”二说不同,彪为近之。然余以为“适河”之“适”,不若读如女子适人之“适”,“适河”,即谓嫁于河伯也。夫周秦之间,上下有其俗,学者述其事,而恬不为怪,则其风之甚盛可知。然则斯时楚人祀河之歌之以河伯娶妇为辞者,又曷足怪乎? 惟战国时民俗媚河而必为之娶妇者,亦以水神必有配偶,如湘君之有夫人,故以人道拟之耳。

又考河伯之神,实自有妇,本不须生人为之嫁娶也。按《搜神记》云:

> 胡母班,字季友,泰山人也。曾在泰山之侧,忽于树间逢一绛衣驺,呼班云:“泰山府君召。”班惊愕,逡巡未答。复有一驺出,呼之,遂随行。数十步,驺请班暂瞑,少顷,便见宫室,威仪甚严。班乃入阁拜谒。主为设食,语班曰:“欲见君无他,欲附书与女婿耳。”班问女郎何在,曰:“女为河伯妇。”班曰:“辄当奉书。不知缘何得达?”答曰:“今适河,中流,便扣舟呼青衣,当自有取书者。”班乃辞出。昔驺复令闭目,有顷,忽如故道。遂西行,如神言而呼青衣。须臾,果有一女仆出,取书而没,少顷复出,云:“河伯欲暂见

> 君。"婢亦请瞑目。遂拜谒河伯。河伯乃大设酒食,词旨殷勤。临去,谓班曰:"感君远为致书,无物相奉。"于是命左右:"取吾丝履来!"以贻班。班出,瞑然,忽得还舟。遂于长安经年而还。

与此事略相类者,尚有《异苑》及《水经·溱水注》所记观亭扣藤寄书事,但不言河伯妇耳[1]。又考河伯不惟有妇,亦且有女有女婿。《搜神记》又记其事云:

> 吴余杭县南有上湖,湖中央作塘。有一人乘马看戏,将三四人,至岑村饮酒,小醉暮还。时炎热,因下马入水中枕石眠。马断走归,从人悉追马,至暮不返。眠觉,日已向晡,不见人马,见一妇来,年可十六七,云:"女郎再拜!日已向暮,此间大可畏,君作何计?"因问女郎何姓?那得忽相闻?复有一少年,年可十三四,甚了了,乘新车,车后二十人,至呼上车,云:"大人暂欲相见。"因回车而去。道中络绎把火,见城郭邑居。既入城,进一厅,视上有信幡,题曰"河伯信"。俄见一人,年三十许,颜色如画,侍卫繁多,相对欣然。敕行酒。笑云:"仆有小女,颇聪明,欲以给君箕帚。"此人知神,不敢拒逆。便敕备办,就郎君婚。承白"已办"。以丝布单衣及纱袷、绢裙、纱衫裈、履屐,皆精好,又给十小吏,青衣数十人。妇年可十八九,姿容婉媚。便三日经,大会客拜閤,四日,云:"礼既有限,发遣去。"妇以金瓯麝香囊与婿别,涕泣而分。又与钱十万,药方三卷,云可以施布功德。复云:"十年当相迎。"此人归家,遂不肯别婚,辞亲出家作道人。

其后唐人小说中若柳毅传书洞庭龙君,因婚其女,与前二事绝相类,李

---

[1] 《水经注》:溱水又西南,径中宿县,会一里水。其处隘,名之为观岐枕。山连交,绝岸壁竦,下有神庙,背河面流,坛宇虚肃。庙渚攒石,巉岩乱峙。中川时水洊至,鼓怒沸腾,流水沦没,必无出者。世人以为河伯下林。晋中朝时,县人有使者至洛,事讫将还。忽有人寄其书云:"吾家在观前,石间县藤,即其处也。但扣藤,自当有人取之。"使者谨依其言,果有二人出外取书,并延入水府,衣不沾濡。按:《异苑》亦有一条与此略同;但以为秦时事,河伯又作江伯。

朝威殆袭其窠臼者欤？夫河伯既有夫妇之道矣，故必有子女；有子女矣，故必有女婿；必如此而后人道始备，此亦相因而生之造说也。《魏书·高句丽传》，朱蒙自称为河伯外孙，则河伯又有外孙矣。

又考人神配偶，不独河伯娶妇之事为然，他水神亦有之。《水经·江水注》记秦昭王使李冰为蜀守。（按：《华阳国志·蜀志》作秦孝文王，与此异。）开成都两江，溉田万顷。神岁取童女二人为妇。冰以其女与神为婚，径至神祠劝酒，酒杯恒澹澹。冰厉声以责之，因忽不见，良久，有两牛斗于江岸傍。（按：《太平广记》二百九十一亦有李冰与江神牛斗事，云出《成都记》，惟不载此事。）则江神亦娶妇矣。又《大唐西域记》称瞿萨旦那国河忽断流，国王祠之，以其贵臣配龙女为夫[①]。是又不独中国古代为然，他国亦有之，特男女之神异耳。至娶河之事，乃古者用人祭祀之遗风。《春秋经》僖公十九年，夏，六月，宋公曹人邾人盟于曹南，鄫子会盟于邾。己酉，执鄫子，用之。《左传》云："宋公使邾文公用鄫子于次睢之社，以属东夷。"杜预注："睢水次有妖神，东夷皆社祠之。盖杀人而用祭。"此一事也。（按：《公羊》、《穀梁》二家释经不同，今从《左氏》。）又《春秋经》昭十一年冬，十有一月，丁酉，楚师灭蔡，执蔡世子友以归，用之。《左传》称楚子灭蔡，用隐太子于冈山，故杜注云："用之，杀以祭山。"而《公羊传》云："恶乎用之？用之防也；其用之防奈何？盖以筑防也。"（注云："持其足，以头筑防，恶不以道。"）此又一事也。河伯娶妇者，不过假人神配偶之名，其势亦必至杀人；故此风实用人以祭之变而已。以人为牺牲，事极残酷，今野蛮民族犹然，而我国古代盖屡见之，尤以妻河为甚。《通考》载宋仁宗天圣六年诏：如闻

---

① 《大唐西域记》：瞿萨旦那国城东南百余里，有河西北流，国人利之，用以溉田。其后断流，王深怪异。于是命驾问罗汉僧曰："大河之水，国人取给；今忽断流，其咎安在？为政有不平乎？德有不洽乎？不然，垂谴何重也？"罗汉曰："大王治国，政化清和。河水断流，龙所为耳。宜速祠求，当复昔利。"王因回驾，祠祭河龙。忽有一女凌波而至，曰："吾夫早丧，主命无从。所以河水失流，农夫失利。王于国内选一贵臣，配我为夫，水流如昔。"王曰："敬闻！唯所欲耳。"龙遂目悦王之大臣。其后大臣屡请早入龙宫，于是举国僚庶鼓乐张筵而送之。大臣素衣白马，与王辞诀，敬谢国人。驱马入河，履水不溺，济乎中流，麾鞭画水而没。

荆湖杀人祭鬼，自今首谋若加功者，凌迟斩。则用人祭鬼之风北宋间犹有存者。迷信为害之烈盖如此！

三　论山鬼

《九歌》之第九篇曰《山鬼》，亦楚人淫祠之一。蒋骥以篇中幽篁猿狖数语，与《涉江》情景略同，疑《山鬼》一篇乃屈子再放江南，谪居穷山时，自托于山灵，为歌以道其缱绻之意者，盖臆说也[①]。今按《山鬼》之词有云："既含睇兮又宜笑，子慕予兮善窈窕。"又云："被石兰兮带杜蘅，折芳馨兮遗所思。"又云："怨公子兮怅忘归，君思我兮不得闲。"又云："君思我兮然疑作。"又云："思公子兮徒离忧。"夫《九歌》一篇，祭神之辞耳，今篇中再三致意于拳拳眷媚之情者何哉？曰：此又古人谓山鬼亦有配偶，如河伯之有妇，湘君之有夫人，故作者设为如此之词也。且以其词观之，则此山鬼似为女鬼而非男鬼，故有含睇宜笑，善窈窕，及怨公子思公子之言。解者不知，故谬说最多，莫可究诘。今请考群书，以证吾说之非妄。

按《后汉书·宋均传》："（均）迁九江太守。……浚遒县有唐后二山，民共祠之。众巫取百姓男女一以为公妪，岁岁改易，既而不敢嫁娶。前后守令莫敢禁。均乃下书曰：'自今以后，为山娶者，皆娶巫家，勿扰良民。'"于是遂绝。考此事本见于《风俗通义》，并称均杀众巫；惟唐、后二山作唐居山为小异耳。章怀太子注云："浚遒县属庐江郡。"又云："（公妪）以男为山公，女为山妪，犹祭之有尸主也。"按浚遒本楚故地。其民间娶山之事，必楚人之遗风。宋均，光武时人，去战国未远，故其风犹盛。证知《九歌·山鬼》之词断为作者故作山鬼思其配偶语气，非漫然而为之也。又浚遒民俗之祠山也，既用山公，又用山妪，则是山神本

---

① 《山鬼》云："余处幽篁兮终不见天，路险难兮独后来。"又云："表独立兮山之上，云容容兮而在下。杳冥冥兮羌画晦，东风飘兮神灵雨。"又云："雷填填兮雨冥冥，猿啾啾兮又夜鸣。"而《涉江》云："深林杳以冥冥兮，乃猨狖之所居。山峻高以蔽日兮，下幽晦以多雨。霰雪纷其无垠兮，云霏霏而承宇。"情景有相似者。蒋说见《楚辞余论》上。

有男女之分，而《九歌》所祀之鬼之必为女鬼，又可知也。其写缠绵婀娜之情者，岂非古者神民相杂，设为山鬼思其山公（即篇中所屡称之公子），有如生人婚姻之故者，故不觉其言之眷恋如此乎？

又按宋玉《高唐赋》称楚怀王尝游高唐，怠而昼寝，梦见一妇人，曰："妾，巫山之女也。为高唐之客，闻君游高唐，愿荐枕席。"王因幸之。此虽文人寓言[①]，亦可见古人固有以山神为女子者矣。若夫后世说部之书，记载山之女神求生人为之配偶者，实不一而足。如皇甫枚《三水小牍》一则云：

> 汝州鲁山县西六十里，小山间有祠，曰女灵观。其像独一女子焉。低鬟嚬蛾，艳冶而有怨慕之色。祠堂后平地，左右围数亩，上擢三峰，皆十余丈，森如太华。父老云，大中初，斯地忽暴风疾雨，一夕而止，遂有此山。其神见形于樵苏者曰："吾商於之女也。帝命有此百里之境。可告乡里，立祠于前山，名女灵。吾特来者也。"咸通末，县主簿皇甫枚因时祭，与友人夏侯祯偕行。祭毕，与祯纵观，祯独眷眷不能去。乃索卮酒，酹曰："夏侯祯少年，未有匹偶，今者仰靓灵姿，愿为庙中扫除之吏。"既舍爵，乃归。其夕，夏侯生惝怳不寐，若为阴物所中。其仆来告，枚走视之，则目瞪口禁，不能言矣。谓曰："得非女灵乎？"祯颔之。枚命吏祷之曰："夏侯祯不胜醆斝之余，至有慢言，黩于神听。今疾作矣，岂降之罚耶？抑果其请耶？若降之罚，是以一言而毙一国士乎！违好生之德，当专戮之辜，帝岂不降鉴，而使神滋虐于下乎？若果其请，是以一言舍贞静之道，播淫佚之风，念张硕而动云軿，顾交甫而解明珮；若九阍一叫，必胎帏箔不修之责言。况天下多美丈夫，何必是也？神其听之！"奠讫，夏侯生康豫如故。

又如孙光宪《北梦琐言》一则云：

> 唐杨镳，收相之子。少年，为江西推巡。属秋祭，请祀大姑神。

---

① 高唐云雨，本为寓言；而《襄阳耆旧传》记之曰："赤帝女，曰姚姬，未行而卒，葬于巫山之阳，故曰巫山之女。"见《文选》李善注引。《水经注》又以为天帝之季女，名瑶姬。

西江中有两山孤拔，号大者为大孤，小者为小孤。……后人语讹，作姑姊之姑。创祠山上，塑像艳丽。而风涛甚恶，行旅惮之。每岁，本府命从事躬祭，镳预于此行。镳悦偶容，有言谑浪。祭毕回州，而见空中云雾，有一女子，容质甚丽，俯就杨公，呼为杨郎，致词云："家姊多幸，蒙杨郎采顾，便希回桡，以成礼也。故来奉迎。"弘农惊怪，乃曰："前戏之耳！"小姑曰："家姊本无意辄慕君子，而杨郎先自发言；苟或中辍，恐不利于君。"弘农忧惶，遂然诺之。恳乞从容一月，处理家事，小姑亦许之。杨生归，指挥讫，仓卒而卒，似有鬼神来迎也。

观此二事，然后知《山鬼》一篇所谓被萝带荔、含睇宜笑而又善窈窕者果何神，其所思所怨之人果何指，而所云"君思我兮不得闲"、"君思我兮然疑作"者，又果何谓也。虽曰事涉诬妄，然千载而下纠缠不清之谬说，借此一扫而空，骚人久霾之真义，得此可复明于世矣。艺林快事，诚无有逾于此者，岂曰小补之哉？

抑考之载籍，山神之有人道，与水神等。盖不惟有夫妇配偶，亦且有子女；不特有子女，亦且有新妇子婿，不特有新妇子婿，亦又有外孙焉。《搜神记》载张璞投女于江①，以配庐山之子，此山神之有儿者也。《博物志》称泰山神女嫁为西海神童②，为太公当道，此山神之有女者

① 《搜神记》：张璞，字公直……为吴郡太守，征还，道由庐山。子女观于祠堂，婢使指像人以戏曰："以此配汝。"其夜，璞妻梦庐君致聘曰："鄙男不肖，感垂采择，用致微意。"妻觉怪，婢言其情。于是妻惧，催璞速发。中流，舟不为行，阖船震恐。乃皆投物于水，船犹不行。或曰："投女，则船为进。"皆曰："神意已可知也。以一女而灭一门，奈何？"璞曰："吾不忍见之。"乃上飞庐卧。使妻沉女于水。妻因以璞亡兄孤女代之。置席水中，女坐其上，船乃得去。即璞见女之在也，怒曰："吾何面目于当世也！"乃复投己女。及将度，遥见二女在下。有吏立于岸侧，曰："吾庐君主簿也。庐君谢君，知鬼神非匹，又敬君之义，故悉还二女。"问女，言但见好屋吏卒，不觉在水中也。

② 《博物志》：太公为灌坛令。武王梦妇人当道夜哭。问之："吾是东海泰山神女，嫁于西海神童。今灌坛令当道，废我行。——我行必有大风雨。而太公有德，吾不敢以暴风雨过。是毁君德。"武王至明日，召太公。三日三夜，果有疾风暴雨从太公邑外过。按今本《博物志》"东海"下无"泰山"二字，据《太平广记》二百九十一补。

也。(按:后世皆以宋真宗所封之碧霞元君为泰山之女。)《广异记》[1]称,唐开元初,有三卫至华岳庙前为华岳第三新妇致书于北海,此山神之有子有新妇者也。《搜神记》谓胡母班为泰山府君致书于女婿河伯,此山神之有女有婿者也。《列异传》记蔡支事,又以天帝为泰山神之外孙(按:《孝经援神契》云:"泰山,天帝孙也。"《博物志》同。泰山虽尊,不应天帝反为外孙,此误倒记耳),此山神之有外孙者也。他若泰山之子奉敕游学,见于《魏书·段承根传》[2],泰山三郎及七郎,见于《集异记》[3],顾炎武考之详矣(见《日知录》卷二十五)。夫传说之成,相因而至,文人载笔,尤喜铺张。彼山川之神既有配偶矣,后人更附会之,以至有诸亲属,此何足怪?《山鬼》一歌,不过夫妇之造端,小说之权舆而已。

(原载《国闻周报》1936年第13卷第16期)

---

① 《广异记》:开元初,有三卫自京师还青州。至华岳庙前,见青衣婢,衣服故恶,来白云:"娘子欲见。"因引前行,遇一妇人,年十六七,容色惨悴。曰:"己非人,华岳第三新妇。夫婿极恶。家在北海,三年无书信,以此尤为岳子所薄。闻君远还,欲以天书仰累。若能为达,家君当有厚报。"遂以书付之。

② 《魏书·段承根传》:父晖,师事欧阳汤。有一童子,与晖同志。后二年,辞归,从晖请马,晖戏作木马与之。童子甚悦,谢晖曰:"吾泰山府君子,奉敕游学。今将归,损子厚赠,无以报德。子后至常伯封侯。"言讫,乘马腾空而去。

③ 《异集记》:贞元初,李纳病笃,遣押衙王祐祷岱岳。遥见山上有四五人,衣碧汗衫半臂。路人止祐下车,言此三郎子、七郎子也。

离骚“后辛菹醢”解

仁和梁曜北玉绳著《史记志疑》一书，号称博洽，久为士林所枕葄。顾其所引据考辩，时失之迂；又或矜奇炫博，喜持异论以相胜。观其于夏、殷三代之事，往往援引屈子《离骚》《天问》之文以相质证，而又时时辩其不然，殆轿然以卫道自任者也。

《史记·周本纪》：“武王至纣死所，自射之，三发而后下车；以轻剑击之，以黄钺斩纣头，县太白之旗。”此本出《周书·克殷解》及《世俘解》。梁氏不信武王有斩纣之事，故《志疑》力为辩之，其说略曰：

> 此乃战国时不经之谈，窜入《逸书》；史公误信为实，取入殷、周二纪及《齐世家》。三代以上，无弑君之事，岂圣如武王而躬行大逆乎？《世表》于“帝辛”下书“弑”，盖因误信悬旗一节，故书“弑”字。孟子称武王诛一夫，未闻弑君，奈何妄加以“弑”哉？《论衡·恢国篇》云：“齐宣王怜衅钟之牛，楚庄王赦郑伯之罪。君子恶（原注：疑脱恶字。）不恶其身，纣尸赴于火中，所见凄怆，非徒色之觳觫，袒之暴形也。就斩以钺，悬乎其首，何其忍哉！”又《雷虚篇》云：“纣至恶也，武王将诛，哀而怜之；故《尚书》曰，‘予惟率夷怜尔’。”此与帷守一端（按见《贾子·连语篇》），足明武王之心。由斯而推，则《离骚》云“后辛菹醢”，《周书·世俘解》云“太师负纣，悬首白旗”，《荀子·正论》及《解蔽篇》云“纣悬于赤旆”，《韩非子·忠孝篇》云“汤、武人臣，而弑其主，刑其尸”，《墨子·明鬼》下篇云“武王入宫，万年梓株，折纣而系之赤环，载之白旗”，《淮南子·本经训》云“武王杀纣于宣室”，褚生补《龟策传》云“纣自杀宣室，身死不葬，头悬车轸，四马曳行”，岐词诡说，同为诬矣。（见《史记志疑》三）

以上皆梁氏说。武王斩纣悬旗，其事之信否，姑勿具论。然梁氏意主矜博，历引诸子传记，而不及《尸子》“武王亲射恶来之口，亲斫殷纣之颈，手汙于血，不温而食”，与《楚辞·天问》之“列击纣躬，叔旦不嘉”（按：“列”即“栽”字，杀也。《广韵》并“陟输”切。诸本“列”或误作“到”，注家多不能明其义而妄说之，惟朱子及丁晏稍得其解。柳子《天对》亦云：“颈纣黄钺，旦孰喜之。”即以斩纣悬旗之事为对。余别有详说），“武发杀殷，何所悒”（按此亦重申上文“列击纣躬”之事，余别有说），及《吴越春秋·句践阴谋外传》“武王亲戮主以为名”之文，已为疏于检核；乃复误解《骚经》之词，竟指“菹醢”即武王斩纣之事，此大谬也。

今按《离骚》之文曰：“夏桀之常违兮，乃遂焉而逢殃；后辛之菹醢兮，殷宗用而不长。汤、禹俨而祗敬兮，周论道而莫差；举贤而授能兮，循绳墨而不颇。”上四句言夏、殷之所以亡，下四句言三代之所以兴，词旨至明，无烦诠释。故下文即继之曰：“皇天无私阿兮，览民德焉错辅。夫维圣哲以茂行兮，苟得用此下土。”王叔师《章句》释后辛二句云：“言纣为无道，杀比干，醢梅伯。武王杖黄钺，行天罚，殷宗遂绝，不得久长也。”其说良是。盖谓纣以人肉为菹醢，无道极矣，故卒以身死国亡也；岂纣为武王所菹醢之谓哉？观《骚经》下文又紧接之曰：“不量凿而正枘兮，固前修以菹醢。”是屈子之意，本以龙逄、比干自喻，其文则与上紧相呼应也。是以《天问》亦云：“何圣人之一德，卒其异方。梅伯受醢，箕子佯狂？”又云：“受赐兹醢（按“兹”疑“菹”之形误，又或以声近相通），西伯上告；何亲就上帝罚，殷之命以不救。”《九章·涉江》又云：“忠不必用兮，贤不必以；伍子逢殃兮，比干菹醢。”贾谊《惜誓》云：“梅伯数谏而致醢兮，来革顺志而用国。”刘向《九叹·怨思》亦云：“若龙逄之沈首兮，王子比干之逢醢。”凡《楚辞》之言菹醢多矣，皆指纣之肆虐，残杀忠良而言，未闻以为直指纣之见杀者，何竟未之察也？且详上下文义，亦可断其必然。何者？夏桀之常违者，谓夏桀之常违于道也。（一说，常违，违常道也。）乃遂焉而逢殃者，言即以常违而遇放伐之祸也。（按朱丰芑以“遂”为地名）亦犹后辛暴虐无人理，菹醢忠贤，故殷宗是用不长也。盖常违所以逢殃，逢殃乃因常违；菹醢所以不长，不长实由菹醢，因果判然，未容或混。推而至于上文历述启、羿、浞、浇之事，皆此意也。倘解此为纣之见杀，微论上下词例不符，且既云后辛见杀，又云殷宗不长,宁非文理疵累之甚者乎?矧《周书》所称,但曰射之三发而已;斩纣之头以悬诸旗而已;射之斩之,又岂菹醢之谓乎?果屈子之意如梁氏者,其措词之轻重亦断不若是之慢无权衡也。(比干剖心而亦言菹醢者,盖古之极刑莫甚于支解。彼刳腹剖心而死者,其惨酷与脯醢何以异?要非枭首之比耳。故不得借彼以例此。)乃梁氏徒以不信三代有弑君之事,欲广搜而博辩之,而又失之不省,慢引《骚》词,以与诸子传记所述同科共论,疏亦甚哉!

尝考纣以人为菹醢,匪仅见于《楚辞》而已,征之载籍,其说滋多:《周书·明堂解》云:"夫维商纣暴虐,脯鬼侯以享诸侯。"《战国策·赵策》三记鲁仲连曰:"昔者鬼侯、鄂侯、文王,纣之三公也。鬼侯有子而好,故入之于纣;纣以为恶,醢鬼侯。鄂侯争之急,辨之疾,故脯鄂侯。"《史记·殷本纪》及《鲁仲连传》鬼侯作九侯。(徐广曰:"邺县有九侯城。'九'一作'鬼',一作'邘'。")而《礼记·明堂位》亦云:"昔殷纣乱天下,脯鬼侯以飨诸侯。"是纣之菹醢者二人矣。《吕氏春秋·行论篇》云:"昔者纣为无道,杀梅伯而醢之,杀鬼侯而脯之,以礼诸侯于庙。"又《过理篇》云:"刑鬼侯之女而取其环,杀梅伯而遗文王其醢。"高诱注:"杀鬼侯之女以为脯,杀梅伯以为醢。"则鬼侯之女与梅伯并遭脯醢(按《楚辞》屡言梅伯见醢,引已见前。脯鬼侯之女,又见《淮南子》及《潜夫论》,说详后):是纣之菹醢者又二人矣。《楚辞》言比干菹醢(引亦见前),《韩非子·难言篇》亦云:"文王说纣,囚之。翼侯炙,鬼侯腊,比干剖,梅伯醢。"是纣之菹醢者又二人矣[1]。《史记·殷本纪》《正义》引《帝王世纪》云:"伯邑考质于殷,为纣御。纣烹以为羹,赐文王。谓文王圣人,不当食其子羹。文王得而食之。纣曰:'谁谓西伯圣者?食其子羹尚不知也!'"或以为此即《天问》所云受赐兹醢事,是纣之所菹醢

[1] 徐文靖《竹书统笺》六云:"翼侯,即鄂侯也。《左传》隐五年,曲沃伐翼,翼侯奔随,晋人纳诸鄂,翼与鄂近,是韩子翼侯即鄂侯也。"梁氏《人表考》四亦云:"《史·楚世家》熊渠中子红为鄂王,《吴越春秋·句践阴谋外传》,号翼侯。盖地相近。"其《史记志疑》二亦引《左氏》隐五年传文,疑翼侯即鄂侯。果如其说,则纣所菹醢之人,今可考者并下伯邑考凡六人矣。按《左传》之翼在平阳绛邑县东,似与楚熊渠中子红所封之鄂无涉。

者又一人矣。噫嘻！何后辛菹醢人之多也！迨于汉儒，说者尤众。《韩诗外传》十云："昔殷王纣，残贼百姓，绝逆天道，新朝涉，刳孕妇，脯鬼侯，醢梅伯。"《春秋繁露·王道篇》亦云："桀、纣杀圣贤而剖其心，生燔人闻其臭，剔孕妇见其化，斮朝涉之足察其拇，杀梅伯以为醢，刑鬼侯之女取其环。"《淮南子·俶真训》亦云："逮至夏桀殷纣，燔生人，辜谏者，为炮烙，铸金柱，剖贤人之心，析才士之胫，醢鬼侯之女，菹梅伯之骸。"又《说林训》云："纣醢梅伯，文王与诸侯构之。"《潜夫论·潜叹篇》又云："昔纣好色，九侯闻之，乃献厥女。纣乃大喜，以为天下之丽莫若此也，以问妲己。妲己惧进御而夺己爱也，乃伪俯而泣曰：'君王年即耆邪？明既衰耶？何貌之若此，而复谓之好也？'纣于是渝而以为恶。妲己恐天下之愈进美女者，因白'九侯之不道也，乃欲以此惑君王也。王而弗诛，何以革后？'纣则大怒，遂脯厥女，而烹九侯。自此之后，天下之有美女者，皆重室昼闭，唯恐纣之闻也。"综观众说，虽详略不同，参差互异，或亦展转相袭，递有增饰；要之，纣以人为菹醢，则初非屈子之创说也。

又考鬼侯之脯也，诸书记皆以为因为进女事，鄂侯则又因鬼侯而致死，与周宣之杀杜伯、左儒略相类。（按见《墨子·明鬼篇》，《汲冢琐语》及颜之推《还冤志》引《周春秋》。）若夫梅伯之事，史籍无征，其致醢之由，说者亦异。王叔师《天问章句》云："梅伯，纣诸侯也。（按《路史·国名纪》六以为商之思国。）言梅伯忠直而数谏纣，纣怒，乃杀之，菹醢其身。"然则伯亦比干之徒欤？而《吕氏春秋·行论篇》及《过理篇》高诱注，并谓梅伯说鬼侯之女美，令纣取之，纣听妲己之谮，以为不好，故醢梅伯，脯鬼侯，以其脯燕诸侯于庙中。其注《淮南·俶真训》同。（按《俶真训》注，一曰，纣为无道，梅伯数谏，故菹其骸也。则又两歧其说。）则梅伯固王子须、费仲、左强、飞廉、恶来之流，逢君之恶者耳。其死也，实自取其咎。然证以《惜誓》之文，及《天问》以与箕子并称，而曰圣人一德，各其异方，则叔师之说为得其实。（按《章句》说疑即本《惜誓》）高氏云云，恐不足据也。不然，献媚长恶之臣，屈子顾称之为圣人乎？惟《章句》以圣人为文王则大误。盖梅伯以忠谏而菹醢，箕子以远害而佯狂，即所谓圣人一德，各其异方，屈子所深致痛惜者。

若圣人别有所指，则上下辞义截然两橛，且并其所欲致诘者而失之，斯又疏谬之甚者矣。

余意纣之不善，秽德彰闻，其取亡之道正非一端。《离骚》后辛菹醢之文，特举其恶之著者言之耳。又其菹醢诸人，无论事之有无，而《骚经》云云，则不过欲著其亡国之征，亦不必凿指为谁何，拘执乎某事也。观于《涉江》言比干菹醢，《天问》则但云抑沈，是其显例。善读书者，惟弗以辞害意可耳。

夫屈子之文，异乎经典者多矣。百国诸侯之宝书，所见异辞，所闻异辞，所传闻又异辞，则晋之《乘》，楚之《梼杌》，鲁之《春秋》，述事记言，宁必若合符节？后世从衡之说，齐东之语，传述古事，固亦时多造饰。然古人往矣，将谁使定众说之诚乎？凡梁氏之论，事事折中于圣人，要不失为儒者气象；然观其浩博贯综，出入参差，实亦难乎其为言。余故谓其始欲矜炫，而终不免以迂疏见也。偶因其误解《骚》词而略论之如此。

（原载山东大学《文史丛刊》1934 年第 1 期）

天问古史证二事

《楚辞》所述古史，于虞、夏、商、周之事，颇骇儒者听闻，盖刘舍人所谓异乎经典者也。夫载籍湮微，则无征不信；心胸鄙陋，则专己守残。此流俗之儒所以难与语于大道也。《六经》皆史，而古者国皆有史。《孟子》曰："晋之《乘》，楚之《梼杌》，鲁之《春秋》，一也。"《墨子·明鬼》下篇称：周宣王杀其臣杜伯而不辜。后三年，王田于圃，杜伯射王，殪于车中。其事著在周之《春秋》。是周有《春秋》也。(《左氏》文三年传又引《周志》。)又称：燕简公杀其臣庄子仪，而子仪荷朱杖击之，殪于车上。其事著在燕之《春秋》。是燕亦有《春秋》也。又称：宋文君鲍之时，厉杀祏观辜。著在宋之《春秋》。齐庄君之时，羊触杀中里徼。著在齐之《春秋》。是宋与齐亦并有《春秋》也。《国语·晋语》：司马侯言叔向传太子彪，习于《春秋》。而《史通·六家篇》亦称：《琐语》有《晋春秋》，记献公十七年事。又《惑经篇》：《汲冢》、《竹书》、《晋春秋》及《纪年》之载事也，书其本国，皆无所隐。是晋亦有《春秋》也。《楚语》：申叔时言教太子箴以《春秋》。是楚亦有《春秋》也。(《史通·杂说》上篇谓《汲冢琐语》即《乘》之流。《六家篇》又谓《乘》与《纪年》、《梼杌》皆《春秋》别名。其言近是。)不宁唯是，《隋书·李德林传》重答魏收书引《墨子》曰："吾见百国《春秋》。"(亦见《史通·六家篇》引)《公羊传》疏引闵因叙云："昔孔子受端门之命，制《春秋》之义。使子夏等十四人求周史记，得百二十国宝书。"(见卷一)综是以观，非古者国有史书之明征乎？窃意古之书史，多本传闻，列国所记，不能无异；未必尽关诸子百家之托词，从衡术士之饰说。又古之史官，最称淹雅。外史掌三五之书，玄圣问柱下之礼。《左传》所载，则记言记动以外，凡天道、鬼神、灾祥、卜筮、占梦之事，史皆掌之。春秋时楚人之博通者，类能称述古文古事：观于昭十二年《左传》，楚灵王谓子革曰："左史倚相，良史也。是能读《三坟》、《五典》、《八索》、《九丘》。"对曰："臣尝问焉：惜穆王欲肆其心,周行天下,将皆必有车辙马迹焉。祭公谋父作《祈招》之诗以止王心。王是以获没于祇宫。臣问其诗而不知也,若问远焉,其焉能知之?"王曰:"子能乎?"对曰:"能。其诗曰:'祈招之愔愔,式昭德音。思我王度,式如玉,式如金。形民之力,而无醉饱之心。'"又《吕氏春秋·至忠篇》:楚庄王猎云梦,射随兕(按《说苑·立节篇》作科雉),中之。申公子倍劫王而夺之。王曰:"不敬!"命属史。左右曰:"倍贤者,此必有故。愿王察之。"乃赦之。不出三月,子倍以病卒。后王与晋战,大胜,归而赏有功。子倍弟请赏曰:"臣之兄尝读故记曰:'杀随兕者,不出三月。'是以臣之兄伏其死。"王使人发平府,视之于故记,果有。乃厚赏之。凡此等事,直足使小儒咋舌。仲尼博识,犹见史之阙文;战国之时,故籍必尚多有。屈子职掌左徒,博闻强志,虑其所述古事,亦当时耳目所习,家人常语尔,本不足怪。秦火以后,典籍散亡,一家之言,尚或不能自圆其说。于是浅学之徒,抱残守缺,牢执一卷以哗于众曰:吾道在于是!呜呼!何其陋欤!今摘屈子《天问》中所述数事,援据故书,证之如左:

一、"启代益作后,卒然离蠥。何启惟忧,而能拘是达?皆归射鞫,而无害厥躬。何后益作革,而禹播降?"

注家释此文者,自王叔师以下,多以《孟子》所称启贤继禹及《夏书》启伐有扈之事为说。惟朱元晦颇知其不然,故其《楚辞集注》于上四句虽仍从旧解,而其《辩证》则云:"王逸以益失位为离蠥(按《章句》云:"天下皆去益而归启以为君,益卒不得立,故曰遭忧也。"),固非文义;《补注》以有扈不服为离蠥(按洪氏《补注》云:"启继世以有天下,有扈不服,大战于甘,故曰卒然离蠥。"),文义粗通;然亦未安。或恐当时传闻,别有事实也。《史记》燕人说,禹崩,益行天子事。而启率其徒攻益,夺之。《汲冢竹书》至云益为启所杀。(按洪氏《补注》已引之。)是则岂不敢谓益既失位,而复有阴谋,为启之蠥;启能忧之,而遂杀益,为能达其拘乎?然此事要当质以孟子之言,齐东鄙论,不足信也。"此虽不信其事之真有,而独能力祛妄说,据《竹书》、《史记》以为解,则诚千载而下之卓识也。其后从此说者,有王薑斋《楚辞通释》,其说云:"《竹书纪年》,益代禹立,拘启禁之。启反起杀益,以承禹祀。盖列国之史，异说如此。离，去声，罹也；蠥，灾也；谓为启所杀也。忧，能忧勤以济难也；拘，囚禁也；达，逸出兴师也。”其言虽大抵近是，而所释犹疏（说详下）。又所引《竹书》之文，今亦未见，疑但据《晋书·束皙传》而推言之。其后从此说者，有陈本礼《屈辞精义》，其言曰：“《史通》载《竹书》有益代禹立，拘启禁之，启出杀益之说（按：检《史通》无此文）。卒然离蠥者，谓启潜出杀益。此或当时《梼杌》有此言，而屈子引之也。拘，谓不拘也，反言见意。禹荐益于天，禹崩，益避于箕山之阴。启忧后位不已立，故乘其避让之际，阳代阴踞，而卒践天子位也。是达者，谓破禅让格而为传子例也。”此则既全袭《通释》，又欲合《孟子》、《竹书》两说而通之，犹之扣盘揣龠之智耳，于此文之义固无丝毫之当也。至蒋骥《山带阁注楚辞》云：“离，去也；卒然离蠥，言忽然攻益而去其害也。忧，忧思也。”其所据虽是，而所以释之者亦非也（说详下）。自余笺注，尤不足道。而“皆归射鞠”四句，则自东汉以来未有能通者矣。

尝考战国之时，本有启益交攻之说，非独屈子言之，不足异也。古本《竹书》言益干启位，启杀之，见《晋书·束皙传》及《史通·疑古杂说上》等篇。（按：今本《竹书》无此文，且于启二年称费侯伯益出就国，六年，伯益薨，祠之。盖为后人所讹乱。而太甲杀伊尹及文丁杀季历事犹存。）而《战国策·燕策》第一，鹿毛寿谓燕王曰：“或曰：‘禹授益，而以启为吏。及老，而以启不足任天下，传之益。启与友党攻益，而夺之天下。’是禹名传天下于益，其实令启自取之。”史公采以入《燕世家》，即朱子所据者也。又考《韩非子·外储说右篇》亦述此事云：“潘寿谓燕王曰：‘古者禹将传天下于益，启之人因相与攻益而立启。’”一曰：“燕王欲传国于子之，问潘寿，对曰：‘禹爱益而任天下于益。已而以启人为吏。及老，而以启为不足任天下，故传天下于益，而势重尽在启也。已而启与友党攻益而夺之天下。是禹名传天下于益，而实命启自取之也。此禹之不及尧舜明矣。’”以上云云，盖即《孟子·万章》所谓人有言，至于禹而德衰，不传贤而传子之事也。又考《吴越春秋·句践入臣外传》，苦成谓越王曰：“天有历数，德有厚薄。黄帝不让，尧传天子，三王臣弑其君。”夫汤放桀，武王伐纣，齐宣王所谓臣弑其君也。曷云三王乎？岂不以启之杀益，并殷周之放伐而言之欤？盖益本为禹所传，

《汉书·律历志》张寿王所谓化益为天子代禹，是也。（师古曰："化益即伯益。"）今启杀而夺之，亦臣弑其君之类，故与汤武并举而三耳。由此推之，《燕策》及《韩非子》所称，乃禹初禅益，而启攻夺之也；《竹书》及屈子所称，又益之攻启，而启终胜益也。故曰战国时有启益交攻之说也。

今试即以此事解释《天问》之词义，无弗合者："启代益作后，卒然离蠥"者，言启既代益为君，而益不服，遂遭其攻禁之祸也。卒然犹终然：《离骚》"鲧婞直以亡身，终然殀夫羽之野"，《天问》"舜服厥弟，终然为害"，是也。《天问》又云："齐桓九合，卒然身杀。"亦谓终然身杀也。蒋骥解为忽然，失之远矣。"离蠥"者，本属启言，即《竹书》所谓益干启位也，非《章句》益失其位之谓也。船山读"离"为"罹"是矣，顾谓"离蠥"乃益为启所杀，则与上句文势不合；蒋注以为攻益而去其害，则更误矣。盖禹本禅益，启则取而代之。后益复谋伐启，以干其位，故云然耳。"何启惟忧，而能拘是达"者，似益之反攻，启为所禽。故问启既罹斯厄，何以竟能自免乎？"惟忧"之义，从来注家俱失其解，独近人刘盼遂先生《天问校笺》谓"惟"乃"罹"之借，"惟忧"犹"离蠥"也。（见清华研究院《国学论丛》第二卷第一号。）其说甚是。然"惟"之与"罹"，或文之阙烂，或以形近而误。"拘是逢"者，盖倒句以取韵，犹云达是拘也。达是拘者，谓脱逃其拘囚尔。"皆归射鞠"以下，则伸述益终为启所败之事也。"归"者，读如《论语》"归孔子豚"，"齐人归女乐"之"归"，言馈遗也。"射"谓弓矢也。"鞠"通作"鞫"与"鞠"（按一本作鞠），鞠，蹋鞠也，今谓之球。字亦作"蹴"，或作"毱"，又作"踘"，盖毛丸可蹴以为戏者。《史记·卫将军骠骑传》："穿域蹋鞠。"《汉书》作蹴鞠。《索隐》及师古注并云："以皮为之，中实以毛，蹴蹋以为戏也。"又《汉书·枚乘传》："弋猎射驭，狗马蹴鞠刻镂。"师古注亦云："以韦为之，中实以物，蹴蹋为戏乐也。"刘向《别录》云："蹴鞠者，传言黄帝所作。或曰，起战国之时。蹋鞠，兵势也，所以练武士（按《索隐》引作陈武事），知有材也。"《汉志》有《蹴鞠》二十五篇，列"兵技巧"。师古曰："蹴鞻，陈力之事，故附于兵法焉。"曹植《名都篇》："连翩击鞠壤，巧捷惟万端。"傅玄《弹棋赋序》："昔汉成帝好击鞠，刘向以为蹴鞠劳人体，竭人力，非至尊所宜御。"《唐书》：穆宗即位，十二月，壬午，击踘于左神策军。长庆元年，辛卯，击踘于麟德殿。二年，十二月，因击球暴得疾。四年，正月，敬宗即位。二月丁未，击踘于中和殿；戊申，击踘于飞龙院；己酉，击踘用乐；四月丙申，击踘于清思殿。宝历二年，六月甲子，观驴鞠角觗于三殿。此后世帝王之尤喜蹴鞠者。《五代史》：周世宗曰："击球蹋踘，乃下流小人轻薄之事，岂王者所为?"而王建诗："寒食内人尝白打，库中先散与金钱。"韦庄诗："内官初赐清明火，上相间分白打钱。"刘贡父《中山诗话》：柳三复能蹴踘。所谓"背装花屈膝，白打大廉斯"，皆是事也。射与鞫二者皆指兵器言。"皆归射鞫，无害厥躬"者，盖言启与益战，益之兵徒皆授其兵器于启，或降或溃，启因得胜，故曰无害。犹史称纣师虽众，皆无战之心，欲武王亟入，皆倒兵以战也。盖当时之传闻如此。（按：刘君谓"射鞫"无理，"鞫"乃"箙"之误字。盖"鞫"之古文作"簐"，箙所从之服古文作𠬝，故"菔"以形近讹为"鞫"。《说文》，箙，弩矢箙也。皆归射箙者，言益之家臣当启反攻时，皆纳款于启，委弓矢而不发，弗忍加害于其主也。《左传》昭二十五年，鲁季氏之攻昭公，公徒释甲执冰而踞。冰者椟丸，即射箙也。与此事尤相似。今按刘君从《竹书》推勘此节文义则甚是，顾以射鞫为无理，遽断为箙之讹，恐未必然。盖鞫借为鞠，本习武之器，兵家所用。不烦改字，其义自直截可通。若以箙之古文形近鞫，然则韛韠等字不更近鞫与鞠耶?）丁俭卿《天问笺》云："鞫，蹋鞫；射即射御之射，皆武事也。"其说得之，但又谓启与有扈战，三阵而不服。胡终归于练武之善，竟灭其国，而无害于启躬? 则不独因旧说而强解之，且并下文亦弃之弗顾矣。"何后益作革，而禹播降"者，"作"盖"祚"之形误。（刘君云："作读为祚，声相同也。"）播降者，以种殖喻子姓相传，延续不绝也。（按《天问》中不乏借喻词例，如"繁鸟萃棘""蠭蛾微命"等皆是。详余《天问讲疏》中。）言益虽攻启而囚之，终为启所灭，何其国祚檏绝不长，而禹之统绪独能继继绳绳，流播于后乎? 王邦采《天问笺略》云："言元后之统革受禅之局者，自益而起。而禹则为农夫之播降，言传子犹谷种相传也。"其释播降之义甚碻，而后益作革一语仍弗能通。蒋骥曰："射，弹射也；鞫，讯鞠也。言启之党皆为益所排击，而不能为害于启。何益已革夏命,而禹之统绪复能流传于下乎?”其说虽较旧注为长,然于射鞲作革之文固依然无当也。(刘君云:“言启既杀益,则益之禄命中绝,而禹之胤裔散布流播于无穷尔。”得之。)余解纷纷,穿凿支离,皆瞽说梦呓而已。

启益交攻,以争天下,其事之信否姑勿论;然《竹书》载之,屈子言之,《燕策》、《韩非》并述之,则古说相传,必战国时有此异闻可知也。王勉夫《野客丛书》斥其显背经旨,惟刘子玄颇信之,其说曰:“汲冢书云(按刘氏指《汲冢琐语》):‘舜放尧于平阳,益为启所诛。’又曰:‘太甲杀伊尹,文丁杀季历。’凡此数事,语异正经。其书近出,世人多不之信。推而论之,如启之诛益,仍可复也。何者?舜废尧而立丹朱,禹黜舜而立商均。益手机权,势同舜禹,而欲因循故事,坐膺天禄。其事不成,自贻伊咎。观夫近古篡夺,桓独不全,马仍反正。若启之诛益,亦犹晋之杀玄乎?若舜禹相代,事业皆成,唯益复耳。伏辜夏后,亦犹桓效曹马,而独致元兴之祸者乎?”(《史通·疑古篇》)此其所疑,不能谓为无见。后人囿于一家之言,故其议论颇为世所诟病。不知古事异闻,往往而有:如捐阶焚廪,事本不近人情,放弟朝君,世乃以为口实。伊挚以割烹要汤,百里以五羊干穆,于《孟子》一书,并致贤者之问。他若马迁《史记》,于三代之事,网罗放失,颇纪异同。后人或讥其好奇;然使当日无其书,采录靡所借,则亦何从而纪载之耶?不特此也,尧、舜禅让,极为儒者所乐道。而《韩非·外储说右上篇》则云:“尧欲让天下于舜,鲧谏曰:‘不祥哉!孰以天下而传之于匹夫乎?’尧不听,举兵而诛杀鲧于羽山之郊。共工又谏,尧又举兵诛共工于幽州之都。于是天下莫政言无传天下于舜。”其言绝奇突可怪。而《吕氏春秋·行论篇》又云:“尧以天下让舜。鲧为诸侯,怒于尧曰:‘得天之道者为帝,得地之道者为三公。今我得地之道,而不以我为三公!’以尧为失论,怒甚猛兽,欲以为乱。比兽之角以为城,举其尾能以为旌。召之不来,仿佯于野,以患帝舜。于是殛之于羽山,副之以吴刀。”凡此岂惟背乎经术,亦并与《天问》不同。自儒者视之,较诸《山海经·海内经》所称鲧窃帝之息壤以堙洪水,帝令祝融杀鲧于羽郊,其荒怪何以别耶?其余故书雅记及诸子之所述,若是者难更仆数。此真所谓尧、舜不复生,将谁使定儒墨之诚者也。

又考启之杀益,其事与太甲杀伊尹绝相类。《竹书》:太甲元年,伊尹放太甲于桐,乃自立。七年,王潜出自桐,杀伊尹。天大雾三日。乃立其子伊陟伊奋,命复其父田而中分之。(按:沈约谓此文与前后不类,盖后世所益。然杜预《春秋后序》已引之。陆机《豪士赋序》亦云:"伊生抱明允以婴戮。"斯并晋初时人,得见《汲冢》原书,故皆本之以为说。非后人所益明矣。说见郝懿行《竹书纪年校正》。)而皇甫谧《帝王世纪》则谓伊尹年百余岁而卒,大雾三日。沃丁葬以天子之礼,亲自临丧,以报大德。(见《书序》沃丁疏,《史·殷纪》《正义》及《水经·泗水注》引。而《论衡·感类篇》引张霸《百两篇》曰:"伊尹死,大雾三日。"《天问》亦言伊尹官汤,尊食宗绪。)据诸家说,伊尹卒在沃丁之世,与经传合,惟《竹书》有异(按:今《竹书》,沃丁八年,有祠保衡之文,隐侯所谓不类者。然太甲杀之,沃丁祠之,自属二事,不妨两存之),亦千古之疑案也。徐位山释之曰:"《纪年》事事与经史扶同,独此一事敢立异议,不顾事之有无者,彼见夫三卿处晋君于端氏,田和迁康公于海上,往往托伊尹放大甲之美名,明示可以潜为之谋而杀之;故设为太甲杀尹之说,所以寒奸臣之胆,而壮衰君之气也。岂必实有是事哉? 不然,前言命尹为卿士,后言祠保衡,此独言潜出杀尹,不亦自相矛盾乎?"(见《竹书统笺》,又略见《凡例》。)窃谓其事之有无,与启益相攻,俱不必深辩。《越绝书·吴内传》云:"夏启献牺于益。益与禹臣于舜,舜传之禹,荐益而封之百里。禹崩启立,晓知王事,达于君臣之义。益死之后,启岁善牺牲以祠之。经曰'夏启善文圣',此之谓也。"以较今本《竹书》所谓"费侯益出就国",及"益薨祠之"之文,又若相合。凡此诸说,绝相违逆,欲定其真,抑亦难矣。且即以益之名氏考之,《虞书》但作益(按:《汉书·百官公卿表》上作莽。应劭曰:"莽,伯益也。"师古曰:"莽,古益字。"娄机《班马字类》又作莽),《吕氏春秋·求人篇》、《汉书·律历志》及《易·井卦》释文引《世本》并作化益,《列子·汤问篇》及《初学记》六引《世本》并作伯益。《史记·秦本纪》又作柏翳。"化"与"伯"或形近而讹,"益"与"翳"又同声之字。而《陈杞世家》又分伯翳与益为二人(按:梁玉绳以为世家衍"益"字,见《史记志疑》十九,又见《人表考》二),刘秀《校山海经表》及罗氏《路史》因之。又《秦纪》称益赐姓嬴氏,《路史·余论·无支祁篇》称益字虞余。(按:《汉书·百官公卿表》"益作朕虞",本出《虞书》,盖谓作我虞耳。世乃以"朕虞"连称为官名。王莽遂更名水衡都尉曰予虞。疑即罗氏所本,而又故倒置其文曰"虞余"。)而《水经·洛水注》载《百虫将军显灵碑》则谓将军姓伊氏,讳益,字隤敳,又以"八恺"当之(见文十八年《左传》),惟伊姓则不详何据;若百虫将军之号,似因其为虞官,掌草木鸟兽之事而讹称之也。(刘子骏《上山海经表》谓禹乘四载,随山刊木,定高山大川,益与伯翳主驱禽兽;类物善恶,著《山海经》。《吴越春秋·越王无余外传》亦谓禹巡行四渎,与益夔共谋,到名山大川,召其神而问之。山川脉理,金玉所有,鸟兽昆虫之类,及八方之民,俗殊国异,使益疏而记之,名曰《山海经》。《列子·汤问篇》亦言伯益知而名之;而《汉·地理志》及郑氏《诗谱·秦风谱》遂并谓益知禽兽之言;《后汉书·蔡邕传》释诲亦谓伯翳综声于鸟语,皆傅会作虞事耳。)然则益之一人,其姓氏名号已纷异如此。又即以其世系及生卒考之,《史·秦纪》称益之父大业,母少典之子女华。《正义》及《诗·秦谱》孔疏并引《列女传》曹大家注,谓大业即皋陶。然则皋陶为少典之婿,而益实黄帝之甥也。(按:梁玉绳尝力辨益非皋陶之子,见《史记志疑》十九。)其年代远在舜禹之前,而《水经注·百虫将军碑》又谓益为高阳之第二子,则益与高辛并为黄帝玄孙,与鲧同父,于尧、禹并为从父行,而舜则其六世孙也。(以上并据帝系)又按《竹书》,益以启六年薨;而《路史·发挥》又谓其前禹死,无禹荐益及益避启事。(《路史·后纪》又谓其年过二百)然《墨子·尚贤上篇》又明云禹举益于阴方之中,授之政,九州成。(《列女传》谓其生五岁而佐禹,尤妄。)凡此皆经传所不见,其间荒唐悠谬之谈自属不免。于以知古事传闻,往往有异;传说之成,或非无故;信之者愚,辩之者亦迂矣。然则屈子述启益攻夺之事,又奚必律以经典而斥其诬哉?

二、"该秉季德,厥父是臧;胡终弊于有扈,牧夫牛羊?""有扈牧竖,云何而逢?击床先出,其命何从?"

有扈氏为夏之诸侯,《书》所谓典启战于甘者也。而屈子述有扈之事,不惟经传无有,即故书杂记亦绝少考见。故旧注于此数节多不能通;但见有扈之文,遂以《书》之《甘誓》启伐有扈及少康中兴等事为说,而不知此又古诸侯之逸事也。

按王逸释首四句云:“该,包也;季,末也;言汤能包持先人之末德,修其祖父之善业,故天祐之,以为民主也。有扈,浇国名也。浇灭夏后相,相遗腹子曰少康,为有仍牧政,典主牛羊,遂攻杀浇,灭有扈,复禹旧迹。”此一说也。柳宗元《天对》云:“该德胤考,蓐收于西。爪虎手钺,尸刑以司慝。”盖据二十九年《左传》少皞氏四叔之该为蓐收者及《晋语》之文而言之,此又一说也。洪氏《补注》云:“此当与下文相属。下文弊于有扈,则秉季德者,谓夏启也。言启能兼秉禹之末德,为父所善以有天下也。《书序》云:‘启有扈战于甘之野。’《淮南》曰:‘有扈氏为义而亡。’此言禹得天下以揖让,而启用兵以灭有扈氏,有扈遂为牧竖也。”此又一说也。已上三说,叔师以上二句属汤,下二句为少康灭浇事,微论有扈非浇国,弊于有扈非灭有扈之谓,而上下文绝不相蒙,又失制问之体,自不得谓为达诂。柳子以该为司刑之蓐收,但因其名之偶同而牵附之,亦与有扈远不相涉。是以朱子《辩证》并不然之。若洪庆善以启伐有扈为解,意似稍贯,而以弊于有扈为启灭有扈,仍不免沿章句之误。且谓有扈既灭,遂为牧竖,则并误解下文矣(说详后)。故朱子《集注》虽从其说,疑“该”为“启”之形误;然终以“牧夫牛羊”未有据,而其文势似启反为扈所弊,深致其疑。此虽未能详考其事,而即文审义,已揭旧注之非。多闻阙疑,犹胜于强不知以为知也。自余说《楚辞》者数十家,虽所言不必尽同,大抵出入于《章句》、《补注》之说,(按:曹耀湘《天问疏证》独以此数节为宁戚干齐桓事。)牵强傅会,滋可笑耳。

顾旧解虽多误,而有绝具卓识者二家:徐文靖云:“《汉书·古今人表》,帝喾妃简逖生卨,卨五世孙冥,冥子垓。师古曰:‘垓音该。’是即该也。此承上‘简逖在台’,‘玄鸟致贻’。至于该而能秉卨商之季德,以承父冥之臧善,与启何与?盖与下‘有扈牧竖’为一事。”(《管城硕记》十六,又徐氏《竹书统笺》。)刘梦鹏云:“‘该’乃‘亥’字之误。有扈当作有易。有易有扈,并夏时诸侯,传写讹耳。下有扈仿此。”又云:“亥,契八世孙,上甲微之子也。(按亥为上甲微之父,此偶误,说见下。)厥父,上甲微也。牧牛羊者,有易拘留子亥,困辱之,使为牧竖也。原言亥少时秉德,其父善之。何以终败于有易,见辱殊方乎?"(见《屈子章句》)考其说盖据《山海经》及《竹书》。《山海经·大荒东经》:"有困民国,有人曰王亥。讬于有易河伯仆牛,有易杀王亥,取仆牛。河伯念有易,有易潜化出为国,名曰摇民。"又《竹书纪年》:"夏帝泄十二年,殷侯子亥宾于有易,有易杀而放之。十六年,殷侯微以河伯之师伐有易,杀其君绵臣。"按:郭璞《山海经注》于上文《大荒东经》一条下引《竹书》云:"殷王子亥宾于有易而淫焉,有易之君緜臣杀而放之。是故殷主甲微假师于河伯以伐有易,克之,遂杀其君緜臣也。"据此知王亥见杀之故。)即该弊于有扈之事也。特一作有易,一作有扈,传闻稍异耳。故刘氏于"有扈牧竖"一条复据之云:"子亥弊于有易,牧夫牛羊,故直谓之牧竖。言子亥先为牧竖,犹是拘辱,云何又逢祸殃?盖因上甲致讨,而杀以泄忿耳。击床,若斫案椎席之类;先出犹云遽起;命,征师之命;从,从之讨有易。上甲以子(按当作父)故兴师,河伯本与有易友善,何以遂从殷命?亦兵出有名,不得不从耳。"而徐氏于下文"恒秉季德,焉得乎朴牛"一条,亦据此为说。谓子亥若能恒秉季德,宾于有易而不淫,有易又焉得杀之而取仆牛?朴牛即仆牛,音同字异耳。以上两说,虽于《天问》诸条尚多未合;然其考之古籍,定此为殷王子亥之事,则确然无疑,可谓发前人所未发。而梁玉绳亦博稽史传,谓《人表》之垓,即《山海经》、《竹书》之亥,《史记·殷本纪》之振,及《索隐》所引《世本》之核;乃冥之子,为有易之君绵臣所杀者。(见《汉书人表考》四,及《史记志疑》二。)虽未尝引据《楚辞》,由今观之,亦可为注《天问》者之一助也。近海宁王静安先生又以卜辞证之,且更引伸其说。于是《天问》此文之为殷侯子亥数世事者,益成定谳;而骚人久晦不彰之词,遂大白于世矣。其说略云:"卜辞多记祭王亥事,必为商之先王先公无疑。又祭王亥皆用亥日,则亥乃其正字,作'核'作'垓',皆其通假字。《史记》作'振',则因与'核'或'垓'二字形近而讹。《吕览·勿躬篇》:'王冰作服牛。'案篆文'冰'作'仌',与'亥'字相似,王仌亦王亥之讹。《世本·作篇》'胲作服牛',其证也。服牛者,即《大荒东经》之仆牛,古'服''仆'同音。"《天问》"该秉季德,厥父是臧;胡终弊于有扈，牧大牛羊？”又曰：“恒秉季德，焉得夫朴牛。”该即胲，有扈即有易，朴牛亦即服牛。是《山海经》、《天问》、《吕览》、《世本》皆以王亥为始作服牛之人。”又云：“《山海经》、《竹书》之有易，《天问》作有扈，乃字之误。盖后人多见有扈，少见有易，又同是夏时事，故改‘易’为‘扈’。下文‘昏微遵迹，有狄不宁’，昏微即上甲微，有狄亦即有易也。古‘狄’‘易’二字同音相通。上甲遵迹，而有易不宁，是王亥弊于有易，非弊于有扈，故曰‘扈’当为‘易’字之误。有易杀王亥，取服牛，所谓‘胡终弊于有扈，牧夫牛羊’也。其‘有扈牧竖’四句，似记王亥被杀之事。”（以上详见《观堂集林·史林》一《殷卜辞中所见先公先王考》）今按王先生所考，虽诸家多已言之，而其以卜辞《世本》及《吕览》与《天问》互证，其说特精核博通，为前人所不及。又以卜辞人名中有季，证知即该与恒之父冥，而后《天问》此数节之文可迎刃而解，洵可谓三闾之功臣，治《骚》者所宜尸祝。虽然，其说犹有间，未敢苟同。请伸言之。

王先生据《山海经》、《竹书》断《天问》之有扈当为有易，乃后人所改，或本刘云翼《章句》之说。（刘说引已见前）然杀王亥者为有易，抑为有扈，此另一事。而古事传闻，不嫌互异。《天问》所称，匪特多违经术，即与《山海经》、《竹书》亦不必尽同也。《史记·夏本纪》，谓禹为姒姓，其后分封，用国为姓。（梁玉绳谓姓当作氏，见《史记志疑》。）故有夏后氏、有扈氏。是有扈氏为夏同姓诸侯，禹之所封，笺注家多从此说。（《淮南子·齐俗训》高诱注谓有扈启之庶兄，与所注《吕览·先己篇》异，未详何据，而《书》孔疏从之。《路史·国名纪》又谓有扈已姓，出高阳氏，盖别一扈国。）其事始见《夏书·甘誓》，所谓“威侮五行，怠弃三正”者也。据《书序》，启与有扈战于甘之野，作《甘誓》。《史记·夏纪》同。而诸子则有异说：如《墨子·明鬼下篇》引《甘誓》全文，以为禹誓。《庄子·人间世篇》又谓禹攻有扈，国为虚厉，身为刑戮。《吕氏春秋·召类篇》又谓禹攻曹魏、屈骜、有扈，以行其教。《说苑·正理篇》亦云：“昔禹与有扈氏战，三阵而不服。禹于是修教一年，而有扈氏请服。”凡此并以伐扈为禹事。孙渊如谓其皆未见《书序》，当必本古文《书》说。《书序》以为启作《甘誓》者，因其序在《禹贡》后，故定为启事，不必以《书序》废古说（见《尚书今古文注疏》四）。而梁玉绳则谓正因《甘誓》一篇与《禹贡》相接，遂谬为禹事（见《史记志疑》二）。孙仲容又主调停之说，疑禹启皆有伐扈之事，故古书或以《甘誓》为禹誓（见《墨子间诂》八）。各执其说，疑莫能明也。顾考之昭元年《左传》，赵孟称夏有观扈。观即武观，启之奸子。观其以观扈并举，且次扈于观，似《书序》之说较为可信。而《吕氏春秋·先己篇》亦云："夏后伯启与有扈战于甘泽而不胜。（按：夏后伯启，旧本作夏后相。孙星衍曰："《御览》八十二帝启事中引此作夏后伯启，乃如今本误也。然《困学纪闻》亦引作夏后相，则南宋时本已误。"卢文弨曰："伯古多作柏。后人疑作相，因并删启字。"又按孙氏《尚书今古文注疏》谓当作夏后柏，柏者谓伯禹也。则又自与所校《吕览》语相戾。）六卿请复之。夏后伯启曰：'不可。吾地不浅，吾民不寡，战而不胜，是吾德薄而教不善也。'于是处不重席，食不贰味，琴瑟不张，钟鼓不修，子女不饬，亲亲长长，尊贤使能。期年，而有扈氏服。"是亦以为启事。且考之《竹书》，帝启二年，王师伐有扈，大战于甘。与《书序》合。此则确然可据，而众喙可息。证之《天问》有扈弊殷侯子亥事，其传国之久，直至有夏中叶，犹可考见也。盖扈与商并夏时诸侯，其世或相及。《竹书》：少康十年，使商侯冥治河。上距启伐有扈仅百十三年（《通志》及《前编》并百二十九年）。帝杼十三年，冥死于河，则为百三十八年（《通志》及《前编》并百五十二年）。亥为冥之子，其继立也，上距启之伐扈不过百数十年，世之相近如此，则屈子谓该弊于有扈，不为无因。宁必《山海经》、《竹书》之为是，《楚辞·天问》之为非耶？又考《竹书》：帝泄十二年，有易杀殷侯子亥。若依《天问》，以有扈当之，其时距甘泽之战，亦止二百五十九年耳（《通志》及《前编》并二百十二年）。同姓之国，其势方强，末闻复灭，斯时度必尚在，故得为诸侯患也。何以知其然？曰，《甘誓》及《竹书》俱第云启伐有扈，大战于甘而已，而不言灭之，则其国未亡可知也（《夏本纪》言灭有扈氏，与《甘誓》、《竹书》不同，恐非其实）；《吕览·先己篇》且谓启战而不胜，则其强梁可知也；修德而服之，则其后世为藩侯，以宗有夏，又可知也。凡此皆其显证。即诸子书说或不同，而亦并无启灭有扈之明文。惟《庄子》有"禹攻有扈，因为虚厉，身为刑戮"之言（《吕览·召类》、《说苑·正理》但谓禹服有扈，其说不同），盖据《逸书》为说。《逸周书·史记解》称,有夏之方兴也,扈氏弱而不恭,身死国亡。而《淮南·齐俗训》遂又谓有扈氏为义而亡,知义而不知宜(按高诱注:有扈以尧舜举贤,禹独与子,故伐启,未知出何传记。或以《史记·夏本纪》于启即位之后,即紧叙有扈不服之事,而为此说欤?《甘誓》孔疏亦从其说),似其国复丧已久。然庄子既言禹灭有扈,不应《纪年》复打启伐之事;若云《甘誓》即为禹誓,而又无灭之之文,诸书并有左验,其说不攻自破。至《周书·史记解》一篇,历举列代灭亡之祸以为鉴戒,意趣所归,文宜一律;此与《左传》、《国策》诸书之称述后验者略同。审观上下文义,自然明了。窃意当日启之声罪致讨,扈或实有自取之咎,遂亦慢以为身死国亡耳。《淮南》之说,他无可考。而《韩非子·说疑篇》亦谓有扈氏有失度,为亡国之臣,似扈虽国亡,而身则未死,故犹得为臣虏者,则又与《周书》、《庄子》皆不同。若此之颊,实不足辨也。且古之诸侯,若共工氏、有穷氏皆传国甚久。《鲁语》称共工氏伯九有,其子曰后土,能平九土。(按又见《礼记·祭法》)韦昭注:"共工氏在戏农间;其子勾龙,佐黄帝为土官。"《路史·发挥·补天说》以为太昊时侯国,《后纪》二又谓在位四十五载,女娲氏戮之。而《文子·上义篇》,《淮南·天文》及《兵略训》,《列子·汤问篇》并谓共工与颛顼争帝见诛。《周语》贾逵注,《淮南·原道训》及《吕览·荡兵篇》高诱注,则谓共工与高辛争王见灭。《周语》,灵王太子又谐共工氏以壅防百川,堕高堙庳而灭。而《竹书》,尧十九年,又命共工治河。《淮南·本经训》亦言舜时,共工振滔洪水,以薄空桑。《山海经·海外北经》、《大荒北经》及《荀子·议兵篇》又称禹攻共工,杀其臣相柳。凡诸书所述,虽亦有同属一人而互为歧异者;然共工氏屡灭而屡见,岂不以其身虽见戮,而国固犹存,故其子孙苗裔不绝于后乎?岂可遽谓共工久已见戮,不应尧舜时复有共工哉?然则《逸周书》言有扈之亡,亦若是而已。彼有扈者,帝启自称共行天罚,且不能挫其凶威,则其子若孙怙其强暴,以拱卫王室为名,荐食异姓诸侯,杀王亥而夺其服牛,意中事尔。且观《天问》于此二条之间,又有"干协时舞,何以怀之"一问,尤可知有扈非有易之误。盖干者干盾,舞者所持也;协,合也;时之言是也;言比合干羽以奏乐舞也。即启服有扈之事,《吕氏春秋·先己篇》所谓启与有扈战于甘泽而不胜,乃退修德以服之,是也。言启力不能胜扈,乃能敷文德,舞干羽而服之,何耶?(按:此与东晋古文《大禹谟》所言舜格有苗事相类。)此因上下文皆有扈事,故并及之。旧注似俱不合。

至《天问》此二条事实虽明,而词义难晓。徐位山、刘云翼二家之说固相去甚远,即王先生之考释,亦犹若不尽其言者。窃尝以意求之:"该秉季德,厥父是臧"者,言殷侯子亥能秉父季之德,故为父之所善,乃贤子也。"胡终弊于有扈,牧夫牛羊"者,问王亥胡为以牧夫牛羊之故,终为有扈所杀害乎?下二句盖倒其词以叶韵耳。屈赋此类甚多,如《离骚》云:"不吾知其亦已兮,苟余情其信芳。"言果使余情芳洁,虽不吾知亦已也。《天问》云:"厥利维何,而顾兔在腹?"言月中有兔居之,月果何所利也。皆其例。"有扈牧竖,云何而逢"者,言有扈之与王亥何以巧相遭遇若此乎?盖指王亥宾于有扈言,非谓有扈氏本为牧竖之人也。(此王逸说,而梁氏《史记志疑》及《人表考》误承之。)亦非谓启灭有扈,其子孙遂为牧竖也。(洪兴祖以下诸家说)盖王亥托于有扈,以服牛为事,故直以牧竖称之,非指少康为牧正也。"击床先出,其命何从"者。言王亥淫于有扈,有扈使人袭击之于床第之间,斯时适值王亥先出,暂得免死,故曰"其命何从"。《尔雅·释诂》:"从,自也。"问其命果何自而受之,乃得侥幸不死乎?合观《竹书》,必述此事无疑,惟有易、有扈传闻偶异耳。后王亥竟以此见杀,故上文曰"终弊于有扈"也。彼文谓该能承父德,乃以淫佚不得其死,所谓"终言其事"也。盖诲淫之事在先,终弊之事在后,于文为倒叙,《天问》中自有此例。如篇中述少康中兴之事曰:"惟浇在户,何求于嫂?何少康逐犬,而颠陨厥首?"又曰:"女歧缝裳,而馆同爰止;何颠易厥首,而亲以逢殆?"《竹书》沈约注记其事云:"少康使汝艾谍浇。初,浞娶纯狐氏,有子早死。其妇曰女歧,寡居。浇强圉,往至其户,阳有所求。女歧为之缝裳,共舍而宿。汝艾夜使人袭断其首,乃女歧也。浇既多力,又善害。艾乃田猎,放犬逐兽;因嗾浇颠陨,乃斩浇以归于少康。"此虽或据《天问》而附会之,然详其文义,当是少康先误杀女歧,而后因田猎以毙浇也。休文所见甚是。故周孟侯《天问别注》曰:"此两段文气倒而意实融贯。言汝艾欲袭杀浇,而额易女歧之首,似可侥幸逃死矣,而卒不免逐犬之厄。

逆贼之无逃于天诛也如此。”（又见《离骚草木史》）观其先叙少康逐犬以陨浇，后叙女歧同馆而易首，文法与述王亥弊于有扈正同，而两事亦绝相类。注家但见其相类，又习闻启与少康之事，而不考《山海经》、《竹书》之说，往往混为一谈，岂其然哉？惜乎击床先出之事，他书无可证验，仅于《天问》中见其概略而已。

（选自《读骚论微初集》，商务印书馆 1937 年版）

楚辞女性中心说

一 引 言

我国文学在表现技巧上的一大进步,就是“比兴”法的发现。在公元前五六百年间,我国的韵文,如《诗经》,它已经在广泛地试验那“比兴”体的作法了。诗歌自从有了“比兴”法,它才在文艺的领域中开辟了无穷无尽的新的境界。

在《诗经》中显然看得出的“比兴”材料真不少:它有草木,有虫鱼,也有鸟兽。更有各种器物,甚至有自然现象,如风、雷、雨、雪、蝃蝀和阴霾等等。可是没有“人”,更没有“女人”。文学用“女人”来做“比兴”的材料,最早是《楚辞》。他的“比兴”材料虽不限于“女人”,但“女人”至少是其中重要材料之一。所以我国文学首先与“女人”发生关系的是《楚辞》,而在表现技巧上崭新的一大进步的文学也是《楚辞》。

王逸在《离骚序》里说:

> 《离骚》之文,依《诗》取兴,引类譬喻,故善鸟香草,以配忠贞;恶禽臭物,以比谗佞;灵修美人,以媲于君;虙妃佚女,以譬贤臣;虬龙鸾凤,以托君子;飘风云霓,以为小人。……

这段话虽然不很正确,但他看破《楚辞》用“比兴”法的原则与《诗经》相同,却是不错的。屈原《楚辞》中最重要的“比兴”材料是“女人”,而这“女人”是象征他自己,象征他自己的遭遇好比一个见弃于男子的妇人。我们不必惊异,这象征并非突然;在我国古代,臣子的地位与妻妾相同。《周易·坤·文言》说:“坤,地道也,妻道也,臣道也。”是够证明的了。所以屈原以女子自比是很有理由的。我们更要记得:从前对女子,有所谓“七出”之条。就是犯了其中一条或数条的女人,往往会被男子逐出的。总之,封建时代妇女的命运是非常悲惨的。屈原愿意以妇女作“比兴”的材料,至少说明他对于妇女的同情和重视。何况他事楚怀王,后来被逐放,这和当时的妇人的命运有什么两样呢?所以他把楚王比作“丈夫”而自己比作弃妇,在表现技巧上讲,是再适合也没有的了。

二　以女性为中心的楚辞观

屈原对于楚王,既以弃妇自比,所以他在《楚辞》里所表现的,无往而非女子的口吻。这一义若不明白,《楚辞》的文义便有许多讲不通;因而他的文艺也就根本无法欣赏。根据一点模糊的观念来读《楚辞》,是会遇到很多困难的。反之,如果我们明白此义,不但《楚辞》的许多问题迎刃而解,还可以进一步认识它的文艺。从前多少注家,对于这一点闹不清,所以发生许多无谓的争论,而结果都不正确,这是什么原故呢?关键就在这里。

现在让我逐条地提出来说:

一、美人。《楚辞》中的“美人”二字凡四见:一是《离骚》的“恐美人之迟暮”;一是《思美人》的“思美人兮,揽涕而伫眙”;其余两处便是《抽思》的“矫以遗夫美人”及“与美人抽怨兮”。这四个“美人”,后面三个都是指楚王——大概指楚怀王。而第一个却是指他自己。王逸把“美人迟暮”的“美人”也看作指怀王,于是《离骚》那段文字就不大可通了。考“美人”二字,最早见于《诗经》的《简兮》,所谓西方美人是也。他不只是雄武的意思,或者看作贤人也可以。但是屈原用“美人”二字,都兼有男女关系上相亲爱的意义。一面指自己,同时也指楚王。指自己的当然是美女子的意思;指楚王就是美男子的意思。换言之,他是夫妻两方面相互的称呼。不过女子自称为“美人”,似乎没有问题;以“美人”称丈夫或情人,是不是可以呢?据我看,这是可以的。《诗经》中便有此先例,如“唐风”的《葛生》云:“予美亡此,谁与独处?”这是妇人对其男人或爱人说话的口气。又如“陈风”的《防有鹊巢》云:“谁侜予美?心焉忉忉。”“郑风”的《野有蔓草》及“陈风”《泽陂》的“有美一人”，则男女双方都可以说。所以屈原比楚王为夫，而目之为“美人”，是不足怪的。至《楚辞》中也有自比女子而单称一个“美”字的，如《哀郢》的“众踥蹀而日进兮，美超远而逾迈”。这就是说：楚怀王的内宠既多，一班平常的女子都一天天的接近了，而他自己呢，却一天天的离远了。（《九歌·湘君》的“美要眇兮宜修”及《湘夫人》的“与佳期兮夕张”，也都是夫妻的互称。参阅《论九歌山川之神》）。此外也有称“佳人”的，如《悲回风》的“惟佳人之永都兮”及“惟佳人之独怀兮”。这两个“佳人”，也是屈原自指。王逸谓指怀襄，也是错的。

二、香草。女人最爱的就是花，所以屈原在《楚辞》中常常说装饰着各种香花（其他珠宝冠剑准此），以比他的芳洁；又常常以培植香草来比延揽善类或同志。这些例子太多了，不能尽举了。如《离骚》云：“扈江离与辟芷兮，纫秋兰以为佩。”又云：“朝搴阰之木兰兮，夕揽洲之宿莽。”又云：“揽木根以结茝兮，贯薜荔之落蕊。矫菌桂以纫蕙兮，索胡绳之纚纚。謇吾法夫前修兮，非世俗之所服。”这就是说：我的服饰极其芳洁，与众不同。而这一套古色古香的装饰品，一般时髦的女子是不爱穿戴的（他们又欢喜服艾，说幽兰不好）。她们不但不爱，而且很妒忌他。所以《离骚》又说：“何琼佩之偃蹇兮，众薆然而蔽之；惟此党人之不谅兮，恐嫉妒而折之。”至于《离骚》讲他种种植芳草云：“余既滋兰之九畹兮，又树蕙之百亩；畦留夷与揭车兮，杂杜蘅与芳芷。”种植它们做什么呢？他又接着说：“冀枝叶之峻茂兮，愿俟时乎吾将刈。”可是失望得很，不多时那些兰芷都变而不芳了，荃和蕙都化而为茅了，从前所栽的一切芳草，而今都变为萧艾了。美人一番苦心，竟落得如此结局，你看他痛心不痛心？所以又接着说：“虽萎绝其亦何伤兮？哀众芳之芜秽！”栽不成倒不要紧，芳香的种下去，臭恶的长起来，那才真是可哀的呢！以前解《楚辞》的人，对于屈原以芳草比芳洁，滋兰树蕙比进贤，这原则是晓得的，但何以要如此立说的原因，却是很模糊的。倘若知道他原来是以女子自比，那么，这些问题不但迎刃而解，而且可以进一步欣赏他的文艺；用意是何等的精密！遣词是何等的切当！全篇脉络贯通，一线到底，无不丝丝入扣。这样的文章真是古今罕有。我相信我不是在瞎赞的。

三、荃荪。荃荪本是两种同类的香草,《楚辞》中多通用(见洪兴祖《考异》。《文选》中各篇《楚辞》亦二字通用)。颜延之《祭屈原文》云:"比物荃荪。"刘子《新论·慎独篇》亦云:"荃荪孤植。"可见虽是两种东西,却是同属一类的香草,所以前人常常以二物并提。前面已经讲过许多香草,此处何以单把"荃荪"提出来呢?这于《楚辞》是有特殊意义的。《离骚》云:"荃不察余之中情兮,反信谗而齌怒。"王逸说:"荃,香草;以喻君也。"这是对的。又说:"人君被服芬香,故以香草为喻。恶数指斥尊者,故变言荃也。"这解释是不对的。《抽思》又云:"数惟荪之多怒兮,伤余心之忧忧。"又云:"兹历情以陈词兮,荪详聋而不闻。"又云:"何独乐斯之謇謇兮,愿荪美之可完。"一篇之中,三用"荪"字,王逸都解作喻君。不过我们要问:为什么屈原要把一种香草当作楚王的代名词呢?我以为这是表示极其亲爱的意思,犹之乎后世江南人呼情人为"欢"及词家常用的"檀郎"之类。同时"荃荪"二字并与"君"字声近,借为双关也是再好没有的。但他何以要用这样亲昵的字眼呢?这回答便是:原来屈原把楚王比作丈夫,而自己比作妻子。试问:夫妻不亲密,什么关系亲密呢?(《九歌·少司命》云:"荪何以兮愁苦?"又云:"荪独宜兮为民正。"称神为"荪",义与此同。余别有说。)

四、昏期。《抽思》云:"昔君与我成言兮,曰黄昏以为期。羌中道而回畔兮,反既有此他志!"《离骚》也有"曰黄昏以为期兮,羌中道而改路"两句,或为衍文,或脱偶句。其下文又云:"初既与余成言兮,后悔遁而有他。"其辞义彼此略同。从来注家对"黄昏""成言"等词,懵然不解;只有朱子明白他的意义。他在《离骚》注中说:"'曰'者,叙其始约之言也。'黄昏'者,古人亲迎之期,《仪礼》所谓初昏也。中道改路,则女将行而见弃,正君臣之契已合而复离之比也。'成言',谓成其要约之言也。"这是从来注家未曾明白郑重指出的,可谓卓识。按"成言"即成约。古者国际缔结和约,也叫做"行成"。以前有了成约,后来中途改变了,这显然是指他初见信任,后中谗言的事。黄昏为期的话,若说得干脆一点,与宋词的"月上柳梢头,人约黄昏后"的黄昏也没有两样。不过屈子所谓的"黄昏"为古礼,是正式的;而宋词所谓的"黄昏"非正式的罢了。所以《楚辞》中的词句,千万不可随便看过,要一字一句的认真读下去，方能了然于作者的真意所在。

五、女媭。《离骚》在第二大段的开头，假设一个女媭来责备他。如云："女媭之婵媛兮，申申其詈予。"王逸以为女媭是屈原的姊姊，大约是根据贾逵之说（见《说文》引贾侍中说）。屈子有无姊姊不可考。《水经注·江水篇》引袁山松的话，竟说屈原有贤姊，闻他放逐，归来劝慰他，故名其地曰秭归。县北有屈子故宅，宅东有女媭庙，捣衣石犹存。"秭"与"姊"同音，这显然是后人因王注而附会的，很是可笑。所以许多注家都说：楚人通称妇人为"媭"，是不错的。按《史记·高后纪》："太后女弟吕媭之夫。"又《陈丞相世家》："樊哙乃吕后弟吕媭之夫。"那么，楚人也称妹妹为"媭"。《易经》"归妹以媭"，便是很早的旁证。怎么可以硬解作姊姊呢？所以我的看法，这"女媭"不过是一个假设的老太婆——与他有相当关系的老太婆。说得文雅一点，只是师傅保姆之类罢了。说到这里，我们应该会很自然的联想到：原来屈子是以女子自比的。女子得罪了丈夫，由得宠而至于被弃，大概保姆们应该会责骂他脾气太坏了罢？所以说："汝何博謇而好修兮，纷独有此姱节？"又说："世并举而好朋兮，夫何茕独而不予听！"女媭骂他太刚直了，太特异了，多觚棱了；劝他稍微随俗一点，何必那样矜才使气的得罪人，因而连丈夫也不欢喜他了。若把"女媭"解作屈姊，不但此义不明，反而令人怀疑：何以父母兄弟们都不骂他，偏偏一个老姊姊来骂他？岂不可怪？

六、灵修。《楚辞》中的"修"字，大概都有"美"的意义。《离骚》云："纷吾既有此内美兮，又重之以修能。"又云："老冉冉其将至兮，恐修名之不立。"又云："謇吾法夫前修兮，非世俗之所服。"又云："余虽好修姱以鞿羁兮，謇朝谇而夕替。"又云："民生各有所乐兮，余独好修以为常。"又云："汝何博謇而好修兮，纷独有此姱节？"又云："不量凿而正枘兮，固前修以菹醢。"又云："两美其必合兮，孰信修而慕之？"又云："苟中情其好修兮，又何必用夫行媒？"又云："岂其有他故兮，莫好修之害也！"又《哀郢》云："憎愠惀之修美兮，好夫人之忼慨。"又《抽思》云："㤭吾以其美好兮，览余以其修姱。"又《橘颂》云："纷缊宜修，姱而不丑兮。"以上这些"修"字，都可作"美"字解，所以常拿"修美""修姱"连举。又按“修”本有“长”义，故古人亦以长为美。《诗·硕人》：“硕人其颀”，颀是长貌。《战国策·齐策》：“邹忌修八尺有余，而容貌昳丽。”都是以长为美的条件的证据。至于“灵修”，除《九歌·山鬼》外，《离骚》中凡三见。如云：“指九天以为正兮，夫惟灵修之故也。”又云：“余既不难夫离别兮，伤灵修之数化。”又云：“怨灵修之浩荡兮，终不察夫民心。”这三个“灵修”，当然是指楚怀王。“修”本是美人，谓之“灵”者，大概是因为那时怀王已死的缘故罢？就字面说，犹言先夫；就意义说，犹言先王。已经见弃的妇人一心一意想归返夫家，但不幸丈夫又死了，当然是人间最痛心的事。屈原既放，怀王入秦而不反，至顷襄王时，其境遇正如同弃妇更变成寡妇了。

七、求女。《离骚》第二大段之末，有求女一节。他在登阆风，反顾流涕，哀高丘之无女以后，又想求虙妃，见有娀，留二姚。而三次求女，都归失败。这一节的真正意义，从来注家都不了解。有的说，求女比求君；有的说，求女比求贤；又有的说，求女比求隐士；更有的说，求女比求贤诸侯；或者竟又以为真是求女人。越讲越胡涂，越支离，令人堕入云雾。这是《离骚》中一大难题。其实，屈原之所谓求女者，不过是想求一个可以通君侧的人罢了。因为他既自比弃妇，所以想要重返夫家，非有一个能在夫主面前说得到话的人不可。又因他既自比女子，所以通话的人当然不能是男人，这是显然的道理，所以他所想求的女子，可以看作使女婢妾等人的身分，并无别的意义。可是君门九重，传言不易；兼之世人嫉妒者多，都不愿为他说话，结果只是枉费一番心思。所以他接着又总结这段话说：“世溷浊而嫉贤兮，好蔽美而称恶。”又说：“闺中既已邃远兮，哲王又不寤。”然后屈子至此，回到君侧的企图也真绝望了。正如妇人被弃以后，想再回到夫家的闺中已是不可能的了。

八、媒理。惟其他自比为女子，为弃妇，所以《楚辞》中的“媒”、“理”二字也特别多。例如《离骚》云：“苟中情其好修兮，又何必用夫行媒？”（按《离骚》又有蹇修为理及理弱媒拙的话；但非对他自己而言，故不为例。）又《抽思》云：“好姱佳丽兮，牉独处此异域。既茕独而不群兮，又无良媒在其侧。”又云：“理弱而媒不通兮，尚不知余之从容。”又云：“路远处幽，又无行媒兮。”《思美人》云：“媒绝路阻兮，言不可结而诒。”又云:“令薜荔而为理兮,惮举趾而缘木;因芙蓉而为媒兮,惮骞裳而濡足。”凡此所云“媒”、“理”都是针对女人说话。这女子是谁呢?当然就是屈原自己。既然屈原自比弃妇,所以媒理的作用无非想请来替他说话,替他帮忙,如同上面所求的“女”。

九、其他。此外还有几点,一并提出来讲。惟其屈子以女子自比,所以说:“众女嫉余之蛾眉兮,谣诼谓余以善淫。”(《离骚》)又说:“妒佳冶之芬芳兮,嫫母姣而自好;虽有西施之美容兮,谗妒入以自代。”(《惜往日》)惟其以女子自比,所以《楚辞》中“嫉”、“妒”二字也特别多。例如说:“世溷浊而不分兮,好蔽美而嫉妒。”又说:“世溷浊而嫉贤兮,好蔽美而称恶。”又说:“何琼佩之偃蹇兮,聚薆然而蔽之;惟此党人之不谅兮,恐嫉妒而折之。”(以上《离骚》)又说:“忠湛湛而愿进兮,妒被离而鄣之。”又说:“尧舜之抗行兮,了杳杳而薄天;众谗人之嫉妒兮,被以不慈之伪名。”(以上《哀郢》)又说:“心纯庬而不泄兮,遭谗人而嫉之。”又说:“自前世而嫉贤兮,谓蕙若其不可佩。”(以上《惜往日》)惟其以女子自比,所以常常欢喜哭泣。如《离骚》云:“长太息以掩涕兮,哀民生之多艰。”又云:“曾歔欷余郁邑兮,哀朕时之不当。揽茹蕙以掩涕兮,沾余襟之浪浪。”惟其以女子自比,所以喜欢陈词诉苦。如《离骚》云:“济沅湘以南征兮,就重华而陈词。”又云:“跪敷衽以陈词兮,耿吾既得此中正。”《惜诵》又云:“令五帝以折中兮,戒六神与向服;俾山川以备御兮,命咎繇使听直。”……凡此种种,都是描写十足的女性——我国旧时的十足的女性。读者若是随便的放过他们,我真要为《楚辞》叫屈了。

我常常想,自汉以来,真正懂得《楚辞》上述作意的究有几人?从头至尾数一数:西汉有淮南王刘安,南宋有朱考亭,只有他们读《楚辞》很细心,很能体会《楚辞》细微的地方。朱子的话,上文已略略引过了,不必重述。淮南王的话则见于《离骚传》,他说:“《国风》好色而不淫,《小雅》怨诽而不乱。若《离骚》者,可谓兼之。”(见《史记·屈原传》及班固《离骚序》引。)“《小雅》怨诽而不乱”这句话暂且不管,何谓“《国风》好色而不淫”呢?这就是说:《楚辞》尽管讲“女人”,但都是借为政治的譬喻,而并非真讲“女人”。犹之《关雎》一诗,虽曰“乐得淑女,以配君子”,而却“忧在进贤,不淫其色”。(汉人说《诗》的见解,虽不可恃,却可在此借用。)他对于《楚辞》的认识和批评可谓“要言不烦”了。

三　余　论

我国文学上的习语,常把“风骚”二字连起来说。“风”是《国风》,有时代表全部《诗经》;“骚”是《离骚》,有时代表全部《楚辞》。但我以为:与其说“风骚”代表《诗经》和《楚辞》,倒不如说代表女性;因为它们都是欢喜谈“女人”的。杜甫《戏为六绝句》云:

纵使卢王操翰墨,劣于汉魏近《风》、《骚》。

为什么汉、魏的诗近于“风骚”呢?因为他们爱用“比兴”体也是理由之一。例如爱谈“女人”,常借着“女人”来作为别一种意义的象征。你若不相信,让我来数一数关于“女人”的汉、魏诗罢:

真是谈“女人”的,有乐府古辞的《艳歌罗敷行》、《陇西行》、《东门行》、《病妇行》、《艳歌何尝行》、《白头吟》,《鼓吹饶歌》的《有所思》、《上邪》,古诗的《焦仲卿妻》、“上山采蘼芜”,及李延年的《佳人歌》,辛延年的《羽林郎》,宋子侯的《董娇饶》,蔡邕和陈琳的《饮马长城窟》,左延年的《秦女休行》等篇。可能是谈“女人”的,有题作苏武诗的“结发为夫妻”一首,《古诗十九首》的“行行重行行”、“青青河畔草”、“冉冉孤生竹”、“凛凛岁云暮”、“孟冬寒气至”、“客从远方来”等首,及张衡的《同声歌》,徐幹的《室思》和《杂诗》,甄后的《塘上行》,曹植的《妾薄命》等首。虽谈“女人”而绝对不是谈“女人”的,有张衡的《四愁诗》,繁钦的《定情诗》,曹植的《美女篇》、《弃妇篇》、《七哀诗》及《杂诗》的“南国有佳人”、“揽衣出中闺”,阮籍《咏怀诗》的“二妃游江滨”、“西方有佳人”、“朝出上东门”等首。我不能再举了,以上这些诗表面上没有一首不谈“女人”。而没有“女人”的字样,而内容大概还是指“女人”的,如《古诗十九首》中的“涉江采芙蓉”、“庭中有奇树”、“明月何皎皎”等首尚不在其内。汉、魏的诗歌具在,你可以算算它们谈“女人”的百分比了。于此,我们可以想到,汉、魏诗之所以爱谈“女人”,必是因为时代和“风骚”接近,而容易受其影响的缘故。所以说汉、魏的诗近“风骚”——尤其是“骚”。后来杜甫的《佳人》,孟郊的《烈女操》,张籍的《节妇吟》,陈师道的《妾薄命》,以及一切寄托于妇人女子以抒写作者情意的诗篇都是屈原这种关心并重视妇女的作风的承继。

(原为1943年在西南联大文史讲座作的演讲,题为《论楚辞中的女性问题》)

论屈原文学的比兴作风

一　屈赋的特征

一九四三年，我作过一次讲演，题目是《论楚辞中的女性问题》。后来这篇讲稿被附录于一九四六年出版的《屈原》之后，改题为《楚辞女性中心说》。大意是从屈赋用“比兴”的作风上说明屈原自比为女子，以发明屈赋在文艺上一种独特的风格及其影响，然而这只是从文字上证明或解释屈原每每以女性自比的一个观点立说，并未涉及屈原全部文艺作风的根本问题。即是说：屈赋何以会有这一种作风呢？而且它所用的“比兴”材料除了以女性为中心外，仍极广泛；从文学技巧上说，这作风的根本意义又是什么呢？这些进一步的推论便是今天此文的目的。

屈原辞赋多用“比兴”，这一现象前人早已指出。例如王逸说：

> 《离骚》之文，依《诗》取兴，引类譬谕。故善鸟香草，以配忠贞；恶禽臭物，以比谗佞；灵修美人，以媲于君；虙妃佚女，以譬贤臣；虬龙鸾凤，以托君子；飘风云霓，以为小人。（《楚辞章句·离骚序》）

刘勰也承袭着说：

> 虬龙以喻君子，云霓以譬谗邪，比兴之义也。（《文心雕龙·辩骚》）

又说：

> 楚襄信谗，而三闾忠烈；依《诗》制《骚》，讽兼比兴。（《文心雕龙·比兴》）

他们这些话虽未免挂一漏万，也不甚正确，但所谓“引类譬谕”，所谓“讽兼比兴”的原则却是无可怀疑的。

倘若需要一一指出屈赋中关于“比兴”的文辞，恐怕“遽数之，不能终其物”了。然而为加强我的论据起见，得先把显而易见的例子概括的介绍一下：

一、以栽培香草比延揽人材的有如：

“余既滋兰之九畹兮，又树蕙之百亩。畦留夷与揭车兮，杂杜衡与芳芷。冀枝叶之峻茂兮，愿俟时乎吾将刈。虽萎绝其亦何伤兮，哀众芳之芜秽！”（《离骚》）

二、以众芳芜秽比好人变坏的有如：

“兰芷变而不芳兮，荃蕙化而为茅。何昔日之芳草兮，今直为此萧艾也！岂其有他故兮？莫好修之害也！余以兰为可恃兮，羌无实而容长；委厥美以从俗，苟得列乎众芳。椒专佞以慢慆兮，樧又欲充乎佩帏……览椒兰其若兹兮，又况揭车与江离？”（《离骚》）

三、以善鸟恶禽比忠奸异类的有如：

“鸷鸟之不群兮，自前世而固然。”（《离骚》）“鸾鸟凤皇，日以远兮；燕雀乌鹊，巢堂坛兮。”（《涉江》）“有鸟自南兮来集汉北。”（《抽思》“凤皇在笯兮，鸡鹜翔舞。”（《怀沙》）

四、以舟车驾驶比用贤为治的有如：

“乘骐骥以驰骋兮，来吾道夫先路。”“彼尧舜之耿介兮，既遵道而得路；何桀纣之猖披兮，夫唯捷径以窘步！惟夫党人之偷乐兮，路幽昧以险隘。岂余身之惮殃兮？恐皇舆之败绩。”（以上《离骚》）“乘骐骥而驰骋兮，无辔衔而自载；乘氾附以下流兮，无舟楫而自备。”（《惜往日》）

五、以车马迷途比惆怅失志的有如：

“悔相道之不察兮，延伫乎吾将反[1]，回朕车以复路兮，及行迷之未远。步余马于兰皋兮，驰椒丘且焉止息。”（《离骚》）“知前辙之不遂

---

① 昔《楚辞概论》中论《离骚》写作时代，以相道不察，延伫将反数语为《离骚》放逐的证者未审。盖此乃用比语为设想，非正言也。

兮，未改此度；车既覆而马颠兮，蹇独怀此异路！勒骐骥而更驾兮，造父为我操之。迁逡次而勿驱兮，聊假日以须时。”（《思美人》）

六、以规矩绳墨比公私法度的有如：

“固时俗之工巧兮，偭规矩而改错；背绳墨以追曲兮，竞周容以为度。”“何方圜之能周兮？夫孰异道而相安？”“举贤而授能兮，循绳墨而不颇。”“不量凿而正枘兮，固前修以菹醢。”“勉陞降以上下兮，求矩矱之所同。”（以上《离骚》）“刓方以为圜兮，常度未替。”“章画志墨兮，前图未改。”（以上《怀沙》）

七、以饮食芳洁比人格高尚的有如：

“朝饮木兰之坠露兮，夕餐秋菊之落英。苟余情其信姱以练要兮，长顑颔亦何伤？”“折琼枝以为羞兮，精琼靡以为粻。”（以上《离骚》“梼木兰以矫蕙兮，糳申椒以为粮；播江离与滋菊兮，愿春日以为糗芳。”（《惜诵》“登昆仑兮食玉英。”（《涉江》）“吸湛露之浮源兮，漱凝霜之雰雰。”（《悲回风》）

八、以服饰精美比品德坚贞的有如：

“扈江离与辟芷兮，纫秋兰以为佩。”“揽木根以结茝兮，贯薜荔之落蕊；矫菌桂以纫蕙兮，索胡绳之纚纚。謇吾法夫前修兮，非世俗之所服。”“制芰荷以为衣兮，集芙蓉以为裳。不吾知其亦已兮，苟余情其信芳。高余冠之岌岌兮，长余佩之陆离。芳与泽其杂糅兮，唯昭质其犹未亏。忽反顾以游目兮，将往观乎四荒。佩缤纷其繁饰兮，芳菲菲其弥章。”“溘吾游此春宫兮，折琼枝以继佩，及荣华之未落兮，相下女之可诒。”（以上《离骚》）“余幼好此奇服兮，年既老而不衰。带长铗之陆离兮，冠切云之崔嵬。被明月兮佩宝璐……”（《涉江》）

九、以撷采芳物比及时自修的有如：

“汩余若将不及兮，恐年岁之不吾与。朝搴阰之木兰兮，夕揽洲之宿莽。”（《离骚》）“惜吾不及古人兮，吾谁与玩此芳草？”（《思美人》）

十、以女子身分比君臣关系的有如：

“众女嫉余之娥眉兮，谣诼谓余以善淫。”（《离骚》）“众踥蹀而日进兮，美超远而逾迈。”（《哀郢》）“惟佳人之永都兮，更统世而自贶。”“惟佳人之独怀兮，折若椒以自处。”（以上《悲回风》）“结微情以陈词兮,矫以遗乎美人。昔君与我成言兮,曰黄昏以为期。羌中道而回畔兮,反既有此他志。"(《抽思》)"思美人兮,揽涕而伫眙。媒绝路阻兮,言不可结而诒。"《思美人》)"妒佳冶之芬芳兮,嫫母姣而自好;虽有西施之美容兮,谗妒入以自代。"(《惜往日》)此外还有通篇以物比人的如《橘颂》;通篇以游仙比遁世的如《远游》;以古事比现实的,如《离骚》中对重华的"陈词",灵氛劝告的"吉故",及《涉江》的"接舆髡首",《惜往日》的"百里为虏"等段都是。其中又有比中的比,如《离骚》既以托媒求女比求通君侧的人,却更以"鸩"和"鸠"来比媒人的不可靠;《思美人》既以媒理比说项介绍的人,而又以"薜荔""芙蓉"比媒人的不易得。因为他既怕举趾缘木,又怕褰裳濡足,所以下文说:"登高吾不说,入下吾不能。"若此之类,都是比中有比,意外生意,在表现技巧上可谓极尽巧妙的能事。至于屈赋各篇中尚有虽非正式用"比兴",而其词句之间有意无意,仍隐含"比兴"意味者尤不可胜举。(如《惜诵》:"欲高飞而远集兮,君罔谓汝何之;欲横奔而失路兮,坚志而不忍。"一则以鸟为喻,一则以驾为喻。)由此看来,屈原的辞赋差不多全是用"比兴"法来写的了,其间很少有用"赋"体坦白的、正面的来说的了。所以说他"依《诗》取兴,引类譬喻",是不可否认的事实。后来许多作家,从宋玉到两汉,甚至于更后,都一直承袭着这种作风,而成为辞赋中甚至于我国文学中的一个特殊的风格。

二　屈赋比兴作风的来源

现在我要问:屈赋这种比兴的特殊风格是从哪里来的呢?我的答案是:它一面与古诗有关,一面又与春秋战国时的"隐语"有关。归根究底,都是从人民口头创作出来的,并反映出人民在统治者压力下的反抗。但两者相较,《楚辞》与后者关系或更密切些。

《诗》有"六义",第一是"风",第二是"赋"。"风"是什么呢?《毛诗序》说:"'风',风(讽)也。"又说:"下以风刺上,主文而谲谏,言之者无罪,闻之者足以戒,故曰'风'。"可见"风"就是讽刺,就是"谲谏"。这儿,当然需要说话的艺术了。为了要达到说话的目的,尽管不妨运用语言的技巧，所以李善注说："'风刺'，谓譬喻，不斥言也。……'谲谏'，咏歌依违，不直谏也。"这是够说明一部分"风"诗的基本精神了。至于辞赋的目的也是讽谕。《楚辞》如此，汉赋也是如此。这一点汉朝人是深切了解的。《史记·屈原传》说："屈原既死之后，楚有宋玉、唐勒、景差之徒者，皆好辞而以赋见称。然皆祖屈原之从容辞令，终莫敢直谏。"从容辞令而不直谏，岂不明明是讽谏的态度吗？淮南王刘安叙《离骚传》说："其文约，其辞微……其称文小，而其指极大；举类迩而见义远。"文约辞微，称小指大。类迩义远，不是风诗主文谲谏的作风吗？《汉书·司马相如传赞》："相如虽多虚辞滥说，然其归，引之于节俭，比与《诗》之风谏何异？"又《扬雄传》："雄以为'赋'者，将以风也。"又谓："往时武帝好神仙，相如上《大人赋》，欲以风。"又《汉书·艺文志》："大儒荀卿，及楚臣屈原，离谗忧国，皆作赋以风（谕）。"又班固《两都赋序》："或以抒下情而通讽谕。"所以从文学的性质和技巧上说，辞赋与诗歌根本没有什么不同。所以王逸谓屈原依诗人之义而作《离骚》；所以班固谓屈赋有恻隐古诗之义而目之为"古诗之流"。

还有一点很重要，那就是春秋时的赋诗与歌诗。《汉书·艺文志》："古者诸侯卿大夫交接邻国，以微言相感。当揖让之时，必称诗以谕其志。……春秋之后，周道浸坏，聘问歌咏不行于列国，学《诗》之士，逸在布衣，而贤人失志之赋作矣。"接着他就说荀卿、屈原的赋都有古诗的意味。这段话不但最足以说明辞赋的起源，而且连带说明了辞赋本身的继承性。但我以为这里当特别注意的便是"微言相感"四个字。这就是说：在诸侯大夫交际的场合里，彼此需要互相表示意志的，都不肯直白的说出来，而必须赋一章或一篇古诗以为暗示。这便是"以微言相感"。这种戏剧意味，在今日或不免觉得可笑；但在当时的士大夫看来，反而觉得是雍容闲雅的事罢。不过古诗的意义随赋者的利用而不同，其中多半是断章取义的。而所赋或所歌的诗，其用意所在，又必须视双方私人或国家的关系、感情及国际地位种种不同，教对方去猜，去捉摸，往往言在此而意在彼，听者或受者若不能立刻发见其用意何在，那真会教人受窘而不能答赋的；或虽勉强应付，而不能与赋者的意思针锋相对，牛头不对马嘴，也是很丢人的事。后者的例子如襄

公十六年《左传》所载晋侯盟齐高厚,因其歌诗不类。前者的例子则如昭公十二年《左传》一段记载:

> 夏,宋华定来聘,通嗣君也。享之。为赋《蓼萧》,弗知,又不答赋。昭子曰:"必亡!宴语之不怀,宠光之不宣,令德之不知,同福之不受,将何以在?"

原来《蓼萧》诗云:"燕笑语兮,是以有誉处兮。"是表示主人乐与华定燕语的意思。又云:"既见君子,为龙为光。"是表示主人以得见客人为光荣的意思。又云:"宜兄宜弟,令德寿凯。"是表示客人有令德,祝他既寿且乐的意思。又云:"和鸾雍雍,万福攸同。"是表示愿与客人同享福禄的意思。这简直是一个谜,相当难猜。华定不能针对这些意思答谢,便引起了主人的大不满,而遭受到严重的批评。

还有主人赋诗不伦不类,客人不敢接受,因而也不答赋的,如文公四年卫宁武子聘鲁,公与之宴,为赋《湛露》及《彤弓》的事便是。可见春秋时诸侯大夫相交接,赋诗和答赋都不是一件容易事。但出谜的还比较容易些,猜谜的可十分困难了。因为至少要具备三个条件:第一,要诗篇读得烂熟;第二,要相当了解它的意义;第三,要神经敏感,对方一说出来,马上就抓得住他的用意,而能迅速对付。例如僖公二十三年《左传》记秦穆公享公子重耳一事:

> 他日,公享之。子犯曰:"吾不如衰之文也,请使衰从。"公子赋《河水》,公赋《六月》。赵衰曰:"重耳拜赐!"公子降拜,稽首。公降一级而辞焉。衰曰:"君称所以佐天子者命重耳,重耳敢不拜?"

《小雅·六月》一篇是尹吉甫佐周宣王征伐的诗,秦伯引来比喻若将来公子返晋,必能匡扶王室。这个意义太隆重了,幸亏那位随从秘书,不然,或竟不免失礼了。

一部《左传》所载赋诗答诗的事不知多少,无非是借诗为喻,不能全切合事情,亦不能不切合事情,仿佛依稀的有点像,又有点不像,但彼此心里的中心意思都不曾说出来。所以春秋时诸侯卿大夫这种国际交接的仪式,若说他就等于今日猜谜的游戏,毫不为过。

春秋以来，楚人与诸侯各国交际频繁，自然会感到有学诗的必要；所以在《左传》中楚人引诗来谈话的，或赋诗见意的已是数见不鲜。对于那“主文而谲谏”的讽刺文学及其应用已经证明其肄习娴熟，运用自如了，国际上猜谜式的文学游戏也弄惯的了。然则屈原辞赋中的“从容辞令”“婉而多讽”的“比兴”作风是不难得到合理的解释的。

以上是说明《楚辞》的作风与古诗的关系，以下再推论它与“隐语”的关系。

“隐”或作“讔”，春秋时又名“廋辞”。《国语·晋语》五：“范文子暮退于朝。武子曰：‘何暮也？’对曰：‘有秦客廋辞于朝，大夫莫之能对也；吾知三焉。’”韦昭注：“廋，隐也：谓以隐伏谲诡之言问于朝也。”《文心雕龙·谐隐篇》云：“‘讔’者，隐也；遁辞以隐意，谲譬以指事也。”《汉书·艺文志》有《隐书》十八篇。颜师古引刘向《别录》云：“《隐书》者，疑其言以相问，对者以虑思之，可以无不谕。”先秦的所谓“隐”，大概就是现今的“谜”，至少它是“谜”的前身。故刘彦和又说：“君子嘲隐，化为谜语。”春秋、战国时，这种隐戏颇为流行。齐、楚两国的人且有以“隐语”为讽谏的风气。我们试看那时候的“隐”：

一、《韩非子·难三篇》：“人有设桓公‘隐’者，曰：‘一难，二难，三难，何也？’桓公不能射，以告管仲。管仲对曰：‘一难也，近优而远士；二难也，去其国而数之海；三难也，君老而晚置太子。’桓公曰：‘善！’不择日而庙礼太子。”

二、《吕氏春秋·审应览·重言篇》：“荆庄王立，三年不听（政），而好‘讔’。成公贾入谏。王曰：‘不穀禁谏者，今于谏，何故？’对曰：‘臣非敢谏也，愿与君王“隐”也。’王曰：‘胡不设不穀矣？’对曰：‘有鸟止于南方之阜，三年不动，不飞，不鸣，是何鸟也？’王射之，曰：‘……三年不动，将以定其志也；其不飞，将以长其羽翼也；其不鸣，将以览民则也。是鸟虽无飞，飞则冲天；虽无鸣，鸣将惊人。’……明日，朝，所进者五人，所退者十人。群臣大说，荆国之众相贺也。”（按《韩非子·喻老篇》、《史记·楚世家》、《新序·杂事》二并载其事，互有出入。而《史记·滑稽传》又以为淳于髡说齐威王事。）

三、《列女传·楚处庄侄传》：“处庄侄言‘隐’于襄王曰：‘大鱼失水，有龙无尾。墙欲内崩，而王不视。'王曰：'不知也。'对曰：'大鱼失水者，离国五百里也；乐之于前，不思祸之起于后也。有龙无尾者，年既四十，无太子也；国无弼辅，必且殆也。墙欲内崩，而王不视者，祸乱且成，而王不改也。'"

四、《史记·田完世家》载淳于髡见驺忌子曰："得全全昌，失全全亡。"驺忌子曰："谨受令，请无离前。"淳于髡曰："狶膏棘轴，所以为滑也，然而不能运方穿。"驺忌子曰："谨受令，请谨事左右。"淳于髡曰："弓胶昔干，所以为合也，然而不能傅合疏罅。"驺忌子曰："谨受令，请谨自附于万民。"淳于髡曰："孤裘虽弊，不可补以黄狗之皮。"驺忌子曰："谨受令，请谨择君子，毋杂小人其间。"淳于髡曰："大车不较，不能载其常任；琴瑟不较，不能成其五音。"驺忌子曰："谨受令，请谨修法律而督奸吏。"淳于髡说毕，趋出至门，而面其仆曰："是人者，吾语之微言五，其应我若响之应声。是人必封不久矣。"（按"微言"即"隐语"）

五、《新序·杂事篇》二："齐有妇人，丑极无双，号曰无盐女。……自诣宣王，愿一见。……于是宣王乃召见之，谓曰：'亦有奇能乎？'无盐女对曰：'无有，直慕大王之美义耳。'王曰：'虽然，何喜？'良久曰：'窃尝喜隐。'王曰：'隐，固寡人之所愿也。试一行之。'言未卒，忽然不见。宣王大惊，立发《隐书》而读之。退而惟之，又不能得。明日，复更召而问之，又不以'隐'对。但扬目衔齿，举手拊肘，曰：'殆哉！殆哉！'如此者四。"

以上五条都是属于"隐"的故事。此外还有许多无其名而有其实者，若臧文仲母识文仲被拘（见《列女传·鲁臧孙母传》），齐人说靖郭君罢城薛（见《战国策·齐策》一），及淳于髡为齐威王请救于赵（见《史记·滑稽传》）等等，不胜枚举。我们试一分析"隐"的性质，不外（一）用事物为比喻；（二）设者与射者的辞原则上须为韵语；（三）用以讽谏。上引五条除第一条和第四条的第一则外，其余都有比喻，惟第五条则全是"哑谜"，乃属罕见。又第二条的"设辞"无韵，而《韩非子·喻老篇》有之。《喻老篇》"右司马御，而与王'隐'曰：'有鸟止南方之阜，三年不翅，不飞不鸣，嘿然无声，此为何名？'"全用韵语，似较《吕览》、《史记》、《新序》诸书所记为得其实。至于以"隐"为讽谏的工具，先秦时有此风气。这作用与“三百篇”以诗为讽的意义也相同。刘彦和所谓“大者兴治济身,其次弼违晓惑”(《文心雕龙·谐隐》),确有此等功效。到后来像东方朔之流只用它来开开玩笑,“谬辞诋戏,无益规补”,那就失掉用“隐”的本意了①。

由此见来,“隐”的性质无论为体为用,其实都与辞赋相表里。所谓“遁辞以隐意,谲譬以指事”的讽谏方法与屈赋惯用“比兴”的作风初无分别。它们简直是一而二,二而一的讽刺文学。所以《汉志》列《隐书》于“杂赋”之末,不是为了这个缘故么?(以上参看拙著《先秦文学》第十六章及本书《屈赋考源》“余论”)

所以我说屈赋这种作风,远溯一点,他的来源与古诗有关,与古者诸侯卿大夫相交接,聘问歌咏诗的“微言相感”有关。而关系更密切的莫过于春秋、战国时的“隐语”。因为从春秋到战国,设“隐”讽谏已经成为风气,尤其在齐、楚两国特别流行;所以屈原文艺的作风直接受其影响是不足怪的。

三 余 论

我们试再进一步研究,不但《楚辞》与“隐”有关,而且发见战国时一般的赋乃至其他许多即物寓意,因事托讽的文章几乎无不带有“隐”的意味。例如荀卿的《赋篇》便是这样。试看他的《箴赋》云:

> 有物于此:生于山阜,处于室堂。无知无巧,善治衣裳;不盗不窃,穿窬而行。日夜离合,以成文章。以能合从,又善连衡。下覆百姓,上饰帝王。功业甚博,不见贤良。时用则存,不用则亡。臣愚不识,敢请之王。王曰:“此夫始生巨,其成功小者邪?长其尾而锐其剽者邪?头铦达而尾赵缭者邪?一往一来,结尾以为事。无羽无翼,反覆甚极。尾生而事起,尾邅而事已。簪以为父,管以

① 《汉书·东方朔传》:“(郭)舍人恚曰:‘朔擅诋欺天子从官,当弃市!’上问朔:‘何故诋之?’对曰:‘臣非敢诋之,乃与为隐耳。’……舍人不服,因曰:‘臣愿复问朔隐语。’……朔应声辄声辄对,变诈锋出,莫能穷者。”

为母。既以缝表,又以连里——夫是之谓箴理。"

《赋篇》中包括五赋,这是最末一首,作风完全相同。看它种种"疑其言以相问"的影射法,来描写关于"箴"的事情,显然是一种隐语了。它通篇除最末一句外,都暗射着针的,都是针的谜面;最后一句才说出答案来,那就是谜底;所以这篇小赋简直是一根针儿的谜语了。在《赋篇》中第三首《云赋》里有云:"君子设辞,请测意之。"设辞测意,这不明明白白告诉我们是猜谜吗?猜谜说是先秦的"射隐",汉以后又变为"射覆"(见《汉书·东方朔传》)。荀卿的时代稍后于屈原,他的赋竟由《楚辞》的"比兴"作风完全变成隐语,这其间的关系可以思过半矣。又按《战国策·楚策》四载有荀子谢春申君一书,书后有赋云:

> 宝玉隋珠,不知佩兮;袆衣与丝,不知异兮;闾姝子奢,莫之媒兮;嫫母求之,又甚喜之兮。以瞽为明,以聋为聪,以是为非,以吉为凶。呜呼上天!曷惟其同?(《荀子·赋篇》及《韩诗外传》四略异)

这不消说仍是屈赋用"比兴"的作风了。但我们应该注意:荀卿曾经游学于齐,三为祭酒。后来又宦游于楚,春申君以为兰陵令,遂家于兰陵。他与齐楚两国的关系如此之深,所以他的辞赋必然受屈原的影响,同时也受过当时隐语家淳于髡等人的影响是可以断言的。(参看《先秦文学》第十六章及本书《屈赋考源·余论》)

此外那时还有许多非赋非隐,似赋似隐的文章,例如宋玉《对楚王问》一篇(见《新序·杂事篇》《文选》题宋玉作,恐非,但改"威王"为"襄王"则近是),庄辛说楚襄王一篇(见《战国策·楚策》四),楚人以弋说襄王一篇(见《史记·楚世家》),都是始则"遁辞以隐意,谲譬以指事",终则"言之者无罪,闻之者足以戒"。又如齐驺忌以琴音说齐威王(见《史记·田完世家》),淳于髡以饮酒说威王罢长夜之饮(见《史记·滑稽传》),及庄子与赵文王说剑(见《庄子·说剑篇》)等等,都是因事托讽,借题发挥,其性质又无乎不同。兹录宋玉《对楚王问》一篇以示例:

> 楚襄王问于宋玉曰:"先生其有遗行与?何士庶民不誉之甚

> 也?”宋玉对曰:“唯,然,有之。愿大王宽其罪,使得毕其辞:客有歌于郢中者,其始曰《下里巴人》,国中属而和者数千人。其为《阳阿》、《薤露》,国中属而和者数百人。其为《阳春白雪》,国中属而和者不过数十人。引商刻羽,杂以流徵,国中属而和者不过数人而已。是其曲弥高,共和弥寡。故鸟有凤而鱼有鲲:凤皇上击九千里,绝云霓,负苍天,足乱浮云,翱翔乎杳冥之上。夫藩篱之鷃,岂能与之料天地之高哉?鲲鱼朝发于昆仑之墟,暴鬐于碣石,暮宿于孟诸。夫尺泽之鲵,岂能与之量江海之大哉?
>
> 故非独鸟有凤而鱼有鲲也,士亦有之。夫聖人瑰意琦行,超然独处,世俗之民,又安知臣之所为哉?”

推而论之,自“风”“骚”的“比兴”作风完成以后,我国文学——尤其是诗,便一直向这条道路迈进。所谓“寄托”,所谓“微辞”,所谓“婉而多讽”,所谓“兴发于此而义归于彼”者,无不据此为出发点。汉、魏以后诗家有一种主要作风,白乐天生平所兢兢自守,惟恐失之者,也就是这一点。其后咏物的诗,鸟兽草木鱼虫一类的赋之专以物比人者,是属于这一类的;乐府诗中如《子夜》、《读曲》等歌专以事物谐声切义的方法为比者,也是属于这一类的;纬书中图谶,诸书记及史籍《五行志》中的歌谣,在可解不可解之间,而事后往往“应验”者,也是属于这一类的;甚至后世的骈体文专以典故为象征者,也是属于这一类的。其在散文,则先秦诸子用之以说理(尤其是《庄子》、《韩非》、《吕氏春秋》等),纵横家用之以说事(尤其是《战国策》),乃至后世古文家集中的杂说,小说戏剧的讽刺与嘲骂,往往借着一个故事或一件事物来做根据,以为推论、解释、辩驳、寓意、抒情的助者,莫不与《风》、《骚》的“比兴”及战国时滑稽优倡者流所乐道的“隐语”同源而分流,殊途而同归。于此,不但《风》、《骚》和“隐语”的关系我们看得极其清楚,就是“比兴”及“隐语”与我国一切文学的关系也是极其清楚的了。然则“比兴”与“隐语”对我国文学的因缘不是够深的么?

(选自《楚辞论文集》,古典文学出版社 1957 年版)

楚辞用夏正说

我国古代历法的详细情形不可考。据古书所载,都说夏、殷、周三代所用的历法不同。虽然近代研究东方天文学的人如日本新城新藏,他就不相信夏、殷、周三代有三正交替的事实,然而自古相传的三种不同的历法则确确实实的存在着,不能否认。所谓三代历法的不同,最显著的例子就是“岁首”和“月建”的问题。据《礼记·檀弓》孔疏引《春秋纬·元命苞》及《乐纬·稽耀嘉》说:“夏以十三月为正,以寅为朔;殷以十二月为正,以鸡鸣为朔;周以十一月为正,以夜半为朔。”所谓“十三月”者,就是指夏历的寅月,也就是夏历的正月。因为从“寅”至“丑”,已经过了十二个月,是为一年。再从头开始,又是寅月。而这个寅月的次序实际上是接着十二月来的,所以从本年说,他是正月;若从去年说,便又算为十三月了。但我们用数目字来记月份,在许多不同的历法里,很容易混淆;不如用古代相传的“十二支”(即自“子”及“亥”)来代表,更为简明。所以《春秋》、《公羊》隐元年传何休注便说:“夏以斗建寅之月为正;殷以斗建丑之月为正,周以斗建子之月为正。”“斗建”二字是说斗星所指的方向的意思,而“寅”、“丑”、“子”等则是代表一年十二个月的方位。所以斗星指“寅”为寅月,寅月就是夏正的正月。斗星指“丑”为丑月,丑月就是殷正的正月,相当于夏正的十二月。斗星指“子”为子月,子月就是周正的正月,相当于夏正的十一月。所以《史记·历书》说:“夏以正月,殷以十二月,周以十一月,三王之正若循环。”《史记》所说的月份是以夏历为标准。

因为这三种历法的岁首“建月”不同,所以彼此之间,在一年中的时序,要相差一个月或两个月。因而关于天象的,如列宿的运行;关于地理的,如气候的变化;以及其有关人事的一切记载,也就各有早晚的不同。例如昭公十七《左传》载梓慎说:“火山,于夏为三月,于商为四月,于周为五月。”就是说明这种不同的事态。兹列为下表以明之:

表一

	春			夏			秋			冬		
夏正	正月（寅）	二月（卯）	三月（辰）	四月（巳）	五月（午）	六月（未）	七月（申）	八月（酉）	九月（戌）	十月（亥）	十一月（子）	十二月（丑）
殷正	二月	三月	四月	五月	六月	七月	八月	九月	十月	十一月	十二月	正月
周正	三月	四月	五月	六月	七月	八月	九月	十月	十一月	十二月	正月	二月

表二

	春			夏			秋			冬		
周正	正月（子）	二月（丑）	三月（寅）	四月（卯）	五月（辰）	六月（巳）	七月（午）	八月（未）	九月（申）	十月（酉）	十一月（戌）	十二月（亥）
殷正	正月（丑）	二月（寅）	三月（卯）	四月（辰）	五月（巳）	六月（午）	七月（未）	八月（申）	九月（酉）	十月（戌）	十一月（亥）	十二月（子）

以上约略说明三正所用岁首的不同，及其因此不同而生的季节和月份的差异。

在先秦古籍中，有用周正纪时的，如《春秋》等是；有用夏正纪时的，如《吕览》等是。而《楚辞》一书便是属于后者。今为证之如左：

关于春季者

一、《离骚》云："摄提贞于孟陬兮，惟庚寅吾以降。"王逸注云："太岁在寅曰'摄提格'。孟，始也；正月为陬。庚寅，日也。（按王逸说本《尔雅·释天》）言已以太岁在寅，正月始春，庚寅之日，下母之体而生，得阴阳之正中也。"据此，屈子当以寅年寅月寅日。而所记的年月实为夏正。刘申叔先生说："近江宁陈玚作《屈子生卒年月考》，以周历推之，谓楚宣王二十七年戊寅，其建寅之月，朔日己巳，二十二日为庚寅。今以夏历推之，楚宣王二十七年戊寅，距入乙卯蔀四十九年。积月六百零六，闰余一，积日一万七千八百九十五，小余六百五十四，大余十五，得庚午为正月朔，庚寅为正月二十一日。屈子之生，当在是年。"（见《古历管窥》卷下）这个推算既与屈子自述的生年日月相符，又和我们根据历史所考证的结果不谋而合。若是用周正或殷正，则无论改不改月，都不能称为“孟陬”。因为《尔雅》的“孟陬”是指夏正的正月而言，改月，则夏历正月于殷当为二月，于周当为三月。不改月，则殷历正月为夏历十二月，周历正月为夏历十一月，如何可以称为“孟陬”之月呢？朱冀的《离骚辨》谓“孟陬”系孟冬十月，即建亥的月，而非正月。但无论十月在习惯上不称“孟陬”，即使可称为“孟陬”，而那年十月内根本就没有庚寅，也不可能有庚寅，与屈子自述的月日不合。马位的《秋窗随笔》又谓周正建子，楚奉周正朔，则寅月乃当时三月，何得曰“孟陬”？“摄提贞于孟陬”，犹言寅年的正月，岁虽寅，而月未必是寅。屈原或以寅年子月寅日生。但《尔雅》的“孟陬”本指夏正的正月，即建寅的月，绝不能由我们随便移作子月的代词。春秋战国时，诸侯各国所用历法本不一致，楚国也未必奉周的正朔。屈子惟其用夏正，所以才称寅月为“孟陬”；若用周正，便不能称为“孟陬”了。（按是岁十二月建丑之月亦无庚寅。“孟陬”能否代表丑月，尚在其次。故知亦非用殷正。）若如朱子之说：“摄提”只解作星名，随斗柄指十二辰者，而非太岁在寅的名称。即就是说：孟春昏时，斗柄指寅之月，其月庚寅之日，屈子下母之体而生。日月虽寅，而岁未必是寅，方合乎事实。若用周正或殷正，乃建子或建丑之月，又何能说斗柄指寅的月呢？所以《离骚》此文除了用夏正来解释，任何方面都讲不通。

二、《招魂》乱曰：“献岁发春兮，汩吾南征。菉蘋齐叶兮白芷生。”《九章·思美人》云：“开春发岁兮，白日出之悠悠。吾将荡志而愉乐兮，遵江夏以娱优。揽大薄之芳茝（一作芷）兮，搴长洲之宿莽。惜吾不及古人兮，谁与玩此芳草？”按《礼记·月令》：“季春之月，蓱始生。”郭注：“蓱，萍也，大者曰蘋。”又按《本草》：“白芷名芳香，又名泽芬。”吴仁杰引《嘉祐图经》云：“春生。叶相对婆娑，紫色，阔三指许。花白，微黄。入伏后结子，立秋后苗枯。”又按茝，《尔雅》及《集韵》并以为蘼芜，故吴氏以为即蘄茝。而洪兴祖则谓：“白芷一名白茝，生下泽，春生。楚人谓之药。”芷之与茝，或为二物，或为一物异名，说者不同；然皆春生则无疑义。宿莽本又见《离骚》。王逸以为草冬生不死者近是。因宿莽的“宿”大概与宿草的“宿”同为隔年的意思。洪氏据郭璞《尔雅注》，以为即拔心不死的卷施草。《招魂》、《思美人》所谓的春，当然是指夏正而言，若是周正的春，则其时尚在夏正冬季，《春秋》方以无冰为异。即其季春亦不过夏正的正月，白薠何能齐叶？白芷与白茝也都还没有生，经冬的宿草实际上是经秋的宿草了。等到菉蘋齐叶，白芷生长的时候，实际上已经是周正的夏季五六月间了，如何能说“献岁发春”和“开春发岁”呢？

关于夏季者

一、《九章·抽思》云：“望孟夏之短夜兮，何晦明之若岁。”夏正四月为孟夏，接近夏至，其夜最短，所以说“短夜”。若周正的孟夏在建卯之月，当夏正的二月，正是昼夜平均的时候，如何可以说“短夜”呢？最短的夜周正在六七月间，而非孟夏。

二、《九章·怀沙》云：“滔滔孟夏兮，草木莽莽。”南方气候较暖，所以夏历四月间草木已经很茂盛，所以说“草木莽莽”。若周正的四月，尚有余寒，南方春事虽早，无论如何，决不能有此现象。这种现象至早亦当在夏秋之交，不能说“孟夏”。

关于秋季者

一、《九章·抽思》：“心郁郁之忧思兮，独永叹乎增伤。思蹇产之不释兮，曼遭夜之方长。悲秋风之动容兮，何回极之浮浮！”上言遭夜方长，下言秋风动容，明指夏正而言。若是周正，则秋季在午、未、申之月，当夏历的五、六、七三月，不但不可能有动容的秋风，而且也决不能说“曼遭夜之方长”。秋风长夜，显然是夏历九月间的节候。所以《九辩》也说：“靓杪秋之遥夜。”夏历九十月之交自然是可以说“遥夜”的，特别是有忧思的人。

二、《离骚》云：“夕餐秋菊之落英。”《九歌·礼魂》云：“春兰兮秋菊。”《月令》：“季秋之月，菊有黄花。”夏正九月，殷为十月，周为十一月，皆非季秋；而殷的季秋为酉月，周的季秋为申月，当夏正七八月之间，哪里会有菊花呢？

三、《离骚》：“及年岁之未晏兮，时亦犹其未央。恐鹈鴂之先鸣兮，使夫百草为之不芳。”按鹈鴂，鸟名。王逸谓常以春分鸣。一作鹎鴂，五臣《文选注》云:“鹈鴂秋分前鸣,则草木雕落。”又作鶗鴂,《文选》张衡《思玄赋》:“恃知己而华予兮,鶗鴂鸣而不芳。”旧注云:“以秋分鸣。”今按作秋分鸣者是也,逸注似误。(《广韵》云:“鶗鴂,关西曰巧妇,关东曰鸋鴂。春分鸣则众芳生,秋分鸣则众芳歇。”似牵合两说言之。)因鹈鴂鸣时,每在秋分,正草木将衰之候,故以比年岁之晚。若在春分,则正是草木贲华,千红万紫的时候,怎么会使百草不芳呢?《离骚》本义便可作证。所以《离经》也说:“鶗鴂鸣而百草衰。”但无论鹈鴂春分鸣也好,秋分鸣也好,都是与夏历相合的。若是周正的秋季,尚在夏正的五、六、七等月中,那时天气正暖,岂有百草不芳的事?若是周正的春季,又正是夏正严冬时候,不但鹈鴂不鸣,根本草木还没有萌芽;而说百草不芳,那更是奇谈了。

四、《九歌·湘夫人》:“袅袅兮秋风,洞庭波兮木叶下。”《九辩》云:“悲哉秋之为气也!萧瑟兮,草木摇落而变衰。……泬寥兮,天高而气清,寂寥兮,收潦而水清。憯凄增欷兮,薄寒之中人。……燕翩翩其辞归兮,蝉寂寞而无声。雁廱廱而南游兮,鹍鸡啁哳而悲鸣。独申旦而不寐兮,哀蟋蟀之宵征。”秋风落叶,最早是夏历八九月间事,当酉戌之月,这时于周正已属冬季,固不得云秋。而周正的八九月,属未申之月,正当夏正六七月间,洞庭虽或有波,木叶决不至于脱落,一切草木会有摇落变衰的现象吗?能有天高气爽,潦水尽,寒潭清的现象吗?更说不上薄寒中人了。《礼记·月令》:“仲秋之月,鸿雁来,玄鸟归。”来,谓自北而来;玄鸟即燕子,并与此文所述节序相合。若在周正的八月,能说燕归蝉寂,鸿雁南游,蟋蟀宵征的话吗?

五、《九辩》云:“皇天平分四时兮,窃独悲此廪秋:白露既下百草兮,奄离披此梧楸。去白日之昭昭兮,袭长夜之悠悠。离芳蔼之方壮兮,余萎约而悲愁。秋既先戒以白露兮,冬又申之以严霜。收恢台之孟夏兮,然欿傺而沈藏。叶烟邑而无色兮,枝烦挐而交横。颜淫溢而将罢兮,柯仿佛而萎黄。萷櫹槮之可哀兮,形销铄而瘀伤。惟其纷糅而将落兮,恨失时而无当。”这一大段所描写的秋天景象与第一章完全相同。《月令》:“孟秋之月,凉风至,白露降。”又:“季秋之月,霜始降,寒气忽至。”又:“是月也,草木黄落。”与此文所述季候并合。若在周正,乃当午、未、申之月，便与这里所写的“物色”全不相符了。

关于冬季者

一、《远游》云：“嘉南州之炎德兮，丽桂树之冬荣。”南方气候炎热，桂树虽冬不雕，所以可嘉。谢灵运诗云：“南州实炎德，桂树陵寒山。”即用此文。但这也是指夏正的冬季而言，故曰“陵寒山”。若在周正的冬季，乃酉、戌、亥之月，当夏正的八、九、十三月。八、九两个月不必说，即便在十月中，天气不过初寒，桂树不雕，又算什么稀奇而值得嘉美的呢？《春秋》僖公十年冬，书“大雨雪”，《公羊》以为记异。又三十三年十有二月（按：杜以为当作十一月），书“陨霜，不杀草”，左氏以为失时。如《楚辞》用周正，更不会以桂树冬荣为可嘉的了。等到真正严寒，桂树依然可爱时，已经是春季而非冬季了。

二、《九辩》云：“无衣裘以御冬兮，恐溘死不得见乎阳春。”周正的冬在酉、戌、亥之月，当夏正八、九、十等月，尚非御裘的时候。而所谓“阳春”者，正在严寒之中，穿皮袍也正是时候了。若照周正来讲，应该说：“无衣裘以御阳春兮，恐溘死不得见乎盛夏。”然而在习惯上恐怕无此说法。

凡《楚辞》所纪时月及物候，不但与周正不合，即与殷正亦不相应，而独合乎夏正；所以我说《楚辞》是用夏正。但周建子，以十一月为“王正月”，照理，楚人似乎应该奉行周的正朔。然而事实上诸侯各国并不如此。不但楚国，晋国亦用夏正，本不足怪。我想，周虽建子，改前王正朔，然或只是政府的“文书”用之，而一般习惯则仍用夏正。好像现今政府各机关尽管用阳历，而农民大多数还是照旧用阴历。淮南小山的《招隐士》作于汉武帝太初改历之前，而王孙春草等语仍用夏而不用秦，所以朱子答吴晦叔书说：“或是当时二者并行，惟人所用。”（见《朱子大全集》卷四十二）其说极是，故后人多从之。至宋儒改正朔不改时月及冬不可以为春等说，历经前人广征博考，早有定论。而张屏山、李川父诸人的考辨尤为详尽，无可疑者。以非本文范围，故不复涉及。

（选自《楚辞论文集》，古典文学出版社 1957 年版）

楚辞九辩的作者问题

《楚辞·九辩》一篇，自王逸以为宋玉所作，一向没有问题。直到明人焦竑，看法不同，冉三强调《九辩》实为屈原所作，于是《九辩》的作者开始发生了问题。我想：这是《楚辞》中的一个重要问题，值得我们来讨论的。

焦氏所持的理由是这样的：

> 《离骚经》"启《九辩》与《九歌》兮"，即后之《九歌》、《九辩》，皆原之自作无疑。……《九辩》谓宋玉哀其师而作。熟读之，皆原自为悲愤之言，绝不类哀悼他人之意。盖自作与他人作，旨趣故当霄壤。乃千百年读者无一人觉其误，何邪？（见《笔乘》卷三）

他的另外一个理由是：

> 《九辩》，余曾定为屈子所自作无疑，只据《骚经》"启《九辩》与《九歌》兮"一语，并玩其词意而得之。近览《直斋书录解题》，载《离骚释文》一卷，其篇次与今本不同。首《骚经》，次《九辩》，而后《九歌》、《天问》、《九章》、《远游》、《卜居》、《渔父》、《招隐士》、《招魂》、《九怀》、《七谏》、《九叹》、《哀时命》、《惜誓》、《大招》、《九思》。按王逸《九章》注云："皆解于《九辩》中。"则《释文》篇第，盖旧本也。以此观之，决无宋玉所作掺入原文之理。（见《笔乘》卷四）

这是一个如何脆弱的理由呢！他想凭这样脆弱的理由来推翻这文学史上一件重大的公案，恐怕没有人敢相信吧？不料清末吴挚甫却偏偏附和此说。他除袭取焦氏第二个理由外，更补充了一些意见说：

> 吾疑《九辩》旧次，即在第二，则固屈子之文。王（按指王逸）谓宋玉作者，殆未然也。……后读曹子建《陈审举表》引屈平曰：

'国有骥而不知乘兮,焉皇皇而更索。'洪《补注》亦载子建此语。'国有骥'二句,《九辩》之词也;而引以为屈平,则子建固以《九辩》为屈子作,不用王氏闵师之说。《九辩》、《九歌》,两见《离骚》《天问》。《楚词》此二篇皆取古乐章为篇题,明明是一人之作。今《九歌》既屈子所为,独《九辩》定为宋玉,不知何所据而云然。……宜用子建说定为屈子之词。(见《古文辞类纂校勘记》)

他们这些话,或失之武断,或失之粗疏,并无坚强的证据,足以推翻旧说。比如焦氏的理由,本来就不值一驳。《离骚》提到《九辩》(《天问》也提到的),明明说是启乐,如何能证明《九辩》就是屈原作的呢?这不是太武断了吗?再说《九辩》"皆原自为悲愤之言,绝不类哀悼他人之意",不知王逸谓宋玉《九辩》为闵师之作,自是他没有细看本文,一时疏忽,不为定论。《九辩》固不像哀屈,难道宋玉自己就不可以自为悲愤之言吗?《韩诗外传》和《新序》等书都说宋玉事楚襄王,很不得意,所以《九辩》中也就有"坎壈兮,贫士失职而志不平"及"无衣裘以御冬兮,恐溘死不得见乎阳春"等语。(参看《楚辞概论》)这不分明是宋玉写自己的牢骚愤懑吗?焦氏知其一,不知其二,只看见《九辩》不像别人哀悼屈子之词,便硬派他为屈子自己所作,而不许宋玉本身也有悲哀,这不是武断而何?其次,讲到《楚辞》的本子问题。无论《楚辞释文》一书怎样古,即使古到刘向所编的《楚辞》原本一样,也只能证明《释文》本或旧本是把《九辩》的次序排在第二,而无法证明《九辩》的作者不是宋玉而是屈原。你以为古本《楚辞》各篇的原来次序现在真能看到吗?真是可靠的吗?扬雄见到的本子总算得古吧?然而《汉书·扬雄传》说他"又旁《惜诵》以下至《怀沙》一卷,名曰《畔牢愁》",那么,《怀沙》分明是《九章》最后一篇。若把现在所传的《楚辞》本子校对一下,你会疑心今本《怀沙》以后的《思美人》、《惜往日》、《橘颂》、《悲回风》四篇,简直不在"九章"之内;甚而至于怀疑到那四篇是后人的伪作而被加进去的。所以只根据本子的次序来定篇章的作者是非常危险的事。各本的次序不免常有变更,谁能说《楚辞释文》的本子就是最原始最真正的面目呢?何况即就《释文》的次第来看,他把《招隐士》摆在《招魂》之前,而《哀时命》、《惜誓》、《大招》等篇反而摆在《九叹》

之后，而《九怀》却又在《七谏》之前，就知道所谓“释文”的次第乱七八糟，绝无道理。我们能根据它来做各篇作者的参考吗？所以孙志祖说：“《文选》亦以宋玉《九辩》列于屈子《卜居》、《渔父》之后，《释文》旧本自误尔。注云‘皆解于《九辩》中’，不必定《九辩》在前也。焦氏因此遂以《九辩》为屈子所作，非也。”（见《读书脞录》卷七）这见解是很正确的。但我以为王逸见到的本子即使是《九辩》在《九章》之前，甚至同《释文》本的次序完全相同，然而他能辨别《九辩》的作者不是屈原而是宋玉，还不至于为那个颠倒凌乱的烂本子所蒙混，这正是他高明的地方。

至于吴氏所举曹子建《陈审举表》所引《九辩》之文而以为屈原，这又何足为凭？在古人的文章里，因误记而错引的话太多了，随便举个例：“死生有命，富贵在天”，在《论语》里不明明是子夏说的吗？而王充《论衡·问孔篇》则直以为是孔子的话。常读易见的书尚且如此，何况《楚辞》？《楚辞》中包括作者很多，在古时书不易得，或但凭记忆，偶然引证错误，是极平常的事。因为这只是做文章，不是做考据，必得翻一翻原书才放心。曹子建那里会料到后人竟会拿他这篇信手拈来的文章作考据呢？退一步说，即使曹子建并非误记，而真以为《九辩》应该是屈原所作，那至多也只能代表他本人的意见，哪能证明《九辩》的作者必是屈原而非宋玉？何况他的时代还远在王逸之后将近一百年，他有什么凭据而推翻旧说呢？再退一步说，即使曹子建别有根据，而这根据或是另一旧本；但我要问：这个旧本是不是比王逸所见的较早而又较为可信？如果不幸竟同《楚辞释文》那个烂本子一样，岂不更糟糕吗？总而言之，单凭这一点极不坚强的理由，便轻轻的推翻旧说，决定一个重大问题，我以为是不够的。（参看一九四六年拙著《屈原》第八章）

还有，吴氏的意思以为《九辩》、《九歌》两见《离骚》、《天问》，两篇都是取古乐为题，明是一人之作。《九歌》既屈原所为，《九辩》岂能归之宋玉？这也犯了焦氏同样的毛病。《九歌》是屈子所作，何以《九辩》也一定非屈子所作不可？这逻辑我真莫名其妙。同属古乐，大家都可以用作题目的，正如后世乐府诗中的《陌上桑》、《陇西行》之类，你可以拟，我也可以拟。各人尽管拟作自己所要拟作的，但也不必一个人把所有的乐府古辞都拟作得完的。所以吴氏这个意见更不能成立。

以上检讨焦吴两家的主张完毕,以下再提供我的意见。

以《九辩》为宋玉所作,自从王逸以来都无异议。六朝人也还是承认的。《文选》不必说,就是刘彦和在《文心雕龙》中也承认。看他上文列举《离骚》、《九章》、《九歌》、《九辩》,以至于《招魂》、《招隐》(按《招隐》当作《大招》)诸篇,而下文却说:"《九怀》以下,遽蹑其迹;而屈宋逸步,莫之能追。"这分明因上文提到《九辩》,所以下文才并称屈宋。(按此篇上文"士女杂坐"至"荒淫之意"一段,刘氏取为《骚经》异乎经典之证。而这段文字是指《招魂》中的话。这是刘氏据《史记》屈子本传定《招魂》为屈子作。故知下文并提屈宋者,是专指《九辩》一篇而言。)然而我的意思并非因王逸的说法无人否认,就算他确定了,也要强别人来相信。说不定正如焦氏所谓"千百年读者无一人觉其误"。何况王逸关于《楚辞》的意见本来就有许多缺乏正确性。不过就这一个问题说,我却要左袒王逸;因为他的说法即使绝无根据,然而却是事实,至少是一个近乎事实的事实。现在把这事实指出来。

我要郑重指出的是《九辩》的作者对于屈原的文章读得真熟,所以钞袭屈赋的地方也就特别多。兹分别列举于后:

一　整句的钞袭

(一)例如:"何时俗之工巧兮,背绳墨而改错?"又如:"何时俗之工巧兮,灭规矩而改凿?"这四句全出于《离骚》。《离骚》的原文是:"何时俗之工巧兮,偭规矩而改错?"只是下句换了几个字。(二)例如:"尧舜之抗行兮,了冥冥而薄天。何险巇之嫉妒兮,被以不慈之伪名?"这四句出于《哀郢》。《哀郢》的原文是:"彼尧舜之抗行兮,了杳杳而薄天。众谗人之嫉妒兮,被以不慈之伪名?"只是去了一个字,换了三个字。(按一本无"彼"字,"杳杳"作"冥冥"则四句全同)(三)例如:"憎愠惀之修美兮,好夫人之慷慨。众踥蹀而日进兮,美超远而逾迈。"这四句亦全钞《哀郢》中语,一字不改。(四)例如:"莽洋洋而无极兮,忽翱翔之焉薄。"下句亦钞《哀郢》,一字不改。(五)例如:"纷纯纯之愿忠兮,妒被离而鄣之。”这也是钞《哀郢》的。惟上句《哀郢》作“忠湛湛而愿进兮”,稍为变换了几个字,而意思和文法的组织都还是原文的形态。下句则一字不改。

二　词意的钞袭

(一)例如:“去家离乡兮来远客,超逍遥兮今焉薄。”这是从《哀郢》文中化出来的。《哀郢》云:“去故乡而就远兮。”又云:“去终古之所居兮,今逍遥而来东。”又云:“焉洋洋而为客。”又云:“忽翱翔之焉薄。”(二)例如:“专思君兮不可化。”这是从《惜诵》化出来的。《惜诵》云:“专惟君而无他。”又云:“君可思而不可恃。”(三)例如:“去白日之昭昭兮,袭长夜之悠悠。”这是从《思美人》化出来的。《思美人》云:“白日出之悠悠。”(四)例如:“秋既先戒以白露兮,冬又申之以严霜。”这是从《惜往日》化出来的。《惜往日》云:“何芳草之早殀兮,微霜降而下戒。”(五)例如:“圜凿而方枘兮,固知其鉏铻而难入。”这是从《离骚》化出来的。《离骚》云:“不量凿而正枘兮。”又云:“何方圜之能周兮。”(六)例如:“处浊世而显荣兮,非余心之所乐。”这是《离骚》“非余心之所急”及“亦余心之所善”等句的语调。(七)例如:“靓杪秋之遥夜兮,心缭悷而有哀。”这是从《悲回风》的“悲回风之摇蕙兮,心冤结而内伤”及“终长夜之曼曼兮,掩此哀而不去”等句改组的。(八)例如:“岁忽忽而遒尽兮,老冉冉而愈弛。”这是从《悲回风》的“岁曶曶其若颓兮,时亦冉冉而将至”及《离骚》的“老冉冉其将至”等句撮钞而成的。(九)例如:“忠昭昭而愿见兮,然霠曀而不达。”这是从《哀郢》的“忠湛湛而愿进兮”及《思美人》的“志沈菀而莫达”两句组合的。(一〇)例如:“愿寄言夫流星兮,羌倏忽而难当。”这是袭取《思美人》的“愿寄言于浮云兮,遇丰隆而不将;因归鸟而致辞兮,羌宿高而难当”四句的词意和语调而加以缩短的。(一一)例如:“虽重介之何益。”这是从《悲回风》的“重任石之何益”一句改换而成的。此外最后一章“左朱雀”、“右苍龙”、“属雷师”、“通飞廉”、“前轩辌”、“后辎乘”一段,更是全钞《离骚》及《远游》的意思,而文词尤与《远游》接近。

三　字面的钞袭

(一)例如:“独申旦而不寐。”“申旦”见《思美人》“申旦以舒中情兮”。(二)例如:“蹇淹留而无成”按“淹留”凡两见,见《离骚》“又何可以淹留”。(三)例如:“倚结軨兮长太息。”又如:“长太息而增欷。”“长太息”及“增欷”并见《离骚》“长太息以掩涕兮”,又“曾歔欷余郁悒兮”。(四)例如:“忼慨绝兮不得。”“忼慨”见《哀郢》“好夫人之慷慨”。(五)例如:“皇天平分四时兮。”按“皇天”屡见。见《哀郢》“皇天之不纯命兮”。(六)例如:“中瞀乱而迷惑。”“中瞀乱”《惜诵》作“中闷瞀”。(七)例如:“离芳蔼之方壮兮。”“方壮”见《离骚》“及余饰之方壮兮”。(八)例如:“收恢台之孟夏。”“孟夏”见《抽思》“望孟夏之短夜兮”,又见《怀沙》“滔滔孟夏兮”。(九)例如:“羌无以异于众芳。”“众芳”见《离骚》“苟得列乎众芳”。(一〇)例如:“中结轸而增伤。”又如:“仰浮云而永叹。”“结轸”“增伤”并见《怀沙》“郁结纡轸兮”,又“增伤爰哀”。又“永叹”“增伤”并见《抽思》“独永叹乎增伤”。(一一)例如:“诚未遇其匹合。”“匹合”见《天问》“闵妃匹合”。(一二)例如:“欲寂寞而绝端兮。”“寂寞”见《远游》“野寂寞其无人”。(一三)例如:“冯郁郁其何极。”“郁郁”见《抽思》“心郁郁之抽思兮”,又见《悲回风》“愁郁郁之无快”。(一四)例如:“霰雪纷糅其增加兮。”本《涉江》“霰雪纷其无垠”。(一五)例如:“信未达乎从容。”“从容”见《怀沙》“孰知余之从容”。(一六)例如:“聊逍遥以相佯。”按“逍遥”两见。“逍遥”、“相佯”并见《悲回风》“聊逍遥以自恃”,又“怜浮云之相羊”。“逍遥”又见《哀郢》“今逍遥而来东”。(一七)例如:“独耿介而不随兮。”按“耿介”两见。见《离骚》“彼尧舜之耿介兮”。(一八)例如:“老寥廓而无处。”“廖廓”见《远游》“上寥廓而无天”。(一九)例如:“云蒙蒙而蔽之。”“而蔽之”见《离骚》“众薆然而蔽之”。(二〇)例如:“恐田野之芜秽。”“芜秽”见《离骚》“哀众芳之芜秽”,又见《招魂》“牵于俗而芜秽”。

凡《九辩》钞袭屈赋之处,根据上面所指出的例子,已共有三十多条。但还是一个粗略的统计,其中专名词如“骐骥”、“凤皇”等均未列入。所以实际上并不止于此。《九辩》的钞袭方法,或直钞其词句,或暗袭其意义,或模仿其语调,或承用其文法。分合变化,颠倒割裂,上下牵扯,前后连搭,或一句而化为几句,或数语而并为一词。很巧,也又很笨,真是一种集句式的"百衲体"。这些钞袭都是极其显然的有意剽窃,而不能认为无意的偶合。固然在屈子作品中也不免有些句法或词汇偶然的重复或类似,但这是极少数,断乎不像《九辩》这样大钞而特钞。像这样大规模的钞袭,后来只有西汉人模仿《楚辞》的作品如《七谏》、《九怀》、《九叹》之类;而且简直可以说西汉人那种模仿——其实是钞袭——作风,实在是受了《九辩》的影响。因为这钞袭的风气是《九辩》实开其端。我们看了这一点,更自然会相信《九辩》的作者不但不可能是屈原,而且应该是一个在屈原以后的人,至少是见过屈赋,甚至于把它读得很熟的人。这个人是谁呢?自然宋玉是最有资格的(当然景差、唐勒都可能)。因此,我们承认王逸的话,认为屈子的后辈宋玉为《九辩》的作者,是再合理也没有的。因此,我说王逸的话不但相当正确,而且近乎事实。在没有发现新证据可以确定《九辩》是另外一个作者以前,我们不妨暂且维持旧说,不必随便去附和焦弱侯和吴挚甫。

末了,如果我们再仔细看看《九辩》的风格,一开口便是"悲哉!秋之为气也;萧瑟兮,草木摇落而变衰"。自此以下,至"坎壈兮,贫士失职而志不平;廓落兮羁旅而无友生;惆怅兮而私自怜"一段文字,便觉得他的形式有点异样。试把《离骚》、《九章》等篇比较一下,立刻发现他们中间的不同,尤其是《九辩》句法的扩展,自由变化,接近散文,和"兮"字变了位置,最堪注意。这又说明了《九辩》的作者决不会是屈原,而可能是宋玉。

(原载北京《龙门杂志》1947年第1卷第1期)

宋玉大小言赋考

大小言赋者,本俳谐文之一种。《庄子·齐物论》:“大言炎炎,小言詹詹。”大言小言之名始见于此,顾其义不同。辞赋家之所谓大言小言者,其名虽若出于庄周之书,其义则《礼记·中庸》所云“语大,天下莫能载;语小,天下莫能破”者是也。

考大言小言之起,盖出于先秦之世。《晏子春秋·外篇》云:“景公问晏子曰:‘天下有极大乎?’晏子对曰:‘有。足游浮云,背凌苍天,尾偃天间,跃啄北海,颈尾咳于天地乎!然而漻漻不知六翮之所在。’公曰:‘天下有极细乎?’晏子对曰:‘有。东海有虫,巢于蟁睫;再乳再飞,而蟁不为惊。臣婴不知其名,而东海渔者命曰焦冥。’”斯言也,其大言小言之权舆乎。盖尝推其所由起,凡有三因:曰道家之寓言也,曰赋家之侈言也,曰文人之艺增也。而辞赋家衍其绪,至魏晋六朝而其体始盛;莫不以此三者为其先路之导焉。兹申证之如下方:

一、庄周善以谬悠之说,荒唐之言,无端涯之辞,剖析毫芒,出入幽邈,穷造化之原,妙小大之辩。故其言汪洋恣肆,机趣横生,语大语小,亦庄亦谐,盖已开后世文家以大言小言为诙谐游戏之先声矣。今按《庄子·外物篇》:“任公子为大钩巨缁,五十犗以为饵。蹲乎会稽,投竿东海,旦旦而钓,期年不得鱼。已而大鱼食之,牵巨钩錎没而下;骛扬而奋鬐,白波若山,海水震荡,声侔鬼神,惮赫千里。任公子得若鱼,离而腊之。自制河以东,苍梧以北,莫不厌若鱼者。”此大言也。又按《则阳篇》:“有国于蜗之左角者曰触氏,有国于蜗之右角者曰蛮氏。时相争地而战,伏尸数万,逐北旬有五日而后返。”此小言也。不特此也,《逍遥游》亦云:“北冥有鱼,其名为鲲。鲲之大,不知其几千里也。化而为鸟,其名为鹏。鹏之大,不知其几千里也。怒而飞,其翼若垂天之云。是鸟也,海运将徙于南冥。南冥者,天池也。”又引《齐谐》之言曰:“鹏之徙于南冥也,水击三千里,抟扶摇而上者九万里。去以六月息者也。”而《新序·杂事篇》载宋玉《对楚王问》,亦谓“鸟有凤而鱼有鲲。凤皇上击九千里,绝云霓,负苍天,翱翔乎杳冥之上。鲲鱼朝发于昆仑之墟,暴鬐于碣石,暮宿于孟诸”云云,即本《庄子》而推言之。而《逍遥游》又谓楚之南有冥灵者,以五百岁为春,五百岁为秋。上古有大椿者,以八千岁为春,八千岁为秋。凡此所云,非寓言夸诞之甚者乎?考《庄子》之文,若此者尚多有之。《逍遥游》云:“惠子谓庄子曰:‘魏王贻我大瓠之种。我树之成,而实五石。以盛水浆,其坚不能自举也。剖之以为瓢,则瓠落无所容。”《齐物论》云:“至人神矣,大泽焚而不能热;江河冱而不能寒;疾雷破山、(飘)风振海而不能惊。若能者,乘云气骑日月,而游乎四海之外。”(按《应帝王》亦云:“予方将与造物者为人。厌,则又乘夫莽眇之鸟,以出六极之外,而游无何有之乡,以处圹埌之野。”与此略同。)《人间世》云:“匠石之齐,至于曲辕,见栎社树,其大蔽数千牛,絜之百围,其高临山,十仞而后有枝,其可以为舟者旁十数。”又云:“南伯子綦游乎商之丘,见大木焉有异。结驷千乘,隐将芘其所赖。”《在宥》云:“入无穷之门,以游无极之野。吾与日月参光,吾与天地为常。”《知北游》云:“六合为巨,未离其内;秋豪为小,待之成体。”《则阳》云:“斯而析之,精至于无伦,大至于不可围。”《说剑》云:“天子之剑,以燕溪石城为锋,齐岱为锷,晋、魏为脊,周、宋为镡,韩、魏为夹。包以四夷,里以四时,绕以渤海,带以常山。……此剑直之无前,举之无上,案之无下,运之无旁;上决浮云,下绝地纪。此剑一用匡诸侯,天下服矣。”《天下篇》述惠施历物之意云:“至大无外,谓之大一;至小无内,谓之小一。”《大宗师》称“以天地为大炉,以造化为大冶”,而贾谊《鹏赋》本之云:“天地为炉兮,造化为工;阴阳为炭兮,万物为铜。”《列御寇》又载庄子谓“吾以天地为棺椁,以日月为连璧,星辰为珠玑,万物为送赍”,而刘伶《酒德颂》亦本之云:“有大人先生以天地为一朝,万期为须臾,日月为扃牖,八荒为庭衢。行无辙迹,居无室庐,幕天席地,纵意所如。”《世说新语·任诞篇》亦载伶纵酒放达,或脱衣裸形在屋中。人见,讥之。伶曰:“我以天地为栋宇,屋室为裈衣。诸君何为入我裈中?”此又推阐道家绪论,恣为大言者也。(以上参阅拙著《读骚论微初集·屈赋考源》)

二、赋家以铺张为能事，故其言多虚辞滥说，夸诞张皇而不可究诘，《汉书·扬雄传》所谓“必推类而言，极丽靡之辞，闳侈巨衍，竞于使人能加”者是也。顾辞赋之尚侈陈。其源盖出于《楚辞》。《离骚》之辞云：“驷玉虬以乘鹥兮，溘埃风余上征；朝发轫于苍梧兮，夕余至乎县圃。”“饮余马于咸池兮，总余辔乎扶桑；折若木以拂日兮，聊逍遥以相羊。”又云：“夕归次于穷石兮，朝濯发乎洧盘。”又云：“览相观于四极兮，周流乎天余乃下。”又云：“邅吾道夫昆仑兮，路修远以周流。”“朝发轫于天津兮，夕余至乎西极。”“忽吾行此流沙兮，遵赤水而容与。麾蛟龙使津梁兮，诏西皇使涉予。”“路不周以左转兮，指西海以为期。屯余车其千乘兮，齐玉轪而并驰。驾八龙之婉婉兮，载云旗之委蛇。”《远游》之辞云：“道可受兮不可传。（按《庄子·大宗师》云：“夫道可传而不可受。”词旨正同。）其小无内兮，其大无垠。”（按《庄子·天下篇》述惠施之言略同。引已见前。）又云：“集重阳入帝宫兮，造旬始而观清都。朝发轫于太仪兮，夕始临乎于微闾。屯余车之万乘兮，纷溶溶而并驰。”又云：“阳杲杲其未光兮，凌天地以径度。”又云：“揽彗星以为旍兮，举斗柄以为麾。”而终之曰：“经营四荒兮，周流六漠；上至列缺兮，降望大壑。下峥嵘而无地兮，上寥廓而无天；视倏忽而无见兮，听惝怳而无闻。超无为以至清兮，与泰初而为邻。”凡此精骛八极，心游万仞，恢奇俶诡，出天入神，其命意设辞，大抵与庄生之言相印合，不可谓非文人幻想之离奇，夸诞之极至，大言小言之嚆矢也。他如《涉江》之言登昆仑食玉英，天地比寿，日月齐光（按二语略同《庄子·在宥篇》“日月参光，天地为常”之文。引已见前）；《悲回风》之言上高岩，处雌蜺，据青冥而摅虹，遂倏忽而扪天；《天问》之言灵蛇吞象，鳌戴山抃；《招魂》之言长人千仞，封狐千里，赤蚁若象，玄蠭若壶；并楚人之侈辞，《齐谐》之怪语，与夫后世之专以大言小言为诙啁者，极有关系。厥后汉人作赋，涸其流而扬其波，极力推行《庄》《骚》之绪者甚众。姑举其例，则如贾谊《惜誓》云：“登苍天而高举兮，历众山而日远。观江河之纡曲兮，离四海之沾濡；攀北极而一息兮，吸沆瀣以充虚。”“建日月以为盖兮，载玉女于后车。驰骛于杳冥之中兮，休息乎昆仑之墟。”又云：“黄鹄之一举兮，知山川之纡曲；再举兮，睹天地之圜方。临中国之众人兮，托回飙乎尚羊。”又如《吊屈原赋》云:“凤皇翱翔于千仞兮,览德辉而下之;见细德之险微兮,遥层击而去之。彼寻常之污渎兮,岂容吞舟之鱼?横江湖之鳣鲸兮,固将制于蝼蚁。”此等文辞皆有超越六合,牢笼万态之慨。按之实际,谓非大言赋之先驱不可也。自是赋家,往往乐为诞语。司马相如《大人赋》云:“垂旬始以为幓兮,抴彗星以为髾。”又云:“遍览八纮而观四荒兮,朅渡九江而越五湖。”又《子虚赋》云:“吞若云、梦者八九,于其胸中曾不芥带。”又《上林赋》云:“千人唱,万人和,山陵为之震动,川谷为之荡波。”而木华《海赋》形容海涛之状云:“鼓怒溢浪扬浮,更相触搏,飞沫起涛,状如天轮胶戾而激转,又似地轴挺拔而争回,岑岭飞腾而反覆,五岳鼓舞而相磓。”又形容海鲸之状云:“鱼则横海之鲸,突扤孤游,戛岩嶅,偃高涛,茹鳞甲,吞龙舟。噏波则洪涟踧蹜,吹涝则百川倒流。……巨鳞插云,鬐鬣刺天,颅骨成岳,流膏为渊。”铺张扬厉,形容过情,若此者不胜缕举,真赋家之能事也。迄乎唐人而古意渐失;然一二作者,犹时时见之。杨敬之《华山赋》有云:“见若咫尺,田千亩矣;见若环堵,城千雉矣;见若杯水,池百里矣;见若蚁蛭,台九层矣;醯鸡往来,周东西矣;蠛蠓纷纷,秦速亡矣;蜂窠联联,起阿房矣;俄而复然,立建章矣;小星奕奕,焚咸阳矣;累累茧栗,祖龙藏矣。”(见《唐文粹》)此则善于形容高峻广大,颇似大言小言之变。其后杜牧赋阿房宫尝规仿其词意云。(《容斋五笔》及《瑞桂堂暇录》并有此说)

三、文人之言,每好夸饰,匪独辞赋为然。盖不如此,则不足以尽吾情,而快于人心。善乎王充之言曰:“俗人好奇,不奇,言不用也。故誉人不增其美,则闻者不快其意;毁人不益其恶,则听者不惬于心。闻一增以为十,见百益以为千,使夫纯朴之事,十剖百判;审然之语,千反万畔。……蜚流之言,百传之语,出小人之口驰闾巷之间,其犹是也。”(《论衡·艺增篇》)由今观之,自圣人经典以至文士篇章,靡不有增饰逾量之言;而古今小说所载神话传说,及其影撰虚构者,尤不可胜数。约略述之,则《尚书·尧典》之称尧德,所谓“光被四表,格于上下。百姓昭明,协和万邦,黎民于变时雍”者,此夸言也。而《论语·泰伯篇》遂谓尧之为君,巍巍荡荡,民无能名矣。东晋古文《周书·武成篇》述武王伐纣,纣师倒兵以战之事云:“受率其旅若林,会于牧野。罔有敌于我师，前徒倒戈，攻于后以北，血流漂杵。”此夸言也。孟子盖尝疑之矣。《大雅·云汉》之诗曰：“周余黎民，靡有孑遗。”此夸言也。

孟子亦尝谓说《诗》者不可以辞害意矣。至若哀公七年《左传》：“禹合诸侯于涂山，执玉帛者万国。”此夸言也。《齐策》苏秦曰：“临淄之途，车声击，人肩摩，连衽成帷，举袂成幕，挥汗成雨。”而《汉书·沟洫志·白渠歌》亦云：“举臿为云，决渠为雨。”此夸言也。陈平曰：“使平得宰天下，当如是肉。”而《后汉书·陈蕃传》亦曰：“大丈夫当扫除天下，安事一室？”此夸言也。仲长统诗曰：“元气为舟，微风为柂，敖游太清，纵意容冶。”此夸言也。左思诗曰：“振衣千仞冈，濯足万里流。”此夸言也。朱彤曰：“啸咤则五岳摧覆，呼吸则江海绝流。”（骆宾王檄云：“喑呜则山岳崩颓，叱咤则风云变色。”本此。）而苻坚亦曰：“以吾之众旅，投鞭于江，足断其流。”（并见《晋书》百十四“载记”苻坚下。）此夸言也。祖君彦数炀帝之罪云：“罄南山之竹，书罪未穷；决东海之波，流恶难尽。”（见《旧唐书》五十三《李密传》，“南山之竹”语本《汉书·公孙贺传》。）此夸言也。刘锜之守顺昌也，以书约金兀术战。兀术怒曰：“刘锜何敢与我战！以吾力破尔城，直用靴尖趯倒耳！”（见《宋史》三百六十六《刘锜传》）此夸言也。至若《淮南子·览冥训》称女娲炼五色石以补苍天，断鳌足以立四极，杀黑龙以济冀州，积芦灰以止淫水。《天文训》称共工氏与颛顼争为帝怒而触不周之山，天柱折地维绝。天倾西北，故日月星辰移焉；地不满东南，故水潦尘埃归焉。（按《原道训》亦言共工之力，触不周之山，使地东南倾。《楚辞·天问》亦以为问。而女娲共工二事又并见《列子·汤问篇》。）《山海经·海外北经》：“钟山之神，名曰烛阴。视为画，瞑为夜，吹为冬，呼为夏。……息为风。”又《大荒北经》：“西北海之外，赤水之北，有章尾山。有神，人面蛇身而赤。其瞑乃晦，其视乃明。……是烛九阴，是谓烛龙。”《述异记》称盘古氏之死，头为四岳，目为日月，脂膏为江海，毛发为草木。秦汉间俗说盘古氏头为东岳，腹为中岳，左臂为南岳，右臂为北岳，足为西岳。先儒说，盘古泣为江河，气为风，声为雷，目瞳为电。古说，盘古氏喜为晴，怒为阴。而高承《事物纪原》及马骕《绎史》并引《五运历年记》云：“盘古垂死化身，气成风云，声为雷霆，左眼为日，右眼为月，四肢五体为四极五岳,血液为江河,筋脉为地理,肌肉为田土,发髭为星辰,皮毛为草木,齿骨为金石,精髓为珠玉,汗流为雨泽;身之诸虫,因风所感化为黎氓。”此则小说家言,由道家浑沌之寓言而衍成之(参阅俞樾《宾萌集·释盘古》),而荒唐则愈甚矣。其余载籍所纪,文人所称,若王仲任所云“言事增其实,辞出溢其真”者实多,要皆可与后世之赋大言小言者同科而共论;其所不同,庄谐之分而已。

《古文苑》载宋玉赋凡六篇,其中《大言赋》一篇,《小言赋》一篇,乃谐俳之文,皆假楚襄王、唐勒、景差诸人之言妆点成之。其《大言赋》略云:

> 楚襄王与唐勒、景差、宋玉游于阳云之台。王曰:“能为寡人大言者上座。”王因唏曰:“操是太阿戮一世,流血冲天,车不可以厉。”至唐勒曰:“壮士愤兮绝天维,北斗戾兮太山夷。”……宋玉曰:“方地为车,圆天为盖,长剑耿耿倚天外。”王曰:“未也。”王曰:“并吞四夷,饮枯河海。跋越九州,无所容止。身大四塞,愁不可长。据地盼天迫不得仰。”

其《小言赋》略云:

> 王曰:“贤人有能为小言者,赐之云梦之田。”景差曰:“载氛埃兮乘剽尘,体轻蚊翼,形微蚤鳞。……经由针孔,出入罗巾。飘妙翩绵,乍见乍泯。”唐勒曰:“析飞糠以为舆,剖粃糟以为舟,泛然投乎杯水中,淡若巨海之洪流。蝇蚋皆以顾眄,附蠛蠓而遨游。”又曰:“馆于蝇鬚,宴于毫端。烹虱胫,切虮肝,会九族而同哜,犹委余而不殚。”宋玉曰:“无内之中,微物潜生。比之无象言之无名;蒙蒙灭景,昧昧遗形。超于太虚之域,出于未兆之庭;纤于毳末之微蔑,陋于茸毛之方生。视之则眇眇,望之则冥冥;离朱为之叹闷,神明不能察其情。二子之言,磊磊皆不小,何如此之为精?”王曰:“善!”赐以云梦之田。

以辞赋为俳谐者,莫先于汉人。《汉书·枚皋传》称,皋不通经术,诙笑类俳倡,为赋颂,好嫚戏。皋自言为赋乃俳,见视如倡;故其赋有诋娸东方朔,又自诋娸。其文骫骳诙笑,不甚间靡。而《扬雄传》亦谓辞赋颇似俳优淳于髡、优孟之徒，非法度所存，贤人君子赋诗之正，乃辍不复为。皆其明证。(《古文苑》所载王褒《僮约》、扬雄《逐贫赋》、黄香《责髯奴辞》，又蔡邕之《短人赋》，并以辞赋为俳谐者。)至若以大言小言为赋，诙谐相角，则汉魏以后始见之。盖此二赋果为宋玉所作，微论通篇不应作他人叙事语气，然宋玉楚人也(《史记·屈原传》载屈原既死之后，楚有宋玉唐勒景差之徒者，皆好辞而以赋见称)，乃发端自称其君，而独冠之以"楚"何欤？斯则明明后人依托之辞无疑也。(参阅拙著《楚辞概论》第四篇第一章及《先秦文学》第十五章。)盖大小言赋者，晋宋间人所造，而后人误指为宋玉之所作耳。何以知之？以傅咸之《小语赋》知之。按傅咸《小语赋》云：

> 楚襄王登阳云之台，景差、唐勒、宋玉侍。王曰："能为小语者处上位。"景差曰："么蔑之子，形难为象。晨登蚁垤，薄暮不上；朝炊半粒，昼复得酿。烹一小虱，饱于乡党。"唐勒曰："攀蚊髯，附蜹翼，我自谓重彼不极。邂逅有急相切逼，窜于针孔以自匿。"宋玉曰："折薜足以为棹，舫粒糠而为舟；将远游以遐览，越蝉溺以横浮；若涉海之无涯，惧湮没于洪流。弥数旬而汔济，陟虮虱之崇丘。未升半而九息，何时达乎杪头。"

长虞此赋与宋玉大、小言赋绝相类。(又按：傅玄《大言赋》有云："要佩六气，首戴天文"，语见《太平御览》卷六九二，亦与宋玉赋语气相似。)夫先秦之文，竟与晋人所作如出一手，宁非大奇？虽文家摹拟，窠臼不免从同，然两汉辞赋，若崔骃之《七依》(文不备)，张衡之《七辩》，曹植之《七启》，王粲之《七释》(文不备)，与枚乘之《七发》何如？又崔骃之《达旨》，张衡之《应间》，蔡邕之《释诲》，与东方朔之《答客难》，扬雄之《解嘲》，班固之《答宾戏》又何如？此皆显而易见，即或后先相袭，有若是之甚者乎？故吾人据此以与宋玉之大、小言赋相较，可为下列之推断：

一、大、小言赋若果为宋玉所作，何以两汉以来，模仿之风盛行，竟无一人模拟之者，直待傅咸而始为之？则其赋两汉时人或尚未之见。

二、大、小言赋若果在傅咸之前，则咸之《小语赋》必题为"拟宋玉

《小言赋》,如傅玄拟《四愁》、陆机拟《古诗》之例。

三、傅咸《小语赋》果为拟宋玉而作,不应止有小言,而反遗大言。故疑《古文苑》所载之大、小言赋必不能在西晋以前。

四、若大、小言赋在傅咸之后,亦必题"拟傅咸《小言赋》"。今彼此既不相涉,而体制文辞悉相类似,或是并时之人所为若潘岳、程晓辈拈题并赋者。(魏文帝、陈思王及建安诸子并有《车渠椀》、《迷迭香》、《大暑》、《愁霖》、《槐》、《柳》等赋,即其例。)

五、大、小言赋与《小语赋》体制既同,而辞旨风格又复不异,则其时代必不甚相远,或大、小言赋二篇竟稍在后。准是以推,《大言赋》及《小言赋》必非宋玉之所作也审矣。盖假托成文,本赋家所恒有。谢惠连之赋雪也,托之梁王与邹生、枚叟、司马相如。谢庄之赋月也,托之陈王与仲宣。庾信之赋枯树也,托之殷仲文与桓大司马。(以上参用《日知录》十九"假设之辞"及崔述《考古续说》)然则赋大小言者之必托楚襄王与宋玉、景差、唐勒者,亦犹是焉耳。是以傅咸托之,《古文苑》中之大、小言赋又托之。岂惟大小言托之,即《高唐》、《神女》、《风赋》、《登徒》、《讽钧》诸篇又无不托之也。岂惟托之而已,即篇中之人物,章法之结构,又无不同也。夫作者但托之楚襄王时事,而以景差、唐勒、宋玉之言点缀之而已,不幸其作者之名不传,后人不察,但见其篇中有宋玉之言;而宋玉赋有名,今其言皆在后,又以最善而获赏,遂贸贸然指为玉之所作耳。此亦犹之傅毅《舞赋》亦托之楚襄王、宋玉之事,其文本见《文选》,而《古文苑》中《舞赋》竟题为宋玉所作(按其文略有删削),非其显例也乎?使傅咸之《小语赋》而亦失其作者之名,后之人亦将指为宋玉作矣。何也?彼其所托者同也。

若夫为大小言者,晋宋以还,孳乳而浸多,此亦可证《古文苑》中之大、小言赋断不出于先秦之世。考昭明太子有《大言》韵语云:"观修鲲其若辙鲋,视沧海之如滥觞。经二仪而跼蹐,跨六合以翱翔。"又有《细言》韵语云:"坐卧邻空尘,凭附蟭螟翼。越咫尺而三秋,度毫厘而九息。"而沈约、王锡、王规、张缵、殷钧诸人并有大细言应令。沈约《大言》云:"隘此大泛庭,方知九垓局。穷天岂弥指?尽地不容足。"又《细言》云:"开馆尺棰余,筑榭微尘里。蜗角列州县,毫端建朝市。"王锡

《大言》云:“欲游五岳,迫不得申。杖千里之木,鲙横海之鳞。”又《细言》云:“冥冥蔼蔼,离朱不辨其实。步蜗角而三伏,经针孔而千日。”王规《大言》云:“俛身望日入,下视见星罗。嘘八风而为气,吹四海而扬波。”又《细言》云:“针锋于焉止息,发杪可以翱翔;蟊眉深而易阻,蚁目旷而难航。”张缵《大言》云:“河流既竭,日月俱腾。罝罗微物,动落云鹏。”又《细言》云:“邀游蚁目辨轻尘,蟊睫成宇虱如轮。”殷钧《大言》云:“噫气为风,挥汗成雨。聊灼戴山龟,欲持探邃古。”其《细言》云:“泛舟毛滴海,为政蜗牛角。逍遥轻尘上,指辰问南北。”凡此所称,其造意抒辞,皆彼此相袭,大同小异;而并不能出乎《大言》《小言》及《小语》诸赋范围之外。至所谓“应令”者,殆即应昭明太子之令。盖殷、张、二王,梁武帝时俱为太子舍人,并以文学为昭明所礼。而隐侯文学老辈,位居少傅,尤见敬重。意必太子燕饮赋诗,首倡此文,以助谐谑,故诸文学侍从之臣皆应令而为之。观其每人各赋一联,正与大、小言赋及《小语赋》之各以襄王、景差、唐勒、宋玉为词者相同;特一为假托,一为实事,一则联缀成篇,一则分别倡和而已。盖魏、晋以来大言小言之体制既为艺林所尚,而齐、梁间文人遂更以此竞相角逐。此又大言小言变迁之迹,分明可见者也。

又考魏、晋以来,崇尚清谈,士流相接,往往务为隽上谐谑之言以资笑乐。此较诸以大小言为咴嘲者尤相近,而益证知大、小言赋之必出于晋宋之世也。按《世说新语·排调篇》载荀鸣鹤与陆士龙二人未相识,俱会张茂先坐。张令其语,以其并有大才,可勿作常语。陆举手曰:“云间陆士龙。”荀答曰:“日下荀鸣鹤。”陆曰:“既开青云睹白雉,何不张尔弓,布尔矢?”荀答曰:“本谓云龙骙骙,定是山鹿野麋。兽弱弩彊,是以发迟。”张乃抚掌大笑。夫所谓不作常语者亦欲其各为大言以相胜也。而其言又皆有韵,此与大、小言赋何异?《殷芸小说》亦载陆士衡在座,潘安仁来,陆便起去。潘曰:“清风至,尘飞扬。”陆应声曰:“众鸟集,凤皇翔。”(见《续谈助》四。原注:出《语林》)此亦用非常之语为戏谑者。《世说·排调篇》又载桓温与殷仲堪语次,因共作了语。顾恺之曰:“火烧平原无遗燎。”桓曰:“白布缠棺竖旒旐。”殷曰:“投鱼深渊放飞鸟。”次复作危语。桓曰:“矛头淅米剑头炊。”殷曰:“百岁老翁攀枯枝。”顾曰:“井上辘轳卧婴儿。”殷有一参军在坐云:“盲人骑瞎马,夜半临深池。”殷曰:“咄咄逼人!”仲堪眇目故也。按此事《晋书》采入《顾恺之传》。夫曰“了语”,曰“危语”,本以游戏之言相角逐,亦赋大言小言之类。其辞不特有韵,复为联句,又与赋大小言者无不同也。又按《世说·言语篇》又载顾长康拜桓宣武墓,作诗云:“山崩溟海竭,鱼鸟将何依?”人问之曰:“卿凭重桓乃尔,哭之状其可见乎?”顾曰:“鼻如广莫长风,眼如悬河决溜。”或曰:“声如震雷破山,泪如倾河注海。”《晋书·顾恺之传》亦载其事。虽曰一人之言,与联语角赛有异,而形容夸大,务为过甚之辞。则尤绝类出于赋大言者之口。他若《排调篇》又载,习凿齿与孙绰未相识,同在桓公坐。桓语孙:“可与习参军共语。”孙云:“蠢尔蛮荆,敢与大邦为仇!”习云:“薄伐猃狁,至于太原。”盖习凿齿襄阳人,孙兴公太原人,故因《诗》以相戏也。又载王文度与范荣期俱为简文所要。范年大而位小,王年小而位大。将前,更相推在前;既移久,王遂在范后。王因谓曰:“簸之扬之,糠秕在前。”范曰:“洮之汰之,沙砾在后。”《晋书·孙绰传》又作绰与习凿齿语,而小有异同。至《排调篇》又载庾园客诣孙监,值行,见齐庄在外,尚幼,而有神意。庾试之曰:“孙安国何在?”即答曰:“庾稚恭家。”庾大笑曰:“诸孙大盛,有儿如此!”又答曰:“未若诸庾之翼翼。”还语人曰:“我故胜,得重唤奴父名。”若此之类,殆难弹述。夫遇事调笑,以相取胜,两晋人士,相习成风。证知《古文苑》所载大、小言赋非但不出于宋玉,且必与傅咸之《小语赋》同为一时之作矣。

(原载《华中学报》1937年第1卷第1期)

柏梁台诗考证

一　柏梁诗的著录

现今所传汉武帝与群臣在柏梁台上联句的七言诗是在什么书里记下来的呢？据我所知，它著录在唐代及唐以前的书至少有下列四种：(一)《东方朔别传》；(二)《汉武帝集》；(三)《艺文类聚》；(四)《古文苑》。

《世说新语·排调篇》："王子猷诣谢公。谢曰：'云何七言诗？'"刘孝标注引《东方朔传》曰："汉武帝在柏梁台上使群臣作七言诗。七言诗自此始也。"刘孝标未引《柏梁台诗》词，而《太平御览》三百五十二引《东方朔传》云："孝武元封三年，作柏梁台，召群臣有能为七言者，乃得上坐。卫尉〔曰〕：'周卫交戟禁不时。'"可证《东方朔别传》中本有此诗。(《初学记》十二职官部"卫尉卿"条下引此句只作"汉武《柏梁诗》"，未有"《东方朔传》"文。)又《初学记》十二职官部"御史大夫"条引《汉武帝集》曰："武帝作柏梁台，诏群臣二千石有能为七言者，乃得上坐。御史大夫曰：'刀笔之吏臣执之。'"《太平御览》二百二十五引此句也作《汉武帝集》。而宋敏求《长安志》三在"柏梁台"条下全载此诗，凡二十六句，也引《汉武帝集》[1]。可见《汉武帝集》中也有此诗。稍后，唐初人编的《艺文类聚》五十六"杂文部"也著录了这首诗，不过文字稍有不同。诗的小序是这样的：

---

[1] 按《长安志》此条引《三秦记》曰："柏梁台上有铜凤，名凤阙。"接着又引《汉武帝集》"武帝作柏梁台，诏群臣二千石有能为七言者，乃得上坐。帝曰：日月星辰和四时"云云，则是此诗本出《武帝集》。而张氏《二酉堂丛书·三秦记》辑本引《长安志》此条，竟多所增损，又删去"《汉武帝集》"四字。遂以为此诗出于《三秦记》，殊误。

汉孝武帝元封三年，作柏梁台，诏群臣二千石有能为七言者，乃得上坐。

这似乎参用了《东方朔传》及《汉武帝集》，因为从上文《御览》三百五十二所引的《东方朔传》及《初学记》十二所引的《汉武帝集》可以看出的。其次，《古文苑》八也载有《柏梁诗》，字句虽小有不同，序文则完全一样。（各本《古文苑》序文皆无“孝”字，“者”作“诗”。）以上是《柏梁诗》的来历。

此外顾炎武《日知录》二十一则谓此诗本出于《三秦记》。然考诸书所引《三秦记》并无及《柏梁诗》者，惟宋程大昌《雍录》三在“柏梁台”一条有这么一段：

……《三秦记》曰：“上有铜凤，名凤阙。”汉武作台，诏群臣二千石能为七言者，乃得上。“七言”者，诗也；句各七言，句末皆谐声，仍各述所职，如丞相则曰：“总领天下诚难哉。”大司农则曰：“陈粟万石扬以箕。”它皆类此。后世诗体句为一韵者，自此而始，名“柏梁体”。

此段所引的《三秦记》，界限不清，不能断定是否全属于《三秦记》的文字。但据宋敏求《长安志》于此亦引《三秦记》曰：“柏梁台上有铜凤，名凤阙。”以下则别引《汉武帝集》云云，因此知道《雍录》所引的《三秦记》，亦当限于“上有铜凤，名凤阙”七字而已。其下“汉武作台”一段，乃程氏引述旧说以明《柏梁诗》的由来，及其自言以解释《柏梁诗》的体制的。何况《三秦记》一书《唐志》已不见著录，想必亡佚已久。程大昌能不能看到它的全书，还是问题。所以《雍录》所引的《柏梁诗》的丞相和大司农两句，大概是程氏自己举的例子，而并非《三秦记》的原文。倘若顾炎武所说《柏梁诗》本出《三秦记》的话只是根据《雍录》，而并非别有所本，那或许是他一时偶尔的误会。由此看来，《柏梁诗》的出处，其可考者，较早的要算《东方朔别传》和《汉武帝集》，稍晚的就只有《艺文类聚》和《古文苑》。

今将《柏梁诗》的全文录出，而以文字不同的各本互校，正其讹误，列为下表：

柏梁诗(此诗据《艺文类聚》)	诸本异同	校勘正误
一、皇帝曰:“日月星辰和四时。”		
二、梁王曰:“骖驾驷马从梁来。”		
三、大司马曰:“郡国士马羽林才。”	按“才”诸本并作“材”。惟《艺文》及《长安志》引《汉武帝集》作“才”。	
四、丞相曰:“总领天下诚难治。”		按《雍录》引此句“治”作“哉”,当系涉下文“哉”字而误。
五、大将军曰:“和抚四夷不易哉!”		
六、御史大夫曰:“刀笔之吏臣执之。”		
七、大常曰:“撞钟击鼓声中诗。”	按“击”诸本并作“伐”。惟《艺文》及《长安志》引《汉武帝集》作“击”。	
八、宗正曰:“宗室广大日益滋。”		
九、卫尉曰:“周卫交戟禁不时。”		
十、光禄勋曰:“总领从官柏梁台。”	按《初学记》十二及《长安志》引《汉武帝集》,宋淳熙九卷本及瞿本、守山阁本、明成化本《古文苑》“官”并作“官”,惟《诗纪》作“宗”。	
十一、廷尉曰:“平理请谳决嫌疑。”	按《诗纪》“请”作“清”,《长安志》引《汉武帝集》,及九卷本、瞿本、守山阁本、明成化本《古文苑》并同《艺文》作“请”。	按“清”当作“请”。作“清”者,形近而误。

续 表

柏梁诗(此诗据《艺文类聚》)	诸本异同	校勘正误
十二、大仆曰:"循饰舆马待驾来。"	按"循"诸本并作"修"。"饰",《长安志》引《汉武帝集》及九卷本、瞿本、守山阁本、明成化本《古文苑》并作"饬"。惟《艺文》及《诗纪》作"饰"。	按《初学记》十二引作"牧拭舆马待警来"。疑"修"以声近误为"收",遂更以形近误为"牧"矣。"拭"与饰通。"警"则"驾"之误。
十三、大鸿胪曰:"郡国吏功差次之。"		
十四、少府曰:"乘舆御物主治之。"	按《长安志》引《汉武帝集》"主"作"工",诸本并作"主"。	按《艺文》,"之"本误作"扬",今正。
十五、大司农曰:"陈粟万石杨以箕。"		按《艺文》,"石"本误作"硕",今正。
十六、执金吾曰:"徼道宫下随讨治。"		
十七、左冯翊曰:"三辅盗贼天下危。"		
十八、右扶风曰:"盗阻南山为民灾。"		
十九、京兆尹曰:"外家公主不可治。"		
二十、詹事曰:"椒房率更领其材。"		按《艺文》,"材"本作"财"。
二十一、典属国曰:"恋夷朝贺常会期。"	按"会期"诸本并误作"舍其",惟《艺文》及《长安志》引《汉武帝集》不误。又《长安志》"贺"作"贡"。	按诸本作"舍其"者,皆以形近致讹。

续 表

柏梁诗(此诗据《艺文类聚》)	诸本异同	校勘正误
二十二、大匠曰:"柱枅薄栌相枝持。"	按"薄"《诗纪》作"欂",《长安志》引《汉武帝集》及九卷本、瞿本、守山阁本、明成化本《古文苑》并同《艺文》作"薄"。又《长安志》"枝"作"扶"。	
二十三、太官令曰:"枇杷橘栗桃李梅。"	按《御览》九百七十引此句"枇杷"作"查梨","桃李"作"李桃"。	
二十四、上林令曰:"走狗逐兔张罝罘。"	按"罝罘",瞿本及明成化本《古文苑》并作"罘罝",九卷本、守山阁本《古文苑》及《长安志》引《汉武帝集》并同《艺文》作"罝罘"。惟《诗纪》作"罘罳"。	按各本作"罝罘"及"罘罳"者,古韵皆同部可通。惟作"罘罝"者,则以形义皆近致讹。
二十五、郭舍人曰:"齧妃女唇甘如饴。"		
二十六、东方朔曰:"迫窘诘屈几穷哉!"		

诗中文字的不同,只是传写的错误,是不至成什么问题的。其中最可注意的,便是每句作者的身分排写的变动。上表每句诗上都冠以作者的身分,如"皇帝曰:日月星辰和四时","梁王曰:骖驾驷马从梁来"……全篇二十六句都是用这样形式排写的。这形式,我以为从记录《柏梁诗》的历史上看,是相当原始的。不但《艺文类聚》中这样排写,就是唐以前的书如《东方朔传》、《汉武帝集》,它们记录此诗,也是这样排写

的。例如:《初学记》十二“职官部”下引《汉武帝集》:“御史大夫曰:刀笔之吏臣执之。”(按《御览》二二五引同。)又同卷引《柏梁诗》:“光禄勋曰:总领从官柏梁台。”又同卷引此诗:“卫尉曰:周卫交戟禁不时。”(按《御览》三五二引此作“《东方朔传》”,“卫尉”下脱“曰”字。)又同卷引此诗:“太仆曰:牧拭舆马待警来。”(按此句有误,说见表。)又《御览》九百七十引此诗:“太官令曰:查梨橘栗李桃梅。”而《长安志》引《汉武帝集》中的《柏梁诗》也是在这种形式之下排写的。这些都可证明古本的《柏梁诗》,其排写的原始形式原来如此。到了《古文苑》里,这形式被打破了,变成这个样子:

日月星辰和四时 帝
骖驾驷马從梁来 梁王

它把作者的身分移注在每句诗的下面右侧,而取消一“曰”字。同时,除一部分句子外,又在每句下面的左侧都添上了作者的姓名。例如:

(二)梁王 孝王武　(四)丞相 石庆　(五)大将军 卫青　(六)御史大夫 兒宽
(七)太常 周建德　(八)宗正 刘安国　(九)卫尉 路博德　(十)光禄勋 徐自为
(十一)廷尉 杜周　(十二)太仆 公孙贺　(十三)大鸿胪 壶充国　(十四)少府 王温舒
(十五)大司农 张成　(十六)执金吾 中尉豹　(十七)左冯翊 盛宣　(十八)右扶风 李信成
(二十)詹事 陈掌　(二十五)郭舍人　(二十六)东方朔

这是很可注意的:因为不但作者的身分已被移在句下,而且添注了大部分的作者姓名。尤其诗中的(十九)京兆尹、(二十一)典属国、(二十二)大匠、(二十三)太官令、(二十四)上林令等句下并不添注人名,以及(二十五)郭舍人的不知名字,(二十六)东方朔的不注官职,却是更可注意的。

二 旧说的检讨

于此，我预先声明：我并不想拥护《柏梁诗》的传说的时代。我不过要彻底检讨前人怀疑此诗的论据能否站得住，想从此更进一步来推证《柏梁诗》的真正的时代。

顾炎武曾经怀疑柏梁联句为后人所拟作。他在《日知录》里说：

> 汉武《柏梁台诗》，本出《三秦记》，云是元封三年作。而考之于史，则多不符。按《史记》及《汉书·孝景纪》，中六年，夏四月，梁王薨。《诸侯王表》，梁孝王武立，三十五年薨，孝景后元年，共王买嗣，七年薨。建元五年，平王襄嗣，四十五年薨。《文三王传》同。又按《孝武纪》，元鼎二年春，起柏梁台，是为梁平王之二十二年；而孝王之薨至此已二十九年。又七年，始为元封三年。……又按平王襄之十年，为元朔二年，来朝；其三十六年，为太初四年，来朝，皆不当元封时。又按《百官公卿表》郎中令，武帝太初元年，更名光禄勋。典客，景帝中六年，更名大行令；武帝太初元年，更名大鸿胪。治粟内史，景帝后元年，更名大农令；武帝太初元年，更名大司农。中尉，武帝太初元年，更名执金吾。内史，景帝三年，分置左右内史；右内史，武帝太初元年，更名京兆尹；左内史更名左冯翊。主爵中尉，景帝中六年，更名都尉；武帝太初元年，更名右扶风。凡此六官，皆太初以后之名，不应预书于元封之时。又按《孝武纪》，太初元年冬，十一月，乙酉，柏梁台灾。夏五月，正历，以正月为岁首；定官名。则是柏梁既灾之后，又半岁而始改官名；而大司马大将军则薨于元封之五年，距此已二年矣。反覆考证，无一合者。盖是后人拟作，剽取武帝以来官名，及《梁孝王世家》乘舆驷马之事以合之，而不悟时代之乖舛也。（卷二十一）

接着他又补充一条说：

> 按《世家》，梁孝王二十九年（原注：《表》孝景前七年）十月，入朝，景帝使使持节，乘舆驷马，迎梁王于阙下。臣瓒曰："天子副

车驾驷马。”此一时异数，平王安得有此？

顾氏这段考证，包括好几方面。我把它归纳起来，约有下列数点：

一、诗序所称赋诗的年代——元封三年，与作者的年代如梁孝王不符。

二、即使诗中作者之一的梁王为梁平王，也与事实不符；因为元封年间，平王并未朝京师。

三、即使平王在元封年间来过京师，也未必有孝王那样驂驾驷马的异数。

四、诗中所称作者的官名，大半是太初元年所改，在元封之后数年。若元封三年登台赋诗，何得预书太初所改的官名？改官名的时候，柏梁台早已化为灰烬了。

五、即使登台赋诗在太初改官名之后，而大司马大将军卫青前两年（元封五年）已经死了，他不能参加这个盛会了。

这是一个多么厉害的攻击！这攻击的包围圈四面八方毫无缺口，一点也不放松，几乎无法反击。《柏梁诗》的不可靠大概没有问题了。然而问题并没有这么简单，想替旧说辩护的人还有话说。于此，我不妨试作一次假定的辩护。

关于顾说的一、二、三，三点是互相关连的，应该并在一起来讨论。这儿他的主要攻击点是诗的小序和作者的人名。但这些都是后人添上的，不足为据。就先说序文罢：《初学记》十二、《御览》二百二十五及《长安志》所引的都没有“元封三年”四字，而《艺文类聚》、《御览》三百五十二及《古文苑》所引的又都有“元封三年”四字。各书所引，有的据《汉武帝集》，有的据《东方朔传》，虽然详略不同，而都称武帝的谥号。试问，这不是后人所加的明证吗？章樵注《古文苑》，看见“元封三年”的字样不合史实，有点奇怪，就特为解释一番，说是柏梁台建于元鼎二年，登台赋诗却在元封三年。这话虽然说得过去，其实是不必解释的。因为“元封三年”的话止是后世相传如此，偶尔被人们记录下来，原不必视为正确的史料。这正如《文选》中的《长门赋序》一样，顾氏也曾据此序以疑《长门赋》的作者决非司马相如（见《日知录》十九）。其实，那赋序显然是后人或《文选》的编者加上去的。虽然“《长门》、《上林》

决非一家之赋”（本《南齐书·陆厥传》文），但顾氏所攻击的止是赋序，而不是赋的本身，自然是不相干的。所以他单从诗序以为考证的根据，也自然是同样地不可靠。何况“孝王武”等等人名，明明是章樵注《古文苑》所加的呢（说详下文）？

顾说的四、五两点，是诗中官名的问题。关于这，也有讨论的余地。因为序文和人名都是后人所加的，所以我们不必顾虑到序文与人名间的矛盾，也不必顾虑到序文与官名和人名与官名的矛盾。所以诗中那些太初以后的官名，就很可以不费力的作如下的解释：

一、登台赋诗的事既在太初以前，则诗中原有的官名当然也是太初以前的官名。现在所有太初以后的官名，大概是后人所追改的。《汉书·东方朔传》对武帝的问，就有许多是太初以后的官名，而谈话时不必在太初以后。

二、诗中既多注太初以后的官名，那么登台赋诗也许就是太初元年以后的事，甚至晚到武帝后二年，都是可能的。

不过这么一讲，第一点似乎没有问题，而第二点就会有人问：一、柏梁台在太初元年十一月已经化为灰烬了，那里还有登台赋诗的事呢？二、武帝太初以前的大司马大将军只有一个卫青，而卫青死于元封五年。若事在太初以后，试问这个大司马大将军是谁呢？其实，这也是不难解答的。柏梁台被灾以后，也许不久就重建起来了。《汉书·武帝纪》，是年二月，起建章宫，就是柏梁台建筑的扩大。只看《汉书·郊祀志》：“柏梁灾……粤人勇之曰：‘粤俗，有火灾，复起屋，必以大，用胜服之。’于是作建章宫，度为千门万户。其东则凤阙，高二十余丈。”试想，这样大规模的建章宫，其中不会有一部分建筑物保存着原有的柏梁台的形式，我们不能相信。东边二十余丈高的凤阙，很可能就是新建的柏梁台。因为柏梁台上有铜凤，故名凤阙，见《三秦记》（引见前）。所以太初元年柏梁灾后，大可不必担心没有高台赋诗。至于卫青死后，在《汉书·百官公卿表》里，从元封六年以迄后元元年，十八年中，不见有大司马大将军。但《公卿表》多阙文，前人早已指出。继卫青而为大司马大将军的，史或失载。然而这次盛会若移在后元二年来举行，则一切问题都解决了。因为那年二月，侍中奉车都尉霍光已荣膺大司马大将军的要职了。倘若撇开那后人所加的序文和人名不管,我们有什么理由能说这回盛会不可能在后元二年举行呢?

此外顾氏所持的理由只剩下“骖驾驷马”和元封间梁平王没有朝京师两点了。我以为这些问题也是极容易解决的。驷马不一定是天子的副车。《汉书·高帝纪》,田横乘传诣洛阳。如淳注:“律:四马高足为置传,四马中足为驰传,四马下足为乘传。”《后汉书》三十九刘昭补《舆服志》注引《逸礼王度记》曰:“天子驾六马,诸侯驾四。”又引许慎说,以为天子驾六,诸侯及卿驾四。是则骖驾驷马正是诸侯本分,何得称为异数?孝王可以驾驷马,平王乃至其子顷王又何尝不可以驾驷马呢?至谓元封间平王没有朝京师的事,又安知非史偶失书?而何况所谓“元封”者,乃后人所加的序文,本来就不可信据?所以顾氏这个理由也是难以成立的。

其次,讨论诗句下面分注的人名。

诗句下面自梁孝王武以下那些人名,显然是注《古文苑》的章樵根据《汉书·百官公卿表》加入的。在《东方朔传》、《汉武帝集》、《艺文类聚》,乃至韩元吉的九卷本《古文苑》,都没有人名,便是显明的证据。所以钱曾《读书敏求记》云:“旧本但称官位,自(章)樵增注,妄以其人实之,因以启后人之疑。”钱熙祚《古文苑校勘记》亦云:“九卷本但注官名,与《艺文类聚》合。章氏妄以其人实之,后人遂疑此诗为依托,失考甚矣!”今按《古文苑》于此诗所注人名,自梁孝王至詹事陈掌,凡十七人。其中除第一句为皇帝所倡,不须注明外,余如大司马、京兆尹、典属国、大匠、太官令、上林令等句,都不注人名,而郭舍人有姓无名,东方朔有姓名而无官位。这种现象究竟是怎么回事呢?我们若肯稍加思索一下,便可从这些残缺不全的人名里发现它的原因。原来添注那些人名,只是注者查了查《汉书·百官公卿表》的。而《公卿表》并不载大匠、太官令、上林令等低级的官。还有《表》中所记的公卿姓名也不完全,但有其官而无其人者颇不少。如元封三年的京兆尹和典属国为谁,就阙而不载。所以凡《表》中所无的,他根本就注不出来。郭舍人的名字于史无考;东方朔在武帝朝何时为何官,史无明文,所以也注不出来。只有陈掌为詹事,见于《汉书·霍去病传》[1],算是章氏从《公卿表》以外查出来的。他只是约计陈掌的时代当在武帝时,就拿他来充数。其实,《霍传》只有“少儿更为詹事陈掌妻”之文,并不能定他为詹事究在何年,是否就在登台赋诗的时候更不得而知。然而陈掌的注出,总算是章樵的本事了。可是注子里还闹了两个大笑话:第一个大笑话是在第二句下的“梁王”注“孝王武”。他似乎习熟梁孝王的贵盛,又见诗中“骖驾驷马”的话与《汉书》景帝使以乘舆驷马迎于阙下之文相合,有如顾氏所疑者,便误以为梁王即梁孝王,而不考其时代相去之远。第二个大笑话便是在第十六句下的“执金吾”注“中尉豹”。考《公卿表》,武帝太初元年,改中尉为执金吾。是执金吾即中尉,不应于其下更注以“中尉豹”三字。所以然者,因他只见表中元鼎六年,有“少府豹为中尉”之文,——豹是中尉的名,史佚其姓。他就依样葫芦地注上“中尉豹”的字样。很容易使人误会这位执金吾就是姓中尉名豹的了。凡此所注的人名与官名及序文间的矛盾,都应该由章樵负责,而与诗的本身无关,不能作为判断的根据。

所以顾炎武怀疑《柏梁诗》的理由不能成立。

三　柏梁诗的时代的推测

依照上文检讨的结果,《柏梁诗》的时代似乎不成问题了。可是大谬不然。因为下面几个疑点现在还没有法子解答:

一、关于柏梁赋诗的事,在《汉书》里一点影子也没有。不但《武帝本纪》没有,《东方朔传》没有,连任何有关的传志也找不出踪影来。更奇怪的,武帝元鼎二年春,起柏梁台;太初元年十一月,乙酉,柏梁台灾,都见于《帝纪》,而台灾的事又特著之于《五行志》及《夏侯始昌传》中。何独于登台赋诗一段极新鲜而有趣味的掌故,竟如“羚羊挂角,无

① 按陈掌为陈平曾孙,见《史记·陈丞相世家》及《汉书·王陵传》。

迹可求”①？

二、元封二年，武帝至瓠子，临决河，命从臣将军以下，皆负薪塞河堤，作《瓠子之歌》。既书其事于《帝纪》，复据《史记·河渠书》载其歌辞于《沟洫志》。《李夫人歌》既载其事于《外戚传》，又著其事于《郊祀志》。(《外戚传》又载《佳人歌》及《悼李夫人赋》)太初四年春，贰师将军李广利斩大宛王首，获汗血马来，作《西极天马之歌》。其事既著于《本纪》，歌辞又载于《礼乐志》(与《史记·乐书》异)。《本纪》元封五年，又载武帝巡狩，至盛唐枞阳，作《盛唐枞阳之歌》。而《礼乐志》中其他诗歌还不算。《汉书》这样地欢喜载诗歌，果真有柏梁联句的事，反而不载，岂非怪事？

三、从诗中以大司马大将军分属两人一点看来，不能令人无疑。试看《百官公卿表》关于大司马的历史：武帝元狩四年，初置大司马，以冠将军之号。宣帝地节三年，置大司马，不冠将军，亦无印绶官属。成帝绥和元年，初赐大司马金印紫绶，置官属，禄比丞相，去将军。哀帝建平二年，复去大司马印绶官属，冠将军如故。元寿二年，复赐大司马印绶，置官属，去将军，位在司徒上。

据此，前汉一代大司马与大将军的离合关系，约可分为四个时期。即：

第一期，(武帝时)大司马冠将军。

第二期，(宣帝及成帝时)大司马不冠将军。

第三期，(哀帝建平时)大司马冠将军。

第四期，(哀帝元寿时)大司马不冠将军。

所谓冠将军者，就是把大司马的头衔加在将军之上，共为一官的意思，如大司马大将军，大司马卫将军之类。武帝初设大司马时，只是用“以冠将军之号”的。而《柏梁诗》却是大司马一句，大将军又一句，显然的大司马和大将军分家了。这岂是武帝朝所应有的现象？

四、《周官》六卿，首称冢宰；所以古代都以宰相为百官之首。《汉

---

① 《御览》九百五十四引《汉书》曰：“武帝造柏梁殿，与群臣宴其下。”夹注云：“又云：作柏梁台也。”今《汉书》无此文，当是误引。

书·百官公卿表》首相国丞相，次太尉（后为大司马），次御史大夫。丞相照例是在太尉或大司马前面的。我们试再看《汉书·霍光传》，载光请废昌邑王贺时群臣签名的次序也是如此：

丞相臣（杨）敞
大司马大将军臣（霍）光
车骑将军臣（张）安世
度辽将军臣（范）明友
前将军臣（韩）增
后将军臣（赵）充国
御史大夫臣（蔡）谊
……

这一次的政变本来是霍光发动的，而且实权也在他手里。然而签名上奏，还不得不让丞相杨敞领衔，而自己屈居其次；因为这是当然的。除非在特别情形之下，如宣帝甘露三年，“上思股肱之美，乃图画其人于麒麟阁，法其形貌，署其官爵姓名”，才把大司马大将军博陆侯霍氏置于第一，而丞相高平侯魏相，及博阳侯丙吉反居其次，且在副将军之后。因宣帝要纪念霍光拥立的功劳，所以才特别推重他。这是一个特殊情形。而柏梁联句的次第，丞相反居大司马后，从这一点看，恐怕不是当时的实录。

《柏梁诗》究竟是什么时代的作品呢？要解答这问题，单注意七言诗的起源是不够的。因为从广泛的七言诗看来，西汉时代是已经有了。与《柏梁诗》同时的如司马相如的《凡将篇》，它在各书中被保存的逸句都是七言。稍后如史游的《急就篇》，其中大部分的句子也都是七言诗的雏形。甚至句句用韵，及一种幼稚朴拙的作风亦复相同。又同时东方朔有八言七言上下，今虽不传，而他的射覆辞至少在形式上与《柏梁诗》一样[①]。所以如果只从七言诗的起源上来看，《柏梁诗》是不会有多

---

① 《汉书·东方朔传》载朔射覆之辞曰：“臣以为龙又无角，谓之为虵又无足。跂跂脉脉善缘壁，是非守宫即蜴蜥。”又《朔传》有八言七言上下，注家或以为八言七言诗各有上下篇。

大问题的。因为在时代相同的一个旁证上,它很可以使我们满意,而减少怀疑的理由。然而单凭这一点不能作为可靠的保证。为了种种疑点,为了要探究这诗的较为正确的时代,我们还不能够放松。

《柏梁诗》的重要性是在它的大规模联句体,同时还带有谐谑的意味。首先讲联句诗的历史罢:在同题同韵的原则下,二人以上,每人作一句或数句,凑合成为一首诗,名联句诗。这本来是一种文学游戏,文人们常常利用这种游戏来消遣。然而它必须在文学技术较为熟练的条件下才有发生的可能。从文学史诗的发展程序上看,汉武帝时不应该有这样大规模的七言联句诗。联句诗起源于晋初、而前此未有。(昔人有谓《式微》一诗为联句诗者,恐不可信。)《玉台新咏》有贾充与其妻李夫人的连句五言诗三首,可算是联句诗的鼻祖(见后),但在联句诗体发生以前,应该经过一个阶段,这便是建安时代的同题共咏。例如:王粲、应玚、刘桢、阮瑀都有《公讌诗》;曹植、王粲、阮瑀都有《七哀诗》;曹植、应玚、刘桢都有《斗鸡诗》;魏文帝、徐幹都有《见挽船士新婚与妻别诗》;魏文帝、曹植都有《寡妇诗》[①];曹植、刘桢都有《赠徐幹诗》;曹植、王粲、阮瑀都有《咏三良诗》[②]。而其他《杂诗》、《情诗》及多数相同的乐府诗还不在内。又同题共咏的作风并不只限于作诗,作赋也每每如此:魏文帝、曹植及建安诸子集中都有《车渠椀》、《迷迭香》、《大暑》、《愁霖》、《槐》、《柳》等赋,便是明显的例证。这些同题共咏的诗赋便是联句的先声。经过了这一阶段,联句的风气才渐渐地盛起来。

从此以后,联句便朝着三个方向发展,而多半带着游戏或谐谑的意味。这就是(一)谈话;(二)咏诗;(三)作赋。为了说得更切合一点,我称之为“联句语”,“联句诗”,“联句赋”。它们原则上都是韵文。

现在依次引证如下:

一、《世说新语·排调篇》载:“荀鸣鹤陆士龙二人未相识,俱会张茂先坐。张令其语。以其并有大才,可勿作常语。陆举手曰:‘云间陆士龙。’荀答曰:‘日下荀鸣鹤。’陆曰:‘既开青云睹白雉,何不张尔弓,

---

① 曹植诗只有二逸句,见《文选》谢灵运《庐陵王墓下作诗》注引。

② 王粲《咏史诗》一首乃咏三良者。阮瑀《咏史诗》二首,其第一首亦咏三良。

布尔矢?'荀答曰:'本谓云龙骙骙,定是山鹿野麋。兽弱弩强,是以发迟。'张乃抚掌大笑。"《续谈助》四载殷芸《小说》:"陆士衡在座,潘安仁来,陆便起去。潘曰:'清风至,尘飞扬。'陆应声曰:'众鸟集,凤皇翔。'"《世说·言语篇》:"谢太传寒雪日内集,与儿女讲论文义。俄而雪骤,公欣然曰:'白雪纷纷何所似?'兄子胡儿曰:'撒盐空中差可拟。'兄女曰:'未若柳絮因风起。'公大笑乐。"又《排调篇》:桓南郡与殷荆州语次,因共作了语。顾恺之曰:'火烧平原无遗燎。'桓曰:'白布缠棺竖旒旐。'殷曰:'投鱼深渊放飞鸟。'复次作危语。桓曰:'矛头淅米剑头炊。'殷曰:'百岁老翁攀枯枝。'顾曰:'井上辘轳卧婴儿。'殷有一参军在坐,云:'盲人骑瞎马,夜半临深池。'殷曰:'咄咄逼人!'仲堪眇目故也。"此外《排调篇》所载习凿齿与孙兴公,王文度与范荣期相谑的谈话,虽然无韵,也是属于"联语"一类的。而谢安等的谈话,事实上是在做咏雪的联句诗了。桓温等的所谓"了语"、"危语"也实际等于七言联句诗了。魏、晋以来,崇尚清谈,一般士大夫遇事调笑,以相取胜,这自然是一种时代风气。

二、《玉台新咏》十载贾充与妻连句诗云:"室中是阿谁,叹息声正悲?"(贾公)"叹息亦何为,但恐大义亏。"(夫人)"大义同胶漆,匪石心不移。"(贾公)"人谁不虑终?日月有合离。"(夫人)"我心子所达,子心我所知。"(贾公)"若能不食言,与子同所宜。"(夫人)每人两句,韵同意贯,是最早的联句诗。晋、宋以后,为此体者渐众。如谢朓集有《阻雪连句遥赠和》、《还涂临渚》、《纪功曹中园》、《闲坐》、《侍筵西堂落日望乡》、《往敬亭路中》、《祀敬亭山春雨》等首,何逊集有《拟古》、《往晋陵》、《范广州宅联句》、《相送》(凡三首)、《至大雷》、《赋咏联句》、《临别》、《增新曲相对》、《照水》、《折花》、《摇扇》、《正钗》等首,都是五言联句诗。参加联句者,至少二人,多至五六人。每人四句,每首一韵(何集《增新曲相对》一首四人两韵,独为例外)。合之则为一诗,分之又为各自独立的绝句。这是和以前不同的地方。如著名的范云《别诗》就是与何逊的联句。"洛阳城东西,却作经年别。昔去雪如花,今来花似雪"四句,本在何集《范广州宅联句》中,是一首绝妙的绝句诗。

三、傅咸《小语赋》云："楚襄王登阳云之台，景差、唐勒、宋玉侍。王曰：'能为寡人小语者处上位。'景差曰：'公蔑之子，形难为象，晨登蚁埃，薄暮不上。朝炊半粒，昼复得酿。烹一小虱，饱于乡党。'唐勒曰：'攀蚊髯，附蚋翼，我自谓重彼不极。邂逅有急相切逼，窜于针孔以自匿。'宋玉曰：'折薜足以为棹，舫粒糠而为舟；将远游以遐览，越蝉溺以横浮；若涉海之无涯，惧淹没于洪流。弥数旬而汔济，陟虮蚁之崇丘。未升半而九息，何时达乎杪头！'"[①]这便是联句体的辞赋，与《古文苑》二所载的宋玉《大言赋》、《小言赋》其体制风格完全相同。宋玉《大言赋》开首说："楚襄王与唐勒、景差、宋玉游于阳云之台。王曰：能为寡人大言者上座。"《小言赋》开首也说："贤人有能为小言者，赐之云梦之田。"两赋中间都假托唐勒、景差、宋玉诸人的口吻分述至大至小的事物，务求相胜，以为笑乐。从体裁作风上看，它们的时代必不甚相远[②]。这种游戏体的联句赋也是一时的风气。后来齐梁文人如昭明太子的《大言韵语》、《细言韵语》，沈约、王锡、王规、张缵、殷钧等的《大言应令》、《细言应令》，都是从此而出。以上所举的联句语、联句诗和联句赋，形式虽有不同，实质却是一个东西，都是联句式的俳谐文。试拿《柏梁诗》来比较一下，每人一句的韵语，可以说是联句语，也可以说是联句诗，也可以说是联句赋。甚至连那序文说不定就是后人从傅咸等的大小言赋模仿钞袭而来的。而尤可注意者，是下面一些句子：

左冯翊曰："三辅盗贼天下危。"
右扶风曰："盗阻南山为民灾。"
大匠曰："柱枅薄栌相枝持。"
太官令曰："枇杷橘栗桃李梅。"
上林令曰："走狗逐兔张罘罳。"
郭舍人曰："齧妃女唇甘如饴。"
东方朔曰："迫窘诘屈几穷哉。"

---

① 按傅咸本尚有《大言赋》，今不存。惟《御览》六百九十二引两句云："要佩六气，首戴天文。"

② 鄙著宋玉《大小言赋考》有专论，见民国二十六年《华中学报》。

显然是在开玩笑,尤其是最后两句,乃沈德潜所尝疑的郭舍人敢于大君之前,狂荡无礼,东方朔敢于以滑稽语为戏者。不仅以上那些句子如此,就连丞相说的"总领天下诚难治",大将军说的"和抚四夷不易哉",京兆尹说的"外家公主不可治"等语,无不带有滑稽的意味。所以《柏梁诗》全首几有一半是以玩笑的态度出之。这一点与上举的联句式俳谐文如出一辙。而上举的那些例子没有一个在西晋以前,这也就暗示了《柏梁诗》的时代。其次《柏梁诗》为七言,七言诗在晋初还被认为俗体,至少是新体。挚虞《文章流别》云:"七言者,于俳谐倡乐用之。"傅玄《拟四愁诗序》云:"张平子作《四愁诗》,体小而俗,七言之类也。"所以魏、晋之世,文人少有作者,而谢安还不甚了解"云何是七言诗"。七言诗只不过供文人们的谈助和开玩笑而已。试看从后汉末年戴良的"失父零丁"[①]直至东晋时代的"了语""危语"无不如此。如果我们明白七言诗在魏、晋时的地位,则《柏梁诗》托于古人以文为戏,就不足为奇了。

除此之外,我觉得还有许多迹象暗示着《柏梁诗》的时代。

第一,登台作赋,且同题共咏的事始于建安。《三国志·魏书》十九《陈思王植传》:"时邺铜爵台新成,太祖悉将诸子登台,使各为赋。植援笔立成,可观。"又《艺文类聚》六十二居处部载魏文帝《登台赋序》云:"建安十七年春,□游西园,登铜爵台,命余兄弟并作。"今文帝及陈王的赋具在[②],论其事的性质及登台者的身分,柏梁联句是一个无独有偶的天然对比,假如汉武君臣有柏梁赋诗的事,文帝兄弟奉命作赋,自然是再好没有的典故了。今二赋中根本不提此事,这就说明汉末魏初柏梁联句还未出现,所以他们都不知道这一回事。不然,岂有一字不提之理?

---

① 戴良《失父零丁》略云:"敬白诸君行路者:敢告重罪自为积,恶致灾交天困我,今月七日失阿爹。念此酷毒可痛伤。当以重币缯用相当(按此句有衍文)。请为诸君说事状:我父躯体与众异,脊背伛偻卷如葴,唇吻参差不相值。此其庶形何能佣?……"见《御览》五百九十八。

② 二赋并见《艺文》六十二。陈思王赋又见《魏志》本传注及《初学记》二十四。

第二,《柏梁诗》始见称于世,今可考者,大概不能早于西晋。《御览》五百八十六引颜延之《庭诰》有云:“挚虞文论,足称优洽,《柏梁》以来,继作非一,所纂至七言而已。”由此看来,似乎挚虞的《文章流别集》已经录入《柏梁诗》了。果属如此,则《柏梁诗》可能是黄初以后,太康以前的人所依托的(二二〇—二八〇)。但《庭诰》那段文字不甚明白,照文势看,《文章流别集》纂录过七言诗是无疑的;至于有无《柏梁》一诗,现在还不敢断定。但无论如何,颜延之曾经看见过《柏梁诗》则决无疑问。

第三,《柏梁诗》的最早摹仿者也是在刘宋时代。按《艺文》五十六“杂文部”载宋孝武帝华林都亭曲水联句,效“柏梁体”云:“九宫盛事予旒纩(宋孝武帝),三辅务根诚难亮(扬州刺史江夏王臣义恭)。策拙枌乡惭恩望(南徐州刺史竟陵王臣诞),折衡莫效兴民谤(领军将军臣元景)。侍禁卫储恩逾量(太子右率臣畅),臣谬叨宠九流旷(吏部尚书臣庄)。喉唇废职方思让(侍中臣偃),明笔直绳天威谅(御史中丞臣颜师伯)。”在此以前,并无效“柏梁体”者。这也是《柏梁诗》的时代不能太早的暗示。在此以后,仿作者渐多,有梁武帝清暑殿联句“柏梁体”一首十二句,梁元帝清言殿作“柏梁体”一首三句(疑有脱文),并见《艺文》五十六。更后则唐中宗曾两度举行过联句的盛会,也用“柏梁体”①。

第四,《柏梁诗》自颜延之《庭诰》以后,六朝人渐多有道及之者。刘孝标注《世说新语》引《东方朔传》云:“汉武帝在柏梁台上使群臣作七言诗。七言诗自此始也。”(引见前)又《文心雕龙·明诗篇》云:“孝武爱文,柏梁列韵。”又云:“联句共韵,则《柏梁》余制。”又《时序篇》云:“孝武崇儒,润色鸿业,礼乐争辉,辞藻竞骛。《柏梁》展朝讌之诗,《金堤》制恤民之咏。”证知此一时期,《柏梁诗》已为人所习知,遂亦为人所乐道,而前此文人则罕有提及。此亦可暗示《柏梁诗》出诗甚晚。

第五,魏、晋以来,小说家多杜撰汉武帝和东方朔的故事,有如《汉武故事》、《汉武内传》、《别国洞冥记》、《述异记》等书所述,甚为荒诞。

---

① 见《唐诗纪事》一及《全唐诗话》一。

其中一部分并且造为诗歌,俨同实录。例如《落叶哀蝉曲》见于《拾遗记》卷五;《玄灵》二曲,《步玄》之曲,及王母侍女田四飞答歌,见于《汉武内传》;《秋风辞》见于《汉武故事》[1];而《青吴春波回风》等曲名又并见于《洞冥记》卷三及卷四。《拾遗记》苻秦方士王嘉所撰;《汉武内传》亦魏、晋间人所为;《汉武故事》唐人以为王俭所造[2];《洞冥记》亦出六朝人所虚构。由此推之,汉武帝命群臣柏梁联句的事盖亦此类。

据上论述,《柏梁诗》的时代大抵不能早于魏、晋之世。

四 余 论

《柏梁诗》本见于《东方朔别传》及《汉武帝集》,而柏梁赋诗的事本又见于《三辅旧事》。《别传》猥琐,多出后人附会,固不可信;《武帝集》亦颇有伪篇;《旧事》之书又较晚出,均不足为据。今更以次附论于此。

《史通·杂说》上论诸汉史云:"《汉书·东方朔传》,委琐烦碎,不类诸篇。且不述其亡殁岁时,及子孙继嗣,正与司马相如、司马迁、扬雄传相类。寻其传体,必曼倩之自叙也。但班氏脱略,故世莫之知。"东方朔有无自叙,固无可考;《汉书·东方朔传》是否即本东方自叙,更不得而知。然而刘知幾这话极有见地。我们姑且承认此说。传中所述射覆谐隐之辞,及馆陶公主近幸董偃的事,何等琐碎,尚且详悉如此,岂有柏梁赋诗大事,躬与其盛,自叙反遗而不载,班书或弃而不收之理?由此说来,班氏撰《汉书》时,尚不知有柏梁联句的传说,极堪认定。况且传末于记载东方著述后,特明著之曰:"凡向所录朔书具是矣,世所传他事,皆非也。"颜师古注:"如《东方朔别传》及俗用五行时日之书,皆非实事也。"又《传赞》云:"朔之诙谐,逢占,射覆,共事浮浅,行于众庶,儿童牧竖,莫不眩燿。而后世好事者,因取奇言怪语,附著之朔,故详录

---

① 按《文选》四十五《秋风辞序》"上行幸河东"以下七句,冯惟讷《诗纪》一引作《汉武故事》。今本《故事》无此文。

② 见《郡斋读书志》引张柬之《洞冥记跋》。

焉。”颜注：“言此传所以详录朔之辞语者，为俗人多以奇异妄附于朔故耳。欲明传所不记，皆非其实也。”由此看来，即使此时已有柏梁联句的传闻，而在班固心目中是认为不可靠的。关于东方朔的传说，班固时已经那么多，后人愈加附会，传说便一天天多起来，真是“奇怪惚恍，不可备论”了。于是正史以外的东方事迹，便被人杂采传闻及小说，成为一种“别传”，与左慈、管辂等别传同科。所以即使班固根据东方自叙为传，或者竟看见过什么别传之类，不难想像他所见到的远不如魏、晋以后所见到的那么多，更远不如刘孝标以下等人所见到的多，那是可以断言的。例如郭舍人救武帝乳母一事，本见于褚先生补《史记·滑稽传》：

武帝少时，东武侯母常养帝。帝壮时，号之曰大乳母。……乳母家子孙、奴、从者，横暴长安中，当道掣顿人车马，夺人衣服。闻于中，不忍致之法。有司请徙乳母家室，处之于边，奏可。乳母当入，至前面见辞。乳母先见郭舍人，为泣下。舍人曰：“即入见，辞去，疾步，数还顾。”乳母如其言，谢去，疾步，数还顾。郭舍人疾言骂之，曰：“咄！老女子，何不疾行？陛下已壮矣，宁尚须汝乳而活邪？尚何还顾？”于是人主怜焉，悲之，乃下诏，止无徙乳母，罚谪谮之者。（见《史记》一百二十六）

到了《西京杂记》里，却已经变成为东方朔的传说了：

武帝欲杀乳母，乳母告急于东方朔。朔曰：“帝忍而愎。旁人言之，益死之速耳。汝临去，但屡顾我，我当设奇以激之。”乳母如言，朔在帝侧，曰：“汝宜速去！帝今已大，岂念汝乳哺时恩邪？”帝怆然，遂舍之。

《世说新语·规箴篇》也载了这个故事：

汉武帝乳母尝于外犯事，帝欲申宪。乳母求救于东方朔。朔曰：“此非唇舌所争尔，必望济者，将去时，但当屡顾帝，慎勿言，此或可万一冀耳。”乳母既至，朔亦侍侧，因谓曰：“汝痴耳！帝岂复忆汝乳哺时恩邪？”帝虽才雄心忍，亦深有情恋。乃凄然愍之，即赦免罪。

褚少孙是汉元成间人，他所听到的关于郭舍人的故事，晋、宋以来，竟是属于东方朔的了。这就证明了有关东方朔的传说始终在不断地增加。《东方朔别传》一书大概就是这样一天天累积起来的。又如《御览》四百五十七引《东方朔别传》云：

孝武皇帝时，人有杀上林鹿者。武帝大怒，下有司煞之。……东方朔时在旁，曰："是人罪一，当死者三：使陛下以鹿之故煞人，一当死〔也〕；使天下闻之，皆以陛下重鹿贱人，二当死也；匈奴即有急，推鹿触之，三当死也。"武帝默然，遂释杀鹿者之罪。（按又略见同书九百六）

这显然是好事者从《晏子春秋》钞袭来的。《晏子春秋》一有一条记载：

景公有马，其圉人杀之。公怒，援戈将自击之。晏子曰："此不知其罪而死。臣请为君数之，令知其罪而杀之。"公曰："诺。"晏子举戈而临之，曰："公使汝养马而杀之，当死罪一也；又杀公之所最善马，当死罪二也；使公以一马之故而杀人，百姓闻之，必怨吾君；诸侯闻之，必轻吾国。……汝当死罪三也。今以属狱。"公喟然叹曰："夫子释之，夫子释之，勿伤吾仁也！"

又如同书七也有一条：

景公好弋，使烛邹主鸟而亡之。公怒，诏吏杀之。晏子曰："烛邹有罪三，请数之以其罪而杀之。"公曰："可。"于是召而数之公前，曰："烛邹！汝为吾君主鸟而亡之，是罪一也；使吾君以鸟之故杀人，是罪二也；使诸侯闻之，以吾君重鸟以轻士，是罪三也。"数烛邹罪已毕，请杀之。公曰："勿杀，寡人闻命矣。"

此外类似这样的故事，《晏子春秋》还很多。这些就是《东方朔别传》中讽谏武帝一段的蓝本。

时代越后，东方朔的传说越多，别传的可靠性越小，是必然无疑的。如果《柏梁诗》止是出于《东方朔别传》的话，那只有增加此诗的不可靠的成分了。

再讲《汉武帝集》。其书,梁时二卷本的内容如何,现在不能知道。然而就诗歌而论,其与武帝有关者,大抵见于《汉书·艺文志》。如"出行巡狩及游歌诗"十篇,即《瓠子》、《盛唐枞阳》等歌;"李夫人及幸贵人歌诗"三篇,即"是邪非邪"等歌。独柏梁联句诗不见著录于二十八家之中。故知唐、宋诸类书所引《柏梁诗》云出《汉武帝集》者,亦必为后人所增入,有如《秋风辞》,《落叶哀蝉曲》等篇一样,可以断言。

至今本《三辅黄图》五引《三辅旧事》云:"柏梁台,以香柏为梁也。帝尝置酒其上,诏群臣和诗,能七言者乃得上。"按《隋志》有《三辅故事》二卷,称晋世所撰。《新唐书·艺文志》地理类作三卷,不著撰人名氏。《唐书·经籍志》及《新唐书·艺文志》故事类又并有韦氏《三辅旧事》一卷。章宗源《隋书经籍志考证》据诸书所引,或称"三辅故事",或称"旧事",疑同为一书,而《唐志》重出。《唐志》题为韦氏者,因《后汉书·韦彪传》有章帝西巡,屡召入,问以三辅旧事,礼仪风俗的事而附会。张澍则以《括地志》引忖留事,魏太祖马惊云云,谓《旧事》未必为韦氏所著[①]。据此,《隋志》谓其书出于晋人者,不为无见。《三辅旧事》既作于晋世,而其中亦载柏梁赋诗的事,证之上文所论《柏梁诗》不能早于魏、晋之世,亦合。

(原载 1948 年《北京大学五十周年纪念文集》)

---

① 见《二酉堂丛书》张氏辑本《三辅旧事序》。而姚振宗《隋书经籍志考证》则谓或晋人所增补。

论陌上桑

关于《陌上桑》,我以为有三个问题值得讨论。即:一、题材问题,二、时代问题,三、本事问题。现在依照这个次序把我的意见写在下面。

一　题材的追溯

《宋书·乐志》"大曲"中,载有古辞《艳歌罗敷行》一首,别的书上或又名作《日出东南隅行》,或又名作《陌上桑》。那歌辞是这样的:

> 日出东南隅,照我秦氏楼。秦氏有好女,自名为罗敷。罗敷喜蚕桑,采桑城南隅。青丝为笼系,桂枝为笼钩。头上倭堕髻,耳中明月珠。缃绮为下裙,紫绮为上襦。行者见罗敷,下担捋髭须;少年见罗敷,脱帽著帩头;耕者忘其犁,锄者忘其锄。来归相怨怒,但坐观罗敷。(一解)使君从南来,五马立踟蹰。使君遣吏往,问是"谁家姝"?"秦氏有好女,自名为罗敷。""罗敷年几何?""二十尚不足,十五颇有余。"使君谢罗敷:"宁可共载不?"罗敷前置辞:"使君一何愚!使君自有妇,罗敷自有夫。"(二解)"东方千余骑,夫婿居上头。何用识夫婿:白马从骊驹,青丝紧马尾,黄金络马头。腰中鹿卢剑,可值千万余。十五府小史,二十朝大夫,三十侍中郎,四十专城居。为人洁白皙,鬑鬑头有须。盈盈公府步,冉冉府中趋。坐中数千人,皆言夫婿殊。"(三解)

这幕喜剧的表演,地点据说是在邯郸城郊陌上的桑田里。一提到桑——农业国家的中国的桑,我仿佛听到了那桑田里发出清脆美妙的謳吟:

> 十亩之间兮,桑者闲闲兮,行与子还兮。十亩之外兮,桑者泄泄兮,行与子逝兮。

听啊！多么清脆美妙的田歌哟！《诗经·魏风》里载着这么一首小诗，千载而下的读者犹不禁悠然神往。据毛《传》说："闲闲然，男女无别往来之貌。"记得姚际恒就痛快的说，这是刺淫的诗。的确的，在春风嘘拂的艳阳天里，一望无际的桑海中，只见着一片茫茫的绿阴，这中间藏着无数的少女，蚂蚁似的沿着田里的"微行"，一面提着"懿筐"，一面发出令人陶醉的歌声。这时候，紧邻的农人们果然陶醉了，行路的少年们也陶醉了，甚至连我也陶醉了。桑啊！也难怪诗人欢喜讴歌他了。我又仿佛听到在唱：

> 期我乎桑中，要我乎上宫，送我乎淇之上矣。

的确的，在古代中国的桑田里，是多么热闹，多么令人留恋的地方啊！真难怪道学先生摊开《诗经》，就不禁皱着双眉，摇一摇头，慨叹的说："桑间濮上，亡国之音也！"果然不错，桑田里的艳事也真闹得不少哩。请看《列女传》五载着一个故事：

> 洁妇者，鲁秋胡子妻也。既纳之五日，去而官于陈。五年乃归，未至家，见路傍妇人采桑，秋胡子悦之，下车谓曰："若曝采桑，吾行道远，愿托桑荫下飡下赍休焉。"妇人采桑不辍。秋胡子谓曰："力田，不如逢丰年；力桑，不如见国卿。吾有金，聊以典夫人。"妇人曰："嘻！……吾不愿金。所愿卿无有外意，妾亦无淫泆之志。收子之赍与笥金！"秋胡子遂去。至家，奉金遗母。使人唤妇至，乃向采桑者也。秋胡子惭。妇曰："子束发辞亲往仕，五年乃还。……今也乃悦路傍妇人，下子之粮与金予之，是忘母也。忘母不孝！好色淫泆，是污行也。污行不义！"……遂去而东走，投河而死。(《鲁秋洁妇传》)

这幕悲剧也是发生在桑田里的。后世诗人歌咏这事的也不知有多少。我们鄙薄秋胡的无聊，同时更敬佩这位夫人的节烈。再看同书八又载着一个故事：

> 辩女者，陈国采桑之女也。晋大夫解居甫使于宋，道过陈，遇采桑之女，止而戏之，曰："汝为我歌，我将舍汝。"采桑女乃为之歌

> 曰:“墓门有棘,斧以斯之。夫也不良,国人知之。知而不已,谁昔然矣!”大夫曰:“为我歌其二。”女曰:“墓门有梅,有鸮萃止。夫也不良,歌以讯之。讯予不顾,颠倒思予!”大夫曰:“其梅则有,其鸮安在?”女曰:“陈,小国也,摄乎大国之间,因之以饥饿,加之以师旅,其人且亡,而况鸮乎!”大夫乃服而释之。(《陈辩女传》)

这幕《小放牛》似的喜剧也是发生在桑田里的。同书六更有一个故事:

> 宿瘤女者,齐东郭采桑之女,闵王之后也。——项有大瘤,故号曰“宿瘤”。闵王出游,至东郭,百姓尽观,宿瘤采桑如故。闵王怪之,召问曰:“寡人出游,车骑甚众。百姓无少长,皆弃事来观。汝采桑道旁,曾不一视,何也?”对曰:“妾受父母教采桑,不受教观大王。”王曰:“此奇女也!”……命后乘载之……以为后。(《齐宿瘤女传》)

这位大脖子姑娘真幸运。她想不到桑田竟作了“椒房”的媒介了。

以上那些故事,不必是全真,也不必是全假。《陌上桑》的故事也不妨作如是观。他不过是我国民间故事的典型——一个农业社会里的民歌题材的典型罢了。

二 时代的推测

《陌上桑》最早被著录于《宋书·乐志》,称为“古辞”。“古辞”古到什么时候呢?据《晋书·乐志》说:“凡乐章‘古辞’,今之存者,并汉世街陌谣讴。”由此看来,《陌上桑》当为汉代民歌。可是太含混了,他可能是前汉初年的产品,也可能是后汉末年的产品。现在让我来推测一下:

这首歌辞中的主角是一个生得非常美丽的女子秦罗敷。从农夫以至太守,见者无不倾倒。但考《古诗为焦仲卿妻作》一篇有云:“东家有贤女,自名秦罗敷。可怜体无比,阿母为汝求。”据旧说,此诗作于建安末(我是不信此诗为齐梁人作的,别有考说),那时秦罗敷已经变作民间美女子的典型了。故可断定《陌上桑》一曲必已流行于建安或建安以前。这时候,罗敷这位小姐(或大嫂)已经由专名词而变为美女子的通称了。我们再拿一首稍后的左延年《秦女休行》一看,这推测似乎很近于事实。《秦女休行》开口便说:

> 始出上西门,遥望秦氏庐。秦氏有好女,自名为女休。

这个起头显然是模仿《陌上桑》的。真巧得很,这位壮烈的小姐也会是姓秦!我怀疑到汉魏之际,民间的美女子或奇女子,不但要以罗敷为代表,恐怕连他们的尊姓也非姓秦不可了。我们再拿曹植的《美女篇》看一看:

> 美女妖且闲,采桑歧路间。柔条纷冉冉,落叶何翩翩!攘袖见素手,皓腕约金环。头上金爵钗,腰佩翠琅玕。明珠交玉体,珊瑚间木难。罗衣何飘飘!轻裾随风还。顾盼遗光采,长啸气若兰。行徒用息驾,休者以忘餐。问问女安居?乃在城南端。……

这首诗无疑的也是模仿《陌上桑》。陈思王生于汉末,也已经看到了《陌上桑》,那么《陌上桑》的时代是不难推断的。

然而问题不是这样就算解决了。我们试再考一考《玉台新咏》辛延年的《羽林郎》云:

> 昔有霍家奴,姓冯名子都,依倚将军势,调笑酒家胡。胡姬年十五,春日独当垆。长裾连理带,广袖合欢襦。头上蓝田玉,耳后大秦珠。两鬟何窈窕,一世良所无!一鬟五百万,两鬟千万余。不意金吾子,娉婷过我庐。银鞍何煜爚!翠盖空踟蹰。就我求清酒,丝绳提玉壶;就我求珍肴,金盘脍鲤鱼。贻我青铜镜,结我红罗裾。不惜红罗裂,何论轻贱躯?男儿爱后妇,女子重前夫。人生有新故,贵贱不相逾。多谢金吾子,"私爱徒区区!"

据郭茂倩说,辛延年是后汉时人,不知其何所本。但就这诗的作风上看,似乎可靠。因为他也是模仿《陌上桑》的。篇中卖酒的胡姬,相当于采桑的罗敷,金吾子相当于《陌上桑》的使君。描写那胡姬的盛妆,显然是模拟那"头上倭堕髻,耳中明月珠"几句;描写金吾子的威风,不消说是仿效"使君从南来,五马立踟蹰"。胡姬的年龄也与罗敷相同,而最后的婉词相拒,也同罗敷的对付那位使君一样。他们不但辞句和结构相类似,连韵脚都差不多。所以辛延年这篇《羽林郎》的蓝本,怕十有八九就是《陌上桑》了。

又按诗中所谓“霍家奴”者,是指霍光的家奴。黄晦闻先生《汉魏乐府风笺》十四引《汉书·霍光传》云:“霍氏奴入御史府,欲躏入大夫门。”又引云:“光爱幸监奴冯子都。”又引云:“使苍头奴上谒,莫敢谴者。”是霍氏诸奴明具《汉书》。又引朱秬乬说:“案后汉和帝永元元年,以窦宪为大将军。窦氏兄弟骄纵,而执金吾景尤甚。奴客缇骑,强夺贷财,篡取罪人,妻略妇女。商贾闭塞,如避寇仇。此诗疑为窦景而作,盖托往事以讽今也。”朱氏这个推测是很近乎事实的。因为霍光为大将军,权倾人主,窦宪与他相同,所以把霍光来比。《后汉书·窦宪传》明言宪弟景“权贵显赫,倾动京都。奴客缇骑,依倚形势,侵陵小人”。而《廉范传》亦有“依倚大将军窦宪”的话,可知“依倚将军势”自是那时常语。所谓“将军”者,表面上是说霍光,实际上是暗指窦宪。那么《羽林郎》的作者辛延年可能是后汉和帝时人,而《羽林郎》一诗可能是和帝初年——永元四年以前所作;因为窦氏兄弟是永元四年伏诛的。《羽林郎》一诗的风格与辞句既然都是仿效《陌上桑》,那么《陌上桑》的时代至晚亦当在东汉之初,可能更早到西汉。

又按诗中有“使君”一语。考“使君”的名屡见于《后汉书》:《后汉书·寇恂传》载恂谓使者曰:“非敢胁使君,窃伤计之不详也。”又曰:“使君建节衔命,以临四方。”又曰:“为使君计,莫若复之。”又《郭伋传》载建武十一年,拜伋为并州牧。“始至,行部到西河美稷,有儿童数百,各骑竹马,于道次迎拜。伋问:‘儿曹何由远来?’对曰:‘闻使君到,喜,故来奉迎。’伋辞谢之。及事讫,诸儿复送至郭外,问:‘使君何日当还?’”光武初年,民间已有称使者及刺史为“使君”的,则使君的称呼或不限定起于此时。所以《陌上桑》的时代,的确可以断定他至晚在东汉初,或者竟早到西汉末。吴兆宜据此,硬断诗中的“使君”为后汉人(见《玉台新咏笺》),未免太拘泥了。我们只拿这一点和模拟《陌上桑》的《羽林郎》相参证,而推测《陌上桑》的时代在前后汉之间,或者与事实不甚相远。

如果我们不厌再加考索一下，这首《陌上桑》的时代可能更早些——早到前汉武昭之际。按《汉书·武五子传》的《昌邑哀王髆传》载：昌邑王贺有妻名罗紨，为执金吾严延年字长孙的女。“罗紨”即“罗敷”。“敷”“紨”同声字。于此，我们可以想到：前汉武昭之际，已经有女子取名为“罗敷”的，必定那时候罗敷的故事在民间流行得很普遍，和罗敷的美名为一般人所艳羡，才会给女子取这个名字，以示景慕的意思，如伶官妓女多名“黛玉”之类。所以我们不妨更把《陌上桑》的时代提前一点，就是在前汉武昭之时，他已经普遍的被一般妇人孺子们唱着了。

于此，倘若我们愿意指定《陌上桑》这首歌曲就是武帝立乐府时所采的民歌，也就是所谓“赵代秦楚之讴”一群诗歌中的一首，大概是可以说得过去的。

三　本事的分析

《陌上桑》的故事明明是这样的：

一位很漂亮的贵族太太秦罗敷，偶然到了城南去采桑。她的美，她的妆束，引起了一般行人少年和农夫们的注意。这时候，迎面来了一个所谓“使君”，五匹壮健的马驾着一辆很阔气的车子。他从桑叶的缝隙中瞥见了罗敷，一到了跟前，便立刻喝一声“停”！同时眼光像探照灯似的，不断的在罗敷身上闪射着。他一面出神，一面向坐在旁边的一个随员示意。那随员很乖巧，立刻下了车，向着那位“天仙”很客气的自我介绍了；然后问问罗敷的年纪。一番问答之后，那位随员代表使君大胆地说：“小姐！（应该是“大嫂”）你可不可以——同我们使君坐着这车子到……”话未说完，罗敷早已会意，便很严正又很和婉的答道：“先生！你们使君也未免白操心了；我原来是一个已有丈夫的女子呢！”接着他就把丈夫的身分和仪表夸耀了一番，毫不迟疑的转过头来，仍然用着那柔荑般的奸手，继续地攀折桑条，一枝枝往笼子里装。弄得那位随员耳红面赤，回到车上轻轻的说了两句。使君惘然地，又失望，又羞惭，急忙喝着车夫驾着车子飞快地走了。——这一幕桑间的喜剧闭幕了。

故事分明是这样唱的。可是崔豹在《古今注》里偏偏这么说：

> 《陌上桑》者，出秦氏女子。秦氏邯郸人，有女名罗敷，为邑人千乘王仁妻。王仁后为赵王家令。罗敷出，采桑于陌上，赵王登台，见而悦之，因置酒，欲夺焉。罗敷巧弹筝，乃作《陌上桑》之歌以自明，赵王乃止。

崔豹的话又分明是言之凿凿，确然有据的。可是故事的类型变相了。《陌上桑》一曲竟是罗敷自己创作的了。不知是什么时候，那位使君变作赵王，而罗敷的丈夫已经查出了是王仁；且已由"侍中郎""专城居"的地位降到赵王家令；更由桑田的婉求变为席间的豪夺了。这其间的演变是很难索解的，所以《乐府解题》于此也不免有点怀疑。

但我想，这故事之所以两歧，是必然有原因的。我们也不妨来试探一下：

一、凡一个民间的故事，传说极难一致；但也不至于十分不同，大半总是大同小异的。比如罗敷的故事，虽然会因时代或地域的不同，致有歧异；但这故事的性质却未根本改变，赵王还不至变成宋康王，罗敷的命运也还不至变为韩凭的妻何氏。采桑的事实和罗敷的名字也还被保存着。不过在故事的材料上添了一座王府，一桌酒席，和一把银筝，显得更贵族些，更富丽堂皇些罢了。

二、不但时代不同故事的流传会变相，即同一时代，甲地所传的和乙地所传的往往不能一致。罗敷的故事说不定各地就根本不同；所以甲地唱的是一个显宦的夫人，而乙地记的只是一个家令的太太；甲地唱的是使君的倾心，而乙地记的是国王的强暴。这样说来，《陌上桑》本辞是一个来源，《古今注》记的又是一个来源。

三、罗敷真正的传说或者就是崔豹所记的；而民间所歌的《陌上桑》一面据为底本，一面又略把事实改变了，这也是极可能的。只看歌辞中写使君要求罗敷同载而去，谁也会感到这位风流使君未免太卤莽，太冒失了罢，怕未必是事实罢。而且从罗敷的谈话中，发现一件极不合理的事：一个十五岁的姑娘嫁一个四十多岁满嘴胡须的官僚。这些，一方面显示民歌的天真，一方面也就反映他近乎事实的可靠性很小。

四、民歌本身的流动性本来就很大,从现在的一般歌谣就可以证明。说不定若干年前本是一个国王强夺民妻的歌谣,流传既久,无意中慢慢讹变为一支太守(或刺史)调戏桑女的歌曲。所以尽管那歌谣的故事不变,而歌辞的本身却已经变了。崔豹所记或者是那故事未变以前仅仅保存的真面目。

五、罗敷采桑被戏,与赵王置酒夺艳,也许本是两个故事,根本各不相关。罗敷在前,赵王在后,那个被逼的女子另是一人。他一时见逼无计,只有借着音乐来解围,弹一首现成的民歌《陌上桑》,以示不愿相从的意思(这与《乌鹊歌》的本事酷相类似,不过结果不同而已)。后人不知,误把两个故事合在一起,遂竟误以《陌上桑》为那女子自己所作的了。而这《陌上桑》的本辞却仍然在流行着,是以歧异如此。

六、从口唱的民歌到著于竹帛的民歌,这中间有极大的危险性存在着。就是采风的士大夫如认为某支歌谣言不雅驯时,往往会大胆的狂妄的删改他。等到被之管弦的时候,或者又以迁就音乐的缘故而被增损。于是列于乐府的"古辞",较之民间原来的歌辞,他们中间的距离就可以想像的了。所以现今所传的《陌上桑》,我们无法保证他不曾经过删改润色而与原来的一样。

以上种种推测,都是姑妄言之,不敢说罗敷故事歧异的原因一定属于哪一种。但除最后一种可能性较小以外,必然的会有其中的一种,却是可以断言的。

一九四六年六月十三日改写于昆明

(原载 1946 年开明书店二十周年纪念文集)

论蔡琰胡笳十八拍

一

胡笳本是胡乐。蔡琰《悲愤诗》云:“北风厉兮肃泠泠,胡笳动兮边马鸣。”这便说明了胡笳的来历,同时也暗示着《胡笳十八拍》与蔡琰发生关系的线索。但现今所传的《胡笳十八拍》却不是胡曲,而是从胡曲中翻出来的琴歌。在它的第十八拍有云:“胡笳本自出胡中,缘琴翻出音律同。”便是一个明显的证据。笳用竹管而琴用丝桐,所以它又接着说:“是知丝竹微妙兮,均造化之功。”

蔡琰曾否作过《胡笳曲》,现在无从知道。据郭茂倩《乐府诗集》五十九引《琴集》(按《旧唐书·经籍志》及《新唐书·艺文志》并有《琴集历头拍簿》一卷,疑即此书。)曰:“大胡笳十八拍,小胡笳十九拍,并蔡琰作。”这话大概是不可靠的。我想,以蔡琰的妙知音律,和她的身世遭遇,胡笳本曲的作者自然极有附会于她的可能。岂但蔡文姬,王昭君也是极有资格的一个。秦再思《纪异录》云:“琴谱,胡笳曲者,本昭君见胡人卷芦叶而吹之,昭君感焉,为制曲,凡十八拍。”吴曾《能改斋漫录》五就很想证实此事。他引谢希逸《琴论》,有所谓“平调明君”三十六拍,“胡笳明君”二十八拍,“清调明君”十三拍,“间纮明君”十九拍,“蜀纮明君”十二拍,“吴调明君”十四拍,“杜琼明君”二十一拍:凡有七曲。那么,王昭君似乎已先蔡氏而作过胡笳曲的了,至少这也是后人有意地把她与胡笳发生关系的一个好例子;所以庾信的《昭君辞应诏》一首也说:“方调琴上曲,变入胡笳声。”这又似乎在说明汉乐与胡乐是有相通之理的。自然,王昭君曾否作过胡笳曲,已不可考,这也不过是出于后人的附会;然而这附会的条件当然也与文姬相同,它是自然而然,毫不费力的。

二

今所传《胡笳十八拍》歌辞非蔡琰所作，只从文辞看来，是极显而易见的。例如第十七拍云：

> 塞上黄蒿兮，枝枯叶乾。沙场白骨兮，刀痕箭瘢。风霜凛凛兮春夏寒，人马饥尪兮筋力单。岂知重得兮入长安？叹息欲绝兮泪阑干！（按此拍《乐府诗集》颇有脱误，此据《诗纪》及《古逸丛书》本《楚辞后语》。）

你不消用考证的方法，只凭你的直觉就会意识到这是什么时代的作风了。又如第十拍云：

> 城头烽火不曾灭，疆场征战何时歇。杀气朝朝冲塞门，胡风夜夜吹边月。故乡隔兮音尘绝，哭无声兮气将咽，一生辛苦兮缘离别。十拍悲深兮泪成血！

看啊！这词汇，这对仗，这句法，尤其是这平仄和音节，只要我们稍稍读过唐人边塞诗，就会发现它们的同点与和谐。不但建安时代无此作风，连六朝也怕找不出的。然而有成见的人总是舍不得把它剔除于汉诗之外的，例如李因笃的《汉诗音注》便是一例。他既在第七拍下评云："此拍浑朴真至，不谓之汉人不得矣。"又在第十拍下评云："人多病此拍大类唐律，然气疏而辞驯，正未足深讥。老于汉诗者当自知之。"又云："往见论者多因'杀气'二句太整，疑为唐调；然《羽林》'长裾连理带，广袖合欢襦'，独非五言律体乎？"这见解当然是极不正确的。"长裾"二句固不能与五言律体相提并论；即使偶然相类，但还须拿《羽林郎》的全篇来比较，而不能只摘取一两句就可以遽下判断的。七言诗汉末方始萌芽，魏文帝的《燕歌行》不必说，即如《乌孙公主歌》，张衡的《四愁诗》也不可同日而语。所以李氏也觉得有点说不过去，于是又接着说："大抵《十八拍》即不出文姬，要是齐梁人所拟。其佳处尚有两京之遗致，而气味稍薄，与《悲愤诗》当分层级耳。"其实此诗根本不能拿《悲愤诗》来比较的，它们岂但不是层级问题，整个的气味就根本不同。

《十八拍》又岂但气味稍薄,压根儿就谈不到两京遗致。它是否齐梁人作,还是问题。

前人的相信《胡笳十八拍》真为汉诗者,尚有朱元晦,他依据晁补之的《续楚辞》与《变〈离骚〉》而撰集《楚辞后语》一书。其自述选录《胡笳十八拍》的用意云:

> 《胡笳》者,蔡琰之所作也。东汉文士有意于骚者多矣,不录而独取此者,以为虽不规规于楚语,而其哀怨发中,不能自已之言,要为贤于不病而呻吟者也。范史乃弃而不录,而独载其《悲愤》二诗。二诗词意浅促,非此词比。眉山苏公已辩其妄矣。

今按朱子信东坡之说,既斥《悲愤》二诗为浅促,而病蔚宗的妄载;然而《后语》中却又录其《悲愤》第二篇,已属自相矛盾。《悲愤》二诗之为真为伪,与孰真孰伪,余别有考说,此处姑置勿论。至《胡笳十八拍》则明明为后人咏文姬的事而作者,断不出于文姬之手。凡乐府歌辞多有本事,如为《履霜操》者,必托于尹伯奇;为《别鹤操》者,必托于商陵牧子;为《昭君怨》者,必托于王嫱。此例甚多,不能尽举。所以《胡笳十八拍》亦必托于蔡文姬之事也。不独此篇为然,即刘商的《胡笳十八拍》亦然(见《乐府诗集》)。前者的作者失名,故后人误指为琰作,然却与有意作伪者不同。我国文学史上此等例子太多了。所以王观国说:"今世所传《胡笳曲十八拍》,亦用文姬诗中语。盖非文姬所撰,乃后人所撰以咏文姬也。"(《学林》八)车若水说:"《胡笳十八拍》乃隋唐衰世之人为之,其文辞甚可见。晦庵乃以为琰作,何也?"(《脚气集》上)由此说来,《胡笳十八拍》这琴曲歌辞既非真作,亦非伪作,乃后世作琴曲者虚拟蔡氏的口吻罢了。

三

那么,《胡笳十八拍》究竟是何时的产物呢?据我考证的结果,这问题大概是有了答案的。

《蔡琰集》《隋书·经籍志》已不载,仅于《丁廙集》下注云:"梁有

妇人后汉董祀妻蔡文姬集一卷,亡。”所以《胡笳十八拍》是否已在此集中,现在不能知道。但第七拍有云:

> 日暮风悲兮边声四起,不知愁心兮说向谁是。原野萧条兮烽戍万里。

这几句明明是从晚出的《李陵答苏武书》钞袭来的。蓝本就在下面:

> 举目言笑,谁与为欢?胡地玄冰,边土惨裂,但闻悲风萧条之声。凉秋九月,塞外草衰。夜不能寐,侧耳远听,胡笳互动,牧马悲鸣,吟啸成群,边声四起。晨坐听之,不觉泪下。

李书此段本来也就是钞袭蔡琰的《悲愤诗》的(“惟彼方兮远阳精”至“胡笳动兮边马鸣”一段),但“举目言笑,谁与为欢”,却是“不知愁心兮说向谁是”的蓝本;而“风悲”、“萧条”、“边声四起”等等词句又都是李书的原文。此可证《胡笳十八拍》的作者必然见过《李陵答苏武书》。李书不见史传,昭明录入《文选》,前人久疑其伪。如《史通·杂说》下“别传”第九条云:“《李陵集》有《与苏武书》,词采壮丽,音句流靡。观其文体,不类西汉人,殆后来所为,假称陵作也。”刘知幾这见解是很正确的。《隋志》有《汉骑选尉李陵集》二卷,即刘氏所见者,盖与《汉武》、《东方》诸集同出于梁时所裒录。书既在此集中,又为齐梁人所引用,如江淹《诣建平王上书》云:“是以每一念来,忽若有遗。”即用李书“每一念至,忽然忘生”之文,又云:“此少卿所以仰天椎心,泣尽而继之以血也。”则以李书有“何固志未立而怨已成,计未从而骨肉受刑,此陵所以仰天椎心而泣血也”数语而引用之。则其为晚出依托何疑?故东坡《答刘沔书》亦云:“陵与武书,词句儇薄,正齐梁小儿所拟作,决非西汉文,而统不悟。刘子玄独知之。”(按《东坡志林》卷一亦尝有此说)其言或不免稍过,但李书之伪则已为不成问题的事实。今《胡笳十八拍》既剿袭此书之语,则其不出于汉,必无疑义。且《文姬集》梁以后始亡,蔚宗作史,只载《悲愤》,而不载《胡笳》,此更可证南北朝初期琰集中尚无此曲,甚至尚未出现。朱子乃谓范史弃而不录,教他从那里去录呢?

陈释智匠撰《古今乐录》,所载乐曲甚多,尤其是琴曲,载得很完全。独没有《胡笳》一曲,这就证明陈时此曲尚未流行或出现。《古今乐录》今所传者,虽非全书,然郭茂倩《乐府诗集》常常引用它:如《梁鼓角横吹曲·木兰诗》题下引《古今乐录》云:"《木兰词》不知名",是不只证明智匠见过《木兰诗》,而且证明北宋时《乐录》一书尚属完全。因为今本《乐录》无此文。假使智匠见过《胡笳曲》,《乐录》中决不会不载。郭氏既然见过《乐录》的全书,也不会不引。今《乐府诗集》中的《胡笳十八拍序》不引《古今乐录》一字,这就是《胡笳十八拍》出现在六朝以后的明证。

《胡笳十八拍》始见宋郭茂倩《乐府诗集》,入琴曲歌辞中。南宋时朱子因晁书而收入《楚辞后语》,至《宋史》(卷二〇二)《艺文志·乐类》始著录蔡琰《胡笳十八拍》四卷;又有《仿蔡琰胡笳十八拍》,不知作者。《胡笳十八拍》的著录大概没有比宋人更早的了,然而著录的时代不一定就是出世的时代。据我看,《胡笳十八拍》的出现至迟亦当在中唐以前,可能更早到唐初,证据就在下面:

一、按李颀《听董大弹胡笳声并寄语弄房给事诗》云:"蔡女昔造胡笳声,一弹一十有八拍。"这大概是唐人提及蔡琰《胡笳十八拍》的首次发现。接着又云:"胡人落泪沾边草,汉使断肠对归客。"中间又有两句云:"嘶酸雏雁失群夜,断绝胡儿恋母声。"从这些语句看来,李东川大概已经看到所谓蔡琰的《胡笳十八拍》的曲辞的。因为十八拍中多屡次叙及文姬别子的情形,与东川的话正合。由此看来,蔡琰《胡笳》一曲在盛唐时已经流行,而已被人翻为琴曲了。(李诗末云:"日夕望君抱琴至。")

二、韩愈《至邓州北寄上襄阳于相公书》有云:"伏蒙示《文武顺圣乐辞》,《天保乐诗》,《读蔡琰胡笳辞诗》。"(本集卷十五)韩公此书韩仲韶定为元和元年(八〇六)所作,林云铭则系之于贞元二十一年,即顺宗永贞元年(八〇五)。此时已经有人作《读蔡琰胡笳辞诗》,则《胡笳十八拍》一曲必已流行于世。

三、《太平广记》三十四引裴铏《传奇》,载贞元中,有崔炜者,坠井,入洞府,炜鼓琴,弹胡笳。女曰:"何曲也?"曰:"胡笳也。"曰:"何为胡笳?……"炜曰:"汉蔡文姬,即中郎邕之女也,没于胡中。及归,感胡中故事,因抚琴而成斯弄,像胡中吹哀咽之韵。"女皆怡然曰:"大是新曲!”小说的故事固不足信,但贞元中尚以胡笳为新曲,则其时流行未久可知。

四、刘商有《胡笳十八拍》,乃拟所谓蔡琰之作者,亦见《乐府诗集》五十九。按刘商是大历(七六六—七七九)时进士,故知世传蔡氏的十八拍当出大历以前。

五、杜甫乾元中寓居同谷县作歌七首,每首之末都用骚体的形式,而纪其歌辞的遍数。如云:“呜呼!一歌兮歌已哀,悲风为我从大来。”又云:“呜呼!七歌兮悄终曲,仰视皇天白日速。”此虽渊源于《四愁诗》等,然与《胡笳十八拍》各首之末多记其拍数者,正复相同。故胡笳一曲的出现或在盛唐之世,甚至早到初唐。

六、胡笳本胡曲,而今传的《胡笳十八拍》则是由胡曲翻出的琴曲。这在第十八拍中已有明文可证,上文我也提到过的。所以十八拍曲辞的时代当然是与翻谱时不相先后的,或者竟在翻成琴曲以后才有的。考由胡笳翻为琴曲,亦始于唐。刘商《胡笳曲序》谓文姬归汉以后,“胡人思慕,乃卷芦叶为吹笳,奏哀怨之音。后董生以琴写胡笳声为十八拍,即今之胡笳弄是也”。董生即董庭兰,乃房琯琴客,见两《唐书·房琯传》及《新唐书·杜甫传》。据李肇《国史补》,郑宥调琴,动应宫商。其师董庭兰,尤善沈家声(即大胡茄)、祝家声(即小胡笳)[1]。

四

《胡笳十八拍》的文艺有三个特点:第一是词旨明畅;第二是音调和谐;第三是形式变化。

就文词来说,它的全篇十八章都非常通俗,听了就懂,可以说是当时流行的白话诗。教人信口读去,不假思索,便自然而然的会感到一种悲苦与烦冤,而发生深切的同情。所以一篇之中尽管诉苦,尽管前后重复,说来说去,总不过是那些话,并没有新的意思,但也不觉得浅薄。虽

① 《国史补》下:“张相宏靖少时,夜会名客,观郑宥调二琴,至切。各置一榻,动宫则宫应,动商则商应,稍不切乃不应。宥师董庭兰尤善汎声(“汎”乃“沈”之讹),祝声。”

然胡应麟在《诗薮》中对十八拍颇有贬辞;而周婴则谓其中如二拍、三拍、五拍、十拍断章摘句,颇多佳语。"杀气"一联则王、庾《燕歌》未能胜是。又谓十三拍"愁为子兮"四句,十四拍"四时万物"等句,十六拍"我与儿兮"二句,"今别子兮"二句,十七拍"去时怀土"五句,又第十及第十七二拍全首,咸情凄语秀,堪入乐府妙选。(见《卮林》八)兹录第十四拍于后,以示一例:

身归国兮儿莫知(《诗纪》作之)随,心县县兮长如饥。四时万物兮有盛衰,唯我愁苦兮不暂移。山高地阔兮见汝无期,更深夜阑兮梦汝来斯。梦中执手兮一喜一悲,觉后痛吾心兮无休歇时。十有四拍兮涕泪交垂,河水东流兮心是思。

其次讲音调。原则是每句为韵,一韵到底的。但亦有例外:如第一拍的"盛"字和"拍"字不入韵,第二拍的"绝"字不入韵,第六拍的"咽"字不入韵,第八拍的"匹"字不入韵,第十拍的"门"字不入韵,第十七拍的"绪"字不入韵。而第十二拍自"身"字以下,第十五拍自"深"字以下(按汲古本《乐府诗集》上句无"足"字,则以"心"字为转韵),又都换韵。所以它们的韵式也不是墨守成规,绝对不变的。大抵十八拍的音节都非常好,尤其是第十拍和第十七拍(引已见前),一种凄怆呜咽之声,几乎"惊心动魄,一字千金"。我想,以它们音节之妙,再同音乐配合起来,真能表现如怨如慕,如泣如诉的情调哩。

至于形式方面,《胡笳十八拍》是一首相当解放的骚体诗。它的形式极复杂而有变化,除了第一拍的起头二句,第十拍的起头四句,和第十一拍、第十八拍的起头二句,其余句中都有"兮"字。它们的句法通常以七八字为句,"兮"每每放在句的中间。例如第九拍的"天无涯兮地无边,我心愁兮亦复然","兮"字上下都有三个字。第三拍的"毡裘为裳兮骨肉震惊,羯羶为味兮枉遏我情",则"兮"字上下都是四个字。但也有上三下四的,如第五拍的"雁南征兮欲寄边声,雁北归兮为得汉音"。也有上四下三的如第二拍的"云山万重兮归路遐,疾风千里兮扬尘沙"。以上是《胡笳十八拍》的普通形式,然而它们并不如此简单,长短参差,至无一定。最长的句子如第九拍的"无日无夜兮不思我乡土,禀气含生兮莫过我最苦”,第八拍的“为天有眼兮,何不见我独漂流?为神有灵兮,何事处我天南地北头”等句,“兮”字下的句子有多至五六个字,甚至七个字或九个字的。又其中更有“兮”字上面的句子很短,而下面的句子很长的,如第九拍的“生倏忽兮如白驹之过隙然”。相反的也有“兮”字上面的句子很长,而下面的句子很短的,如第十二拍的“知是汉家天子兮布阳和”(汲古本《乐府诗集》脱“知是”二字),及第十五拍的“生死不相知兮何处寻”等句。由此看来,它的句法真是变化万端,不可捉摸的了。这种形式解放的骚体诗,在楚辞中只有《九辩》的一段,像六朝人拟作的《秋风辞》是不能比的。

一九四八年八月十二日,脱稿于北大宿舍。

(原载 1948 年 8 月 15 日《华北日报》文学版)

白居易的思想和艺术

《人民日报》编者按：中国古典文学和艺术遗产，是一个巨大的、发掘不完的宝藏，值得我们重视和珍爱。我们应对它们作新的估价、分析和批判，从它们吸取丰富的养料。新民主主义革命的胜利，中华人民共和国的建立，已使中国古代的优秀文化开始成为广大人民的共同的财富。我们欢迎研究中国文学艺术遗产的学者和专家们撰写对中国古典作品作新的估价与研究的文章，以引起广大人民对祖国文化的热爱和学习的兴趣。这里所发表的游国恩先生的文章，希望成为一个开端。

对于人民的热爱

诗人白居易的时代，正当安史乱后的建中元和时期（公元七八〇—八二〇），那时由于地方藩镇的军费和满足自己无限的贪欲，尽量榨取民间财物，人民穷困，达于极点。开元时代的太平盛世早成过去。以前的"租"、"庸"、"调"税法不能再行。德宗李适命宰相杨炎改为两税法，按人丁及财产定等第高下，每年征收两次。两税法规定收现钱，可是农民只有实物；官府计价折算，物价越贱，所纳的实物就越多。两税外，还有许多苛捐杂税。所以那时一般人民的负担，实际上比从前增加三倍。富豪地主乘机放高利贷，剥削农民。农民越穷，土地就越集中；土地越集中，农民就越无法生活。这时期的社会经济状况，可以从陆贽的奏疏中看到一些：

> 今富者万亩，贫者无容足之居。依托强家，为其私属。终岁服劳，常患不充。有田之家，坐食租税。京畿田亩税五升，而私家收租亩一石。官取一，私取十，穑者安得足食？宜为占田条限，裁租价。损有余，忧不足，此安富恤农之善经，不可舍也。

这一个严重的土地问题,即在当时的统治集团中也有人看到了。所以白居易在他的《自蜀江至洞庭湖口,有感而作》一诗中就发了这样的议论:

> ……导岷既艰远,距海无咫尺。胡为不讫功,余水斯委积?洞庭与青草,大小两相敌。混合万丈深,淼茫千里白。每岁秋夏时,浩大吞七泽。水族窟穴多,农人土地窄。……安得禹复生,为唐水官伯。手提倚天剑,重来亲指画。疏流似剪纸,决壅如裂帛。渗作膏腴田,踏平鱼鳖宅。龙宫变闾里,水府生禾麦。坐添百万户,书我司徒籍。

他很怪夏禹当日治水,为什么不把这个工程搞完,让长江上游诸水一直流入大海;却偏偏留下这么一个"巨浸",占去许多土地。假使把洞庭湖的水全部泄出去,这湖便可以变为陆地,解决几百万人民的生活问题了。这诚然是一个空想,但这却一方面反映当时土地问题的严重,另一方面反映白居易热爱人民的感情。当然,即使有人能把全湖变成陆地,还是不能解决问题,对农民还是没有多大好处;因为在封建社会经济制度下,最根本的土地问题是不能解决的。

白居易爱人民的热情,随时都在诗中流露出来。例如《新制布裘》诗云:"安得万里裘,盖裹周四垠,稳暖皆如我,天下无寒人?"又如《新制绫袄成,感而有咏》一首有云:"百姓多寒无可救,一身独暖亦何情!心中为念农桑苦,耳里如闻饥冻声。争得大裘长万丈,与君都盖洛阳城?"又如《醉后狂言,赠萧殷二协律》一诗有云:"我有大裘君未见,宽广和暖如阳春。……若令在郡得五考,与君展覆杭州人。"同样的意思,诗中见过三次。这可以说明他是真的体会到人民的痛苦了。由于他能够体会到人民的痛苦,同时又因自己的生活物质条件相当优越,"肥马轻裘还且有,麁歌薄酒亦相随",于是在思想意识上起着强烈的矛盾。例如《村居苦寒》诗云:"……乃知大寒岁,农者犹苦辛。顾我当此日,草堂深掩门。褐裘覆絁被,坐卧有余温。幸免饥冻苦,又无垅亩勤。念彼深可愧,自问是何人?"又如《观刈麦》诗云:"今我何功德?曾不事农桑。吏禄三百石,岁晏有余粮。念此私自愧,尽日不能忘。"又如《观稼》诗云："停杯问生事，夫种妻儿获。筋力苦疲劳，衣服常单薄。自惭禄仕者，曾不营农作。饱食无所劳，何殊卫人鹤？"他屡次从实际生活经验中了解劳动人民的痛苦，反躬自问，内心一再感到疚愧。他虽然没有觉悟到自己的幸福是和广大的劳动人民的痛苦分不开的，但对于自己的阶级特权却起了根本的怀疑。所以他常常想自己去种田。例如《归田》第二首云："种田计已决，决意候何如？卖马买犊使，徒步归田庐。迎春治耒耜，复雨辟菑畬。策杖田头立，躬亲课仆夫。……学农未为鄙，亲友勿笑余。更待明年后，自拟执犁锄。"第三首更进一步说："三十为近臣，腰间鸣珮玉；四十为野夫，田中学锄谷。……化吾足为马，吾因以行陆；化吾手为弹，吾因以求肉。"

对诗的看法

白居易对于诗的看法和主张在当时来说是比较进步的。第一，就诗的目的来说，他认为诗必须反映现实，治病救人。他主张作诗必须言中有物，必须有所为而作，不应该只是"嘲风雪，弄花草"，同现实脱节。他与元稹书云："自登朝来，年齿渐长，阅事渐多。每与人言，多询时务；每读书史，多求理(治)道，始知文章合为时而著，歌诗合为事而作。是时……屡降玺书，访人急病。仆当此日……手请谏纸，启奏之间，有可以救济人病，裨补时阙，而难于指言者，辄咏歌之，欲稍稍进闻于上。"他这样从实际出发的创作态度是值得称赞的。他正确地提出了文学的任务，指出了文学的目的。他的最重要的"讽谕诗"，就是这一文学理论实践的集中表现。在这一部分诗篇中，是"篇篇无空文，句句必尽规"。所以他在"新乐府"序中郑重地说："总而言之，为君、为臣、为民、为物、为事而作，不为文而作也。"不为文学而文学，正是白居易比一般诗家进步的地方。第二，就诗的作风来说，他主张必须是平实易晓，朴素无华。诗从汉魏以后，渐渐成为文人的娱乐品。齐梁以来，多数作家专从文学形式上用工夫，词句雕琢得很华美，锻炼得很深奥，内容却贫乏得可怜。这在白居易看来，简直是"诗道崩坏"，应该设法挽救的。所以他说："不求宫律高，不务文字奇，惟歌生民病，愿得天子知。”(《寄唐生》)又在《新乐府》序中表明其作风说:“其辞质而径,欲见之者易喻也;其言直而切,欲闻之者深诫也;其事核而实,使采之者传信也;其体顺而肆,可以播于乐章歌曲也。”诗如果浅近朴实,就很容易了解;能够“直而切”,就可以发挥它的作用。他的《新乐府》所以必须用那种自由的形式,就是想把文学同音乐打成一片,提高文学的职能。通过这种形式,忠实地服务于一定的目的。第三,就诗的功用来说,他强调可以了解舆情,帮助政教。他非常重视《三百篇》和歌谣,因为从它们中间可以听到人民的声音。所以他说:“……闻‘北风’之言,则知威虐及人也;闻‘硕鼠’之刺,则知重敛于下也;闻‘广袖’‘高髻’之谣,则知风俗之奢荡也;闻‘谁其获者妇与姑’之言,则知征役之废业也。故国风之盛衰由斯而见也,王政之得失由斯而闻也,人情之哀乐由斯而知也。”(见《长庆集》四十八“策林”六十九“采诗以补察时政”条。)因此,他极力主张政府要恢复古代采诗的制度,采集一些民间的诗歌——尤其是讽刺时政的歌谣,使统治者可以不出户而知天下,而不至于“贪吏害民无所忌,奸臣蔽君无所畏”(见《新乐府·采诗官》)。他虽然由于历史的限制,还是替统治者着想,从帮助统治阶级的利益出发,而不能更进一步,完全从人民的利益出发;但他觉悟到诗的功用是反映人民的实际生活,与政治有密切关系,较之一些诗人把文学同现实隔离起来,只作为自我陶醉的工具,是大有区别的。

这就是白居易对于诗的基本观点。

理论和实践

白居易的文学观点基本上是正确的。他的创作动机也是善良的。他的“讽谕诗”,主要的如“秦中吟”和“新乐府”,其中一大部分明白地揭露了当时政治社会的黑暗,具体地描写了被压迫人民的痛苦,勇敢地攻击自己阶级的统治集团,激烈地反对支配势力对当时社会所造成的各种不平的现象。这是广大群众所欢迎的。他的“讽谕诗”与他自己平日所持的文学理论是一致的。这就说明他不是在空喊口号,而是在实践着自己的理论。

由于他生平有"兼济"之志，所以热爱人民的感情特别浓厚。这不但表现在文学的实践上，而且表现在事业的实践上。他在外郡做了几任刺史，优良的政绩又是他能够理论联系实际的另一说明。例如他在忠州时，极力扩充园艺，研究种植方法。画木莲荔枝等图，记其形状，有《木莲树图诗并序》及《题郡中荔枝诗并图序》，又作《东坡种花》、《东涧种柳》、《种桃杏》、《种荔枝》等诗。《东坡种花》一首从树艺推到养民的道理说：

> ……养树既如此，养民亦何殊？将欲茂枝叶，必先救根株。云何救根株？劝农均赋租。云何茂枝叶？省事宽刑书。移此为郡政，庶几甿俗苏。

这首诗的用意与柳宗元郭橐驼种树之说相近。他的抱负于此可见。后来他为杭州刺史，更做了许多切实有利于人民的事。据史传记载，他在杭州，曾领导发动民工，建筑钱唐湖的堤坝水闸，既可以蓄水，又可以放水，灌溉田亩一千余顷。并作《钱唐湖石记》，记载蓄水放水的管理办法，极合乎科学。后来三年任满，将去杭州，有《别州民》诗云：

> 耆老遮归路，壶将满别筵。甘棠无一树，那得泪潸然？税重多贫户，农饥足旱田。唯留一湖水，与汝救凶年。

篇末二句就是指这件事。他又疏浚以前李泌在杭州时所掘的六个井，解决了广大市民的饮料问题。这样实际地为人民服务，无怪乎人民舍不得他走了。他离开杭州时，什么东西都不要，只拿了两块石头，一只白鹤。他的《三年为刺史》一诗第二首曾提到这件事：

> 三年为刺史，饮水复食檗。唯向天竺山，取得两片石。此抵有千金，无乃伤清白！

又《洛下卜居》诗云：

> 三年典郡归，所得非金帛。天竺石两片，华亭鹤一只。

白居易就是这样拿出实际行动来表现他对人民的热爱。他不只是空谈理论，也不只是形之于歌咏，而且见之于事业。

“讽谕诗”的技巧

白居易的“讽谕诗”既以讽刺晓谕为目的，所以首先必须求其发生效力。要使它发生效力，最好是通俗浅近，容易了解；或者结合音乐，广泛传播。于是诗的形式问题不能不考虑到。据他自己在《新乐府》序里说，是“篇无定句，句无定字”。这就是说他要采用比较自由的形式来表现诗的内容。《新乐府》五十篇，经常是把三、五、七言的句法错综变化起来，既灵活自然，音节又好听，大体上是采用民间歌谣的形式。例如：

> ……神之来兮风飘飘，纸钱动兮绵伞摇。神之去兮风亦静，香火灭兮杯盘冷。肉堆潭岸石，酒泼庙前草。不知龙神飨几多，林鼠山狐长醉饱。狐何幸！豚何辜！年年杀豚将喂狐。狐假龙神食豚尽，九重泉底龙知无？（《黑潭龙》）

短短的十几句，不过八十几个字，其中有三言句，有五言句，有七言句，还有七言骚体句法，既复杂，又变化。这就是他自己所谓“顺而肆”的体裁，可以播于乐章歌曲的。他想利用音乐来传播诗歌，所以必须注意作品的形式，让美妙的形式同音乐相结合，使文学发挥更大的作用和发生更大的影响。这就是他所以命名为“新乐府”的理由。

其次是通俗。一般地说，白居易的诗是比较浅近的。相传他每作一诗，必须念给老妪听，问她懂不懂。她说懂了，然后留稿，否则改作。这个传说在今天看来，是非常值得重视的。但当时却受到一部分人的鄙弃，甚至连作风相近的苏轼也说过“元轻白俗”的话。这在以前自然是一种诬蔑，不过今天看来，与其说是诬蔑，无宁说是表扬。而且也确实值得表扬，因为他作“讽谕诗”——尤其是《新乐府》，是有计划地想做到符合于读者容易了解的原则的。

现在略论白居易的“讽谕诗”的艺术技巧。

白居易的“讽谕诗”所写的政治、社会、艺术等方面极为广泛，归纳起来，其重点有：（一）反映人民疾苦者（如《观刈麦》、《采地黄者》、《道州民》等);(二)讽刺横征暴敛者(如《重赋》、《杜陵叟》等);(三)攻击豪门贵族者(如《伤宅》、《轻肥》、《歌舞》、《杏为梁》等);(四)描写贪婪强暴者(如《黑潭龙》、《卖炭翁》、《宿紫阁山北村》等);(五)反对侵略战争者(如《新丰折臂翁》);(六)关于妇女问题者(如《上阳白发人》、《太行路》、《陵园妾》、《井底引银瓶》等);(七)劝戒奢侈浪费者(如《卖花》、《牡丹芳》、《红线毯》、《缭绫》、《草茫茫》等);(八)表扬忠义廉洁者(如《寄唐生》、《青石》、《立碑》等)。在以上各类诗篇中有着各种不同的表现方法,大体说来,有下列这几种:

一、直说　这种作法诗中最多。例如《宿紫阁山北村》、《秦中吟》的《议婚》、《伤宅》、《卖花》,《新乐府》的《新丰折臂翁》、《太行路》、《牡丹芳》、《红线毯》、《卖炭翁》、《母别子》、《盐商妇》、《杏为梁》、《井底引银瓶》、《官牛》、《隋堤柳》、《采诗官》等篇,都是属于这一类。其中除《宿紫阁山北村》和《卖炭翁》二首全用叙事体裁外,都在篇末郑重说明正意。如《伤宅》云:"谁能将我语,问尔骨肉间?岂无穷贱者,忍不救饥寒?如何奉一身,直欲保千年?不见马家宅,今作奉诚园!"《卖花》云:"有一田舍翁,偶来卖花处,低头独长叹,此叹无人喻。一丛深色花,十户中人赋!"《红线毯》云:"宣州太守知不知?一丈毯,千两丝,地不知寒人要暖,少夺人衣作地衣!"《井底引银瓶》云:"寄言痴小人家女,慎勿将身轻许人!"《官牛》云:"右丞相!马蹄踏沙虽净洁,牛领牵车欲流血。右丞相!但能济世调阴阳,官牛领穿亦何妨!"《隋堤柳》云:"后王何以鉴前王?请看隋堤亡国树!"以上诗篇都是先将题面全力描写一番,最后结出作意,使读者印象格外深刻。

二、对照　也就是运用对比的方法,也多用之于篇末。例如《观刈麦》一首,既拿抱子拾穗的贫妇与贫民对照,又把自己坐享禄位,不事农桑,同农民贫妇对照。又如《采地黄者》写荒年的劳动人民无法生活,乃采掘地黄,卖给豪家喂马。所以说:"与君啖肥马,可使照地光。愿易残马粟,救此苦饥肠!"这又是拿贫苦人民来同豪门对照。又如《秦中吟》的《轻肥》一首,全篇极力描写一班贵官们的骄奢生活,而最后突然地用两句诗结尾:"是岁江南旱,衢州人食人!"霹雳一声,迅雷不及掩耳。同样《秦中吟》的《歌舞》一首也是如此。它在描写寒冬大雪,公侯们夜以继日的歌舞宴乐之后,也突然用两句诗结尾:“岂知阌乡狱,中有冻死囚?”这两首诗充满着愤怒与不平,充满着诗人反对压迫劳动人民的情绪。

三、隐喻　也就是运用影射的方法。白居易的“讽谕诗”中所用的隐喻法有两种:一为全篇皆用譬喻,并不点破正意;一为全篇虽用譬喻,但篇末仍将正意点出。前者如《羸骏》、《废琴》、《感鹤》、《燕诗示刘叟》、《虾蟆》、《寓意》的“豫意生深山”、“翩翩两玄鸟”、“婆娑园中树”三首,《和答诗》的“答桐花”、“和大嘴乌”、“和松树”三首,《有木诗》的弱柳、樱桃、洞庭橘、杜梨、野葛、水柽、丹桂共七首,《新乐府》的《黑潭龙》、《秦吉了》等首,表面全为咏物诗,其实是一种明显的影射。后者如《云居寺孤桐》、《京兆府新栽莲》、《折剑头》、《紫藤》、《放鹰》、《杏园中枣树》、《有木诗》咏凌霄等首,虽亦属借题发挥的咏物诗,但最后仍点明正意。例如《孤桐》诗末云:“寄言立身者,孤直当如此。”又如《紫藤》诗云:“愿以藤为戒,铭之于座隅。”又如《有木诗》咏凌霄一首云:“寄言立身者,勿学柔弱苗。”这些虽与前者稍有不同,但具有严肃的教育意义则没有不同。假如前者每一首完全是谜的话,后者就把谜底说出来了。此外即物寓意的诗尚多,如《文柏床》、《浔阳三题》(“庐山桂”、“溢浦竹”、“东林寺白莲”)、《新乐府》的《涧底松》等皆属此类。

总之,白居易的讽谕诗无论在形式上和内容上,绝大部分都是接近人民的。它继承着汉魏乐府诗中的民间文学的优良传统。它有丰富的现实的内容,又有完整和明白易解的表现形式。白居易的出身和社会地位虽则属于统治阶级,但在创作中却能为人民说话,表达他对社会现象的愤怒和抗议,透露出人民的思想和愿望。

(原载1951年2月11日《人民日报》“人民文艺”版)

论山谷诗之渊源

《虞书》:“诗言志”。《诗·大序》:“诗者志之所之。”《左传》:“言以足志,文以足言。”是诗文皆所以言志也。志者何?情思之谓。包括情感、思想二者言之,通谓之志。顾中唐以前之诗,大抵多偏于情感,虽不谓其全无意思,但以意为主之诗则极鲜见。盖中唐以前之诗人,其作诗之态度为随便的,其诗之出发点为情感的,其根据为性灵的,其文词为平易的,其意义为明显的,其音节为自然的,其形式为韵文的(此自其大概言之)。中唐以后因文学之自然趋势及反动,诗之形质渐起变化,而与前比迥异。《国史补》云:“元和之后,文章则学奇于韩愈,学涩于樊宗师;歌行则学放于张籍;诗则学浅于白居易,学矫激于孟郊。大抵天宝之风尚党,大历之风尚浮,贞元之风尚荡,元和之风尚怪。”(按:又见《锦绣万花谷》后集卷十九引。)其间作者如:

一 韩 愈

《调张籍》云:“散落人间者,太山一豪芒。”《寄崔立之》云:“且吾闻之师,不以物自隳。”《孟生诗》云:“子其听我言,可以当所箴。”《符读书城南》云:“木之就规矩,在梓匠轮舆。人之能为人,由腹里诗书。”又云:“欲知学之力,贤愚同一初。由其不能学,所入遂异闾。”又云:“三十骨骼成,乃一龙一猪。”又云:“问之何因尔,学与不学欤。”《病鸱》云:“群童叫相召,瓦砾争先之。”又云:“于吾乃何有,不忍乘其危。丐汝将死命,浴以清水池。”《泷吏》云:“不知官在朝,有益国家否。”又云:“凡吏之所诃,嗟实颇有之。”又《示儿》云:“辛勤三十年,以有此屋庐。”又云:“有藤娄络之,春华夏阴敷。”又云:“问客之所为,峨冠讲唐虞。”又云:“以能问不能,其蔽岂可祛。”又云:“安能坐如此,比肩于朝儒。诗以示儿曹,其无迷厥初。"《寄卢仝》云:"玉川先生洛城里,破屋数间而已矣。"又云:"先生固是余所畏,度量不敢窥涯涘。放纵是谁之过欤,效尤戮仆媿前史。"又《谁氏子》云:"神仙虽然有传说,知者尽知其妄耳。"又云:"罚一劝百政之经,不从而诛来晚耳。"又《石鼓歌》云:"石鼓之歌止于此,呜呼吾意其蹉跎。"

韩公为文务去陈言,必于己出。其诗则"横空盘硬语,妥贴力排奡"(《荐士》)二句,不啻自为评赞。但古诗句法典前人不同。山谷谓其以文为诗,实非虚语。《临汉隐居诗话》、《冷斋夜话》并载,沈括曰:"韩退之诗,乃押韵之文耳。"观《南山》、《泷吏》、《符读书城南》、《寄卢仝》、《石鼓歌》、《月蚀诗》等篇尤可见也。

二 卢 仝

《月蚀诗》起云:"新天子即位五年,岁次庚寅,斗柄插子,律调黄钟。"《寄萧二十三庆中》起云:"萧乎萧乎,忆萧者嵩山之卢。"又《出山作》云:"出山忘掩山门路,钓竿插在枯桑树;当时只有鸟窥窬,更亦无人得知处。家僮若失钓鱼竿,定是猿猴把将去。"

卢仝为中唐诗家一大怪杰,好为险怪语。其《月蚀诗》,韩愈称其工而效之。其《叹昨日》第一首有云:"昨日之日不可追,今日之日须臾期,如此如此复如此,壮心死尽生鬓丝。"第二首有云:"天下薄夫苦耽酒,玉川先生也耽酒;薄夫有钱恣张乐,先生无钱养恬漠。"卢《自咏》诗亦有"低头难有地,仰面辄无天"之句。

三 孟 郊

《乱离》有云:"泪下无尺寸,纷纷天雨丝。"《赠郑夫子鲂》云:"天地入胸臆,吁嗟生风雷。"《章仇将军良弃功守贫》起云:"钦君江海心,讵能辨浅深;挹君山岳德,谁能齐嶔岑。"《自叹》云:"愁与发相形,一愁白数茎。有发能几多,禁愁日日生。古若不置兵,天下无战争。古若不置名，道路无欹倾。太行耸巍峨，是天产不平。黄河奔浊浪，是天生不清。四蹄日日多，双轮日日成。二物不在天，安能免营营。”

孟郊为中唐一苦吟诗家，其思苦奇涩，《夜感自遣》云：“夜学晓未休，苦吟鬼神愁，如何不自闲，身与心为仇”者，盖可见矣。惟其诗思奇涩，故钩深索隐，多有理致，有想入非非者。如《罪松》诗末云：“天令设四时，荣衰有常期。荣合随时荣，衰合随时衰。天令既不从，甚不敬天时。松乃不臣木，青青独何为。”设想甚奇。《尧歌》起云：“山色挽心肝，将归尽日看。”

四　贾　岛

《全唐诗》小传云：“诗思入僻，当其苦吟，虽逢公卿贵人，不之觉也。”（按：下句本《新书》。）《全唐诗话》三：“能诗，独变格入僻，以矫艳于元白。”《全唐诗话》载韩公赠岛诗云：“孟郊死葬北邙山，日月星辰顿觉闲，天恐文章中断绝，再〔故〕生贾岛在人间。”（或曰非韩诗。）《临汉隐居诗话·贾岛》云：“‘独行潭底影，数息树边身。’其自注云：‘二句三年得，一吟双泪流，知音如不赏，归卧故山秋。’不知此二句有何难道，至于三年始成而一吟泪下也。”《哭孟郊》云：“身死声名在，多应万古传。寡妻无子息，破宅带林泉。冢近登山道，诗随过海船，故人相吊处，斜日下寒天。”又《朝饥》云：“市中有樵门，此舍朝无烟。井底有甘泉，釜中乃空然。我要见白日，雪来塞青天。坐门西床琴，冻折两三弦。饥莫谐他门，古人有拙言。”又《客喜》云：“客喜非实喜，客怨非实怨。百回信到家，未当一身归。未归长嗟愁，嗟愁填中怀。开口吐愁声，还却入耳来。常恐泪滴多，自损两目辉。鬓边虽有丝，不堪织寒衣。”又《三月晦日赠刘评事》云：“三月正当三十日，风光别我苦吟身。共君今夜不须睡，未到晓钟犹是春。”《题李欵幽居》云：“闲居少隣并，草径入荒村。鸟宿池边树，僧敲月下门。过桥分野色，移石动云根。暂去还来此，幽期不负言。”《北梦琐言》：“贾岛诗思迟涩，杼轴方得。

如‘鸟从井口出，人自岳阳来’，乃经年方遂偶句。”按：此又见《摭遗》、《锦绣万花谷》前集卷二十一“诗律”门引之。

贾岛亦一苦吟诗家，观其在京因斟酌“推”、“敲”二字，以致冲犯大尹一事（见《隋唐嘉话》），盖亦东野之徒。《升庵诗话》记晚唐一派学张籍，一派学贾岛。其诗不过五言律，起结皆平平，前联俗语，十字一串带过；后联谓之腹联，极其用工，最忌使事，谓之“点鬼簿”。惟搜眼前景，深刻思之。故曰：“吟成五个字，撚断数茎须。”其于诗也狭矣。

五 李 贺

杜牧序其文集，有云：“鲸呿鳌掷，牛鬼蛇神，不足为其虚荒幻诞也。”《金铜仙人辞汉歌》末云：“衰兰送客咸阳道，天若有情天亦老。携盘独出月荒凉，渭城已远波声小。”《秋来》末云：“思牵今夜肠应直，雨冷香魂吊书客。秋坟鬼唱鲍家诗，恨血千年土中碧。”又《湘水》云：“筠竹千年老不死，长伴秦娥盖湘水。蛮娘吟弄满寒空，九山静绿泪花红。离鸾别凤烟梧中，巫云蜀雨遥相通。幽愁秋气上青枫，凉夜波间吟古龙。”

《新书》（二〇三）谓贺每旦日出，骑弱马，从小奚奴，背古锦囊，遇所得，书投囊中，及暮归，足成之。母使婢探囊中，见所书多，即怒曰：“是儿要呕出心肝乃已耳！”辞尚奇诡，所得皆惊迈，绝去翰墨畦径，当时无能效者。

由此数家观之，共为诗之态度，乃非随便的而为认真的；其出发点多非情感的而为理智的；其根据多非性灵的而为学问的；其特征多为逻辑的而非形象的；其文词多非平易的而为险仄的；其意义多非明显的而为艰深的；其音节多非自然的而为生拗的；其形式多非韵文的而为散文的。此诗之极变，与前此大不相同者也。若以言志一义绳之，中唐以前之诗，只能做到“情”字，中唐以后之诗，则兼做到“思”字，实诗学一大进步时期也。

宋初之诗，多效唐人语，虽著若王禹偁、陈从易之学白乐天，杨亿、刘筠之学李义山,号为“西昆体”(见《六一诗话》、《蔡宽夫诗话》及《沧浪诗话》)。又有潘阆、魏野等之专学晚唐(见《后村诗话》),其病或失之浅易(平弱),或失之雕砌,或失之促狭。例如王禹偁《清明独酌》云:

> 一郡官闲惟副使,一年冷节是清明。春来春去何时尽,闲恨闲愁触处生。漆燕黄鹂夸舌健,柳花榆荚斗身轻。脱衣换得商山酒,笑把《离骚》独自倾。

又如杨亿《汉武》云:

> 蓬莱银阙浪漫漫,弱水回风欲到难。光照竹宫劳夜拜,露漙金掌费朝餐。力通青海求龙种,死讳文成食马肝。待诏先生齿编贝,那教索米向长安。

又如魏野之《书友人屋壁》云:

> 达人轻禄位,居处傍林泉。洗砚鱼吞墨,烹茶鹤避烟。闲惟歌圣代,老不恨流年。静想闲来者,还应我最偏。

此三派中,西昆一体最盛。其体大抵以对偶隶事为工,藻思绮合,清丽芊眠。但过于浮艳纤巧,缕雕堆砌,专以近体为主。优伶“挦撦”之戏,徂徕《怪说》之讥,实为此体反动之先声。及欧阳公出,力矫其弊,宗法昌黎古体,以豪健恣肆为尚。谓退之才力无施不可,其发谈笑,助谐谑,叙人情,状物态,一寓于诗,而曲尽其妙。

荆公语录亦谓欧公诗如韩愈而工妙过之。《延漏录》亦谓欧公论唐诗,谓杜子美才出人表,不可学,学必不至,徒无所成。故未始学之。韩退之才可及而每学之。故今欧诗多类韩体。(以上见《竹庄诗话》卷九引)今观欧公《庐山高》起云“庐山高哉,几千仞兮,根盘几百里,截然屹立乎长江”,《明妃曲》起云“胡人以鞍马为家,射猎为俗”,《鬼车》起云“嘉祐六年秋,九月二十有八日……天昏地黑,有一物,不见其形,但闻其声。其初切切凄凄,或高或低……既而咿伊呦呦,若轧若抽”等篇,皆极似韩之以文为诗也。欧公之文,时人仰之若山斗。山谷为公之后辈,而又其乡人也。故其平日之所谓句法者,大抵远祖韩而近宗欧。王荆公则又其间接所师者也。兹分述之:

一、苕溪渔隐曰:永叔《送原甫出守永兴诗》云:“酌君以荆州鱼枕之蕉,赠君以宣城鼠须之管。酒如长虹饮沧海,笔若骏马驰平坡。”黄鲁直《送王郎诗》云:“酌君以蒲城桑落之酒,泛君以湘累秋菊之英,赠君以黟川点漆之墨,送君以阳关堕泪之声。酒浇胸中之磊落,菊制短世之颓龄,墨以传千古文章之印,歌以写从来兄弟之情。”近时学者以谓此格独鲁直为之,殊不知永叔已先有也。(《苕溪渔隐丛话》前集二十九)

二、荆公本出欧公门下,其古体学韩欧,而近体学老杜(参阅《石林诗话》、《东轩笔录》、《冷斋夜话》)。山谷诗又多直接间接从荆公来。《观林诗话》载,山谷云“余从半山老人得古诗句法”,此其证也。又按:山谷《黄氏二室墓志铭》曰:“庭坚十七岁时,从舅氏李公择学于淮南,始识孙公,得闻言行之要,启迪奖劝,使知问道之方。孙公怜其少立,故以兰溪归之。及庭坚失兰溪,谢公方为介休择对,见庭坚之诗曰:‘吾得婿如是足矣!’庭坚因往求之。然庭坚之诗,卒从谢公得句法。”又按:《艇斋诗话》云:“山谷诗妙天下,然自记得句法于谢师厚,得用事于韩持国。”李公择,李常也。孙公,孙觉也。谢公,谢师厚景初也。持国,韩维也。此四人者,皆荆公诗友也。故山谷之诗,受荆公影响无疑也。

三、山谷尝有诗称杨大年若霜鹄,其不废西昆明甚。故陈丰《黄诗辨疑》云:“公早年亦从事于玉溪生,故集中流丽芊緜者亦复不少。”《风月堂诗话》亦云:“黄鲁直用昆体工夫而造老杜浑全之境,禅家所谓更高一着。”《载酒园诗话》亦云:“鲁直好奇,兼好使事,实阴效钱刘,而变其音节。”叶梦得《石林诗话》云:“杨大年、刘子仪皆喜唐彦谦诗,以其用事精巧,对偶亲切。黄鲁直诗虽不类,然亦不以杨刘为过。盖山谷早年犹得及昆体余势,受其渐染。故虽逮其自成一家,犹暗中用其使事之法。”比可见山谷与西昆之微妙关系。

至于晚唐诗,非山谷所好。《与赵伯充书》云:“学晚唐诸人诗,所谓‘作法于凉,其弊犹贪,作法于贪,弊将若何’。”然此派苦吟之精神,如潘逍遥《叙吟》诗所谓“发任茎茎白,诗须字字清。搜疑沧海竭,得恐鬼神惊”者,实山谷所尚。但山谷之苦吟冥搜,不专限于近体,更不专限于五律耳。若夫山谷之宗杜甫,人而知之。陈后山《答秦观书》云:“仆之诗,豫章之诗也。豫章之学博矣,而得法于少陵。其学少陵而不为者也。故共诗近之,而进则未也。”魏衍《后山集记》:“初,先生学于曾公,誉望甚伟,及见黄庭坚诗,爱不舍手,卒从其学。”即山谷自言,亦谓“学老杜诗,所谓刻鹄不成,犹类鹜也”(《与赵伯充书》)。惟山谷所以学杜之故,亦非偶尔。盖其父庶能诗,独嗜少陵,句律奇绝,世所传山魈水怪之体也。《咏怪石》云:“山魈水怪著薜荔,天禄辟邪眠莓苔。钩帘坐对心语口,曾见汉唐池馆来。”故《后山诗话》云:“唐人不学杜诗,惟唐彦谦与今黄亚夫庶、谢师厚景初学之。鲁直,黄之子,谢之婿也。其于二父,犹子美之于审言也。”《洪驹父诗话》亦云:“山谷父亚父诗自有句法。山谷句法高妙,盖渊源有自。山谷《黄氏二室墓志铭》亦云:‘庭坚之诗,卒从谢公得句法。’”又《观林诗话》尝载:“山谷云:‘余从半山老人得古诗句法。’”盖荆公诗亦学杜者也。然余以为山谷诗学杜者有二事可指:一为法杜之读破万卷,一为法杜之语必惊人。非必从字句篇章间之迹象以求之也。

(原载西南联大《黄山谷诗讲录》,选自《游国恩学术论文集》,中华书局1989年版)

跋洪昇枫江渔父图题词

〔北中吕粉蝶儿〕江接平湖，渺茫茫水云烟树。战西风一派菰蒲。白蘋洲，黄芦岸，厮间着丹枫远浦。秋景萧疏，映长天落霞孤鹜。

〔醉春风〕俺只见小艇乍迎潮，孤篷斜带雨。柳边渔网晒残阳，有多少楚楚。停下了短桨轻帆，趁着这晚烟秋水，泊在那野桥官渡。

〔普天乐〕是一个钓鱼人江边住，笋皮笠子，荷叶衣服。足不到名利场，心没有风波惧。稳坐矶头无人处，碧粼粼细数游鱼。受用足一竿短竹，半壶绿醑，数卷残书。

〔红绣鞋〕那渔父何方居住？指枫江即是吾庐。何须隔水问樵夫。云藏林屋小，天逼洞庭孤。刚离着三高祠不数武。

〔满庭芳〕傍柴门停舟暂宿，江村吠犬，霜树啼乌。纵然一夜风吹去，也只在浅水寒芦。破衰衣残针自补，枯荷叶冷饭平铺。秋如素，渔歌一曲，千顷月明孤。

〔上小楼〕正安稳羊裘避俗，不提防鹤书征取。逼扎您罢钓收纶，弃饵投竿，揽辔登车。离隐居，到帝都，龙门直度。拜殊恩古今奇遇。

〔十二月〕但莫忘旧盟鸥鹭；且休提新鲙鲈鱼；空想像志和泛宅；慢寻思范蠡归湖。凝望处云山杳霭；梦魂中烟水模糊。

〔尧民歌〕描不出满怀乡思忆东吴，因写就小江秋色钓鱼图。翠森森包山一带有还无，片时间晚云收尽碧天孤。传书，平沙落雁呼，直飞过斜阳渡。

〔耍孩儿〕俺不能含香簪笔金门步，只落得穷途恸哭。山中尚少三间屋，待归休转又踌躇。不能做白鸥汀上新渔父，只混着丹凤城中旧酒徒。几回把新图觑，生疏了半篙野水，冷落了十里寒芜。

〔尾声〕江波寒潦收，枫林夕照疏，比皤溪也没甚争差处，——单只您这垂钓的先生不姓吕。

此洪昉思《枫江渔父图题词》也。昉思散曲传世者不多见。以余所知，《集贤宾》题陈迦陵填词图一套[①]及《新水令》隐括《兰亭序》一套[②]，并此而三，而此曲尤胜。顾久晦人间，知者盖尠。近人收入《续曲雅》，而不注所出。邓秋枚录入《美术丛书》初集第六辑中，谓此图真迹为归安陆氏所藏。所题咏均出清初诸大老之手，洵极一时之盛。因钞录其文付印。是秋枚虽睹原图真迹，似仍未知题咏之有刻本也。盖"枫江渔父图"者，清初词人徐釚虹亭自寓其归隐之意而作也。康熙十八年己未，徐以户部尚书梁清标荐，试博学鸿词，授检讨，纂修《明史》。未几，因病乞假归。二十五年丙寅，四月，病愈，复原官，旋即罢去，以次年丁卯南归。同朝诸公多赋诗以赠其行，乃编次之以为《青门集》。先是康熙十四年，乙卯，徐年四十，尝属名画家钱唐谢彬为作"垂竿图"，因自号"枫江渔父"，而并以名图。徐，吴江人也，有崔信明、张懿孙之诗意焉。至是，以其图遍示同人，广征题咏，作者凡九十二人[③]，先后得散文、诗歌、词曲一百三十七首[④]。昉思之《中吕粉蝶儿》套曲在焉。虹亭因汇集诸人所题为一卷，遂安毛际可为之图记，而自撰《枫江渔父传》，并附刻于《青门集》以传，题曰"菊庄编次"，——"菊庄"即徐之别号。此"枫江渔父图"题咏集之所由来也。

洪氏此曲，凡写景、抒情、造语、协律及章法结构，殆无不惨淡经营，极尽曲家之能事。观其起调即将吴江深秋景色描绘入神，江湖相接，烟水茫茫，蘋洲芦岸，丹枫远浦，恰是一幅秋江远景图在人目睫。其中暗点"丹枫"二字，所以明着其地，而非泛泛写景之词也。《醉春风》一调先出渔舟，《普天乐》一调再出渔父。景物既逼真，形象又生动。观会

---

① 福建师范学院有藏本。拓片见该院一九五六年学报第一期熊德基先生《洪昇生平及其作品》一文中。

② 见杨友敬编白朴《天籁集》原刻本。

③ 原集作九十一人。其中一人姓名被剜去，仅留"南海"二字。以诗观之，盖屈大均也。

④ 原集作一百三十五首，计算似有误。

侯图记:“图修广不盈幅,烟波浩荡,有咫尺千里之势。舟中贮酒一罂,图书数十卷。虹亭纶竿箬笠,箕踞徜徉。”然则《普天乐》一调云云,乃按图写实之词,非作者设想之语。夫曰“小艇”,曰“孤篷”,曰“短桨轻帆”而间以“柳边渔网晒残阳”,其为渔舟可知。至于渔者而有读书之乐,无风波之惧,共为有托而逃也又可知。斯则不但曲中有书,且以见主人作图之意也。四、五两调进而铺写渔父生活,而以旁观问答及渔父自述语气敷衍之,顿使局势开拓,章法变化,乃曲中最精采文字。《红绣鞋》一调中交代“枫江”,郑重点明题目。“三高祠”句轻描淡写,若不经意,其实借以衬出渔父之身分,且预为下文《十二月》一调中范蠡、张翰作伏笔也。《满庭芳》承上写渔父罢钓归来停宿江村夜景,至是,渔父之意兴愈潇洒,渔父之形象愈生动,“深入情思,文质互见”,可谓“挥毫落纸如云烟”矣。第六调《上小楼》叙渔父被逼应征,不得已与枫江暂别。虽题中应有之义,要非此不足以明图中主人公之为谁何也。七、八两调写渔父宿愿既违,乡思无极。张季鹰感秋风而思鲈脍,范少伯成霸功而归五湖,玄真子虽非吴人,然浮家泛宅,往来苕霅间,踪迹亦未尝不至于笠泽。故其《渔歌子》有松江蟹舍、菰饭莼羹之句。使典隶事,皆本地风光,最为帖切。且对仗工整,遣词俊逸,有挹之不尽之情,无勉强凑插之病。而始终不忘点缀枫江景色,扣紧题面,不肯丝毫放松,章法异常严密。《耍孩儿》一调转到作者自己,虽自叹溷迹都门,落拓不偶,有满地江湖、欲归不得之感,然又非是不足以明题图者之确为谁某也。中间“白鸥”一联既整炼凝重,末二句又紧帖题旨,语无泛设。《尾声》以“江波”、“枫林”收枫江,“磻溪”二句收渔父,总结全曲,收束既净,尤妙在末句得一极俊语作结,愈见精神,非草草收场者所可同日语,真北曲之能事也。

凡投赠之作,务须时地清楚,宾主分明。昔田纶霞视河至高家堰,得诗三十首,和者数人。独赵秋谷讥共“徒言河上风景,征引故寘,夸多阘靡而已。孰为守土?孰为奉使?孰为过客?孰为居人?且三十首重复多矣,不如分之诸子”云云,固辞不和。其说见于《谈龙录》。今观“枫江渔父图”题咏集一百三十余首中,大半皆秋谷所讥者也。枫江何地,渔父何人,题图者谁,都无交代,大抵皆泛常酬应之作。秋谷乃昉思知音，如此曲庶其可免故人之诮欤？

昉思此曲最见本领处，厥惟活用前人名句，驱使成语，如从己出。此虽起于宋词，要为元人长技。吴瑹符论《牡丹亭》之工，以为“其妙在神情之际。试观记中佳句，非唐诗，即宋词；非宋词，即元曲。然皆若士之自造，不得指之为唐为宋为元也”。今昉思于此，凡范蔚宗、王子安之文，王维、张继、司空曙之诗，乃至元、明人之曲，为贯云石之《塞鸿秋》，白仁甫、卢疏斋之《沉醉东风》，张小山之《南昌一枝花》，冯海粟之《鹦鹉曲》[1]，汤玉茗《邯郸记》第二折《红绣鞋》、《迎仙客》、《尾声》等调中之词句[2]，无不运化而出之，亦不觉其为前人之文、前人之诗与曲，而皆成为作者自造之语，天机神韵，几欲与元人争席矣。

凡歌渔父者，皆作睥睨富贵，放怀烟水之词，盖乐其纵诞不羁，浪迹江湖而不撄世患也。此特托迹佯狂之士，自适其志而无益于人间世，在今日诚无足取。然其耿介拔俗之标，萧洒出尘之想，啸风月，傲王侯，隐沦终古，不与暴君污吏合作。或当国家民族危难之际，进不能拯溺救焚，退则义命自安，不屑禄仕，若此者似亦未可厚非。虹亭中年肥遯自甘，号为渔隐。矢志不坚，较之魏叔子、顾宁人诸人，洵有愧色。然而筮仕未久，急流勇退，竟终身不复出，以视当日士大夫之降志辱身、一往不返者亦有间。昉思生当顺康，连姻华胄，虽有系援，终嫌依附。徒假文字之缘，得交于当世公卿，衣食奔走，落魄穷途。故其题词遂不觉长歌当哭，感慨系之。《耍孩儿》一调正以见其进退无聊之情也。虽然，以全曲而论，起止开阖，法度森严，首尾相应，脉络贯通；又词新语俊，字响调圆；落句之隐，押韵之工，协律之精，皆深得元人三昧，在散曲中固当高置一座。

昉思此曲未题年月，作于何时，今不可考。惟曲中《上小楼》一调，

---

① 冯海粟《鹦鹉曲》“渔父”云：“沙鸥滩鹭离依住，镇日坐钓叟纶父。趁斜阳晒网收竿，又是南风催雨。绿阳堤忘系孤椿，白浪打将船去。想明朝月落潮平，在掩映芦花浅处。”

② 《邯郸记》第二折《红绣鞋》云：“趁江乡落霞孤鹜。”《迎仙客》云：“听平沙落雁呼，远水孤帆出。这其中正洞庭归客伤心处，赶不上斜阳渡。”《尾声》云：“则这热心儿，普天下遇着他，都姓吕。”

乃述虹亭被征人都授官事，其下文亦不过言其“满怀乡思忆东吴”而已。而虹亭自撰《枫江渔父传》言其“除翰林院检讨，充纂修《明史》官，任职四年，因病请告归”。又言“病愈，补官还署，未数月，遽左迁而去”。又其《专门集》小叙云：“余于丙寅四月，病起补官。居未半载，蒙恩左迁。明年二月，始买归棹。”知虹亭谪官在康熙二十五年，其南归则在次年丁卯之春。然则此曲之作，必在己未以后，丙寅以前，无疑矣。又按张尚瑗所作《枫江渔父图题词序》谓“先生自应召居馆职，比乞假南游，所历必挟图自随，得名人题咏甚夥。既补官左迁，同朝饯送及里居唱和，又往往题诗此图之左”云云。考昉思与虹亭雅非夙好，其相知盖在虹亭入京之后，即己未应选词科之岁。而是冬昉思之父以被诬遣戍，昉思奔归，随父北行。《稗畦集》有《除夕泊舟北郭》诗，题下自注即载其事。次年庚申，事既得白，复送父南归。北返时，已八九月矣。昉思是时家难方息，惊魂甫定，即已获交于虹亭，未必即有染翰之兴。明年辛酉，移居京郊沙河，其冬又迁回京城。直至乙丑，迄未离京。而虹亭在史馆只四年，计当昉思迁京不久之时，即虹亭罢官将归之日。证以二人离合之迹，此一题词殆作于康熙二十一年，壬戌之冬，或次年癸亥，虹亭请假离京以前，固可推而知也。若至丙寅正月，昉思又因事南游，客居江阴。至戊辰初春，始复北返。前后足二年，皆在江阴县令陆次云幕中。故其《将入都门途中忆徐电发（等）谪调归里怆然感怀》诗云：“两年不上长安道，冠盖交游已半非。地下故人多寂寞，天涯逐客各分飞。”电发即徐釚字，此正指其补官后以左迁去职事也。明年，为康熙二十八年己巳，《长生殿》祸作，昉思被逐归杭州，从此萍飘凫泛，各自东西，与虹亭益参商不相值矣。

一九六二年一月八日

（原载《文学评论》1962年第1期）

对于编写中国文学史的几点意见

一九五四年,高等教育部为了适应教学改革的需要,积极进行教材建设工作,曾指定几个高等学校中国语言文学系和文学研究所,分段草拟中国文学史教学大纲。一九五五年,中国文学史古典部份各段负责起草学校先后邀请部份高等学校及其他方面的专家进行讨论,取得初步一致的意见。今年七月和十一月里,在原有大纲草案的基础上,高等教育部又先后召开过两次会议,讨论中国文学史大纲,为编写中国文学史教科书做好准备。经过两次热烈的讨论和细致的修改,现在这份大纲全部已经最后通过,草案变成定稿,即将付印,作为编写教科书的依据和各综合大学中文系文学史这一课程教学的参考。至此,文学史教材建设工作,初步告一段落。

在历次讨论会中,我是始终参加的,大家虽然意见分歧,最后仍然取得协议。多数同志一面坚持自己的看法,同时也虚心考虑别人的意见;既有争执,又有协调;既坚持真理,也放弃成见,充分表现了百家争鸣、实事求是的精神。这种精神的发扬,是和党的英明领导分不开的,也和知识份子接受思想改造,努力自我教育分不开的。

对于这个大纲,我虽然也有一些保留的意见,但基本上是同意的。现在我愿意把我对于编写中国文学史的一些意见提出来,供同志们参考,并希望得到专家的指教。

一　中国文学史的内容问题

中国文学史的内容究竟是些什么?这是一个关于文学取材的范围问题,也是必须首先明确的问题。过去有两种距离很远的看法:一种把文学的范围扩大到极为广泛,几乎无所不包;另一种则又缩小得异常窄狭,而多所遗漏。前者如清末光绪三十年(一九〇四)林传甲所编的

《中国文学史》(京师大学堂国文讲义),全书十六篇,凡文字形体、古今音韵、名义训诂、群经、诸子以及二十四史都包括在内。甚至《素问》、《灵枢》、《九章算术》、作文修辞法、虚字用法等等,无所不讲。真是广大无边,包罗万象。一直到谢无量先生的《中国大文学史》,还是把佛教、反切和经学及其今古文学派都列入文学范围,一并讲述。后者如五四以来许多文学史只讲诗、文、词曲和小说,先秦诸子、《左传》、《战国策》、《史记》、《汉书》都不讲。其甚者如刘经庵的《中国纯文学史纲》就只讲诗歌、词、戏曲、小说四类,连散文和汉以后的辞赋都在排斥之列,就是最突出的例子。这种处理文学材料的态度,显然是受了外国资产阶级文学史家的影响。这种影响的残余,直到今天,在某些文学史著作中仍然或多或少地存在着。

诗歌、辞赋、词曲、戏剧、小说应该算文学,应该在文学史上叙述,这是大家公认的,没有问题。但所要讨论的是先秦时代的诸子散文和历史散文要不要讲呢?我的答覆是肯定的。一般说来,先秦诸子的著作都是有关哲学、政治的理论文,应该归入哲学范围。但那些理论文特别是庄子、孟子、荀子、韩非子诸家的散文都是各有其特点的。他们的著作中,有很大一部份都不是干巴巴的只有概念式的推理或说教的哲学论文和政治论文,而是极为生动、富有形象性的优秀的散文。它们有民主性的进步思想,有比较严密的逻辑方法,同时也有恰当的表现形式:一般都是条理清楚,结构紧严,语言明白流畅,通俗朴素,说服力很强,特别是运用寓言故事和譬喻等表现方法,生动具体,形象鲜明,读者不但不觉得枯燥无味,不但不觉得抽象化、概念化,反而有极大的吸引力,使人感到愉快,感到一种"怡然理顺,涣然冰释"的愉快。我们不能因为先秦诸子的散文其目的在于说理,就抹杀它们的艺术性,就不承认它们有文学价值。何况在先秦时代这些理论文也和历史散文一样,都是我国散文的源头,如果不讲它们,则后来的所谓"古文"便没有根,韩、柳以后的古文都不应该讲。如果不讲先秦散文,而讲唐、宋古文,固然说不过去;如果由于不讲先秦散文因而索性连后来一切作家的散文都不讲,那就更说不过去。

其次,像《左传》这样的历史散文也是不能不讲的。理由也还是一样。它不仅仅是历史事实的记录,而且是丰富多彩的文学作品,因为它的作者不但记载事实,还要描写事实,在我国历史上开始出现给历史叙述涂上了浓厚的文学的色彩。它往往把历史的记录变成了极为生动的故事,甚至其中人物的形象也描绘得非常生动。所以《左传》不只是一种历史著作,同时也是一部优秀的文学作品。文学史不讲它,也是不应该的。近来有一种中国文学史第一卷就把《左传》抹掉了。大概因为《左传》是历史著作的缘故。可是这部文学史却又用了很多的篇幅讲司马迁和《史记》。——《史记》是必须要讲的,但无论作为一个伟大的历史家或文学家,无疑的他是继承并发扬了《左传》、《战国策》这些历史著作的优良传统,为什么讲《史记》不讲《左传》呢?这也是说不过去的。布罗次基主编的《俄国文学史》叙述俄国十一世纪的文学,对于那时代的《俄罗斯编年序史》大书而特书,它的性质和内容和我们古代的历史《左传》异常相近,然而《俄国文学史》把它作为文学作品提出来讲,我认为是对的。

其次就是骈体文要不要讲的问题。由于我国文字的特点,使我国的文学形式便于走向整齐和对偶的道路。所以骈体文的形成,中国文字本身的条件是它的决定因素。刘彦和说:“造化赋形,支体必双;神理为用,事不孤立。夫心生文辞,运裁百虑;高下相须,自然成对。”(《文心雕龙·丽辞》)他只觉得我们的文章很容易“自然成对”,不知道这种现象原来是由我们的语言文字的特点所规定的。骈文这种体裁萌芽很早,从东汉起,逐渐形成;齐梁以来,发展达到了最高峰。整齐对仗之外,更讲求词藻、声律。所谓“五色相宣,八音协畅”,“宫羽相变,低昂互节”,不仅成为这一时期文学的主要形式,而且成为我国所独有的、具有特殊风格的一种文学体裁。到了唐代,更进一步发展为对偶更工整,声调更和谐的“四六文”。骈体文的发展规律和发展过程同律诗一样,它们在文学史上始终是并驾齐驱、双轨平行地向前迈进,追求形式,追求对仗工整,声调和谐。

骈体文在我国文学史上应该如何评价,这是另一问题,现在姑且不谈。可是五四以来,研究古典文学的人好像不约而同地置之不理,讲文学史的人就根本把它从文学史上抹掉,以致在六朝时期造成一大段空白。从此以后,骈体文的发展情况、它的特点和缺点是什么,在我国文学史上占个什么位置,有过什么影响,都不知道。久而久之,大家习而不察,视为当然。我想作为一个文学史的编者来说,这种对待过去的文学历史的态度是不对的。文学史叙述过去的文学发展的历史,可以有轻重详略之不同;对待文学作品本身,也可以作正确和谨严的批判,但不应该抹杀文学的历史,而且我们也无权抹杀它。骈体文有它的政治基础和社会基础,它的发展变化有着几百年的历史,这是我国文学史上一段重要的事实,也是一种主要的文学现象,如何可以凭着我们的好恶就轻轻地把它从历史上抹掉呢?我们历史上出现过许多值得歌颂值得赞美的人物和事件,也出现过不少令人憎恨令人诅咒的东西,如果单讲好的,或者单讲坏的,都是不应该。这不仅是叙述本身的全面不全面的问题,根本上乃是一个不尊重客观事实的问题。何况单讲好的,不讲坏的,只写正面现象,不写反面现象,对反面现象不作正确分析,不研究它的社会根源,就看不出事物的矛盾和斗争,因为既无比较,怎么能够更清楚地辨别哪些是好的哪些是坏的呢?如果不讲所谓"八代之衰"的骈体文,那末,唐、宋两代的古文运动是怎样起来的就无法说明;历代古文家同骈文作斗争的事实也无法理解。我实在不懂:骈文和律诗就其艺术的表现形式和表现手法来说,并无什么根本上的差别,为什么许多文学史家并不抹杀律诗,而独对于魏、晋、六朝的骈体文和唐、宋以来的"四六文"就毫无理由抹杀它?这是对待历史的一种粗暴的态度,应该及时纠正。

二　中国文学史的体例问题

从清代末年起,直到现在为止,五十年来,所有中国文学史的著作,估计不下一百部。据我所知并且能够举出编者的姓名、出版的书店(包括印刷和代售处)和出版年月的,大约有五十来部。就这些文学史的体例看来,大致可分为五类:(一)以书名、作者、朝代、文体标目相错间出的,例如林传甲的《中国文学史》。(二)基本上以作家为主,但仍杂以书名、朝代、学术流派、文学种类、文学体裁、文学派别等标目的,例如谢无量的《中国大文学史》。(三)完全以文学的种类和体裁分编标目的,如谭正璧的《中国文学进化史》及刘经庵的《新编分类纯文学史纲》都是这样(刘著分为四编:诗歌、词、戏曲、小说,每编“竖切”到底,是名副其实的“分体合编”)。(四)把文学分成“传统文学”和“民众文学”两大部份,每个部份各以时代为纲,以各种文学种类、文体、作家、派别为目,而分叙在每一个或两个朝代之内,例如胡行之的《中国文学史讲话》就是这样。(五)不拘成格,作家与作品、体裁与流派,都按照实际情况来标目的,如刘大杰先生的《中国文学发展史》就是这样。上述这些不同的体例,第一类是文学史的草创时期,那时文学的概念还不明确,体例显得十分混乱。这种情况在第二类中还存在着一些残余,但体例上已有显著的进步。第三、第四两类的体例固然不妥当,但在某些观点和认识上也有所提高,这显然是受了外国文学理论的影响。到了第五类,在编写体例上才有了一定的创造性和独立性,比较符合于我国文学发展的客观情况,因为它没有按照什么外国的蓝本硬套。从以上各种各样的文学史的编写体例来看,这也是一个历史的发展。它是逐渐发展而达到了比较完善的地步。

文学史的体例虽然是多种多样,但归纳起来,大体不外两种:一种是以作家为主的编写法,一种是以文体为主的编写法。这两种编写法究竟哪一种更好呢?我认为各有短长,各有利弊,不能一概而论。如果以作家为主,按照时代的先后来叙述,这样的好处是能够比较完整地了解每个作家的文学全貌,对于每个作家所反映的社会本质和某一时代的精神面貌也能够获得比较更全面的认识,乃至每一作家,特别是重要作家与当时社会的关系及其在文学发展中的作用也能够更好地加以详细说明。但它的缺点就是片片切断,过于细碎,往往不能更好地说明文学潮流和发展趋势以及某种文体的源流变迁。例如两汉的辞赋,东晋以后到初唐以前的诗文,叙述起来就会发生这样的困难。如果以文体为主,其得失利病恰恰与此相反。文学发展中的大潮流大趋势是能够比较明显地看得出来了,文体发展或衰退的现象也显得特别清楚,但往往只见四肢,不见全体,只看见一丘一壑,一溪一涧,看不见五岳千仞,层峦叠嶂,长江万里,汪洋浩瀚的伟大图景。例如中唐和北宋时代的一些大作家，如果分体叙述，如同破竹析薪，条条劈开，必有此种缺憾。我想，这是为客观事实所决定的，是无法避免的。正如从前历史家的撰述一样，编年体不能满足记载的需要，于是又创为纪传体；纪传体仍不能完全适用，于是又创为纪事本末体。单就某一种史体来看，究竟哪一种好，却很难说。它们各有优劣，既没有绝对的好，也没有绝对的坏。如果可以比拟的话，那么，以作家为主的文学史的体例，有点像纪传体：照作家的年代先后叙述，诚然有如刘知幾所说“显隐必该，洪纤靡失”的优点（《史通·二体》）；然而也有像皇甫湜所指出的像编年史那样的缺点，即“束于次第，牵于混并”（《编年纪传论》）。以文体为主的文学史的体例，有点像纪事本末体：源流可考，首尾具备；然而同属一人，分在数章，因果相同，前后重出。所以文学史的体例没有绝对的利弊，正如从前历史著作的体例没有绝对的利弊一样，必须根据具体情况，斟酌损益，作家、文体、派别、潮流，错见互出，灵活运用，才可以体现我们文学史上错综复杂的现象。

近来讨论到文学史的体例问题，有不少同志强调反对“分体合编”的写法，主张必须以作家为主来叙述，才是唯一正当的办法，否则就是形式主义。这种主张，我是一半赞成，一半不赞成。一九五六年七月里，在高等教育部召开的中国文学史教学大纲讨论会上，我也和多数同志的意见一样：原则上赞成以“横切”为主，必要时还须参用“竖切”的办法，不能把“横切”绝对化，因为不这样，事实上就会发生困难，譬如周代的诗三百篇，汉代的乐府歌辞，唐代民间的曲子词、变文，宋元的话本等等，既不能指出作家的主名，也很难确定它们时代的先后，当然不能按照年代来“横切”。即如像唐人的传奇，虽然可以按照作者时代的先后来叙述，但这样做，章节就很多，就必然会过于细碎，反不如以“传奇”一体来标目，单独立一章叙在适当的时代还要妥当些。又如韩柳的古文运动是中唐时代一个文学改革运动，参加的还有韩门诸子一批人如李翱、皇甫湜、沈亚之、孙樵等，而且远在韩柳以前这个运动早就酝酿了。如果把这些作家一个个地叙述，韩柳各自分开，则古文运动的全貌和它的趋势就不很显著。因为顾到作家的整体，就顾不到运动的全面，顾到“横”的，就顾不到“竖”的，这也是为客观事实所限制，势必不能两全兼顾的。所以在这种情况下，与其把韩柳各自分章，连诗文一并在各人章节之内叙述，不如抽出古文运动单章标目叙述，来龙去脉就显得异常清楚，这样，韩柳的散文与诗歌就不能不分为两章或两节来讲，而一个作家就不可避免地前后出现两次了。由此看来，按照时代先后以作家为主的“横切”法之不应绝对化以及绝对“横切”法之行不通，不是很显然的吗？

文学史虽然是一种专史，它的主要目的无非是说明文学的发展规律，说明文学在各个历史阶段中的发展情况，它的具体任务无非是评论作家的成就，分析作品的思想和艺术。如果能够更好地达到上述的目的和要求，任何比较完善的体例和编写方法我们都欢迎，都乐于采用。可是目前除了“横切”和“竖切”两种写法之外还想不出更好的写法来，所以只能在两者之中，斟酌变通，一方面以作家为主，依时代先后叙述，必要时允许照顾到各种文学种类、文学体裁的发展，以及各个文学潮流的趋势，因而不妨采取以体裁、派别等为辅的办法来补救。

三　中国文学史分期问题

关于中国文学史的分期问题，至今尚未能解决。其所以未能解决之故，还不仅仅是由于我国历史的分期问题尚未解决，同时也由于我国文学本身的发展极为错综复杂，千头万绪，猝难骤理。我们认为，文学艺术的发展和社会发展有其辩证关系：一方面，文学艺术的发展不能离开社会历史的发展，而另一方面，文学艺术的发展又并不能与社会历史的发展完全相适应。因此，即使我国历史的分期已经确定，文学史的分期问题也并不是一下子就能够连带解决的。其次，由于我国古典文学几乎全部产生于封建时代，而二千多年来封建社会的基础还相当稳定，没有什么根本的变化，所以文学的发展变化也看不出十分显著的标志。如果我们企图比较圆满的解决这个问题，就必须既要考虑历史的分期问题，还要考虑我国文学本身发展的规律问题，这样，就未免难上加难了。

最近看到一些人对于文学史分期的意见，我觉得都有道理，但我仔细考虑的结果,也有一些不同的看法。现在把我的意见写出来,供大家讨论。

我打算把中国古典文学发展的历史分为这样的六个时期:

第一期 上古到春秋末(公元前十八世纪—公元前四世纪)
第二期 战国到东汉(公元前三世纪—公元二世纪)
第三期 建安到盛唐(三世纪—八世纪)
第四期 中唐到北宋末(九世纪—十二世纪初)
第五期 南宋到鸦片战争(十二世纪初期—十九世纪中叶)
第六期 鸦片战争到五四运动(十九世纪中叶——九一九年)

第一期的文学是从口头创作走向书面创作的时期。大概西周以前,文学还处于萌芽状态,神话故事、歌谣等都是口头创作,在人们口耳之间流传。后来有了文字,某些口头创作被记录下来,《诗经》三百篇其中一大部份都是属于这一类的作品。西周初期有不少属于贵族作者的诗歌也在《诗经》中出现,这时他们已向民间文学学习,而且有一定的成就。散文从卜辞、铜器铭文到《尚书》中的周诰和《春秋》的策书,也逐渐由萌芽而成长,它们的作者已经能运用文字表达一定的思想感情。然而无论如何,那时的诗歌和散文都还没有脱离幼年时代。从社会发展的阶段来看,春秋战国之交显然是一个分水岭。在此以前,生产力还不十分发达,社会没有剧烈的变化,作为上层建筑之一的文学也是慢慢向前进展的。所以从上古起,到春秋末年止,文学是从语言走向文字、从口头走向书面、从社会走向宫庭的时期,也是文学从无阶级性走向有阶级性的时期。

第二期的文学是诗歌、散文蓬勃发展的时期。春秋战国之交,由于社会起了根本的变化,震荡了人们的意识形态,出现了各种不同的学术流派,形成了自由论辩、百家争鸣的世界,因而促进了散文的飞跃的发展。伟大的楚国作家屈原在其原有的土壤上接受了中原文化和时代思潮的影响,在民间文学的基础上进一步发展而为惊心动魄、丰富多彩的《楚辞》。于是我国文学史上开始出现了专门作家的诗人。

先秦诸子和历史散文,屈原和宋玉的诗歌,使文学的面貌为之一新。它们的影响一直到东汉末年。两汉文学在文人作品中以辞赋、散文为主,而辞赋显然是继承屈、宋的《楚辞》和荀卿的《赋篇》而加以发展的,它的发展过程也是极为清楚的。秦汉散文,其篇幅阔大,议论飙发,在风格气派上显然与战国诸子和纵横家相接近,李斯、贾谊、邹阳、主父偃、徐乐、庄安等人的文章铺张扬厉,又都有辞赋意味(邹阳以下,《汉书·艺文志》均列入“纵横家”)。汉赋是押韵的散文,章学诚说:“赋家者流,纵横之派别,而兼诸子之余风。”(《文史通义·诗教下》)所以枚乘、司马相如、扬雄等人总结辞赋,淮南子总结诸子,司马迁、班固总结史传,虞初总结小说,这些都是继承战国文学而更加发展的明证。到了东汉才稍稍转变,然而基本上还是一脉相承的。另外还有一种文学,就是乐府歌辞中的民歌和文人的五言诗,它们以异军突起的姿态出现在这一阶段的后半期。对于诗歌来说,这是一股承上起下的新生力量。所以从公元前三世纪到公元二世纪这五百余年间的文学是一个高度发展的时期。

第三期的文学是我国文学新生变化的时期。这一时期文学蜕变的最显著的迹象,就是四言诗和骚体诗到了文人手里逐渐僵化,而从乐府所采集的民间新体诗——五言诗(包括部份七言诗)颇受文人欢迎。于是从建安时代起,作家竞相模仿,诗歌开始获得了新生。五言诗成长以后,自身又经过许多变化,大抵由朴素自然走向华靡雕琢、对仗工整、声律和谐。同它配合发展的是散文的骈偶化。李白说:“自从建安来,绮丽不足珍。”绮丽再加上铿锵,就是这一时期文学的基本特点。从历史方面看,自三世纪到六世纪,是一个长期分裂的时代。由于北方长期混战,南方成为经济政治的重心,交通发达,商业繁荣,贵族统治阶级生活奢侈豪华,荒淫腐朽,在文学上的反映便是词藻绮丽的宫体诗。加以东汉以来,佛教盛行,梵呗赞唱,使文章声律化的技巧更推进一步,到了沈、宋,终于完成了律体诗。在这样的历史条件下,六百年中的文学特点和趋势,就成为我国文学史上一个追求技巧、追求形式美的时期,也就是新体诗的表现方法由变化达到成熟的时期。

第四期的文学是我国文学史上再一次的转变时期。开元天宝之际,诗歌经过一番改革之后,风气为之一变,由绮丽而清真,由萎靡而壮健。就在这个文学和历史的转折点上出现了诗歌的最高峰,而李白和杜甫就站在两座高峰的顶上。从此以后,文学的浪头开始向另一个方向冲击:在散文方面出现了古文运动;诗歌方面涌现了各种派别不同的作风,涌现了元稹、白居易、孟郊、王建、张籍、刘叉等关心人民疾苦的诗人,还出现了长短句的新体诗,即后来所谓的“词”。小说方面出现了有情节、有人物性格的新型作品——“传奇”,还出现了寺院的“俗讲”和民间的曲子词。这一切都是文学上又一次的新发展。通过五代的纷乱到了北宋,文学随着中国的统一与政局的安定而逐渐繁荣,各派诗歌、词及古文基本上都是继承了唐代的遗绪而发展的,而词的变化尤为显著。这一个时期三百二十年间的文学是我国古典文学的第二次的转变时期。

第五期的文学进入了一个大变化时期,那就是所谓“正统”文学逐渐走下坡路,市民文学逐渐抬头,特别是戏剧、小说的发展时期。这一时期的转折点是在南、北宋之交,诸宫调、话本、南戏都是在这时候起来的。以后便是戏曲、小说直线上升的时代。无论“正统”文学如何起伏变化,都不过是洪流中的泡沫。“日月出矣,而爝火不息”,仅仅是一种回光返照的挣扎现象而已。北宋灭亡以后,中国历史基本上就是少数民族统治的历史,一方面由于专制极权政治、种族压迫以及长期的科举制度的腐蚀作用,构成了古典文学没落的一个因素,一方面由于人民痛苦的加深,促使反映社会生活、讽刺社会丑恶的戏剧、小说飞跃地发展。所以这一时期的文学是“正统”文学的衰微,市民文学勃兴的时期。

第六期,从鸦片战争起,由于帝国主义的侵略,我国社会性质发生极大的变化,由完全的封建社会逐渐变为半封建半殖民地社会。随着时代的推移,文学也就发生了巨大的变化。这个时期文学的主流仍然是小说,而不是传统的诗和词曲,特别是讽刺小说风起云涌,充分反映了当时政治社会的丑恶面貌和人民的民主要求,鼓动人民反帝反清的情绪,对旧民主主义革命起着一定的作用,并且随着历史的前进,把文学引向新的道路。这一期八十年间,结束了古典文学,为“五四”运动以后的革命新文学作好了准备。

我国文学史从此就走上了崭新的、革命的现代文学的康庄大道。

以上只是就我国文学史上几个大段落简单地说明一下，至于大段中的小段，由于篇幅限制，不能详述。文学的发展不是突然的，前有前奏，后有尾声，我们只取其主体所在，其余就不能过于拘泥了。

一九五六年十二月二十八日

（原载 1956 年 12 月 28 日《光明日报》）

居学偶记

童　乌

《法言·问神篇》:“育而不苗者,吾家之童乌乎?九龄而与我玄文。”旧注:“童乌,扬雄之子。九龄而与扬雄论玄。育而不苗,乌盖幼慧而早夭也。”

余读王勉夫《野客丛书》八,载有一老先生读《法言》,谓“吾家之童”为一句,“乌”连“乎”字,作“呜呼”字读,谓叹声也。似亦理长。然观后汉《郑固碑》曰:“大男(孟子)有扬乌之才,年七岁而夭。”苏顺(叹怀)赋:“童乌(浚其明哲,悲)何寿之不将?”是时去子云未远,所举想不谬。于是,知“童乌”为子云之子小名。云云。

今按:嵇康诗《秋胡行》亦云:“颜回短折,不及童乌。”《抱朴子·自叙篇》:“扬乌有夙折之哀。”魏晋间人不乏以乌为名者。《华阳国志》载:“文学神童扬乌,雄子,七岁预父玄文。”(《法言》“与我玄文”,“与”读为“预”,是也。旧注:与扬子论玄,非。)九岁卒。常道将为子云乡人,闻见似更确而可信。《法言》之文,本学《论语》。《论语》云:“苗而不秀者,有矣夫?秀而不实者,有矣夫?”此曰:“育而不苗者,吾家之童乌乎?”“乎”字正表慨叹语气,与《论语》同。本篇此等句法如:“云能操而存者,其为圣人乎?”“声画者,君子小人之所以动情乎?”“顺则便,逆则否者,其惟川乎?”皆可推而知也。

江天一逸闻

余读张陶庵《瑯环集》,有乐府十章,咏荆轲以下十人,皆古来烈侠士也。每章附小传,叙其事。其“天一研”小传云:“江天一,休宁人,与金声友善。声起义，天一身任赞画。声败被擒，传送留都，天一请从。声曰：'此死路也，而兄何往耶？'天一曰：'兄往成仁，弟往取义。'遂与声同至留都。羁公馆，督师遣使慰劳再三。天一恐声意游移，与同起居，不离跬步。及见督师，天一掖声往语。稍不振，即大声代答。近督师座，天一出袖中石掷之，中案前吏。督师大怒。左右刀交下，天一立死。"

诗曰："金中丞，受桎梏，有客嗦啐来，与公同对质。恐公语嗫嚅，代公为诃叱。尔无姜维胆，我有常山舌。尔无朱亥椎，我有唐琦石。吁嗟乎，使尔委弃中丞，岸然不顾也，真风马牛之不相及。"

考魏叔子及汪尧峰文集，并有江天一传，虽所记互有详略，然皆不及掷研事。使其果真，魏、汪二传，何以不书？或陶庵别有传闻欤？读二传，天一之为人，非不能出此者。不然，陶庵岂妄言哉？亟表出之，以补二传之缺。

通俗编误

翟灏氏撰《通俗编》，引据博洽，然有绝可笑者。其《称谓类》引《汉武故事》，言西王母授帝五岳真形图，帝拜受。西王母命其侍者曰："四非答哥哥。"又谓此伪书不足为据。意称兄为哥哥，不始于此也。

今考所引，本出《汉武内传》，《汉武故事》无此文。《内传》言帝拜受王母五岳真形图毕，夫人自弹云林之璈，歌步元之曲。王母谓侍女曰："四非答哥。"哥乃毕，告帝从者姓名及冠带执佩物名云云。"哥"借为"歌"。《宋书·乐志》犹多作"哥"。"答哥"为句，"哥毕"为句。晴江既不详上下文义，又误以《内传》为《故事》，可谓疏矣。后读吕种玉《言鲭》引《汉武内传》此文，不知"哥"乃假借通用字，而误以"哥哥"连文，遂谓弟呼兄为"哥哥"，语本于此。翟氏殆袭其谬欤。

毕著纪事诗

沈归愚《清诗别裁集》卷三十一，选闺秀诗六十六人。其中毕著

《纪事诗》一首云:“吾父矢报国,战死于蓟邱。父马为贼乘,父尸为贼收。父仇不能报,有愧秦女休。乘贼不及防,夜进千貔貅。杀贼血漉漉,手握仇人头。贼众自相杀,尸横满坑沟。父体与榇归,薄葬荒山陬。相期智勇士,慨焉赋同仇。蛾贼一扫清,国家固金瓯。”

《啸亭续录》三,谓此诗乃崇德癸未(按即崇祯十六年)饶余亲王伐明,自蓟州入边。其父战死,故诗有蓟邱语,非死“流寇”难也。

考归愚此集,以选钱牧斋诸人诗,触怒乾隆,获严谴,一概削去。命内翰诸臣审定重刊。使当日知此诗之所谓“贼”者,实指清兵。江南老名士其殆矣乎!

毕著字韬文,江南歙县人。父守蓟邱,与“流贼”战死,尸为贼掳,众议请兵复仇。著谓清兵则旷日,贼且知备。即于是夜,率精锐入贼营。贼正饮酒,惊骇。著手刃其渠,众溃。以兵追之,多自相残蹋死者。舆父尸还,葬于金陵。时二十岁女子也。后来吴中,为昆山王圣开室。裙布荆钗,无往时义勇气矣。白首相庄以没。《别裁集》述之如此。

尝疑归愚既奇毕氏为父报仇杀敌之事,以诗存人,特欲表而出之;又惧触忌讳,遂故谬其词,以为其父死于“流贼”欤?观其言,又谓毕事与沈云英相类。岂乱世,天故生奇女子不一人耶?抑所传闻异辞耶?其辞支离,殆有隐衷。审尔,则当时重校此书者,竟亦咸为所蒙矣,幸哉!

唐人剿袭古诗

古诗《为焦仲卿妻作》云:“新妇初来时,小姑始扶床。今日被驱遣,小姑如我长。”别本《玉台新咏》及郭氏《乐府诗集》,左克明《乐府》,并无“小姑始扶床”及“今日被驱遣”二句,则词意不完。观顾况《弃妇词》篇末有“记得(一作忆昔)初嫁君,小姑始扶床(一作才倚)。今日君弃妾(一作妾辞君),小姑如妾长。”正剿袭《焦仲卿妻》诗句也。又顾况此词,一作“掩拭泪,出故房。伤心剧,秋草下”。一本尚多有十六句。其中“妾有嫁时服,轻云淡翠露。琉璃作斗帐,四角金莲花”云云,则又窃取《焦仲卿妻》诗,“妾有绣腰襦,葳蕤自生光。红罗复斗帐,四角垂香囊”词意，而不觉其生吞活剥之甚也。（顾诗又见《李白集》中，乃后人窜入，不类白诗。）

古小儿语

余儿时，祖母抱置膝上，教说：“月光光，走何方。何方猪衔柴，狗烧火，猫儿蒸饭气呵呵，鸡公劁菜唱哥哥，猴子担水井上坐，蛇咬屁股连摸摸。”儿歌童话，初无典据，亦不知起于何时。考赵氏《侯鲭录》谓南京人家，掘得一石，上有字可考云：“猫捡柴，狗烧火，野狐扫地请客坐。”不知是何等语也？（卷六）此等小儿语，口头演绎，不免时有增减。惟流传如此之久，实属罕见。刻之于石，尤不可解。

繁钦定情诗有错简讹误

繁钦《定情诗》：“与我期何所？乃期东山隅。日旰兮不来，谷风吹我襦。远望无所见，涕泣起踌躇。”以下“期山南”、“期西山”、“期山北”，皆用同一句法，盖效张衡《四愁诗》体。独期西山云：“与我期何所？乃期西山侧。日夕兮不来，踯躅长叹息。远望凉风至，俯仰正衣服。”《玉台新咏》、《乐府诗集》诸书皆同。然以上下文观之，不仅句法殊不一律，且“远望”二句亦乖文义，显有错简讹误。疑“日夕兮不来”以下当接“凉风吹我服”，方与上文“谷风吹我襦”、“飘风吹我裳”及下文“凄风吹我襟”一律。而“远望凉风至”一句殊不可解，当作“远望君不至”。“踯躅长叹息”当作“俯仰长叹息”。“踯躅”即“踟蹰”，亦作“踌躇”，不应重复，乃涉上文而误衍。必如此校订，词意方一贯。原诗传写讹误，且有错简。后之读者习而不察，遂不觉其不合也。

按《文选·洛神赋》注引《定情诗》尚有“何以消滞忧？足下双远游”二句。则唐以来，此诗之有讹夺，盖可见矣。周婴《卮林》云：《玉台新咏》无此二语。则徐孝穆亦已遗之。予谓此或唐以后传写《玉台新咏》者偶失之。不然，李氏何所据耶？

臣瓒姓薛

《居易录》卷二十九谓《汉书》注有臣瓒者,昔人谓不知何人?今按:晋中书监和峤尝领命校《穆天子传》五卷,瓒乃其校书官属郎中傅瓒也。后人取其说,以释《汉书》,故有臣瓒注。语见陈霆《两山墨谈》。

今按:陈说似未确。顷阅熊象阶《浚县志》(卷二十二)《辨讹》内有《臣瓒辨》一文,特录之以备考。其文云:

> 证大伾山在黎阳者,实自《汉书》注臣瓒始,而臣瓒不详姓字及郡县。裴骃《史记序》、韦棱《续训》皆云莫知。以为于瓒者,刘孝标也。(今按见《类苑》)姚察《训纂》云:《庾翼集》言翼吏于瓒作乱,不言其能注书,或谓即校《穆天子传》之傅瓒,因官校书郎中,故称臣。然傅瓒校《穆天子传》,不闻注《汉书》也。惟《水经注·河水》、《维水》、《巨洋水》皆引薛瓒《汉书》集注,是臣瓒是薛姓矣。《通鉴》"秦苻坚以薛瓒为中书侍郎"(今按《通鉴》及《晋载记》"瓒"并作"赞",太康人),盖晋穆帝时人,或其书曾进苻坚,故称臣耳。其引书中有《茂陵书》、《汉禄秩令》,此二书久佚。晋中朝丧乱,苻氏都秦,或尚有存者,尤为可信耳。

按:臣瓒之姓,后人纷纷考辨,迄无定论。颜师古谓蔡谟之江左,取瓒《音义》二十四卷,散入《汉书》。蔡谟卒于穆帝时,则臣瓒当是晋中朝时人,非于瓒或薛瓒甚明。然师古以未有明文,亦不信傅姓之说,王氏《汉书补注》但备引众说,亦不遽下断语。

淮南子袭汉诏文

《汉书》景帝后元二年,夏四月诏曰:"雕文刻镂,伤农事者也;锦绣纂组,害女红者也。农事伤,则饥之本也;女红害,则寒之原也。夫饥寒并至,而能亡为非者,寡矣。"

《淮南·齐俗训》则曰:"夫雕琢刻镂,伤农事者也;锦绣纂组,害女工者也。农事废，女工伤，则饥之本，寒之原也（《群书治要》引作“农事废业，饥之本也；女工不继，寒之原也”）。夫饥寒并至，能不犯法干诛者，古今未之闻也。”

考淮南王安入朝献所作《内篇》，在武帝朝。其宾客著书，必已见景帝此诏而采录之。且天子诏书决无钞袭诸侯王著作之理。而淮南书中，本多摘拾故籍旧闻，故亦不以剽窃为嫌也。

瞿天门

族祖日生公，讳东升。顺治十五年进士。著《绿映楼文集》，久佚。先大父元次公钞其遗文，有瞿天门《东游草序》。题下自注云：名跃龙，武陵人。（见《耆献类征》及《先正事略》，“跃龙”并作“龙跃”。）

按天门，崇祯时举于乡（见傅占衡《湘帆堂集·桐馀集序》，诸书皆作崇祯时拔贡），与唐汲庵访号食苦和尚同邑。性嗜游，兀傲自喜。明亡后，常出之不归。所至有题咏，自镌绝壁上。纳稿瓢中，自号一杓行脚道人。诗有奇气，多棘塞之音，与汲庵相近。著有《海粟集》。二人并抱亡国之痛，其性行又绝相类。而天门独间关数千里来至余家，与我先人结文字缘者，盖亦有故。

我十世房祖钟盛公，日生公从兄也，讳云降。好学，工吟咏，有《菉园锄风》诗三卷。当明之季，操计然术，游于江湖间。久客武陵，与瞿为患难交。且以诗相倡和，故《序》中有云：“予久欲问津武陵源，以隔尘嚣不果。忽瞿子命驾予里，遂若王方平过蔡京家，行厨皆麟脯。”又云：“伯兄钟盛，与瞿子相视莫逆，二十年许，间道予瞿子，归以瞿子语予，两人遂神交千里，了不觉有道涂之畛域。瞿子至，予适他出，二子先见之荒径草堂。寄语曰：‘天门先生来游，伯父为镌其《东游草》，索严君序之。’”（卷一）故瞿之来游吾乡，非偶然也。而钟盛公之义子廓冶公，讳诙，其《深柳堂遗诗》有《孟冬赠别瞿天门归武陵》诗四首。其一云：“千里念交道，乃来灵谷寻。”灵谷者，吾郡名山灵谷峰也。余家灵谷峰下。相传以谢灵运尝游此山得名。今山麓尚有谢公祠。又云：“三秋同笑哭，一客异登临。孤影随帆转，相思入梦深。两人于此别，观者亦何心。”其二有云:“多惭恩未报,敢问路何从?思到君于我,但看岭上松。”其非寻常交谊可知。其三云:“伤心无限意,不独为悲离。白日黯还晦,寒风暮又吹。但能老邱壑,何必论兴衰。善卷高吟地,常怀对菊时。”观此,则沧桑之感,意在言外。而天门之志趣与怀抱,不难想见,其所以愿交于公之父子兄弟者,亦不难想见矣。

傅平叔先生《湘帆堂集》有《桐馀集序》一文,述我钟盛公与天门二人相于之笃,不独以文字相知,真共患难托妻子之交也。其略曰:

> 《桐馀集》者,楚人瞿君天门之诗也。何以镌于临?吾临处士了翁(按即钟盛公别号)游子,与遇于湖、湘、鄂、岳间,相得甚欢。然皆癖于诗,故其交因诗而益固。赓酬费日,至历死生之候,弗辍也。了翁既归,尝为所知者道瞿君曰:“天门,才士也,诗人也。顾谓徒才士,徒诗人,则否。其为人可与经患难死生,而不可钓以富贵。仆尝痍于贼,为仆祝药封剑如已。(按刘命清《虎溪渔叟集》有钟盛公墓志铭云:“值世变,中原云扰,资斧雕丧,剑瘢中颧,皆置度外。”)值困厄时,通有无以活予如已。仆跳身独归,托之一女子至今,抚字之如已也。(按廓冶公所谓“多惭恩未报”指此。)前年第明经,又明年,领乡书。”(按诸书皆谓瞿为崇祯时拔贡,钟盛公乃其挚友,所言当得其实。)清既略定其地,有司索之,几不免。已乃召而欲官之,以计谢绝,坚卧山中不复出。此其人何必诗,即有诗,何可使君不一读乎?余受而卒读之。其风期眉笑,皆见于行墨中矣。大抵如望飞将军幕府,剑拔弩张,旗猎猎俯而过也。如水人泅于渊,所见夺目,畏睡龙寤,食而不得攫也。如风雨雷电,其中有鬼神焉。正衣冠窥牖,不敢迫而视也。然后知了翁之笃于瞿君者,其诗体亦酷类矣。了翁固尝曰:“吾诗格律得瞿而深,亦微之之差肩于乐天也。”时时念瞿君不置,乃刻其笥中诗于临以自慰。(见卷三)

嗟夫!当明鼎革时,士之遁世不悔如瞿天门者,何可胜数。至以文字而为死生患难之交如瞿之与我钟盛公者,则罕见焉。今天门之诗,《桐馀》、《海粟》(按《湘帆堂集》卷十八有《赠武陵瞿天门》诗,题下自注云：有集名《海粟》，而廓冶公《深柳堂遗诗·赠别瞿天门》第四首亦云“海粟书成后，谁人敢赠言”），皆泯灭不可见。钟盛公《菉园锄风》诗亦久亡，诵吾先人之清芬及明季诸耆旧之遗文，不禁神往于桃源灵谷间矣。

前人诗文可考气候变化

近有考古代气候者，颇征引昔时文献以资佐证，其所称十七世纪冬季，我国南方各省特寒，而以一六五〇年至一七〇〇年为尤甚云云。偶读吾乡李石台先生《莲龛集》卷二，有《阻冰丹徒镇》诗云：“忽作胶舟叹，寒威夜泬漻。冰天疑欲近，月地望非遥。气感南兼北，潮来暮复朝。时看双桨动，拾取碎琼瑶。”此诗题下注丙辰。又卷四，亦有《阻冻京口》诗云：“重凌只觉冰天近，冻合翻疑月地遥。”是岁丙辰为康熙十五年，乃公元一六七六年也。又同时刘穆叔先生（命清）《虎溪渔叟集》卷二有《惠泉》诗，其小序称其寓秣陵，日酌惠水，甘之。乙未将腊，拟偕知己历毗陵游姑苏。适冰坚莫前。越辛丑冬乃得一游，以慰昔愿云云。乙未为顺治十年，公元一六五五年也。由此可见，当时冬季长江下游一带常有以冰冻阻滞行舟之事，与他书所记正合。

南昌府学尊经阁翻刻宋本十三经校勘不善

春秋僖公二十八年《左传》：“晋侯将伐曹，假道于卫。卫人不许。还，自南河济。”“南河”，诸本并同。惟南昌府学重刊宋本，误作“河南”。杜注云：“从汲郡南渡。”既不甚明，阮氏又无校勘记，读者惑焉。

今按“南河”者，古所谓南津也，在汲县南七里。《史记·卫世家》云：“成公三年，晋欲假道于卫救宋，成公不许，晋更从南河度。”正据《左传》文，则左文本作“南河”无疑也。（《晋世家》又误作“河南”）《集解》引服虔曰：“南河，济南之东南流河也。”《正义》引《括地志》云：“卫州汲县南，河水至此有棘津之名，亦谓之石济津，故南津也（今本《史记》无此文，据日本本）。《左传》：‘晋伐曹，假道于卫。卫人不许。还，自南河济。'即此也。"此本《水经注》载"河水径东燕故城北为棘津,又名石济津,即故南津。东燕故城,本古胙国地,昔为胙城县,在今延津县北,汲县南。"《太平寰宇记》称:"黄河西自新乡县界流入,经县南七里,谓之棘津,亦谓之石济津,故南津也。"与《水经注》、《括地志》并合。故《韩诗外传》及《说苑》诸书谓吕望卖食于棘津,屠牛于朝歌也。

南昌府学重刊宋本《十三经注疏》系以阮元家藏本为底本,向称善本,惟校对不善,故其中不能无误。观朱氏华林跋称"局中襄事者未及细校,颇有别风淮雨之讹。其后,阮氏由江西移节粤东,乃以倪模所校寄之,寻又得余成教所校本共百三十一条,检查更正"云云,可知其讹误之处甚多,犹恐尚未尽也。

头会箕敛

《伯牙琴·君道篇》:"不幸而天下为秦,头会箕敛,竭天下之财以自奉。"

按《史记·张耳陈馀传》"秦为乱政虐刑以残贼天下","头会箕敛以供军费"。服虔曰:"吏到其家,人人头数出谷,以箕敛之。"

按《淮南子·氾论训》:"秦之时,高为台榭,大为苑囿,远为驰道,铸金人,头会箕赋,输于少府。"高注云:"头会随民口数,人责其税;箕赋,似箕然,敛民财多,取意也。"然服说似得其实。《人间训》亦有"大夫箕会于衢",注谓:"箕会,以箕于衢会敛。"与服说合,与《氾论训》注异,盖许注也。

辨奸论

吾乡李先生穆堂初稿有《书辨奸论后》二则,痛斥其为伪作。其后金溪蔡氏著《王荆公年谱考略》,又博考而明辨之,雪千百年莫白之冤,发诸邪党欺罔之覆,读者快之。

然此论之伪,一言可决,二公俱未及之。伪论云:"孰知其祸之于此哉。"考荆公行新法,老泉死数年矣。集矢于新法而斥为祸国者,元祐诸人也。“孰知其祸至于此”,明为新法已行或已罢时语气,而非老泉所及知也。即此一句辨奸之伪,灼然可见,确然无疑。作伪者虽巧而不能不露马脚。此真所谓心劳日拙也。

复社一

陈卧子(子龙)本为几社六子之一。几社与复社对峙,皆起崇祯二年己巳之岁。先是太仓张溥、金坛周钟,华亭夏允彝等,以万历四十六年(戊午)乡荐入都,目击丑类猖狂,正绪衰息,慨然结纳,计立坛坫,遂与王崇简倡燕台十子之盟。稍增至二十余人。杨维斗(廷枢)、徐九一(汧)、张受先(采)及吾乡罗文止(万藻)、艾千子(南英)、章大力(世纯)诸先生皆与焉。此明季社事之滥觞。

天启中,外廷击珰诸公已无噍类。而诸先生以孝廉明经,力持清议,联结草野,与之亢。丁戊之际,廷枢以太学生言魏忠贤配享文庙事,几陷不测。崇祯元年(戊辰),张天如(溥)以选贡入都,张采、徐汧举进士,至是,下第诸人南返,始相约立文社,以昌明泾阳之学,振起东林之绪,而张溥、张采为之魁。

张采者,与溥同里,号娄东二张。二张名彻都下。采以崇祯三年庚午授临川令,倾心陈大士际泰。大士以诸生与采为忘分之交。而其列籍复社,当以受先为之介。受先尝选大士文而序之曰:“大士之尊于天下盖二十余年矣。然其为天下师,知与不知,皆称先生,愿为弟子。则吾社介先之表章不可谓无其功。”(陈氏《已吾集》即以此序冠之首卷)介生者,即周钟,复社之中坚。后以甲申降李自成,福王时被戮者也。盖至是,吾乡大力、大士二先生并列名为复社中人矣。复社者,兴复绝学之意。张溥、周钟有复社国表之刻。

几者,绝学有再兴之几,而得知几其神之义也。夏允彝等有几社六子会义之刻,皆以制举义为其标榜焉。虽两社对峙,其鹄的未尝有异。几社之与复社,一而二,二而一者也。

陈子龙者,所闻之子。子龙年二十余,才气锋利,尝于张溥七录斋与艾千子肆论朱王异同。不合,以手批千子颊,其少年意气如此。千子于时为子龙前辈，年长且倍之，乃粗暴至此，甚可怪叹。观千子致陈人中（子龙字）书，虽颇不平，而不失友朋论难之义，为犹存直道也。

复社二

明季，吾乡陈、罗、张、艾四先生以时文名天下。四先生初立豫章社，千子选刻时文，涂乙过当，讥切太甚，遂与复社诸人交恶，而千子遂为众矢所集。乃取己作及三先生之文分为合作摘谬二例，涂乙其半，刊以示公。张受先既令临川，溥等因离间其交，力挽三先生入社，以张其军。陈、章皆为所动，惟罗独不应。盖其生平恬淡，不务声气有如此。

考复社姓名多至二千二百五十五人。曹子清序谓即二千二百五十五人而明亡。吾乡李穆堂先生曰："此其感慨诚深。盖标榜风盛，则朋比营私，或有害于国是。而是编所载，则亦不尽然也。朱竹垞谓附会增益与脱落者不知凡几。脱落者吾不能知，附会增益，则吾郡先达可征焉。复社初起于金坛，周介生与太仓二张，与者才数十人，渐以滋蔓。是时，吾郡陈、罗、张、艾四先生独为一社，而文名过之。千子尤恶介生文浮靡，讥切至不可堪。介生乃益务多其党，而终不能胜。论者至比之驱群羊角猛虎，适足自丧生。于是，张受先求得临川令，欲挽陈、罗、张三人入社，以散千子羽翼。陈、章颇从之，而文止夷然不屑，终身不为吴下交游。今阅是编，中有文止姓名，且吾郡四先生弟子皆在，则所谓附会而增益者，不独他人，其为主复社诸人妄引以为重者，盖亦有之。名同社，而实未尝同，宜不仅一文止，此岂足以亡人国者？然千子先生则断不能援引，千子伟者！"

以上见《穆堂初稿》卷四十六《书〈扫花人复社姓名序〉后》。扫花人者，曹寅自号也。曹氏富藏书，近十万卷，有《复社姓名》一编，为之作小序云。

余读陈孝逸《痴山集·府君行述》，记其父大士先生尝结紫云社于项山古刹，故侍御祝文柔（徽）、中丞丘毛伯（兆麟）、宪副游登翼（王廷）、今刺史管龙跃（钜）、方伯曾铭西（栋）暨厥弟司务洪西（益）、蒲圻令成西（栻）、职方章大力（世纯）、孝廉罗文止（万藻）诸先生与焉。此其早年所结别一文社，皆临川人。穆堂先生所谓四先生独为一社者，指豫章社，非紫云社，故行述不数东乡也。

摄 提

《离骚》："摄提贞于孟陬兮，惟庚寅吾以降。"诸家释此二句，大抵可分五说。其以摄提为岁，孟陬为月，庚寅为日，即谓屈子之生，年月日皆寅者，此王逸《楚辞章句》之说也。其以摄提为星名，谓屈子之生，月日虽寅，而岁未必寅者，此又朱熹《楚辞集注》之说也。其以摄提为星名，而又以庚寅为生年者，此又王观国《学林》之说也。其以摄提为星名，孟为孟月，陬为亥方陬訾之次，而谓屈子生于孟冬十月之庚寅者，则又朱冀《离骚辩》之说也。若马位《秋窗随笔》谓摄提贞于孟陬犹言寅年之正月，岁虽寅而月未必寅，以周正建子，则孟陬或为子月，是又出入于王逸、朱冀之说而与诸家皆不同者也。其余或弃彼取此，或大同小异，互致诘难，盖纷纷然矣。考摄提本有数义，俞正燮曰：

> 《大戴礼·用兵》云，桀纣羸暴，历失制，摄提失方。卢辩云，摄提左右六星，与斗应相值，恒指中气。《尚书中侯》曰，摄提移居是也。《史记·历书》云，孟陬殄灭，摄提无纪。《汉书·五行志》刘向云，三代之亡，摄提失方。皆言历失，不能以闰定四时，致斗与月气不相应。《开元占经·五星相犯》引《春秋纬》云，摄提反衡，亦失闰也。《史记·天官书》云，摄提者，值斗杓所指，故曰摄提格。《历书》摄提无纪，《集解》云，星名，随斗杓所指，建十二月。《汉书·翟方进传》，绥和二年，李寻曰，提扬眉，矢贯中，以元年正月，枉矢从东南入北斗。则摄提止以星名属斗，此一义也。《开元占经·岁星名主》引石氏《星经》云，岁星他名曰摄提。《淮南子·修务训》云，摄提镇星，日月东行。则摄提为岁星一名，又一义也。《史记·天官书》、《开元占经·岁星行度》并引甘氏《星经》云，摄提格之岁，摄提在寅，岁星牵牛婺女。则摄提为太岁，与岁星为二。《韩非子·饰邪篇》亦分摄提、岁星为二。而石氏有《摄提六星占》，又言岁星一名。凡此三义并行。又《尔雅》云，太岁在寅曰摄

提格。高诱、王逸即摘摄提为寅,又生一义。又太一之摄提以纪岁,凡五义。”(《癸巳存稿》卷六《摄提》)

今观《淮南子》及石氏《星经》,摄提本亦岁星别名。《天文训》太阴在寅,岁名曰摄提格。太阴即太岁,与《尔雅》同。而《修务训》高诱注云,岁星在寅曰摄提。是摄提格本又可称摄提,然则屈子所谓摄提安见其不为太岁之名,而必为随斗杓所指,以建十二辰者耶?朱熹、王观国辈但据《史记》、《汉书》书志为说,所谓知其一不知其二者也。且即以摄提星言之,其所循以为十二月建者,实以寅为之始;而《尔雅》言太岁在寅曰摄提格者,据《天官书》云,摄提者,直斗杓所指以建时节,故曰摄提格;而《五行大义》引《三礼义宗》云,寅者,引也,肆建之义也。盖亦以寅为建之始,故以摄提属之。是摄提格之义,即由摄提星名而起可知矣。然则谓此文摄提必非太岁在寅之摄提格者,又拘墟之见也。又按《学林》以庚寅为屈子生年,其说尤非。盖不知古人以甲子纪日,不以纪岁,其纪岁自有阏逢至昭阳十岁阳及摄提格至赤奋若十二岁名也。自汉以前,初不假借。《史记·历书》“太初元年,年名焉(通阏字)逢摄提格,月名毕聚,日得甲子,夜半朔旦冬至”,其辨晰如此。若《吕氏春秋·序意篇》“维秦八年,岁在涒滩,秋甲子朔”;贾谊《鹏鸟赋》“单阏之岁兮,四月孟夏;庚子日斜兮,鹏集予舍”;许氏《说文后叙》“粤在永元困顿之年,孟陬之月,朔日甲子”,亦皆用岁阳岁名,不与日同之证。屈子战国时人,庚寅之为纪日而非纪岁,断可知矣。而摄提之为纪岁,非星名,又可知矣。夫摄提为岁、庚寅为日之说既明,则谓孟陬非纪月或陬訾之说者,其谬盖益审矣。贾子《鹏鸟赋》发端之纪年月日,即仿《离骚》汉初赋家犹明古人行文之例,不谓至宋而生异议也。故此二句仍当以王逸《章句》之说为允。至于据此二句以定屈子生年,则近人浦江清先生之说较为精密,经推定屈子生于公元前三三九年,楚威王元年正月十四日庚寅,即阳历二月二十三,说见《浦江清文录·屈原生年月日的推算问题》。

靰 羁

《离骚》“余虽好修姱以靰羁兮”，修姱与靰羁盖一言其美好，一言其谨饰，皆屈子自谓也。好字有无不关轻重，臧庸曰：“修上不当有好字，王注云‘言己虽有绝远之智、姱好之姿’，绝远之智释修字，姱好之姿释姱字，不言好修。‘余虽好修姱以靰羁兮’，与上‘苟余情其信姱以练要兮’同一句法。旧本‘修’上有‘好’字者，因下文多言好修而衍。”（《拜经日记》）其说近是。王念孙释虽与唯同（见《读书杂志·余编》下），良是；惟于靰羁犹从王逸注为谗人所系累之说，则非。“余唯好修姱以靰羁者”，言己既好修美，而又自谨饬，兼客貌动止言之，即下文鬌蕙、揽茝之意。钱澄之谓“居身芳洁，动循礼法”（《屈子诂》），朱熹谓“靰羁言自绳束，不放纵也”（《楚辞集注》）是也。按《离骚》词例，句中多用“以”字为连接词，其用与“而”字同。如云“路幽昧以险隘”，又云“众皆竞进以贪婪”，又云“苟余情其信姱以练要”，又云“长太息以掩涕”，不胜枚举。其词皆平举，为当句对。亦有字面虽对而上下意实相承者，如“捷径以窘步”、“奔走以先后”、“恕己以量人”、“驰骛以追逐”等句是也。然此等句法，其上下亦皆只就一事言之，从未有捷径、奔走等属一事，而窘步、先后等又另属一事者。此文“好修姱以靰羁”者，乃因好修而自为绳检之谓，非自修而为谗人所系累之谓也。其词则平举，其义则相承，词义文势，均极显然。《章句》之误，读者多未之察，故王氏《杂志》尚从其说也。

九辩九歌

《离骚》“启九辩与九歌兮，夏康娱以自纵”，王逸注以《九辩》、《九歌》为禹乐，盖以启为禹子。而《左传》文公七年又引《夏书》，有劝以《九歌》之文（《九歌》又见昭公二十年及二十五年），故臆度言之，已非屈子本意。考之本书，有以《九辩》（宋玉作）、《九歌》（旧题屈原作）题篇者；又本篇及《天问》，《九辩》凡两见，《九歌》凡三见；而《大招》又有

"伏羲驾辩",驾辩是否即《九辩》,虽不可知,然即以本书证之,歌与辩之为古乐殆无疑矣。且屈子两言《九辩》、《九歌》,皆属之启,而不属之禹,证以《山海经》启得是乐于天上之说,若合符节。则屈子当日必别有异闻,而非定据儒家经传为言可知也。朱熹《楚辞辩证》乃据晚出古文,强定《九辩》、《九歌》为禹乐,遽断屈子为谬误,一何卤莽至此耶?洪兴祖《楚辞补注》引《山海经》以证补王逸《章句》所未及,深得骚人本旨;朱乃目为妖妄,此真拘墟之见也。屈子之文是否多本《山海经》,或《山海经》是否袭取《楚辞》,姑勿具论,然古事之传闻异辞者亦多矣。战国之世,诸子云兴,异端蜂出,屈子博古多闻,离忧作赋,杂陈往事,以儆时君,岂必如后世儒者斤斤焉执书传以求之哉!盖屈子陈辞于舜,首以夏启嗜音荒乐之事为言。"夏"字之义,王引之以为"下"之借字(见《读书杂志·余编》下引),胡绍煐以为"假"之借字,暇豫之意(见《文选笺证》),说均近凿。夏者,谓夏王也。犹下文不言文武,而言周也。上言启而下言夏,变词以避复耳。其意若曰,夏启作《九辩》、《九歌》之乐,以自逸豫放纵耳。"康娱"连文,戴震已有确诂(见《屈原赋注》),惟朱珔泥于旧说,既以《孟子》称启贤为疑,又谓以夏代启为不合文义,遂从王逸《章句》,以"夏康"为连文,谓指太康而言(见《文选集释》)。不知屈子所述古事,如《天问》所记,异乎儒者之书,何可胜道。况互文见义之例,古人正复不少,又安得以夏属启为嫌耶?且即如旧说,以"夏康"连文为指太康,试问"娱以自纵",又复成何文法?观下文"羿淫游以佚畋",不曰"后羿淫以佚畋";"日康娱而自忘",亦不曰"浇娱而自忘",如此之类,尤难缕述。则知屈子辞例,凡"以""而"等连词,其上下皆用同一字数之词配之(通常皆用两字为一词),从无上下参差其词者,然后断知"康娱"为一词,不属上为"夏康"。"自纵"二字,则承足"康娱"之义者也。

若　木

《离骚》"折若木以拂日兮",若木之说有二。《说文》所称,谓日所出者也。《山海经·大荒北经》所称,则日所入者也。《说文》叒部云:

“叒，日初出东方汤谷所登。搏叒，叒木也。”段玉裁注，谓此文当云“叒木，搏桑也，日出东方汤谷所登也。搏桑已见木部，此处之文当如是。《离骚》‘总余辔乎扶桑，折若木以拂日’，二语相联，盖若木即谓扶桑，扶若字即搏叒字也”。《淮南子》高注亦曰，搏叒，日所出也。然《山海经·大荒北经》洞野之山有若木，郭注云，生昆仑西，附西极。《文选·月赋》注引经，若木之下有“日之所入处”五字。《水经·若水注》引此经，若木下有“生昆仑山西，附西极”八字。郝懿行《山海经笺疏》谓证以王逸《离骚》注，若木在昆仑西极，则知《水经》所引八字，古文盖在经文，今误入郭注是也。然愚谓《文选·月赋》注所引“日之所入处”五字，亦经文也。观洪兴祖《补注》，正多有“日所入处，生昆仑西，附西极也”三句，则宋人所见此经，尚未讹夺也。据此，若木又为西极日入之处，与《说文》所称扶桑之叒木东西各别，二书盖各据其一言之耳。郝氏《笺疏》谓《说文》所言为东极若木，《山海经》所说乃西极若木，其说最为分明。《离骚》总辔之“扶桑”，即东极若木，同于《说文》、《淮南子》；而此拂日之“若木”，乃西极若木，同于《山海经》。段玉裁见《说文》有叒木即搏桑之文，乃欲合《离骚》之“扶桑”、“若木”而一之，殆未详考《山海经》之说耳。且此文饮马咸池，总辔扶桑二句，以平旦言；若木拂日，逍遥相羊二句，以薄暮言。若谓扶桑、若木二者为一，则正如朱珔所说“不应复举”。朱氏释《离骚》扶桑、若木之别甚明，见《文选集释》。

求　女

《离骚》“哀高丘之无女”及下文求宓妃、简狄、二姚各节，众说纷歧，而无切当明澈之释。此文所求之女，非指君，亦非指臣，亦非指神女，乃隐喻可通君侧之人耳。梅曾亮已有此说而未详（见《古文辞类纂》引）。细绎前后文义，自陈词上征至“焉能忍而与此终古”为通篇第二大段。此一大段中又分为两节，节自为意，而以闺中四句结之，此其大概也。盖前节（自上征至嫉妒）既以叩阍见帝不遂，喻君之不可再得，而又推言君之所以不己知者，由于世之混浊，好蔽美嫉妒之故；于是后节(自朝济白水至蔽美称恶)复设言求女以隐喻求通君侧之人也。夫屈子国之宗臣,既经窜逐,哀故都之日远,冀一反之何时,欲呼吁而无门,复叩阍而见拒,岂遂甘默默此毕世乎?故又欲于举朝混浊之中,求一二可为关说通事者,以冀反乎故都、图谋补救,此诚孤臣之苦心,抑亦文章之幻境也。“高丘无女”句,先作一总题,下乃分述求女之事。王邦采曰:“求女正面,尚在下文,此不过从上转下之关捩耳。”(《离骚汇订》)释此句甚确。朱熹谓求女以喻求贤君,绝非文意;王逸以下又多谓喻求贤臣,亦似是而非之说。盖但泛以贤臣为言,究与此节意旨不甚切合也。至蒋骥以女喻贤诸侯(见《山带阁注楚辞》),屈复又以为真在女子中求可语者(见《楚辞新注》),则愈远而不可信。

巫咸语

《离骚》巫咸降神,示屈子以“勉升降以上下”云云,其意若曰姑且俯仰浮沉,忍而暂留于此,不必皇皇焉远逝以求合也。尤非劝其过都越国,上下求索之谓也。其意与灵氛之占绝不同,注家于此殆无不误解者。唯梅曾亮曰:“灵氛劝其去而之他,巫咸则欲其留以求合。勉升降二句,是求合大旨。”(见《古文辞类纂》引)可谓得其真意。盖前章所以求决灵氛者,卜两美之能否相合,而彼美女者,固以喻通君侧之人。凡宓妃、有娀与二姚之寓言虽若迷离惝恍,而实注目于楚,眷眷于重反君门,此屈子之志也。乃江南逐客,九年不复,情急心烦,遂生幻想。故又设为远逝一层,而托为问卜之词。曰九州四海之广,岂遂无可事之君,而必念念于楚,一再求女,以通之乎?而灵氛所谓“岂惟是其有女”者,则答以他邦未必无女,以为求合之介也。然此本非屈子初志,故又有犹豫狐疑,再求神示之设想。乃神则告之姑且浮沉于此,但取古者君臣之默契者以为榜样。然则不必出疆载贽,以求介合异国之君,其意已在言外矣。故下文即明示之曰,“苟中情其好修兮,又何必用夫行媒”。行媒掩映求女,此正告以勿庸远适求媒之意。咎繇之于禹,伊挚之于汤,皆不求而合者也。傅说、吕望、甯戚诸贤,亦不求而合者也。盖贤者自修其德,则积中发外,自不假于干要,而必有一朝之遇;而明君在上,亦必不使有遗贤在下也。此其意一则以尼其行,一则姑留以待时,虽托诸巫咸之口,实为屈子肺腑之言。无如楚国大坏,事势已非,故下文又紧接自念之言,似真欲翘然舍去;而终之以临睨旧乡,仆悲马怀,仍不忍远离宗国也。自昔注家,见“升降上下”之文与前后“用流上下”之语相似,又以“求矩矱”之“求”与前后“求索”、“求美”、“求女”之“求”相混,遂以为巫咸之语同于灵氛之占,其误不可究诘矣。

哫訾粟斯喔咿儒兒

《楚辞·卜居》:“将哫訾粟斯、喔咿儒兒,以事妇人乎?”今本“粟”误作“栗”或“傈”,当从洪兴祖《考异》“一本作粟”。《魏书·阳固传》作《刺谗疾嬖幸诗》有云:“彼谄谀兮,人之蠹兮。刺促昔粟,罔顾耻辱,以求媚兮。”“刺促昔粟”即本《卜居》之“哫訾粟斯”也。“刺促”即“哫訾”,“昔粟”即“粟斯”,双声叠韵之謰语,初无定字,颠之倒之,亦无不可,其义一也。“粟”既误为“栗”,或又添偏旁作“傈”,其义遂益晦而难晓矣。

今案“哫訾”者,俞氏樾以声求之,谓即韩文之“趑趄”(“足将进而趑趄”)是也。《易·夬卦》“其行次且”,“次且”亦作“趑趄”,行不前进也。“粟斯”之义,俞氏不得其解,疑为“栃櫛”二字,与“桎梏”同。其实“粟斯”亦双声连绵词。俞氏惑于误本作“栗”,而以义求之,非是。今案“粟斯”与“哫訾”皆表被动之词,义亦相近,“粟斯”犹“踧踖”也。《论语》:“君在,踧踖如也。”“踧踖”,恭敬不安之貌。“踧”与“粟”同属幽、侯入声,“踖”、“昔”与“斯”,于古鱼、支旁转,例得相通。与“趑趄”欲行不前同为足恭之意。“喔咿”者,倒之为“咿喔”,韩愈《纳凉联句》“正言免咿喔”是也。“咿”亦作“嗌”,王逸《九思》“戋戋兮嗌喔”,注云:“嗌喔,容媚之声,又作伊优。”《后汉书·赵壹传》“伊优北堂上,抗脏依门边”,李注:“伊优,屈曲佞媚之貌;抗脏,高抗婞直之貌。佞媚者见亲,故升堂;婞直者见弃,故倚门。”按“优”与“喔”声近,《汉书·东方朔传》:“伊优亚者,辞未定也。”赵壹诗本此,而亦与“喔咿”义同。“儒兒”之“兒”音“倪”,一作“嚅唲”,倒之为“兒儒”、为“唲嚅”,又或为“嗫嚅”,(“嗫”与“兒”一声之转)韩文“口将言而嗫嚅”是也。“嗫嚅”有二义,《玉篇》:“多言也。”《卜居》之“儒兒”,则当训为欲言后缩,与韩文义合。盖“喔咿”“儒兒”皆表语态之词,自相为类,义不相远。“喔咿”者,不敢质言,随声附和之状,所谓辞未定也。“儒兒”者,欲言不言,既言又止之状,此言佞媚之人谬为恭谨以取容悦也。旧注未甚明晰。

铙歌思悲翁本事

铙歌《思悲翁》云:“思悲翁,唐思,夺我美人侵以遇。悲翁也,但我思。蓬首狗,逐狡兔,食交君。枭子五,枭母六,拉杂高飞暮安宿?”此诗本事不可知。庄述祖谓汉人伤高祖诛灭功臣之词,盖不免影响之谈,而陈太初从其说。

今按《汉书·外戚传·史皇孙王夫人传》言,王夫人,宣帝母,名翁须,生宣帝数月,卫太子皇孙败,家人皆坐诛,惟宣帝得全。即位后,追尊母王夫人,谥曰悼后。初,上即位,数遣使者求外家,久远,多似类而非是。既得王媪,考问乡里识知者,皆曰王妪。妪言名妄人,家本涿郡蠡吾平乡。年十四,嫁为同乡王更得妻。更得死,嫁为广望王乃始妇,产子男无故、武,女翁须。翁须年八九岁时,寄居广望节侯刘仲卿宅。仲卿谓乃始曰:“予我翁须,自养长之。”媪为翁须作缣单衣,送仲卿家,仲卿教翁须歌舞。居四、五岁,翁须来言:“邯郸贾长儿求歌舞者,仲卿欲以我与之。”媪即与翁须逃走,之平乡。仲卿载乃始共求媪,媪惶急,将翁须归。曰:“儿居君家,非受一钱也,奈何欲与他人?”仲卿诈曰:“不也。”后数日,翁须乘长儿车马过门,呼曰:“我果见行,当至柳宿。”媪见翁须,相涕泣,谓曰:“我欲为汝自言。”翁须曰:“母置之,何家不可以居?自言无益也。”媪与乃始随逐至中山卢奴,见翁须与歌舞等人同处,媪与翁须共宿。明日,乃始留视翁须,媪还求钱,欲随至邯郸。乃始曰:“翁须已去,我无钱用随也。”因绝,云云。窃疑《思悲翁》一篇,即指此事,盖翁即翁须。“夺我美人”者,谓翁须为刘仲卿卖与长儿也。“蓬首狗,逐狡兔”者,翁须贫贱,衣履不完,首如飞蓬也。令其作苦,若狗之逐兔，不得休息也。“食交君”者，翁须寄居刘仲卿家，自养长之也。“枭子五，枭母六”者，谓长儿等使男女数辈劫翁须，其人率凶暴若鸱枭也。“拉杂高飞暮安宿”者，众既强劫翁须，载之以车，纷乱杂沓，呼啸而去，不知止宿何所也。传言翁须乘车过门，呼曰“当至柳宿”，盖告其母以所之，令其随行踪迹之也。盖必当日民间深痛其事，而为咏之如此。然古乐府声词久淆，文字又不能无误，故当有不可晓者。姑存其说，以俟解人。

汉武故事

《汉武故事》旧题班固撰，《隋书·经籍志》入之于史部旧书中，不著撰人。晁公武《读书志》引张柬之《洞冥记跋》谓出于齐王俭。今考潘岳《西征赋》云:“汉六叶而拓畿，县弘农而远关。厭紫极之闲敞，甘微行以远盘。长傲宾于柏谷，妻睹貌而献餐。畴匹妇其已泰，胡厥夫之缪官。”此述武帝微行柏谷事也。其事见《汉武故事》，李善注引之云:“帝即位，为微行，尝至柏谷，夜投亭长宿。亭长不纳，乃宿逆旅。逆旅翁要少年十余人，皆持弓矢刀剑，令主人妪出遇客。妇谓其翁曰:‘吾观此丈夫非常人也。且有备，不可图也。’天寒，妪酌酒，多与其夫。夫醉，妪自缚其夫，诸少年皆走。妪出谢客，杀鸡作食。平旦上去，还宫，乃召逆旅夫妻见之，赐妪千金，擢其夫为羽林郎。”《太平御览》八十八引此较详。《通鉴·汉纪九》亦载之，始武帝建元三年中，盖亦不以小说视之。《四库提要》谓唐初去齐、梁未远，王俭之说，当有所考。然观于安仁赋已用为典实，远在王俭之前，则《汉武故事》即不出于班氏，至晚当亦建安、正始间人所作无疑也。

三都赋序注

左思作《三都赋》，世人初未之重。皇甫谧有高名，乃造而示之，谧称善，为其赋序，昭明采入《文选》。初，思欲赋三都，尝诣著作郎张载访岷邛之事。赋成，载为注魏都，刘逵为注吴、蜀而序之，其文载今《晋书·左思传》。而陈留卫权(《晋书·左思传》误作卫瓘)又为思赋作略解而序之,其序亦见《晋书·左思传》。

按左思访张载问蜀事及皇甫谧作《三都赋序》,张载注魏都,刘逵注吴、蜀,皆本臧荣绪《晋书》。唐初修《晋书》仍之。李善注《文选》亦引之。乃今本《文选》吴、蜀二赋题刘渊林(逵字)注,魏都则不题张载注,而茶陵本《文选》此下反有"刘渊林注"四字,与《晋书》所称不合,其为后人所误题无疑。

依李注,《文选·魏都赋》下,当有"张载注"三字。按《魏都赋》末"吴、蜀二客,矅焉相顾",善注云:"张以'惧''先陇'反。"张即指张载。知唐时李氏所见《文选·魏都赋》注为张孟阳,而正文"矅"原作"惧"也。又考《文选》潘正叔(尼)《赠侍御史王元贶》诗云:"王侯厘崇礼。"善注云:"张孟阳《魏都赋》注曰:'听政殿左崇礼门。'"与今本《魏都赋》亦合。《魏都赋》云:"于前则宣明显阳,顺德崇礼。"注云:"听政殿,听政门前升贤门,升贤门左崇礼门。"此唐以前《文选·魏都赋》注本题张载之又一证也。

卫权者,魏司徒臻之孙,字伯舆,尝为左思《吴都赋》叙及注,见《三国志·魏志·魏臻传》注。注谓叙粗有文辞,至于为注,了无所发明,直为尘秽纸墨,不合传写。盖所谓叙者,即今《晋书·左思传》所载之《略解》序也。

凡史传所记《三都赋》序、注之可考者具见于此。惟刘孝标《世说新语》注引《左思别传》云:"思造张载问岷蜀事,交接亦疏。皇甫谧西州高士,挚仲治宿儒知名,非思伦匹。刘渊林、卫伯舆并早终,皆不为思赋序注也。凡诸注解,皆思自为。欲重其文,故假时人姓名也。"(见《文学篇》)杨慎《丹铅总录》十引作孙盛《晋阳秋》语,未知何据。《别传》不知何人所作,其言之信否不可知。然皇甫之序《三都》也,《晋书》、《世说》载其事,《昭明文选》录其文。张孟阳、刘渊林之为序注也,其事其文,并见于臧书及今《晋书·左思传》中。而卫权之注吴都,裴世期亦明附著之《卫臻传》而加以评骘,观其序,谓聊借二子之遗忘,又为之《略解》,则其意本以补遗,故曰只增烦重,览者阙焉。然则卫之叙注,又不限于吴都而已。

太冲才秀人微，见轻当世，覆瓮之讥，谅所不免。借重名流，事或有之，然托名自撰，至于再三，何其不惮烦欤？岂诸史家及选楼中人举为所欺而不疑乎？《别传》之言，殆不可信。

木兰辞非唐人作

《木兰辞》乃北朝民歌，经后人所润饰，其名早见于陈释智匠所撰《古今乐录》（《玉函山房辑佚丛书》有辑本）。其辞见《古文苑》、《文苑英华》及郭氏《乐府诗集》。《乐府诗集》有两篇入"梁鼓角横吹曲"中，而《古文苑》目录卷九之末则题曰"唐人木兰诗"，旁下注一"附"字，《文苑英华》则两首皆题唐韦元甫作。盖自宋以后，多不知《木兰诗》之为古词而妄生议论。东坡虽未明言其为何时，然谓其直述无含蓄，在蔡氏《悲愤》之下。《悲愤》二诗，东坡以为非出建安，乃后人拟作。然所谓后人者，固不能在范蔚宗之后，则直述无含蓄之《木兰诗》，当亦不能后于南北朝也。严氏《沧浪诗话·考证门》则谓木兰诗最古，然"朔气传金柝，寒光照铁衣"之类，已似太白，必非汉、魏人也。仪卿亦但谓非汉、魏人耳，未尝言非南北朝时人，更未尝指为唐人作也。其直指为唐人作者，始见于刘克庄《后村诗话》，此殆为《古文苑》、《文苑英华》所误，而未尝深考也。盖《古文苑》乃唐人所藏古文章，出佛寺经龛中。韩元吉次为九卷，章樵作注，又取史册所遗，以补其阙，凡若干篇，厘为二十卷，已非原书之旧。《木兰》一诗，殆章樵所补入，彼既以为唐人所作，故遂注一"附"字，不足据也。至《文苑英华》两首，并题韦氏，尤为纰缪。观《乐府诗集》引《古今乐录》及韦元甫续附入云云，则前一首自是古诗，不得鱼目相混。（《乐府诗集》引《古今乐录》云："木兰辞不知名。浙江西道观察使兼御史中丞韦元甫续附入。"按清乾隆中编《浙江通志》卷百十二"浙江西道诸使"条，韦元甫，肃宗时官浙江西道观察使。）

《杨升庵诗话》："唐制，驿置有明驼使，则明驼乃唐时名号。"明堂之制，始于唐垂拱四年。十二转，乃唐代武职勋爵之阶级，见《唐书·百官志》。爷娘二字，始见于杜公《兵车行》。此诗全袭北朝乐府《折杨柳枝歌》,歌云:“敕敕何力力,女子临窗织。不闻机杼声,但闻女叹息。问女何所思,问女何所忆。阿婆许嫁女,今年无消息。”又《折杨柳歌》云:“健儿须快马,快马须健儿。跸跋黄尘下,然后别雄雌。”皆此篇蓝本。“爷娘闻女来”六句,与杜《草堂》诗“旧犬喜我归,低徊入衣裾。邻舍喜我归,酤酒携葫芦。大官喜我来,遣使问所须。城郭喜我来,宾客溢村墟”句法类似。据此以为唐人所作之明证,不知《木兰诗》本为民歌,如起头数句,“东市”四句,“旦辞”四句,末段“爷娘”以下等,皆天真活泼,显然民歌口吻,断非文人之笔。其起头数句,与北朝乐府《折杨柳枝歌》歌辞全同,乃民歌恒见之格。如乐府《艳歌何尝行》之“双白鹄”与《焦仲卿妻》之“孔雀东南飞”之类(《折杨柳歌》之“快马”与《木兰诗》之“雌雄兔”亦此类),至杜甫《草堂》诗,实仿《木兰诗》句法,刘后村已言之(但刘以《木兰诗》为唐人作,则是民歌反学文人之作,断无此理)。杜诗“爷娘”,字亦本《木兰诗》。宋刊本《分门集注杜工部诗》,于《兵车行》“爷娘妻子走相送”句下,有王彦辅曰:杜原注云:《古乐府》云:“不闻爷娘哭子声,但闻黄河之水流溅溅。”盖杜实恐人讥爷娘二字不雅训,故注明其所本耳(友人萧涤非先生所著《汉魏六朝乐府文学史》辨之甚详)。盛唐时,已目此诗为古乐府,其为北朝民歌,不出唐人手笔,断无疑义。《古诗归·木兰诗》小注云:“杜集《兵车行》用‘爷娘唤女声’等语而复自注之,《草堂》诗‘旧犬喜我归’四段,亦用此语法,想亦极喜此诗耳!”盖钟氏犹见宋刊杜集,又可为一证。

《木兰诗》虽古民歌,然亦颇有后人润饰语,如“万里赴戎机,关山度若飞。朔气传金柝,寒光照铁衣”之类,居然唐律边塞诗中之警策。然此等句法,六朝人徐、庾辈已导其先路,非必唐人而后能之也。《乐府诗集·梁鼓角横吹曲》叙云:“歌辞有《木兰》一曲,不知起于何代。”于《汉横吹曲·关山月》下又云:“古《木兰诗》曰:‘万里赴戎机,关山度若飞。朔气传金柝,寒光照铁衣。’按相和歌曲有《度关山》,亦此类也。”是郭氏固不以为唐人所作。

诗中称可汗,自是北朝人语,中间忽又称天子,则明为后人所改。北魏太武柔然虽已称可汗,而北歌中胡吹曲有《慕容可汗曲》,又早在元魏之前。明驼、明堂、十二转等等,当是唐人唇吻,如汉乐府《焦仲卿妻》诗之有六朝人语,然不能据诗中一二语词,断其起于何代也。陈胤倩《古诗选》、吴旦生《历代诗话》皆谓《木兰诗》非唐人所及。

叩齿

顷有注《郁离子》者,“叩齿”一词,不得其解,检之近代辞书亦无有,然按之文义,固致敬之辞也。

今按《道山清话》云:“人之叩齿,以收招神观,辟除外邪。”其说出于道家者流,故修养之人多“叩齿”,不闻以是为恭敬也。今人往往入神庙中“叩齿”,非礼也。然则《郁离子》亦沿误耳。

今考白乐天《味道》诗:“叩齿晨兴秋院静,焚香宴坐晚窗深。”贾岛《过杨道士居》诗:“叩齿坐明月,搘颐望白云。”信为修养家言,盖静坐法之类,而《颜氏家训·养生篇》云:“吾尝患齿,摇动欲落,饮食热冷皆苦疼痛。见《抱朴子》牢齿之法,早朝叩齿三百下,行之数日即平愈。”未知唐人之“叩齿”法,出于《抱朴子》否?

铁氏二女诗

铁铉二女诗,钱氏载入《列朝诗集》而著其伪作,其说曰:“逊国诸公载铁氏二女诗,谓铁司马就义,二女没入教坊,献诗于原问官,上闻,寻赦出,嫁士人。”

考铁长女诗乃吴人范昌期《题老妓卷》作也。诗云:“教坊落籍洗铅华,一片春心对落花。旧曲听来空有恨,故园归去却无家。金鬟半觯临青镜,两泪频弹湿绛纱。安得江州司马在,尊前重为赋琵琶。”昌期字鸣凤,诗见张士瀹《国朝文纂》。同时杜琼用嘉亦有次韵诗,题曰《无题》,则其非铁氏作明矣。次女诗所谓“春来雨露深如海,嫁得刘郎胜阮郎”,其论尤为不伦。

宗正睦㮮论革除事谓:“建文流落西南,诸诗皆好事者伪作,则铁女之诗可知。”(见《列朝诗集》闰集卷四)杭世骏据此载入《订讹杂录续补·书讹》中,鲁迅先生《病后杂谈》后据《癸巳存稿》所引《永乐上谕》,证其凶残如此,决不因铁女一诗而遽赦出之,以适士人,足以祛短识者之惑。惟次女一诗,究出谁手,今亦未有考据。以余所知,铁女二诗,最早见于梅纯《损斋备忘录》,云:“铁铉,色目人也。为山东布政,抗御靖难师甚力。文皇即位,擒之阙下,不屈而死。二女入教坊,终不受辱。后赦出之,皆适士人。长女有诗曰:‘教坊脂粉洗铅华,一片闲心对落花。旧曲听来犹有恨,故园归去已无家。云鬟半绾临妆镜,两泪空流湿绛纱。今日喜(《列朝诗集》作“相”)逢白司马,尊前重与诉琵琶。’其妹诗曰:‘骨肉伤(《列朝诗集》作“衰”)残产业荒,一身何忍去归娼。涕(《列朝诗集》作“泪”)垂玉筋辞官舍,步蹴金莲入教坊。览镜自怜倾国貌(《列朝诗集》作“色”),向人休学倚门妆。春来雨露宽如海,嫁得刘郎胜阮郎。’”梅纯,明宪宗时人,成化十七年进士,其所记稍不同。所谓终不受辱,后赦出之者,似并不因献诗而得释,尤为奇突,盖粉饰之词也。纯为梅段之后,段为永乐暗杀,反曲为之讳,靖难革除之际,野史传闻多类此。其后此诸书所载铁女诗,大抵皆以此为依据。自牧斋载之于《列朝诗集》,其后钱当濠又载之于《卖愁集》卷二《恨书教坊》条。而彭孙贻《茗斋集》所附之《明诗钞》亦载其长女一诗。好事者作伪于前,爱奇者传播于后,不仅文人游戏,浸成故实,而暴君之罪,亦得以未减矣。

沈氏德潜清诗别裁之谬妄

沈氏《清诗别裁》卷三选李石台《荆公故宅》一律云:“十年高卧此东峰,出处无端衅已丛。洛蜀党成疑误国,熙丰法敝竟缘公。争墩已赋三山石,记里犹传九曜宫。漫向春风寻旧泽,生平功过史书中。”此诗原载《莲龛集》中,乃和郡守苏剑蒲《临川十咏》之一也。其次联本云“洛蜀党成终误国,熙丰法敝岂缘公”,改“终”为“疑”,改“岂”为“竟”,其意欲以此为爰书而坐实荆公误国之罪耳。然原书结语本云“史书功过亦濛濛”,言宋史是非之不足信也,于是更大胆改为“生平功过史书中”。天下有如此选诗者,半窜改他人之作,以周纳古人,又重诬作者,犹恐不足,又从而评之曰:“由言利而变法,由变法而绍述,由绍述而召乱，则宋室南渡，荆公有以致之。临川人每多讳言，作者自存直道。”

余考《莲龛集》卷三尚有重和十首，其颈联明云：“周官实致艰终毁，宋史虚言久失公。”而结句则谓：“盛名孤立应成谤，赤舄当年亦雨濛。”明白如是，沈氏岂能一手掩尽天下之眼而尽改之以就一己之私耶！荒谬绝伦，心劳日拙，可为诧叹。又按《莲龛集》于此和诗二十首附识云：“半山学问经济，本非宋代诸贤可及，新法功过自不相掩，温公、考亭已辩之，当日谤嫉之言，后附会不白，尤可浩叹。偶与刘穆叔推论及此，因为拈出。”此真作者之直道，非随声附和之辈之枉道也。按：刘穆叔名命清，亦临川人，著有《虎溪愚叟集》，其卷十一《史论》中，有“王荆公”一条，可与李穆堂书《辩奸论》互相发明。

余既揭发沈氏之诬而痛斥之，寻读吾乡蔡元凤《王荆公年谱考略》，已先我言之，惜其尚未见刘穆叔之论也。

吊锁城

《绿映楼遗诗》有《吊锁城》一首云：“锁城雄厚关门壮，三面阻水难渡飞。中藏户口十余万，户三男子数可齐。将卒不下三之二，骁腾战马决怒蹄。犄角未联成牵掣，迟疑捕鹿有熊居。从来轻发丧功实，黄石素书不我欺。坚壁四望援师至，一战败衄气先摧。高山落日哀风送，别浦朝云惨气嘘。今我彳亍沟堑畔，飒飒寒声有余怨。”

余初不知锁城何地。诗中词旨隐约，似有所讳，故不言西山南浦，而曰高山别浦。疑指金王之乱，清兵破南昌事，而未敢遽断之。考杨陆荣《三藩纪事本末》，徐世溥《江变纪略》诸书所记，而后自信其有据。

《三藩纪事》载，金声桓、王得仁攻赣州不下，撤回南昌，坚壁不出。乃用锁城法，东自王家渡（属灌城），西自鸡笼山（属生米渡），掘壕载版，起土城。既内外隔绝，乃设南昌令于白茶市，新建令于蛟溪。征役索赋，安坐而制其毙。盖海桑之际，公不欲明言其事，故谓之锁城耳。

先是王得仁之破九江也，或说以时丁兀臬，提兵东下，乘敌不备，直取金陵为上策。西取武汉，连襄衡，与湖南何腾蛟鼎足相倚为中策，重归流荡为下策。金、王皆不从。而先率兵攻赣，冀弭后患。乃高进库坚守不下,师老无功。而清兵已入湖口,不旬日即破九江,取南康,直逼南昌矣。所谓"犄角未联成牵掣,迟疑捕鹿有熊居"也。迨清兵围南昌,王得仁从赣急引兵归。前锋战稍利,扬扬自得。既而中伏,大败于七里街,即气索,尽撤城外兵入壁。时城中兵尚数十万,但日夜望外援来,不敢出战,此所谓"坚壁四望援师至,一战败衄气先摧"也。金、王之发难,名为义举反正,实则图私利,快私怨而已。其自白,亦直言不讳,所谓劳苦功高,不惟无寸功之见录,反受有司之百凌,血气难平,不得已效命原主云云。真如见其肺肝然。明末汉奸降将,如此反覆无常者,正不少,卒之贻祸人民,喋血千里。而江城一役,尸积如丘,死者无算,其惨痛尤亘古所罕见。嗟乎!此非所谓哀风惨气,声有余悲者耶?近邓氏著《清诗纪事》,搜罗宏篇,而于先公遗集此一极关重要之作,竟遗而不录,亦智者千虑一失也。

按:陈瑚《确庵诗钞》有《悲洪都》一诗云:"营后户,失前门,南昌城头髑髅哭。鸺鹠夜夜啼人屋,乌鸢公然食人肉。"亦咏江右金、王之败,殃及人民也。但《吊锁城》诗稍含蓄,故读者不易觉察耳。

傅律庵

廓冶公《深柳堂遗诗》,凡二百有五首,皆近体。李石台先生之所选定者,有辛卯八月初六日《哭傅律庵先生》二首,颇有关于史实。近邓氏《清诗纪事》未录,其一云:"当年珍重死,便见此时心。对此全无语,呼天不肯音。整冠趋利刃,趺坐正危襟。柴市魂相揖,依依道古今。"其二云:"投空频下拜,何念肯忘君。带笑乘青马,留诗伴碧云。龙沙迷夜月,蛟井泣残曛。炯炯悬于史,叠山至此闻。"此吊傅鼎铨抗清被执,从容就义而作也。傅公字维源(《明史》作"维新"),号律庵(《临川县志》作"聿庵"),后改号复庵。《明史》附《揭重熙传》。

谨按:傅公从揭公与清兵转战闽赣间,其死在顺治八年辛卯八月乙巳朔日。诗中所云,皆公当日就义实况。公在南昌狱,敌劝降,不屈。既处决令下,扬扬如平时,闻角声曰:"可以行矣。"语左右曰:"我不畏死,不可缚。"徐行至顺化门,南向再拜。行刑者请跪。叱曰:"自被擒以来,为谁屈膝者?今日欲我跪耶?”坐桥上,手整领衣就刃。诗所谓“整冠趋利刃,趺坐正危襟”也。公在狱数阅月,巾服赋诗,朝夕不辍。或欲为薙发。曰:“留此与头俱去也。”公之被擒于广信山中也,为四月八日,故其诗曰:“浴佛传名日,孤臣殉节时。棘荆羁彩凤,□□护灵麒。断颈玉宁碎,剖心山不移。争传巾履□,昭取汉威仪。”(见《行朝录》)所谓“带笑乘青马,留诗伴碧云”者,此也。盖清兵既获公,以黑马乘公,护送至南昌耳。龙沙蛟井,点明南昌。先是甲申之变,公欲自经者三,为乡人光禄寺丞傅朝宸所夺。后竟与揭公同以抗节,为乡里所称。诗所谓“当年珍重死,便见此时心”者指此。

按:余读《揭蒿庵先生遗集》,有《闻傅密学复庵曹武威兆京抗节壮之》一诗,乃揭公就义前在狱中作。诗云:“学士成名共彻侯,南冠司马尚幽囚。叠山不必论先后,要洗江南草木羞。”学士指傅公鼎铨,时官永历兵部右侍郎并翰林侍读学士,故又称密学也。曹大镐封武威侯(他书有作“威武”者,恐误),兆京其字,尝隶揭公麾下。兵败被执,械至南昌杀之。南冠司马,揭公自谓。考陈孝威《野田杂事》载揭公殉难本末,以辛卯十一月三日就义于建宁南街市口,后傅公之死仅三阅月,所谓“不必论先后”也。因附志于此。

傅振铎

《三垣笔记》误以傅振铎为临川人,盖傅櫆与振铎先后皆官给谏,又为同郡人故也。今读日生公《绿映楼遗诗》,有《送傅谏垣应聘北上》一首云:“象山而后一疏山,今有先生若是班。绝学待开千载秘,征书屡发九重关。隆中已距卧虎迹,洛下欣瞻司马颜。崇岭烟萝新岁月,伫看霖雨待公还。”

按振铎字木宣,号度山,江西金溪人。崇祯十年进士,官蒙城、永城知县,守御有方略。十六年,行取兵科给事中。北都陷,被拘,榜掠,寻逸出南归。或诬以从逆逮问,史可法力白其枉,事得解。顺治中,当事荐其才,有司敦迫就道,不得已再入都。以违期放归,盖其本怀也。著有《筑善堂集》十卷。陈弘绪、黎元宽并为之序。集中有《壬辰答游日生孝廉》二书，盖公尝为傅推毂，而傅以衰老固辞，乞公为当道缓颊者也。若临川之傅櫆，字元星，号云岑。万历四十一年进士。天启中，官给谏。两人出处前后相隔几二十年矣。

又按:《三垣笔记》卷中云:傅给谏，临川人。曾具疏云:凡招权纳贿，言清而行浊者，虽日讲门户，日附声气，而亦真小人也。凡不招权，不纳贿，品高而名暗者，虽门户无讲，声气无附，而亦真君子也。时龚给谏鼎孳面诋其非，遂相哄。　日，鼎孳言及逆案，振铎佯曰:"能相示否?"鼎孳出诸袖。振铎故指龚萃肃问曰:"若为谁?"鼎孳曰:"予嫡伯也，最无行。"振铎一笑。此事可补郡县志人物志之阙。鼎孳祖籍临川，移居合肥。明亡，降清为贰臣。可谓言清而行浊者也。

魏冰叔文

吾乡魏冰叔之文，说理最透辟，而略无理障。不为高谈异论，平实而切于事情。尝读其《朱锡鬯文集叙》云:世之博学者，往往其文不工，则何也? 博学者，惟思自用其实，故窒抑烦懑而无以运之。然且见闻多，则私智胜。又好以其偶合者，穿凿附会古今之事，故其文愈根据而愈畔于道。其抉摘考据家文章之病，真可谓箴膏肓、起废疾也。

闵花忠

己亥秋，养疴黄山，借得歙人闵麟嗣《黄山志》读之，名实故迹颇存梗概。闵麟嗣者，检《徽州府志》及《歙县志》，仅略具姓名而已。后读金壑门埴《不下带编》稿，有一则云:"天都闵隐君宾联(麟嗣)，于怀宗宾天后，不出应试，赋牡丹诗以志慨云:'何处移来此异香? 年年培护在山堂。已知春去浑无主，不信花开尚有王。乱后名园多涕泪，先朝旧土尽荒凉。人间颇怪蒙尘土，合领春风入建章。'人因号为闵花忠。"(见卷六)按此，可补府县志"隐逸""艺文"之阙。然自文字狱兴，编方志者，断不敢载之矣。又考闵氏与魏叔子为友。张符骧《闵宾连墓表》称，宾连一字檀林，寓江都籍，扬州府学生。尝谓古文一道，天下虽大，寥寥无人，而有易堂（叔子）往矣之叹。叔子《朱锡鬯文集叙》又有闵宾连评语，盖不止文字之交，其志尚之同，尤可知也。清初人集中，多有涉及闵氏者。

字林作者

《字林》，吕忱著，见《隋志》。《史记·魏公子列传》引正文云："忱字伯雍，任城人，吕姓，晋弦令，作《字林》七卷。"见日本泷川氏《史记会注考证》引庆长宽永活字本《史记》。今诸本《史记正义》无此条。

沈约文脱误

沈约有《修竹弹甘蕉》文，见《艺文类聚》八十七。严氏《全梁文》亦载之。其文首言：长兼淇园贞幹、臣修竹稽首云云。殊不可解。以读庞元英《文昌杂录》卷六"长"上有"渭川"二字，乃知今本《艺文》脱之。又《杂录》引文中"羌非风闻"，"羌"作"差"。

王廷垣之死

王廷垣，字潜服，东乡人。天启进士，由庶吉士授编修，直起居注，历升庶子，掌春坊事。后改祭酒，晋礼部侍郎。著有《留园集》。见《江西通志》卷百五十三。其事迹他无可考。

尝读李伍瑛《壑云篇》，卷十四有《明祭酒王公临终纪事》一则，未尝不叹其死事之奇且烈也。按《纪事》云："祭酒王公廷垣，号光复。癸未，请假归乡。乙酉岁，金声桓、王得仁提兵下江西，以次及抚州建昌。张官置吏，民皆披剃从服色矣。王公僻处下邑穷乡，匿影藏声，宜若无与于人间事者。岁暮，族众数十人，猝拥其子若侄跪于前曰：'时事以剃发者为顺民，全发者为顽民。老爷位尊，易为人所指目。倘一发兵剿洗，则合族男妇数百口皆为刀下鬼矣。临川曾吏部一族，近地区山吴姓一村，惨祸可鉴也。愿忍痛从权，活此数百口生命。'公曰：'不建义旗，徒草间偷生,已兀兀不安,尚为人指目耶?'众曰:'彼奸人者,将借尊贵以图幸进也。'公曰:'然则,召一僧持刀来。'众中一人飞跑,从近呼一僧至,公曰:'与汝一样,光秃秃地则已。'僧不敢违。剃完,公曰:'取镜来。'公持镜自照,叹一口气曰:'唉!'面色遂如土而气绝。子侄近前抱之,则形神离矣。"

呜呼!当明之亡,士大夫因留发而死者多矣,未有如公之奇且烈者,真千古血性男子哉!海桑之际,其事湮没无闻,因表而出之。伍瑛字圣水,号半谷,临川人。诸生,康熙中举明经,为刘命清弟子。

归震川文

嘉定张烈妇,明史附于《王妙凤传》,以其事有数耳。传全采归熙甫《书张贞女死事》一文。尤西堂又约之为乐府。曰:安亭女。归文载恶少胡岩从后攫其金梭,女詈且泣。还之,贞女折梭掷地。妪以己梭与之,又折其梭。(据归庄刻本)校者云:常熟本作"梳",金梭必是织帨之梭。(按上文有妪常令贞女织帨,故云。)非栉发之梳,当以声近而讹。

此殆误也。上文言恶少从后攫其金梭,明其为栉发之物,梳在头上髻发之间,故从后攫取以戏之。作梭者,盖传写之误。且织梭非易折之物,而妪以己梭还之,盖明其为栉梳而非织梭也。常熟本作"梳",《明史》及《西堂乐府》亦并作"梳",盖恐人误会为织梭而改之。

唐诗作者歧异

贺知章《回乡偶书》一诗,赵德麟令畤《侯鲭录》谓:"一说乃黄拱作。"张继《枫桥夜泊》诗,《文苑英华》、《唐诗纪事》诸书皆载之,而王观国《学林》卷八引作温庭筠诗。且谓《南史·文苑传》载:邱仲孚少好学,读书常以中宵鸣钟为限。仲孚,吴兴人,而庭筠姑苏城外诗,则夜半钟声乃吴中旧事也云。(按吴聿《观林诗话》亦有此说)又李绅《悯农》诗二首,《唐文粹》载之。其《锄禾日当午》一首,孙光宪《北梦琐言》卷二以为聂夷中《咏田家》诗,《全唐诗》两存之,而不著所出。

出　夫

《说苑·尊贤篇》引邹子说梁王云:“管仲,成阴之狗盗也;齐桓公得之,以为仲父。太公望,故老妇之出夫也,棘津迎客之舍人也,年七十而相周,九十而封齐。”故卢照邻《悲才难》本之云:“管仲不遇齐桓,则城阳之赘婿;太公不遭姬伯,亦棘津之渔夫。”林春溥《开卷偶得》卷十谓出夫、赘婿皆不知所本。俞理初曰:“娶妻故有出妇,赘婿则有出夫。太公汲人,避纣于东海为赘婿,又被出耳。”(见《癸巳存稿》卷四)亦不能明其所出。考《战国策·秦策五》载姚贾曰:“太公望,齐之逐夫,朝歌之废屠,子良之逐臣,棘津之仇不庸,文王用之而王。”此正邹子之说所本。又孔融《杂诗》亦云:“吕望老匹夫,苟为因世故。”太公望老而见逐于妇,鳏居,故曰老匹夫也。明汉人皆习知其事。后人或不晓,以此匹夫为恒义,失其旨矣。至升之谓管仲为赘婿,盖因太公之事而讹,而渔夫则舍人之误,未必别有所据。城阳与成阴,又或以字形相近致歧耳。

曹植书义

《文选》曹植《与杨德祖书》云:“昔丁敬礼常作小文,使仆润饰之。仆自以才不过若人,辞不为也。敬礼谓仆,卿何所疑难?文之佳恶,吾自得之。后世谁相知定吾文者邪?”解者于此文颇多不憭。盖“得”,犹“当”也。“吾自得之”者,吾自当之也,犹今人言文责自负也。言我所作之文,既由我居其名,其佳恶皆由我自任其责,后世观者,谁复知此文曾为吾子所改定者乎?盖敬礼之意,谓子建之所润饰,无论当否,他人亦但知为己作,而不知为谁何所定。故曰“何所疑难”,欲以破其谦抑之衷耳。《南史》五十九《任昉传》:“王俭每见其文,必三复殷勤,以为当时无辈。乃出自作文,令昉点正。昉因定数字。俭拊几叹曰:‘后世谁知子定吾文?’”此正用陈王五书中语。俭盖因昉点定己文之妙,而叹后世无人知为彦升所为也。以此证之,益可明丁敬礼所谓“吾自得之”之义矣。

长门赋

司马相如为陈皇后赋长门,《史》、《汉》《司马相如传》并不载此事,其赋亦惟见于《文选》。此乃后世好事者托名之作,昭明未深考耳。按《长门赋》序云:"孝武皇帝陈皇后时得幸,颇妒,别在长门宫,愁闷别思。闻蜀郡成都司马相如天下工为文,奉黄金百斤,为相如文君取酒,因于解悲愁之辞。而相如为文以悟主上,陈皇后复得亲幸。"故唐黄滔据以作《复宠赋》,以"言情夕作,国黛朝天"为韵。考《汉书·外戚传》,陈皇后有罪,退居长门宫,并无复宠事。(《艺文》三十五引《汉书》,有"司马相如作赋,皇后复亲幸"之文,盖误以赋序为《汉书》也。)顾宁人则谓,陈皇后复幸者,不过文人假设之辞,如马融《长笛赋》所谓屈平适乐国,介推还受禄也。相如以元狩五年卒,安得言孝武皇帝哉?(见《日知录》十九)今按顾氏辨此赋为后人所拟作,所见甚是。然但据赋序为断,犹未足以杜过信者口。盖序文或为后人所加,岂可因序文与史不合,而遽指其赋亦伪耶?故梁章钜《文选旁证》即谓此序不必相如自作,亦有见乎此也。然观此赋体格,极似魏晋间人所为。何义门云:"其词细丽,盖张平子之流也。"(见《义门读书记》)而张皋文讥其未知马、张之分。(见《七十家赋钞》)余谓此等骚赋去《幽通》、《思玄》尚远,何况西汉?使果出于东京,亦不过仲宣之徒为之耳。有识者自能辨之。

魏武乐府歌词

魏武乐府歌词多有所本。如《碣石篇·龟虽寿》一章云:"神龟虽寿,犹有竟时;螣蛇乘雾,终为土灰。"按《庄子·外物篇》:"神龟能见梦于元君,而不能避余且之网;知能七十二钻而无宄遗筴,不能避刳肠之患。"又按《秋水篇》:"吾闻楚有神龟,死已三千岁矣。"此所谓"神龟虽寿,犹有竟时"也。又按《韩非子·难势篇》引慎子曰:"飞龙乘云,腾蛇游雾。云罢雾霁,而龙蛇与螾蚁同矣,则失其所乘也。"《淮南·主术训》亦云:“螣蛇游雾而动,应龙乘云而举。”又《说林训》亦云:“腾蛇游雾,而殆于蝍蛆。”(《史记·龟策传》亦云:“腾蛇之神,而殆于蝍蛆。”)此并腾蛇乘雾之说之所本也。又《蒿里行》一章有“铠甲生虮虱,万姓以死亡”之言。按《汉书·严安传》:安上书云:“介胄生虮虱,民无所告愬。”则知此文盖用严安语。

陈思王杂诗

陈思杂诗皆有为而发。然词多隐避,难以迹求,谓非风骚之遗不可也。如《高台多悲风》一首,则“郢路辽远”,“哀高丘”,“叫阊阖”之意也。《南国有佳人》一首,则“日月不淹”,“美人迟暮”之感也。《揽衣出中闺》一首,则“闺中邃远”,不近愈疏之惧也。而《转蓬离本根》一首,则以徙封无定,比于蓬转,远离京邑有类从戎。维皇室之懿亲,等江潭之迁客,非真有军旅之事,道路之苦也。特不欲显言之,故托于从戎以为说,则《小雅》诗人之旨也。今试取陈王《吁嗟篇》合观之,盖可证从戎之事为虚,而徙封之感为实矣。《吁嗟篇》云:“吁嗟此转蓬,居此何独然! 长去本根逝,夙夜无休间。东西经七陌,南北越九阡。卒遇回风起,吹我入云间。自谓终天路,忽然下沈渊。惊飙接我出,故归彼中田。当南而更北,谓东而反西。宕宕当何依? 忽亡而复存。飘颻周八泽,连翩历五山。流转无恒处,谁知吾苦艰。愿为中林草,秋随野火燔。糜灭岂不痛? 愿与根荄连。”而《转蓬》一首亦云:“转蓬离本根,飘颻随长风。何意回飙举,吹我入云中。高高上无极,天路安可穷?”不但所以喻者相同,即诗词亦大致从同。然后知下文所谓“类此游客子,捐躯远从戎”者之真为托辞也。

山谷诗夔字义

《山谷外集》卷十一《庚申宿观音院》诗有云:“汲烹寒泉窟,伐竹古松根。相戒莫浪出,月黑虎夔藩。”洪景卢曰:“夔字甚新。其意盖言抵触之意,而莫究所出。惟杜工部《课伐木》诗序云:‘课隶人入谷斩阴木,晨征暮返。我有藩篱,是阙是补。旅次于小安,山有虎,知禁。若恃爪牙之利,必昏黑樘突夔人屋壁。'乃知鲁直用此序中语。然杜公在夔府所作诗,所谓'夔人'者,述其土俗耳,本无抵触之义,鲁直盖误用之。"(见《容斋诗话》四)朱子跋山谷诗亦有此说。(见《晦翁题跋》一)今按《神史氏注》全采此说,以为山谷误以夔人为躨跜之义。然涪翁此语,自有所出,并非用杜公诗序中之文,不得遽指为误也。考储光羲《登秦岭作时陷贼归国》一诗有云:"朝出猛虎(一作"兽"林,躨跜登高峰。僮仆履云雾,随我行太空。"李尤《解雍赋》:"万骑躨跜以攫拏。"山谷"夔藩"之"夔",盖出于此。"夔"乃"躨"之借字。"躨跜"本动貌,引伸之,有攀登践踏之义。是"虎夔藩"者,谓有虎动人藩篱也。与子美诗序远不相涉。洪史诸公自误,而谓山谷之误耶?又按《山谷内集》二十三《荔支绿颂》有云:"忘螭彪之躨触。"与"夔藩"之义亦近。此尤借"夔"为"躨"之证。

隐

先秦之世好"隐",其可考者,齐楚为最盛。《韩非子·难三篇》:"人有设桓公'隐'者,曰:'一难,二难,三难,何也?'桓公不能射,以告管仲。管仲对曰:'一难也,近优而远士;二难也,去其国而数之海;三难也,君老而晚置太子。'桓公曰:'善。'不择日而庙礼太子。或曰:'管仲之射隐不得也。'"《吕氏春秋·审应览·重言篇》:"荆庄王立,三年,不听(政),而好讔。成公贾入谏。王曰:'不榖禁谏者。今子谏,何故?'对曰:'臣非敢谏也,愿与君王讔也。'王曰:'胡不设不榖矣?'对曰:'有鸟止于南方之阜,三年不动,不飞,不鸣,是何鸟也?'王射之,曰:'有鸟止于南方之阜,三年不动,将以定其志也;其不飞,将以长其羽翼也;其不鸣,将以览民则也。是鸟虽无飞,飞将冲天;虽无鸣,鸣则惊人。贾出矣,不榖知之矣。'明日,朝,所进者五人,所退者十人。群臣大悦,荆国之众相贺也。"又云:"成公贾之讔也,贤于太宰嚭之说也。太宰嚭之说听乎夫差,而吴国为墟;成公贾之讔喻乎庄王,而荆国以霸。"按此事,《韩非子·喻志篇》亦载之,而稍不同。《喻志》云:"楚庄王莅政三年,无令发,无政为也。右司马御座,而与王隐曰:‘有鸟止南方之阜,三年不翅,不飞,不鸣,嘿然无声,此为何名?’王曰:‘三年不翅,将以长羽翼;不飞不鸣,将以观民则。虽无飞,飞必冲天;虽无鸣,鸣必惊人。子释之,不縠知之矣。’处半年,乃自听政。所废者十,所起者九,诛大臣五,举处士六,而邦大治。”《史记·楚世家》又以谏庄王者为伍举事。《世家》云:“庄王即位三年,不出号令,日夜为乐。令国中曰:‘有敢谏者,死无赦!’伍举曰:‘愿有进隐。’曰:‘有鸟在于阜,三年不蜚不鸣,是何鸟也?’庄王曰:‘三年不蜚,蜚将冲天;三年不鸣,鸣将惊人。举退矣,吾知之矣。’”《新序·杂事第二篇》又以谏者为士庆。《杂事第二》云:“庄王莅政,三年不治,而好隐戏。社稷危,国将亡。士庆再拜而进隐曰(按“隐曰”二字互倒,今乙正):‘有大鸟来,止南山之阳,不蜚不鸣,不审其何故也?’王曰:‘此鸟不蜚,以长羽翼;不鸣,以观群臣之慝。是鸟虽不蜚,蜚必冲天;虽不鸣,鸣必惊人。’士庆稽首曰:‘所愿闻矣。’王大悦士庆之问,而拜之以为令尹,授之相印。”其词并大同小异。惟其中所设之“隐”,及射者之词,多为韵语,则“隐”之为体应尔。而《史记·滑稽传》又以此为淳于髡说齐威王事,盖又传闻之异也。又按《列女传·楚处庄侄传》,处庄侄言隐事于顷襄王曰:“大鱼失水,有龙无尾。墙欲内崩,而王不视。”王曰:“不知也。”对曰:“‘大鱼失水’者,离国五百里也。乐之于前,不思祸之起于后也。‘有龙无尾’者,年既四十,无太子也。国无弼辅,必且殆也。‘墙欲内崩,而王不视’者,祸乱且成,而王不改也。”(按此与《韩非子·难三篇》所述略同)亦并用韵语。又按《史记·田完世家》载淳于髡见驺忌子曰:“得全全昌,失全全亡。”驺忌子曰:“谨受令。请无离前。”淳于髡曰:“豨膏棘轴,所以为滑也;然而不能运方穿。”驺忌子曰:“谨受令。请谨事左右。”淳于髡曰:“弓胶昔干,所以为合也;然而不能傅合疏罅。”驺忌子曰:“谨受令。请谨自附于万民。”淳于髡曰:“狐裘虽弊,不可补以黄狗之皮。”驺忌子曰:“谨受令。请谨择君子,毋杂小人其间。”淳于髡曰:“大车不较,不能载其常任;琴瑟不较,不能成其五音。”驺忌子曰:“谨受令。请谨修法律,而督奸吏。”淳于髡说毕,趋出至门,而面其仆曰:“是人者,吾语之微言五,其应我若响之应声,是人必封不久矣。”所谓“微言”者,即

"隐"也;亦多用韵语。此等比喻,似为"连珠"体之所由仿。又按《新序·杂事第二篇》云:"齐有妇人,丑极无双,号曰无盐女。行年三十,无所容入。炫嫁不售,流弃莫执。于是拂拭短褐,自诣宣王,愿一见。谓谒者曰:'妾,齐之不售女也。闻君王之圣德,愿备后宫之扫除。顿首司马门外,唯王幸许之。'谒者以闻。于是宣王乃召而见之,谓曰:'亦有其能乎?'无盐女对曰:'无有,直慕大王之美义耳。'王曰:'虽然,何喜?'良久曰:'窃尝喜隐。'王曰:'隐,固寡人之所愿也,试一行之。'言未卒,忽然不见。宣王大惊,立发'隐书'而读之。退而惟之,又不能得。明日,复更召而问之,又不以'隐'对。但扬目衔齿,举手拊肘,曰:'殆哉!殆哉!'如此者四。"又按《国语·晋语五》载范文子曰:"有秦者廋辞于朝,大夫莫之能对也,吾知三焉。"韦注云:"廋,隐也;谓以隐伏谲诡之言问于朝也。"是秦人亦喜隐也。此并秦以前隐语之可考者。至汉世东方朔之徒犹能为之。《汉书·艺文志》有《隐书》十八篇,盖此类也。又其无隐之名,而有隐之实者,若麦鞠之喻(见宣十二年《左传》),庚癸之歌(见哀十三年《左传》),齐客海鱼之讽(见《战国策·齐策一》),文仲羊裘之书(见《列女传·鲁臧孙母传》),殆难遍举。乃至庄周之寓言,屈原之《离骚》,荀卿之《赋篇》,下逮图谶歌括,童谣谜语,皆其流也。而我国文学中所谓比兴,所谓寄托,所谓微词,所谓婉而多讽,其树义陈辞,莫不以"隐"为之体。"隐"之时义大矣哉!昔刘彦和已尝言之,而有未尽,故复考论之如此。

文人蹈袭

毛会侯作《子房击秦论》,以为子房击始皇博浪沙中,幸而不中,而秦以亡。意谓其时若始皇遽毙,则长子扶苏继立,聪明仁恕,又知诵法孔子,必能力反其父之所为,而断不流于胡亥之庸且暴。虽有胜、广之徒,无自揭杆而起也。其后又以荆轲刺秦王不中,而六国以亡一段比辅言之。其立论甚新,然亦有所本。明胡应麟《史书占毕》云:"刺,大乱之道也。燕社稷旦暮墟矣,丹思所以济之,而万无策也。侥幸于一刺,岂得已哉?政殛苏嗣,可以息黔黎,延周脉,燕齐未至遂亡。轲之垂中而弗中，天也。”元瑞谓扶苏继位，可以延周脉，固不当事情（按周婴《卮林》已辨之）；然其以扶苏之贤，与诸侯存亡有关，则固毛氏所阴为窃取者。特胡氏欲荆轲之中，以存周而及于燕，毛氏则欲子房之不中以速秦亡耳。又按《卮林》驳胡氏此论云：“秦师日深，燕境日急。太子之与轲谋也，不过曰劫秦王刺杀之。彼大将擅兵于外，而内有大乱，君臣相疑于其间，诸侯得合从，偿秦必矣。”此意又为侯雪苑所窃取，见《壮悔堂集·太子丹论》。文人议论之好蹈袭，往往如此。

罗敷

古乐府《陌上桑》一篇，叙采桑女子秦罗敷为使君所邀，盛夸其夫婿为侍中郎以拒之。崔豹《古今注》谓罗敷邯郸人，为邑人千乘王仁妻。王仁为赵王家令。赵王见罗敷而悦之，因置酒欲夺焉。罗敷巧弹筝，乃作《陌上桑》之歌以自明，赵王乃止。所述与歌辞不同，不知何据。所谓赵王者，亦不知其何时。考《汉书·武王子传·昌邑哀王髆传》，昌邑王贺有妻名罗紨，为执金吾严延年字长孙女。一本有讹“紨”为“纣”者，马永卿《懒真子》尝辨之。“敷”“紨”同声字，或因秦罗敷而取名也。盖罗敷故事早已流传人口，其名遂为民间所艳羡耳。然则罗敷乃西汉时武、昭以前之人，《陌上桑》乃武、昭以前之歌，可知也。《汉书·礼乐志》谓武帝立乐府，采诗夜诵，有赵代秦楚之讴。则《陌上桑》或即武帝时所采赵地之歌欤？

庾子山集注

庾信《小园赋》云：“爰居避风，本无情于钟鼓。”此兼用《国语》及《庄子》之文也。而倪氏注但引《鲁语》臧文仲祀爰居事，于下句则引江淹诗云：“咸池飨爰居，钟鼓或愁辛。”（按此乃文通《杂体诗》嵇中散一首文）今按《庄子·至乐篇》云：“昔者海鸟止于鲁郊。鲁侯御而觞之于庙，奏《九韶》以为乐，具太牢以为膳。鸟乃眩视忧悲，不敢食一脔，不敢饮一杯，三日而死。”《达生篇》亦有此文。并江诗、庾赋之所本。开府于醴陵虽属后辈，未必遽用其语。故鲁玉此注不得以徒引文通之诗为已足，而反遗其所自出也。若山谷《送吴彦归番阳》诗云："九鼎奏箫韶，爰居端不飨。"（见《外集》二）史注虽仅引李白《赠卢主簿》诗，而不及文通《杂诗》，《庄子》之文于前，遂亦无数典忘祖之讥矣。

稗畦集稗畦续集（一）

洪昇《稗畦集》向无传本，《稗畦续集》亦以禁毁罕传。近上海古典文学出版社据上海历史文献图书馆、南京图书馆所藏两旧钞本《稗畦集》及南京馆藏原刻本《稗畦续集》排印出版，二百余年久湮没的曲家专集赖以流传，且为研究稗畦生平提供重要参考资料，真艺林快事也。

按上海本凡得古近体诗二百七十一首，南京本凡得五、七言律诗及五、七言绝句三百五十四首，《稗畦续集》则悉为五言律诗，凡一百八十二首。上海本较南京本多五言古诗四十三首，七言古诗十五首，而比南京本少七言律诗一百四十一首，余者全同。实得诗四百十二首，加续集一百八十二首，共得诗五百九十四首。余又从他书辑得稗畦遗诗若干首，词曲若干首，又有联句、逸句、逸题、题词及为人评点诗文数十条。——凡洪氏生平遗文可见者具是矣。

今以上海、南京两馆旧钞本相校，知两本同出一源，虽小有异同，亦互有优劣，要之皆残缺不完。盖南京本无五、七言古体诗，而上海本五言律诗仅存十七首，故知其皆非全帙也。又观南京本其编次体例亦非原集之旧：首七律，次五律，五律之后又为七律，卷首既无叙题，序次又复凌乱，其残阙之迹宛然。今取两本合之，以南京本七律中"嘉兴寄徐胜力检讨"以下一百四十一首移置上海本"衢州杂感"之后，则成全璧矣。

数年前，余先后从友人处钞得《稗畦集》及《稗畦续集》各一册，皆南京图书馆中物也。见其正集从五言律诗起，又无序题，即疑非完帙。而续集又只有五言律诗，则亦疑之。今见上海本，而向之所疑者益信。继又见清代禁毁书目中有《稗畦续集》，姚觐元清代禁毁书目补遗于其下亦注云:“残缺不全。”与余所疑亦合。惜乎其全者不可得而见也。

稗畦集稗畦续集(二)

《稗畦集》及《稗畦续集》最早著录于魏嵻所编《钱塘县志》卷三十二“经籍志”中,俱不分卷。魏志成于康熙五十七年,距昉思之殁才十四年耳。据汪烇序《稗畦续集》,在康熙乙未。乙未乃康熙五十四年,则魏志所谓续集者,即汪氏所序之本可知也。而杭州府志乾隆志卷五十九《艺文志》三载《稗畦集》七卷,续集二卷,补遗一卷。则正续集之外又多《补遗》一卷,且其卷数不知何时所分,《补遗》亦不知何人所编。今上海、南京两馆钞本《稗畦集》及南京馆藏刻本《稗畦续集》并不分卷,与魏志合,似仍原书之旧。考《香祖笔记》,稗畦诗虽大半经渔洋点定,然其编订成集,实出昉思中年以后所自定。据朱溶为《稗畦集》作序,在康熙丁卯,丁卯为康熙二十六年,昉思年四十有三,而戴普成序又称昉思以诗质朱,朱以为“欲传世行远,宁严毋宽,宁少毋多,乃痛删削。……凡千余篇,仅存若干首。……洪君将授梓人”云云,则《稗畦集》之编定当在是时。又考上海本《稗畦集》中有《杨翰林玉符见题拙集》一诗,中有句云:“人生富贵须少年,二毛已见仍青毡。”杨瑄题《稗畦集》与昉思答诗,未知确在何年,然据“二毛已见”一语,可见必在四十以后,与朱序亦合。他为徐胜力《抱经斋集》卷八有《题洪昉思集》二首,李丹壑《道旁散人集》卷五《负瓢集》中有《偶忆洪昉思己巳被斥事即题其集后》二首,王百朋《啸竹堂集》有《读稗畦集》一首,曹楝亭《楝亭诗钞》有《读洪昉思稗畦行卷》一首,皆足证《稗畦集》乃昉思生前所自定。而王诗有“西泠才子容幽燕,短剑悲歌二十年”之句,以昉思生平考之,正在四十以后,与朱、戴两序并合。然则康熙丙寅丁卯间,昉思尝与朱溶,戴普成商订其集,其后续有增删,未获最后定稿,故迄无分卷之本,其分卷者,乃后人之所为欤?

戴序谓“洪君将授梓人”,究竟《稗畦集》当日付梓与否,不得而知。余尝疑其始终未刻,但有传钞之本。按《两浙輶轩录》卷二十六引朱文藻《碧溪诗话》云:“花村先生为文藻七岁时业师。戊寅之冬,见先生于东园朱氏宅。适病疡,扶杖坐语。谓文藻曰:‘予年衰就木,相见无几。先两世遗诗及予所作,存稿无多,并藏箧中,异日当托以传。’语竟,泪涔涔下。”花村者,洪鹤书之号,昉思之孙,之震之子也。鹤书贫且老,无力刻其先世遗集,朗斋后颇以稽古之力起其家,且笃于风义,不应负其师之托,然而终不得借手者,则信乎诗人之有幸不幸也。

稗畦集稗畦续集(三)

上海馆本“稗畦集”于卷首五言古诗题朱溶、朱彝尊选,七言古诗以下,并题朱溶、戴普成选,而南京本无之。又南京馆藏刻本“稗畦续集”,则题怀宁昝霦林选。竹垞生平雅重昉思,“曝书亭集”酬洪昇诗有“海内诗家洪玉父”之句,顾不闻有评选洪诗之事。明清间人刻集,借名参订评阅者往往有之;然昉思与竹垞谊属乡人,居京师时,实相稔洽,又年辈差晚,以诗就正,亦意中事,特不应限于五言古诗耳。朱溶者,字若始,华亭人,诸生。博综群籍,习青鸟岐俞术,既又肆力于古文词。游京师,值纂修明史,聘溶入馆,馆臣委重之。暇复纂有明死事诸遗迹为“忠义录”、“表忠录”、“隐逸录”,又有“蘧庐集”、“汉诗解”及列仙医术等书。事具姚光发“华亭县志”卷十七人物备考中。南京本“稗畦集”有“赠朱若始先生”诗(按原钞本题下脱“始”字),末云:“草茅漫说多遗逸,虎观诸儒集汉廷。”续集又有“毛殿云斋中读朱若始先生表忠录感赋”一首,次联云:“万点苌弘血,千秋腐史才。”皆谓其入史局纂述事。戴普成,仁和人,与昉思同为黄机子彦博庶常女婿。南京本有“丙寅暮春归里,友婿戴天如邀同陈言扬泛湖”诗,天如,普成字也。昝霦林,怀宁监生,官浙江会稽知县。见王毓芳“怀宁县志”卷十四“选举志”。昝音“子感”切,非“昝”字。续集题昝霦林,而卷首有汪熷骈体文序。汪熷者,字次颜,钱塘人。续集有早春斋居示门人诗,中有汪熷,又有“春雨园居示汪次颜”诗。熷尝从学于昉思,又与厉樊榭、杭堇浦友善。考“樊谢山房文集”卷三有“汪次颜遗诗序”,称其少游稗畦洪先生之门。先生故以词曲擅名,次颜好为移宫刻羽之学,不爽分刌”云云。顾汪氏不独以词曲为稗畦入室弟子,其骈体文亦颇有善卷书遗风。暖红室“长生殿传奇”载其序文一篇，亦骈体文。著有“拥书楼四六”，见魏𡷫“钱塘县志”。“稗畦续集”汪氏序乃康熙五十四年作，时昉思死已十一年矣。序言“爰求遗稿，嗤今时但宝鱼珠；为举全编，笑此日尽探燕石。”夫既曰遗稿，又曰全编，则续集乃稗畦正集删余之作，而为汪氏重加裒录者明矣。其题昝霦林选者，据乾隆“绍兴府志”，昝以康熙四十七年至五十七年任会稽知县。汪氏序“稗畦续集”在五十四年，正昝令山阴时也。意者昝与昉思师弟子并有雅故，刻集之费为昝所资助，故题其名氏而自为之序欤？不可知已。然稗畦正集尚未刊行，而先刻其续集，又理之所不可解者也。

“稗畦集”、“清史稿”、“清朝诗别裁集”、“文献征存录”、“清朝诗征略”诸书並误作“稗村集”，盖多未见原书故也。

古典文学出版社排印“稗畦集”、“稗畦续集”，校对不善，讹误极多，凡得六十余条，别详余校读后记中。

——东园漫笔

一九五八年二月十三日

（原载《文学研究》1958年第1期）

（除《稗畦集稗畦续集》（一）（二）（三）原载《文学研究》1958年第1期处，余者之前未发表过，选自《游国恩学术论文集》，中华书局1989年版）

游国恩先生学术年表

1923 年,25 岁

《司马相如评传》,上海《民国日报·文艺旬刊》第 13—17 期。

1924 年,26 岁

《楚辞的起源》,同年《国学月报》。

《读儒林外史》,《觉悟杂志》1—3 月号。

《荀卿考》,《努力周报·读书杂志》第 18 期,1933 年收入《古史辨》第四册。

1925 年,27 岁

《离骚研究》,《国学月报》第 2 期。

《陶潜年纪辨疑》,同年《国学月报》。

《天问研究》,《国学月报》第 4 期。

《莲社成立年月考》,同年《国学月报》。

1926 年,28 岁

《一千五百年前的大诗人陶潜》,同年《国学月报》。注:1924—1926 年载于《国学月报》的文章均见于《国学月报汇刊》第 1 集。

1930 年,32 岁

《五言诗成立的时代问题》,武汉大学《文哲季刊》第 1 卷第 1 期。

1931 年,33 岁

《屈赋考源》,武汉大学《文哲季刊》第 1 卷第 3、4 期。

1934 年,36 岁

《离骚“后辛菹醢”解》,山东大学《文史丛刊》第 1 期。

1936 年,38 岁

《论九歌山川之神》,《国闻周报》第 13 卷第 16 期。

1937 年,39 岁

《宋玉大小言赋考》,《华中学报》第 1 卷第 1 期。

著作《读骚论微初集》由商务印书馆出版,包括 9 篇专论 22 个细目,除《屈赋考源》作于武大时期外,余八篇均为在青岛时所作,6 篇之前未发表。收录论文如下:

《屈赋考源》(发表过);

《论屈原之放死及楚辞地理》;

《论九歌山川之神》(发表过);

《离骚“后辛菹醢”解》(发表过);

《天问题解》;

《天问启棘宾客九辩九歌何勤子屠母而死分竟地解》;

《天问昏微遵迹有狄不宁何繁鸟萃棘负子肆情解》;

《天问古史证二事》;

《楚辞讲疏长编序》。

1939 年,41 岁

《南诏用汉文字考》,当时未发表,后收入 1989 年中华书局出版的《游国恩学术论文集》。注:此时游国恩先生任教的华中大学迁至大理县喜洲,他利用当地地方志和有关西南地区的文献对西南民族的历史、民俗、预言、文化等进行研究写出多篇论文发表在华中大学的刊物上,并寄到美国哈佛燕京社进行学术交流,其中有些后来在国内杂志公开发表,见后。

1942年,44岁

《说"蛮"》(上、下),未发现。注:此为罗常培著1947年独立出版社出版的《苍洱之间》记载。

《说洱海》,昆明《旅行杂志》第16卷第10期。

《火把节考》,昆明《旅行杂志》第16卷第11期。注:这两篇为1939年于喜洲时写。

《论讽刺》,《国文月刊》第21期。注:原为在昆明电视台所作的演讲。

《论写作旧诗》,《国文月刊》第23期。注:原为在昆明中法大学所作的演讲。

1943年,45岁

《从文献上所见的西南夷语》,昆明《旅行杂志》第17卷第3期西南文化专号。注:为1939年于喜洲所写。收入1989年中华书局出版的《游国恩学术论文集》,2003年云南民族出版社出版的《游国恩大理文史论集》改为《从文献上所见的西南民族语言资料》。

《论屈原文学的比兴作风》,收入1957年古典文学出版社出版的自选集《楚辞论文集》。

1944年,46岁

《文学与谐隐》,4月12日昆明《扫荡报》。注:原为在云南文学史会上作的演讲。

《槁庵随笔》十五则,《国文月刊》第36、38、40期。注:中华书局1989年出版的《游国恩学术论文集》收录一篇《读〈楚辞〉随笔四则》:湘君湘夫人捐玦遗佩捐袂遗褋解,招魂篝缕绵络证,宋人楚辞异读,赋家蹈袭。前三则已收于1957年古典文学出版社出版的《楚辞论文集》里,题为《论楚辞隐笔三则》。实际上,第一、三、四则摘自《槁庵随笔》十五则,第二则原载1944年3月昆明《中央日报》星期增刊。

《南诏德化碑校勘记》、《白古通考》、《夷族令节考》、《跋杨慎滇载记》、《韦土官非阴后裔辨》、《驳段樊堂二名不偏讳说》等,未发现。注:以上为1944年被聘请修大理县志时所写的关于西南民族的考察论文。据相关资料,游国恩先生生前自记的著作目录有这几篇,现寻找不到,仅部分收在2003年云南民族出版社出版的《游国恩大理文史论集》中的《大理名胜古迹、文献考》里面,《大理名胜古迹、文献考》曾在民族出版社2002年出版的《白族文化创刊号》上发表。

此外写于昆明时期的论文、杂记还有:《"夷语"拾遗》、《杂录备忘》,收于2003年云南民族出版社出版的《游国恩大理文史论集》。

1946年,48岁

《论陌上桑》,收入1946年开明书店二十周年纪念文集。

《论吴声歌曲中的子夜歌群》,12月19日《平明日报·星期文艺(创刊号)》。

《楚辞女性中心说》,附录于1946年胜利公司出版的《屈原》一书。注:此为1943年在西南联大文史讲座作的演讲《论楚辞中的女性问题》。

1947年,49岁

《再论吴声歌曲中的子夜歌群》,1月12日《平明日报·星期文艺》。

《楚辞九辩的作者问题》,北京《龙门杂志》第1卷第1期。

《云南农村戏曲史序》,北京《龙门杂志》第1卷第6期。注:此为1943年在昆明时为徐梦麟《云南农村戏曲史》作的序。

《谢灵运诗华子冈麻原辩证》,《学原》第1卷第2期。

《论诗的欣赏》,4月28日《平明日报》。注:此为在北京大学新诗社所作的演讲记录稿。

《楚辞用夏正说》,收入自选集《楚辞论文集》,古典文学出版社1957年版。

《谈西洲曲》,《申报·文史》第3期。

《跋青芝山馆集》,《龙门杂志》第1卷第4期。

《跋曾文正公全集》,《龙门杂志》第1卷第5期。

1948年,50岁

《读大乙山房文集》,4月2日天津《民国日报》。

注:作于此时期的同类文章还有《再跋大乙山房集》、《跋罗万藻此观堂集》、《再跋此观堂集》,均未发表。1948还陆续写了《临川艺文志考证》、《临川文献杂录》等。

《柏梁台诗考证》,收入1948年《北京大学五十周年纪念文集》和1949年《国学季刊》。

《论蔡琰胡笳十八拍》,8月15日《华北日报文学版》。

《说离骚秋菊之落英》(约本年作),收入自选集《楚辞论文集》,古典文学出版社1957年版。

1950年,52岁

《论〈孔雀东南飞〉的思想性及其他》,《民间文艺集刊》第1册,后收入作家出版社1957年出版的《乐府诗研究论文集》。

1951年,53岁

《白居易的思想和艺术》,2月11日《人民日报》。

《热爱人民的诗人白居易》,《中国青年》第2期。

1953年,55岁

《白居易及其讽喻诗》、《读〈秦中吟〉的〈伤宅〉、〈立碑〉二诗》,此二文载于《人民文学》2月号,后收入人民文学出版社1959年出版的《唐诗研究论文集》。

《纪念祖国伟大的诗人屈原》,6月15日《人民日报》、《新华月报》7月号。

《祖国伟大的诗人屈原》,《说说唱唱》6月号。

《屈原作品介绍》,6月15日《光明日报》。

《伟大的诗人屈原及其文学》,6月15日《工人日报》。

《屈原文学作品的人民性》,《新建设》2月号。

《端午话屈原》,《新观察》第2卷第11期。注:以上6篇为配合全国纪念世界文化名人、伟大爱国诗人屈原而写。

1954年,56岁

《答陈郊先生评〈屈原〉》,10月24日《人民日报》,后收入作家出版社1957年出版的《楚辞研究论文集》。

《〈史记〉人物传记的思想性和艺术性》,收入北京大学中文系1956年《一九五五—一九五六学年科学讨论会,汉语文学分会论文》。注:与褚斌杰合作,游写《史记》的成熟和思想,褚写《史记》散文的艺术性。

1956年,58岁

《略谈李后主词的人民性》,1月29日《光明日报》。

《周代的诗歌——诗经三百篇》,7月31日、8月3日《教师报》。

《屈原文学作品的评价》、《屈原作品的真伪问题》,此二篇均载于8月《教师报》。注:此为北京教师进修学院的讲课记录稿,后均收入中华书局2008年出版的《游国恩楚辞论著集》第四卷。

《司马迁和他的〈史记〉》,9月4日《教师报》。

《西汉乐府歌辞和文人五言诗的创作》,9月11日《教师报》。

《对于编写中国文学史的几点意见》,12月28日《光明日报》。

1957年,59岁

《答齐治平先生书》,7月14日《光明日报》。注:这一年与李易合作的《陆游诗选》由人民文学出版社出版,此为关于《陆游诗选》笺注问题的商讨。

1958年,60岁

《欢迎同学们和任何同志对我的楚辞论著的批判》,8月10日《光明日报》。

《稗畦集》、《稗畦续集》,《文学研究》第 1 期。

《爱国诗人陆游》,1958 年 7 月《人民中国》日文版。

《粤风续九刘三妹》,《民间文学》第 82、84 期。

1960 年,62 岁

《楚国的历史文化和屈原创作的艺术特点》,收入中华书局 2008 年出版的《游国恩楚辞论著集》第四卷。注:摘自 1960 年 10 月 19 日在内蒙古大学讲学的讲稿。

1961 年,63 岁

《谈谈文艺理论遗产的整理》,《文艺报》1961 年第 7 期。

1962 年,64 岁

《关于学习古典文学》,《教学与研究》。注:此为 1961 年在人民大学中文系研究生班作的报告。

《楚辞讲录》,《文史》第 1 辑。注:此为 1960 年为北京大学中文系新成立的古典文献专业研究班开设楚辞课时的讲稿,它是从版本、注释、校勘、训诂等方面即从文献整理角度对《楚辞》所做的系统研究。收入中华书局 2008 年出版的《游国恩楚辞论著集》第四卷。

《跋洪昇枫江渔父图题词》,《文学评论》第 1 期。

1963 年,65 岁

《楚辞注本十种提要》,附录于经再次修改后由中华书局 1963 年出版的《屈原》一书之后。注:《屈原》一书 1946 年由胜利出版公司出版,1953 年和 1963 年经修改,先后由三联书店和中华书局出版。

1973 年,75 岁

集中精力于临川艺文志的补充编订工作,修订《临川艺文志考证》;收集先哲傅占衡及其《湘帆堂集》的详细资料,写好傅占衡年谱;收集刘命溪《虎溪渔大臾集》有关乡邦文献的资料,乐莲裳生平及对其

《耳食录》的研究资料；补充陈际春的资料，编就《枌乡诗话》目录，写《诵芬杂记》，编祖先的诗谱等。

1976 年，78 岁

《居学偶记》。为对其 40 年来读书笔记的整理完毕后所作的小记。

★未详编年的论文：
《论山谷诗之渊源》，收于 1989 中华书局出版的《游国恩学术论文集》。